빈센트 그리고 테오

lorsqu'on voit que la chose qu'on vend e
bonne. maintenant si pourtant les gen
aiment le *?tias/* cela leur est loisible
~~mais~~ et puisqu'ils le demandent bien
on peut en avoir en magasin.
mais cela ne suffit pas pour se senti
sûr. avec les bons tableaux pou
on peut se sentir sûr et être ferm
sur c'est pure erreur qu'il y en au
tant qu'on veut. Peut être je m'y
mal mais j'y ai beaucoup pensé
de ces jours ci et le calme m'est ven
pour l'affaire Gauguin
Tous ces Gauguin sont de bonne
pierres et soyons les marchand
des Gauguin hardiment.
Millet te dit bien le bonjour j'a
~~ton~~ son portrait maintenant avec
le kepi rouge sur fond émeraude e
dans le fond les armes et son régime
le croissant et une étoile à 5 pointes
une poig~~née~~ de main et à bientôt
et bien merci et j'espère que les douleu
ne dureront pas As tu ~~re~~ revu un médecin
voyons car la douleur physique est si
agaçante
p. s.   t a t   Vincent

THE VAN GOGH BROTHERS

Vincent
and
Theo

빈센트 그리고 테오

데보라 하일리그먼 | 전하림 옮김

f

lorsqu'on voit que la chose qu'on vend e
bonne. maintenant si pourtant les gens
aiment le ?ras? cela leur est loisible
mais et puisqu'ils le demandent
on peut en avoir au magasin
mais cela ne suffit pas pour se sentir
sur : avec les bons tableaux pour
on peut se sentir sur et etre ferm
sur c'est pure erreur qu'il y en a
tant qu'on veut. Peutetre je m'y
mal mais j'y ai beaucoup pensé
de ces jours ci et le calme m'est ven
pour l'affaire Gauguin
Tous ces Gauguin sont de bonne
pierres et soyons marchand
des Gauguin hardiment.
Millet le dit bien le bonjour j'ai
son portrait maintenant avec
le Kepi rouge sur fond emeraude e
dans ce fond les armes et le son regim
le croissant et une étoile à 5 pointes
une pi?? mie de main et à bientôt
et bien merci et j'espère que les douleurs
ne dureront pas As tu revu un médecin
Oyg??? car la douleur physique est si
agaçante
                t a t   Vincent

빈센트 반 고흐(1853~1890)

테오 반 고흐(1857~1891)

테오가 없었다면
이 세상에 빈센트도 없었을 것이다.

차 례

들어가며

1.
한집의 두 형제, 1887년 파리

한때는 형을 매우 사랑했고, 형이 내 가장 친한 친구인 때도 있었어.
그렇지만 이제는 아니야.
− 테오 반 고흐가 여동생 빌레미엔에게, 1887년 3월 14일

테오가 형 빈센트와 한집에서 생활한 지 막 1년이 지난 지금, 테오의 인내심은 바닥이 나 버렸다.

'집에 있는 것이 거의 견딜 수 없을 정도'라고 그는 1887년 3월 여동생 빌 (Wil, '빌레미엔'의 애칭)에게 편지를 쓴다. 좀 더 큰 집을 구해 이사도 왔지만, 이곳조차도 엄청난 존재감을 지닌 빈센트 형을 포용하기에는, 그리고 고요함을 바라는 테오에게는 너무 좁게만 느껴진다. 형에게 집을 나가 달라고 말하고 싶은 마음은 굴뚝같지만, 정말로 그렇게 했다간 형이 오히려 더욱더 집에서 나가지 않겠다고 고집을 부릴 것임을 테오는 잘 알고 있다.

완강하고 끈덕진 데다 고집쟁이인 빈센트 형.

테오 반 고흐는 파리 시내의 멋들어진 몽마르트 대로에 위치한 명망 있는 화랑, 구필 & 씨(Goupil & Cie, 이하 '구필 화랑'으로 표기함.)의 총 매니저로 일하고 있다. 그는 유능한 직원이지만 지금 상황은 너무나 답답하고 힘들다. 화랑 주인들은 그가 전통적 스타일의 그림을 팔기를 원한다. 그 그림들이 대중적으로 인기가 높으며 돈이 되기 때문이다. 물론, 테오에게도 돈을 버는 일은 중요하지만(자기 자신뿐 아니라 빈센트 형과 어머니에게 보낼 돈도 벌어야 하므로), 그래도 그는 자기 마음에 진정으로 와닿는 그림을 팔고 싶다. 빈센트 형과 자신의 친구들인 인상파 화가들, 즉 에밀 베르나르(Émile Bernard)나 폴 고갱(Paul Gauguin), 클로드 모네(Claude Monet), 앙리 드 툴루즈 로트렉(Henri de Toulouse-Lautrec) 같은 화가들이 그린 작품들 말이다. 그리고 머지않아, 어쩌면, 빈센트 형이 그린 그림도 팔 수 있기를…….

그렇지만 이런 현대 작가들의 작품으로는 돈이 충분히 벌리지 않고, 그렇기에 테오는 상사들과 끊임없이 전투 아닌 전투를 벌여야 한다. 그는 겨우 설득에 설득을 거듭하여, 중이층(中二層) 공간에 인상파 화가들의 작품을 전시할 허락을 받았다. 중이층은 층과 층 사이에 있는 중간층을 말한다. 이곳에 걸린 그림들은 마치, 있긴 있지만 또 확실히 있는 것도 아닌, 미래를 살짝 엿보는 느낌이다. 아직은 시작하는 단계이니까. 그러나 문제는 그가 하루 종일 힘들게 일한 뒤 답답하고 짜증나는 마음과 피곤한 몸을 끌고 돌아가야 하는 곳이 르픽(Lepic)가 54번지에 위치한 집이라는 사실이다. 집에서 얻어야 할 것은 휴식과 평안일 진데, 대신 그에게 주어진 것은 '빈센트 형'이다.

테오는 형의 번뜩이는 지성과 사교적인 성격, 그리고 불같은 성정을 사랑한다. 소심하고 내성적이며 우울한 기분에 젖기 쉬운 그에게 형은 좋은 해독제가 될 수 있는 사람이다.

그러나 추운 파리의 겨울 몇 달 동안을 형과 한집에서 함께 지내는 동안, 테오는 심적이나 육체적으로 완전히 망가져 버렸다. 몇 달 전인 12월에는 실제로 마비 증세가 찾아와 며칠 동안 몸을 꼼짝도 하지 못했다. 건강이 안 좋은 것을 두고 형 탓을 할 수는 없지만 적어도 테오가 회복하기 위해선, 감정의 회오리에 휩싸이거나 악을 쓰고 소동을 부리거나 시도 때도 없이 말하고 가르치려 하는 빈센트 형으로부터 휴식이 필요하다.

그런데다 최근 들어 설상가상으로 빈센트 형은 그에게 툭하면 화를 낸다. 테오는 빌에게 이렇게 쓴다 "기회만 생겼다 하면 형은 나를 향해 경멸감을 드러내고, 내가 자기에게 혐오감을 일으킨다고 말해."

지금 두 형제의 모습을 초상화로 그린다면, 거친 붓놀림의 붉은 오렌지색 물감이 가장 눈에 띌 것이다.

어린 시절, 빈센트와 테오가 네덜란드의 준데르트(Zundert)라는 마을에 살던 때, 목사였던 그들의 아버지는 특별 기도문을 만들어 아이들 모두에게 외우게 하고, 아이들이 집을 떠날 때마다 그 기도문을 읊도록 시켰다.

"오 주여, 저희를 충심으로 하나 되게 하시고, 당신에 대한 사랑으로 그 하나 됨을 더욱더 굳건하게 하소서."

테오는 꿋꿋하고 용감하게 그 기도문에 충실한 삶을 살았다. 15년 전 둘이 함께 나선 산책길에서 한 서약을 맺은 이후, 그는 대부분의 세월을 빈센트의 가장 가까운 친구로 보냈다. 온갖 역경과 시련 속에서도 그는 지난 7년간 형에게 물감, 연필, 펜, 잉크, 캔버스, 종이뿐 아니라 옷과 음식을 살 수 있도록 꾸준히 돈을 보내 뒷바라지했으며, 같은 집에서 살기 전에는 집세도 내 주었다.

3월 30일이면 서른네 살이 되는 빈센트, 그리고 5월 1일이면 서른 살이 될 테오, 그들은 이제까지 삶의 여정을 줄곧 함께 해 왔다. 그런데 이제 와서 테오가 어떻게 형을 내쫓을 수 있단 말인가?

빈센트와 테오 형제의 외모는 둘 다 빨간 머리라는 점에서부터(빈센트는 좀 더 붉은색이고, 테오는 붉은색이 감도는 금발에 더욱 가깝지만) 많이 닮았다. 빈센트는 주근깨가 있지만, 테오는 없다. 둘 다 170cm 정도 되는 중간 키이지만,

빈센트는 어깨가 넓고 체격이 크며, 테오는 더 마르고 가느다란 편이다. 둘 다 (때로 어두운 초록빛을 띠는 옅은) 파란 눈동자를 가졌다. 누가 보아도 둘은 형제 사이이다.

그러나 서로에게서 풍기는 인상은 그토록 다를 수가 없다.

빈센트는 거의 매일을 작업복 차림으로 그림을 그리며 보낸다. 너무 춥지 않은 날은 바깥에서, 그렇지 않은 날은 집 안에서. 그의 몸은 온통 파리의 검댕이나 덕지덕지 낀 때로 뒤덮인 데다 온갖 색깔의 물감이 잔뜩 튀어 있다. 황토색, 붉은 벽돌색, 주황색, 황연색, 암청색, 녹색, 검은색, 아연색.

그는 몸을 자주 안 씻는다. 아무리 19세기 사람들에게는 그게 보편적인 특징이라 해도, 그의 경우는 정도가 더욱 심하다. 그에게서는 땀 냄새를 비롯해 더러운 흙, 음식물, 물감, 송유, 와인, 담배 냄새가 한데 뒤섞여 악취가 풍긴다. 평소에는 늘 담배 파이프를 입에 물고 살며, 성하게 남아 있는 치아가 몇 개 없고 그나마 있는 이는 까맣게 썩어 있다.

그럼에도 빈센트는 건강한 인상을 풍긴다. 에너지가 넘치고 다부지며 강한 생명력으로 똘똘 뭉쳐 있는 것 같다. 마치 그가 담아내고 싶은 세상이 그의 몸속에서 꿈틀대며 밖으로 터져 나오려 하는 것처럼, 그에게선 정열이 흘러넘친다.

반면, 양복을 단정하게 잘 갖춰 입은 테오는 누가 봐도 어엿한 파리의 실업가이다. 외모도 더욱 섬세하고 세련되었다. 건강 상태만 그렇게 나쁘지 않았다면 충분히 미남으로 보였을 것이다. 그러나 그는 마치 생기가 다 빠져나간 사람처럼 마르고 창백하다. 그리고 자기 스스로도 그렇게 느낀다.

빈센트가 파리로 이주해 온 것은 형제 둘 모두에게 여러모로 좋은 영향을 많이 끼쳤다. 빈센트의 그림 실력은 동생 테오 덕분에, 또 새로 알게 된 화가들과 자신의 집요한 작업 방식 덕분에 몰라보게 향상되었다. 요즘 그의 그림은 풍부한 빛과 새깔, 그리고 빈센트 특유의 스타일로 차고 넘친다.

그런가 하면 빈센트는 테오에게도 생기를 주었다. 파리에서 혼자 외톨이로 지내던 테오는 비록 꿈꾸던 아내와 자식은 없지만, 적어도 빈센트를 통해 수많은 친구들을 알고 사귀게 되었다. 그런 점에서 테오는 감사하고 있다. 그렇기 때문에 지금 아무리 힘들다 해도 형을 쫓아내지 않는다. 아직은.

그해 4월, 테오는 다른 여동생인 리스(Lies, '엘리자베스'의 애칭)에게 자신의 건강 상태가 좋지 않다고, '특히 정신적으로 좋지 않으며, 힘겹게 자신과의 싸움을 벌이고 있다고' 실토한다. 몸 상태만 괜찮다면, 빈센트 형과도 참고 지낼 수 있을 텐데.

사실 몇 시간 정도라도 야외에서 따스한 햇볕을 쬐고 공기를 마실 수 있다면 두 형제 모두에게 이로울 것이다. 그러나 요즘 파리의 해는 날이 갈수록 짧아진다. 봄이 다가오고 있다면 좋을 텐데! 그러나 현실은 안팎으로 더없이 어둡고 침울하다.

우울 그리고 불꽃.

빈센트 형 안에는 마치 상반된 두 사람이 있는 것 같다고, 언젠가 테오는 빌에게 말했다. 그 두 사람에 대해 테오는 누구보다 잘 알고 있다. 어떨 때의 빈센트 형은 흥과 열정이 넘쳐흐르며 한없이 친절한 사람이지만, 어떨 때는 불같이 화를 내며 매우 까다롭게 군다. 넓고 너그러운 마음을 가진 반면, 고집스럽고 언쟁을 벌이기 좋아한다.

테오뿐만 아니라, 빈센트는 때로는 그 자신에게, 또 때로는 그가 아끼는 사람들이나 친구들에게 시비를 걸고 까다롭게 군다. 머지않아 닥칠 미래의 어느 춥고 불같은 밤, 결국 빈센트는 또 다른 룸메이트와 큰 언쟁을 벌이게 될 것이다. 그리고 그 언쟁은 유혈 사태로 끝을 맺을 것이다.

중이층

언뜻 엿본 미래

앞 그림
「몽마주르에서 본 라 크로(La Crau Seen from Montmajour)」(1888)

2.

병원 침대맡의 두 형제

1년 반이 지난 1888년 12월 말의 어느 날, 빈센트는 더 이상 파리에 살고 있지 않다. 대신 프랑스 남부에 있는 '아를'이라는 동네에서 화가 친구와 함께 살고 있다.

테오는 파리에서, 그 어느 때보다 행복한 나날을 보내고 있다.

두 형제는 거의 800km의 거리를 사이에 두고 떨어져 있다.

그해 크리스마스이브, 테오에게 전보가 한 통 배달된다.

빈센트가 부상을 입고 위독한 상태에 처했다는 전보이다.

테오는 단숨에 파리에서 아를로 가는 밤 기차를 타고 형에게 달려간다. 총 열여섯 시간이 걸리는 여정이다. 테오가 병실에 도착했을 때 빈센트는 의식이 거의 없다. 절단된 귀에서 흘러나오는 피를 멈추기 위해 머리 주위는 붕대로 칭칭 동여매어져 있다.

빈센트가 의식과 무의식의 세계를 오락가락하는 동안 두 형제는 이야기를 나눈다. 이따금 빈센트는 혼미한 상태로 헛소리를 내뱉기도 한다. 그의 목숨이 무사할지 어떨지는 아직 확실히 알 수 없다.

테오는 상실감에 빠진다. 그는 베개 위로 형의 머리 옆에 나란히 머리를 댄다.

빈센트에게도 곁에 있는 테오의 존재가 느껴진다. 생사의 갈림길에서 그는 어느새 네덜란드에서 보낸 그들의 어린 시절로 돌아가 있다. 그들이 살던 작은 마을, 모든 것이 단순하고 순수하며 아름답던 시절, 같이 쓰던 다락방에서 둘이 인생과 미래를 나누던 그 시절.

빈센트가 테오의 귀에 대고 속삭인다.

"꼭 준데르트에 살던 때 같아."

시작

1852~1872

3.
두 명의 빈센트

빈센트와 테오의 가정은 죽음과 함께 시작되었다.

큰형이라는 존재가 있었다.

어머니인 안나 반 고흐-카르벤투스는 1852년 3월 30일에 첫 아이를 낳았다. 태어난 아이는 사산아였다. 지금도 준데르트 시청의 등기소 기록에는 네덜란드어로 '생명이 없는'을 뜻하는 '레벤루스(Levenloos)'라는 단어가 적혀 있다. 이 단어 옆에 아버지는 '테오도루스 반 고흐'라는 이름으로 서명을 했다. 죽은 아기의 이름은 기록되지 않았다.

그러나 실은 그 아이에게도 어엿한 이름이 있었다. 친할아버지의 이름을 딴 '빈센트'였다. 그들은 도루스('테오도루스'의 애칭)가 목사로 부임해 있던 마을 교회의 옆 묘지에 아이를 묻었다. 그 묘지에 사산아가 묻힌 것은 역사상 처음 있는 일이었다.

안나와 도루스 부부는 교회 옆에 붙어 있는 목사 사택에서 살았다. 그리고 그곳의 침실에서 정확히 만 1년 뒤인 1853년 3월 30일 아침 11시, 안나는 건강하게 살아 있는 둘째 아들을 낳았다.

그들은 이 아기에게도 빈센트라는 이름을 붙였다. 죽은 형과 마찬가지로 친할아버지의 이름을 딴 이름이었다. 중간 이름은 '빌렘(Willem)'으로 외할아버지의 이름을 따서 붙였다. 도루스는 이 아기의 출생 신고 또한 준데르트 시청에 가서 했다. 출생 신고 번호 29, 1년 전 죽은 형과 똑같은 번호였다. 다만 이번에는 '빈센트 빌렘 반 고흐'라는 이름이 기재되었다.

죽은 형과는 다르게, 빈센트 빌렘 반 고흐는 태어나 3주 반 정도가 지난 4월 24일에 세례를 받았다. 기독교적 관점에서 볼 때 그는 이 세례식으로 새로운 시작을 얻었지만, 그의 삶이 뭐든 자유로이 그려 나갈 수 있는 흰 도화지에서 시작되었다고는 말할 수 없다. 가족사 위에서, 그리고 바로 집 옆 교회 묘지의 묘비 위에서, 첫아들 빈센트의 존재는 늘 그와 함께했다.

빈센트 반 고흐
1852

고통받는 어린아이들이여 나에게 오라
천국이 그들의 것임이니라

그것은 마치 두 개의 빈센트 반 고흐의 초상화가 나란히 붙어 있는 것과도 같았다. 하나는 세상에 막 태어난 상태 그대로 시간 속에 얼어붙은 모습으로, 그리고 다른 하나는 갓난아기에서 걸음마를 시작한 아기로 또 주근깨투성이에 빨간 머리를 가진 남자아이로 그렇게 무럭무럭 자라났다.

그러나 세상에 남은 빈센트는 단 한 명뿐, 그는 전통적으로 부모의 희망을 한 몸에 받고 자라는 장남이었다. 반면, 첫 번째 아기 빈센트는 펜티멘토*

---

*제작 도중에 변경되어 뭉개져 버린 형상이나 터치가 어렴풋이 남은 자취, 또는 아련히 나타나 보이는 원래의 형태. —이하 *표시 옮긴이 주.

같은 존재였다. 두 번째 빈센트의 초상 뒤에 남겨진 유령 같은 이미지이자, 순전히 추측으로 그려진 한 아이의 그림이었다.

화가가 작품 위에 다른 그림을 덧그리면, 밑에 있던 원래 그림은 영원히 사라져 버려 다시는 그 모습을 드러내지 않을 때가 많다. 그러나 첫 아들 빈센트의 초상은, 살아남은 빈센트가 자라남과 동시에 점점 더 뚜렷하게 그 존재감을 드러낼 것이다.

4.
그 시절

빈센트가 태어난 뒤로도 네 명의 아이들이 모두 집 안에서 건강한 아기로 태어났다. 각각의 이름은 안나(Anna, 1855), '테오'라고 불린 테오도루스(Theodorus, 1857), '리스'라고 불린 엘리자베스(Elisabeth, 1859), '빌'이라고 불린 빌레미엔(Willemien, 1862), 그리고 빈센트보다 열네 살 어린 막내로 '코르'라고 불린 코르넬리스(Cornelis, 1867)였다.

마르크트(Markt)가 26번지에 위치한 그들의 작은 집은 새 아기가 태어날수록 점점 더 비좁아졌다. 그러나 안나와 도루스는 개의치 않았다. 그들이 원한 것은 지금도 그리고 영원히, 온가족이 끈끈한 가족애로 한데 뭉치는 것이었다.

가족들 간의 사이가 가까울수록 자신들의 가치관을 지키는 일도 더욱 용이했다. 그들이 살던 준데르트를 비롯한 네덜란드 남부에 위치한 북 브라반트(Brabant)는 가톨릭이 대세인 지역이었고, 그곳에 자리 잡은 반 고흐의 가족과 교회 공동체는 홀로 떨어진 작은 개신교 섬과도 같았다. 반 고흐 목사와 안나 부부는 아이들이 무엇보다 의무와 자비, 도덕심을 지닌 어른으로 성장하기를 바랐고, 한없이 거칠고 험해 보이기만 하는 가톨릭 사회에 맞서 아이들을 지켜 내기로 굳게 마음먹었다. 도루스는 아이들을 위해 그들의 가치관과 희망을 함축해 놓은 가족 기도문을 썼다. 가족들이 충심으로 뭉치고, 그들의 결속이 하나님에 대한 사랑 위에 늘 굳건하기를 바라는 기도문이었다.

안나와 도루스 반 고흐가 신앙만큼 또 중요하게 여긴 것은 현실 세계였다. 그들은 근면한 노동에도 큰 가치를 두었으며, 아들들이 자급자족할 수 있는 어른으로 자라나길 바랐다. 그리고 단순히 어려운 사람을 돕는 데에서 그치지 않고, 더 나아가 문화와 사회, 덕망, 그리고 그에 수반되는 모든 것들을 추구하도록 가르쳤다.

그들은 하나님을 사람을 통해 사람을 교육시키는 아버지라고 여겼기에, 아이들이 예술과 과학 방면 모두에서 양질의 교육을 받을 수 있도록 힘을 쏟았다. 그렇기에 빈센트와 안나, 테오와 동생들이 자신들의 가치관을 충실히 고수하며 자라는 동시에 바깥세상으로부터도 고립되는 일이 없기를 바랐다. 아이들이 다른 문화에 대해서도 배우고 각자의 재능도 개발할 수 있도록, 안나와 도루스는 집으로 잡지와 신문을 배달받았다.

반 고흐 가족의 사택은 마을의 어떤 집보다 고급스럽고 예쁘게 장식되어 있었다. 가구도 훌륭하게 갖추어져 있었고, 안나는 정원이나 근처 들판에서 꺾어 온 꽃들로 집 안을 가득 채웠다. 그 시대 많은 여성들처럼 안나는 예술에 조예가 깊었으며, 특히 꽃이나 식물을 그리는 데 뛰어나 집 안 곳곳에는 그녀가 직접 그린 아름다운 정물 수채화가 걸려 있었다. 코바늘이나 자수에도 소질이 있어 그녀가 만든 작품들은 집 안 구석구석에 전시되어 있었다.

도루스는 1층 앞면에 있는 가장 커다란 방을 목사 업무용으로 사용했다. 회의를 하거나 성경 공부를 하고, 일요일 예배가 끝난 후 다과 시간을 가지거나, 겨울에 교회 건물이 너무 추울 때 교리문답을 하는 곳이었다. 그 방에는 벽난로가 놓여 있었고, 평범한 타일 대신 소나무로 된 마룻바닥이 깔려 있었으며, 벽지도 따로 발라져 있었다.

공적 용도로 사용된 그 앞방 외에, 그 집에 한 군데 더 호사스러운 공간이 있다면 바로 본채에 나란히 붙어 있는 헛간의 변소였다. 그 말은 즉, 반 고흐 가족은 화장실을 가려고 바깥으로 나갈 필요가 없다는 말이었다. 그밖에 마르크트가 26번지 사택의 나머지 부분은 아이들을 위한 소박하고 안락한 공간이었다. 많은 세월이 지나 빈센트가 아프고 다친 몸으로 아를의 병원 침대에 누웠을 때, 그는 그 사택의 모습을 머릿속에 생생하게 떠올렸다. 어린 시절 그 집은 마음속에 영원히 각인되어 지울 수 없는, 언제나 그 모습 그대로 남아 있는 특별 제작된 그림과도 같은 것이었다.

빈센트는 테오에게 보내는 편지에 썼다. "이번에도 준데르트 집에 있던 방 하나하나가 눈앞에 모두 떠올랐어. 오솔길, 마당에 있던 식물들, 주위 풍경, 들판, 이웃집들, 묘지, 교회 건물, 뒤쪽 부엌 정원, 그리고 묘지에 있던 커다란 아카시아 나무 위에 지어진 까치집까지도."

도루스가 처음 이 집으로 이사했을 때, 집의 앞부분은 지은 지 최소한 225년은 된 오래된 건축물이었다. (준데르트의 목사로 부임했을 당시 그는 아직 미혼이었다.) 전체적으로도 꽤 낡긴 했으나, 나머지 부분은 그래도 추후에 필요에 따라 증축된 것이었다. 집은 매우 비좁아서 1층 전체가 창문 두 개와 문 하나의 너비밖에 되지 않았다. 도루스와 안나는 1층의 가운데 방을 썼다. 그 방은 지하실과 2층으로 연결되어 있었다. 2층 방은 다락에 더 가까운 곳으로, 1층 방보다도 더 비좁았으며 위로는 가파르게 경사진 뾰족한 지붕 모양의 천장이 있었다. 바로 그 처마 밑 방을 빈센트가 썼고, 어느 정도 나이가 되자 테오도 합류했다. 두 형제는 그 처마 밑 침대에서 서로 머리를 맞대고 잠자리에 들었다.

그러다 나중에는 아이들 모두와 가정부까지도 2층에서 잠을 잤고, 더 나중에는 그 작은 방을 벽으로 분리해 더 작은 방들로 만들어, 도루스와 안나가 고용한 가정교사에게 쓰게 했다. 처마 밑의 또 다른 방에서는 아버지가 설교 준비를 했는데, 책과 그림으로 가득했던 그 방은 이후로도 빈센트의 기억 속에 늘 남아 있었다.

아침이 되어 침대에서 기어 나온 아이들은 아래층 뒷방으로 내려와 아침을 먹으며 때로는 따뜻한 코코아 한 잔을 곁들였다. 그 방에는 펌프가 부착된 우물이 있었고 벽난로와 오븐, 난로가 있었다. 추운 날이면 빈센트는 난로의 연통을 두 팔로 안고 몸을 녹였다.

가족들이 대부분의 시간을 보내던 곳이 바로 그 방이었다. 식사를 하거나 게임을 하거나, 저녁이 되면 함께 소설책이나 동화책을 읽었다. 그 방은 뒷마당을 향해 나 있었기에 기다랗게 경사진 정원이 한눈에 보였고, 정원에는 선홍색의 제라늄과 달콤한 냄새를 풍기는 목서초, 빨강 노랑 주황 분홍의 색색 꽃을 피워 내는 쇠비름이 가득 피어 있었다. 그 정원에는 과일나무도 있었으며, 한쪽 구석엔 산딸기, 허브, 완두콩 덩굴이 자랐다. 정원 가장자리로는 너도밤나무 울타리가 둘러져 있었다. 집 뒤쪽으로 좀 더 가면 호밀밭이 있었고, 그 옆으로 더욱 넓은 땅의 텃밭에서는 감자를 비롯한 채소들을 길렀다. 추수기가 되면 일꾼을 고용해 수확을 도왔다. 가족 소유의 염소도 세 마리 있었다.

어느 정도 날이 따뜻해지면, 빈센트와 테오는 여동생 안나와 리스를 데리고 부엌으로 이어진 정원에 나가 놀았다. 그들은 뜀박질을 하거나, 높은 곳을 오르거나, 모랫바닥을 파서 해변에 있는 것처럼 모래성을 쌓거나 하면서 놀았다. 빈센트는 어린 동생들을 위해 곧잘 새로운 놀이를 발명하곤 했는데, 하루는 너무나 즐거운 하루를 보낸 후에 안나와 테오, 리스가 고마운 마음의 표시로 정원에 있는 가장 아름다운 장미 덤불을 골라 '빈센트의 나무'라고 이름 붙여 주기도 했다.

어린 시절 집에서 나눈 행복한 가족의 정은 그 후로도 영원히 빈센트와 함께했다. 부상당한 몸으로 아를에서 생사의 경계를 넘나들던 때에도, 그의 머릿속은 '그 옛날 가족 모두에 대한 기억, 그 시절의 추억'으로 가득 차 있었다.

5.
자연에 내린 뿌리

1849년 도루스가 마르크트가 26번지 집으로 이사 왔던 당시에, 준데르트는 네덜란드에서 이웃 나라 벨기에로 넘어가는 관문으로 상업이 발달하고 장이 서는 마을이었다. 사택 앞에는 매일매일 객차, 수레, 상인들, 판매할 물건을 가득 실은 화물 마차, 그리고 바깥세상에서 온 여행객들이 지나다녔다. 길을 따라 조금만 내려가면, 승합 마차와 우편 마차가 말을 교환하던 시장 광장이 나왔다. 마을 양수(揚水)장에서는 하인들이 모여 물과 소문을 나누었다. 허구한 날 인파와 마차가 몰려들어 광장은 옴짝달싹할 수 없을 정도로 꽉꽉 차곤 했다. 마을 사람들은 교통 정체와 소음에 대한 불평을 늘어놓기 일쑤였고, 건조한 날이면 마차가 일으키는 먼지에 공기가 너무 탁하고 더러워져 섣불리 집 창문을 열 수조차 없었다.

일요일이면 한결 조용해진 마을 광장에 경찰서장이 나와 시청 계단에서 마을 소식을 전해 주었고, 이어서 법원 서기가 올라와 법률 사무소에서 나온 법 관련 소식을 읽어 주었다.

빈센트의 이름이 시청에 있는 장부에 올라 그의 출생이 기록되고 공표되었던 즈음에는 기차선로가 생겨 준데르트의 교통량이 어느 정도 분산되었던 시기였다. 따라서 지나다니는 여행객의 수도 줄고 마을 분위기도 다소 조용해져 있었다. 비록 목사의 사택은 중심가에 위치하여 여전히 사람들로 붐볐지만 말이다.

그럼에도 빈센트와 테오는 늘 자신들을 시골 소년이라고 여겼다. 집 뒤편이 마을 끄트머리에 맞닿아 있던 데다, 훗날 빈센트가 쓴 표현을 빌리자면 준데르트라는 마을은 '갓 자란 파릇한 보리로 덮인 검은 들판'과 호밀밭, 옥수수밭, 잡초와 야생화로 가득한 황야에 둘러싸여 있었기 때문이다.

마당 문을 통해 호밀밭으로 걸어 들어가면, 그 너머로 야생화가 흐드러지게 핀 목초지가 나오고, 산책하기 좋은 소나무 숲이 이어지며, 곧이어 졸졸 흐르는 시냇물이 민낯을 드러냈다. 빈센트는 여기저기를 정처 없이 쏘다니기 좋아했으며 새로운 것을 찾아내고 수집하는 것을 즐겼다. 그는 종종 그물과 유리병을 가지고 집을 나섰다가, 자연에서 얻은 소중한 보물을 손에 들고 돌아오곤 했다. 그에겐 새집이나 새알, 돌멩이, 희귀한 야생화 등 다른 가족 누구도 찾지 못할 만한 것들을 찾아내는 데에 탁월한 감각이 있었다. 특히 벌레나 개울에 사는 물방개 같은 곤충을 잡는 것을 좋아했는데, 무엇보다도 수집하는 행위 그 자체에 매우 열정적이었다.

대개는 빈센트 혼자서 나가 돌아다녔지만, 테오가 바깥을 걸어 다닐 수 있게 되고부터는 둘이 함께 다닐 때가 잦아졌다. 테오는 채집하는 일에 빈센트만큼의 열정을 보이진 않았다. 테오뿐 아니라 동생들 누구도 마찬가지였다. 그러나 그들은 늘 큰형이 이번엔 무슨 보물을 찾아왔을지 궁금해했고, 큰형의 모습이 마당 입구에 보이기 시작하면 그가 가져온 전리품을 구경하기 위해 앞다투어 모여들었다.

빈센트는 자신이 잡아 온 것들을 테오와 동생들에게 보여 준 뒤, 작은 다락방으로 올라가 수집품을 정리하고 새 벌레들을 추가해 넣었다. 조심스레 벌레를 손에 들고 하얗고 깨끗한 종이가 깔린 상자 안에 핀으로 고정시킨 후, 그 곤충들의 라틴어 학명을 각각 깔끔한 글씨로 적어 넣었다.

훗날 먼 길을 돌고 돌아 마침내 화가가 되는 길에 접어들었을 때, 빈센트는 테오에게 이렇게 썼다. "자연을 똑같이 모방하는 건 이상적인 일은 아니야. 그러나 그런 식으로 자연을 알고 이해하는 일은 가공되지 않은 진실한 행위지. 요즘 많은 사람들에겐 그 점이 결여되어 있어. (중략) 너는 말하겠지, 그렇지만 누구나 어린 시절부터 자연의 풍경과 형상을 보고 자라는 거 아니냐고. (중략) 질문 하나 할게. 누구나 황야와 초원, 들판, 숲 같은 자연을 본다고 해도 누구나 그것을, 또 눈과 비와 폭풍을 반드시 좋아한다는 법이 있을까?"

빈센트는 어떤 상태에 있는 자연이든, 그 자연을 이해하고 사랑했다.

길을 잃고 방황하던 젊은 시절, 그는 돈이나 먹을 것 하나 없이도, 도중에 폭우를 만나면서도, 먼 거리를 걷고 또 걸었다. 추위나 더위 속에서도 그는 기꺼이 야외에 잠자리를 깔았다.

그리고 그 후로도, 강렬한 햇볕 아래 앉아 매일같이 몇 시간이고 들판과 꽃들과 태양을 화폭에 담아냈다. 매서운 남 프랑스의 미스트랄*에 맞서서 치열하게 싸웠고, 바람으로 이젤이 똑바로 세워지지 않을 때가 되어서야 단념하고 돌아섰다.

자연은 그의 일부였다. 자연의 극한적인 모습 또한 '그'라는 존재의 일부였다.

그는 가까이에서 보기 위해, 또는 그 안으로 들어가 보기 위해 폭풍을 향해 돌진했다.

빈센트는 제대로 된 멋진 폭풍을 흠모했다.

그러나 그의 부모는 그렇지 않았다.

---

*프랑스 남부 지방에 주로 겨울에 부는 춥고 거센 바람.

6.

도루스와 안나 : 목사님과 사모님

우리 아버지와 어머니는 결혼한 부부로서 모범적인 분들이셨어.
– 빈센트가 테오에게, 1889년 1월 22일

안나와 도루스는 자연이나 바깥 활동을 그다지 좋아하지 않았다. 그들은 집 뒤뜰에 풍성한 정원을 가꾸었고, 안나는 꽃을 꺾어 집 안을 장식했다. 부부는 가족들을 이끌고 매일 마을 주변을 산책했다. 그러나 그들에게 산책이란 정해진 일과일 뿐이었다. 황야 위를 쏘다니는 빈센트처럼 위대한 발견을 위해 나서는 탐험이 아니었다.

젊었을 때 도루스는 70km가 넘는 길을 걷고 나서 심하게 앓은 적이 있었다. 그 후로 그는 그렇게 먼 길을 걷지 않았다. 그래도 기회가 있을 때마다 그는 걸어 다녔고, 아들들에게도 그렇게 할 것을 장려했다. 그러나 도루스는 생활이나 자연 환경에서 극함을 즐기는 편은 아니었다. 그와 안나는 규율과 체계, 평정과 모범에 따라 처신하는 것을 좋아했다. 그리고 단정한 용모와 가지런한 행실, 적합한 사람들과의 교제 같은 것을 중요하게 여겼다.

빈센트는 커 가며 점점 이런 대부분의 것들을 별 의미 없는 헛된 것으로 여긴다. 그러나 어렸을 적에는 부모님의 이런 가치관에 의문을 품지 않았다. 그는 무조건적으로, 온 마음을 다해, 각각 따로, 그리고 함께, 어머니와 아버지를 사랑했다.

아버지의 초상

빈센트가 태어났을 때 서른한 살이던 테오도루스 반 고흐는 아담한 키에 작은 체구를 지닌 미남이었다. 길고 강인한 콧날과 높은 광대뼈, 사각 턱을 가진 그를 마을 사람들은 '미남 목사님'이라고 불렀다. 그의 밝은 금발은 일찍이 세기 시작했는데, 사람들은 그마저도 그를 더욱 위엄 있어 보이게 만든다고 생각했다.

여느 다른 아버지처럼 그도 복잡한 남자였다. 자신의 신념과 가치관을 굳게 믿는 동시에, 사람들에게 매우 친절했고 상냥했으며 남달리 너그럽고 관대했다. 자기 교구 소속의 사람이든 가톨릭 신자이든 상관하지 않고, 누구든 아프고 가난한 사람이 있으면 먹을 것을 베풀었다. 돈을 받는 것을 꺼리지 않는 사람에게는 돈을 주었고, 외상값을 갚지 못하고 있는 사람이 있으면 식료품점에 몰래 돈을 내 주었다. 때로는 교회위원회 장로들이 그가 교회 돈을 너무 관대하게 쓰는 것이 아닌가 하고 염려할 정도였다. 그러나 그토록 너그러운 마음 때문에, 소속 교구뿐 아니라 널리 준데르트와 주변 마을의 가톨릭 신자들까지도 그를 존경하고 따랐다.

훗날 한 가톨릭 여신도는 그를 기억하며 이렇게 말하기도 했다. "우리는 그를 정말 좋아했어요. 그의 일이라면 누구라도 물불을 가리지 않고 나섰을 겁니다."

그러나 그에게는 욱하는 성질이 있었다. 집에서 아이들을 향해 버럭 화를 내거나 교구 신자들을 향해 역정을 내는 때도 있었다. 신자 한 명이 교회에 나오지 않자, 예배가 끝나자마자 그 집으로 쳐들어가 큰 소리로 고함을 쳤던 적도 있었다. 훗날 세월이 흘러 (가톨릭 신자였던) 준데르트의 시장의 기억에 남아 있는 그는 '엄격하며 작고 다부진 개신교 교황'의 모습이었다.

그런 도루스 자신이 인정하는 약점이 하나 있었으니, 그가 말을 잘 못한다는 점이었다. 그의 설교 내용은 지루했고 목소리에는 힘이 없었다. 빈센트와 형제자매들은 이 점을 깨닫지 못했다. 달리 비교할 만한 사람이 없었기 때문이다. 그러나 도루스는 스스로의 한계를 잘 인지하고 있었고, 크게 엄격하지 않은 신생 네덜란드 개신교 작은 종파의 교회 목사로 준데르트라는 작은 마을에 사는 것에 만족해했다. 도루스의 아버지 또한 목사였으며, 도루스에 비해 훨씬 성공적인 목사였지만, 그는 아버지와 같아지려 애쓰지 않았다. 스스로에게 큰 야망을 품지 않았다.

그에게는 야심찬 형제들이 있었고, 각자 자신의 방면에서 훨씬 더 성공적인 활약을 펼쳤다. 그는 열한 명의 자녀 중 한 명으로, 다섯 아들 중에 아버지의 길을 따른 유일한 아들이었다. 얀(Jan)이라는 이름의 형제는 네덜란드 전 해군의 제독이었다. 헨드릭(Hendrik), 코르넬리스(Cornelis), 빈센트(Vincent) 이렇게 세 명의 형제는 명성 높은 미술상이었다. 그중에서도 가장 성공한 형은 빈센트로, 유명한 구필 화랑의 공동 경영자였다. 그는 안나의 언니인 코르넬리아(Cornelia)와 결혼했는데, 그들은 근처에 살기도 했고 슬하에 자식이 없었기 때문에, 빈센트와 테오는 어렸을 때부터 센트 큰아버지와 코르넬리 큰어머니로부터(특히 센트 큰아버지에게) 지대한 영향을 받았다.

도루스는 아들들의 삶에 형이 들어오는 것을 환영했다. 그래서 두 형제는 자라나는 동안 마치 두 쌍의 부모를(특히 아버지의 경우에) 둔 것 같은 영향을 받았다. 도루스와 센트는 그들을 이끌어 주기도 하고 그들을 향해 요구하기도 하고 원하든 원하지 않든 충고를 주기도 했다. 그렇지만 역시 빈센트와 테오 두 사람이, 때로는 기꺼이 때로는 마지못해, 때로는 기쁜 마음으로 때로는 아니라 해도, 진실로 존경하고 의지하며 판단의 기준으로 삼았던 사람은 아버지였다.

테오는 욱하는 성격을 제외하고는, 외모나 성격 면에서 아버지를 쭉 닮았다. 특히 그 욱하는 성격이 그랬다. 그러나 그 외 나머지 거의 모든 면에서 빈센트는 어머니를 닮았다.

어머니의 초상

안나 카르벤투스(Anna Carbentus)는 도루스보다 연상으로, 빈센트를 출산했을 때 이미 서른네 살이었다. 그녀는 예술적이고 똑똑했으며 강인하고 외향적이면서도 현실적 성격의 소유자였다. 결혼 생활 초반부터 그녀는 교구의 신자들을 함께 방문하거나 아픈 사람들을 찾아가 먹을 것을 주는 등, 목회자인 도루스의 동반자 역할을 했다. 또한, 교회와 마을 일을 하는 데 있어, 남편을 뒤에서 물심양면으로 도왔다.

안나는 아버지 빌렘 카벤투스(Willem Carbentus)로부터 예술적인 재능을 물려받았다. 그는 네덜란드 최초 헌법을 제본하여 '왕의 제본사'로 명성을 떨친 유명한 제본사였다. 안나 역시 글을 잘 썼고 꾸준히 편지를 주고받았다. 훗날 그녀의 며느리는 그녀가 보낸 편지들과, 또 그녀의 뜨개질하던 모습을 기억하며 애틋함에 젖기도 했다. 안나는 평생 동안 손에서 뜨개바늘을 놓지 않았고 늘 빠른 손놀림으로 맹렬히 뜨개질을 했다.

바로 이 어머니에게서 빈센트는 예술적 재능과 글 쓰는 재능을 물려받았다. 외모 또한 마찬가지였다. 안나처럼 그는 강인하고 튼튼하며 어깨가 넓었다. 또한, 그 외의 다른 면모들도 안나에게서 많이 물려받았는데, 안나는 남들과 어울리기를 좋아하고 자기주장이 뚜렷했으며, 옳고 그름에 대한 주관이 명확했다. 고집 센 성격 또한 그랬다.

7.

빈센트 : 빨간 머리 소년

아무리 그로 인해 더 많은 실수를 하게 된다 해도, 편협하고 지나치게
조심스런 성격보다는 강렬하고 열정적인 성격이 더 나아.
— 빈센트가 테오에게, 1878년 4월 3일

빈센트 반 고흐의 사후 준데르트 이웃들이 기억하던 어린 시절 그의 모습
은 두 가지로 나뉜다. 하나는 오랜 시간 홀로 벌판을 걸어 다니던 소년, 다른
하나는 집 안에 틀어박혀 책을 손에서 놓지 않던 소년이다.

사람들의 기억에 남아 있는 빈센트는,

혼자 있길 좋아하고
말썽을 잘 일으키고
어딘가 특이하고
천성이 착하고
못생긴 외모에(그 당시에는 빨간 머리와 주근깨가 못생김의 척도였다!)
조용한 아이였다.

사람들이 기억하는 누군가의 어린 시절은, 훗날 어른이 된 모습에 비추어,
그가 어떤 삶을 살고 어떤 죽음을 맞느냐에 따라 영향을 받아, 휘둘리고 비

풀어지는 등 흔히 왜곡되기 마련이다. 그러나 우리는 인상에 의존하지 않고 확실한 기록과 세세한 정보에 기반을 두어 빈센트의 모습을 최대한 선명하게 그려 보려 한다. 그러면 하나의 그림이 떠오를 것이다.

책을 손에 든 빈센트

걷거나 채집을 하는 데 많은 시간을 보내긴 했지만, 빈센트는 어린 나이부터 책 읽는 것을 매우 좋아했다. 저녁 시간이면 어린 빈센트는 정원이 내려다보이는 뒷방에 앉아 아버지가 읽어 주는 책 속 이야기들을 들이마시듯 흡입했다. 그는 특히 동화, 그중에서도 비밀스럽고 복잡하며 인간 본연을 드러내는 한스 크리스챤 엔더슨(Hans Christian Anderson)의 이야기들을 좋아했다.

스스로 읽을 수 있는 나이가 되자, 그는 닥치는 대로 책을 탐독하기 시작했다. 대부분이 동화나 소설이었다. 책과 독서에 대한 애정은 늘 그와 함께했고, 배움에 대한 갈망을 지닌 그는 자라나면서 온갖 종류의 책을 섭렵했다. 육신이 빵을 먹고 살 듯, 독서는 삶을 지탱시켜 주는 식량 같은 것이라고 말하기도 했다. 그 둘에 차이점이 있다면, 식량이란 빈센트에게 살기 위해서 어쩔 수 없이 먹어야 하는 불가피한 것일 뿐이었고, 그는 무엇을 먹을지에 대해선(혹은 먹을지 안 먹을지의 여부에 대해서도) 거의 신경을 쓰지 않았다. 반면 책에 대해서라면 '거의 불가항적인 열정'을 지니고 살았고, 이는 준데르트에서부터 시작된 것이었다.

그림 그리는 빈센트

자, 탁자에 앉아 그림을 그리는 빈센트의 모습이 보인다. 어머니가 그에게 드로잉 교재를 건네주며 한 번 배워 보겠냐고 제안했다. 어머니는 직접 그린 꽃다발 그림도 같이 주며 따라 그려 보라고 권했고, 그러면 빈센트는 탁자에 앉은 자세 그대로 몇 시간이고 그림을 그렸다. 확실히 어려서도 기량이 엿보이긴 했지만, 흥미롭게도 가족들은 그에게 딱히 특출한 재능이 있다고 생각하지 않았다. 가족들 사이에서 그의 예술적 면모에 대한 이야기가 나오면, 그 주제는 그의 재능이 아닌, 그의 성깔로 이어지기 마련이었다.

고양이와 코끼리에 얽힌 희한한 사건들

여덟 살일 때 하루는, 빈센트가 나무를 타고 올라가는 고양이 그림을 그린 적이 있다. 어머니는 그 그림을 보고 열렬하게 칭찬했다. 그런데 빈센트는 기뻐하는 대신, 어머니의 열렬한 반응에 짜증을 내며 그 그림을 찢어 버렸다.

같은 시기의 어느 하루는, 빈센트가 목사 사택의 일을 맡아 하던 페인트공에게 퍼티*를 조금 얻어, 그걸로 찰흙을 빚듯이 코끼리 상을 만들었다. 가족들이 그걸 보고 잘 만들었다고 유난을 떨자, 빈센트는 그 코끼리를 뭉개 버렸다.

그렇게, 어린 소년 빈센트는,

빨간 머리에 주근깨, 욱하고 벌컥 화를 잘 내는 성격에, 명석한 머리에 재능이 있고, 고집이 세며, 조용하지만 열정적이고, 친절하며, 혼자 있기를 좋아하고, 자기 비판적이며, 주장이 뚜렷하고, 남다르게 특이한 아이였다.

빈센트는 대가족의 맏아들이었지만, 전형적 장남 스타일의 '착실한 아이'는 아니었다. 어쩌면 그 아이는 바로 옆 묘지에 누워 있었는지도 모르겠다.

---

*유리를 창틀에 끼울 때 바르는 접합제.

8.
바깥세상

1861년, 빈센트와 안나가 각각 여덟 살과 여섯 살이 되던 해, 부모님은 아이들을 마을 학교에 보내 보기로 결정했다. 집에서 바로 맞은편으로 길만 건너면 되는 학교였지만, 그곳은 엄격하고 예의범절을 중시하는 반 고흐 집안과는 전연 다른 세상이었다.

그 학교의 정문은 번잡한 시장 광장을 향해 나 있었다. 학교 뒤 마당에는 급수 펌프와 화장실이 있었다. 건물 내부의 바닥과 벽채는 파란색 타일로 덮여 있었다. 한 교실에는 스물아홉 개의 책상과 아홉 개의 벤치가 있었는데, 평소에 모이는 150명의 학생들이 나누어 쓰기에는 턱없이 부족했다. 그런데다가 근처 농가에서 농작물을 심거나 잡초를 뽑거나 추수를 하지 않는 농한기가 오면, 한 번에 260명까지도 되는 학생들이 몰려 들어와서 비좁은 벤치에 끼어 앉아 책상을 공유했다. 책상에는 각각 잉크통 세 개가 놓여 있었고 각 책상에 달린 서랍에는 교과서가 가득 들어 있었다. 학생들이 그 책을 집에 가져가려면 교장선생님에게 미리 허락을 받아야 했다. 아이들 사이에는 하루가 멀다 하고 자리를 차지하기 위해 쟁탈전이 벌어졌고, 그러다 보면 티

격태격 몸싸움으로 번지는 경우도 잦았다.

비가 오는 날이면 교실 안은, 비를 맞으며 몇 킬로미터씩 걸어 흠뻑 젖은 채로 등교한 아이들이 뒷벽에 걸어 놓은 외투에서 나는 습하고 퀴퀴한 냄새로 진동했다.

교장선생님에겐 음주 문제가 있다는 말이 돌았다.

부모님이 아이들 둘을 내보낸 세상은 바로 이런 곳이었다. 매일매일, 점심 시간 두 시간을 빼면 꼬박 아침 8시 30분부터 오후 4시까지.

빈센트는 지리와 역사, 자연을 배웠고, 가장 낮은 학년에 속한 안나는 읽기, 쓰기, 산수를 배웠다. 그녀는 노래를 부르거나 시 낭송을 하기도 했다. 그들은 석판을 사용해 작문을 했고, 주판이나 저울, 계량기 같은 것을 이용해 수학을 배웠다.

열 달간을 유예기간으로 두고 지켜본 뒤에, 그들의 부모는 결국 아이들을 개신교 밖 세상의 거칠고 난폭한 영향에 노출시키는 것은 유익하지 않겠다는 결정을 내렸다. 안나와 도루스는 빈센트와 안나에게 학교를 그만두게 하고, 대신 가정교사를 고용하여 교육시키기로 결정했다. 어린 동생들도 나이가 차는 대로 착착 합류하였다. 때로는 아버지가 직접 아이들에게 수업을 하기도 했다. 그리고 어머니는 빈센트를 데리고 그림을 그렸다. 그렇게 다시, 그 작은 집은 하루 종일 북적거렸으며, 아이들은 서로와, 그리고 부모와, 매우 가깝게 생활했다.

그러나 이는 영원히 지속되지 않았다. 독립을 하고 세상에 자신의 자취를 남기기 위해, 빈센트가 더 나은 교육을 받아야 할 때가 왔기 때문이다.

9.
어린 시절 풍경

열한 살이 되기 딱 한 달 전, 빈센트는 평행선 무늬가 비쳐 보이는, 일반 종이보다 매끄러운 그물 무늬가 들어간 고급 종이 위에, 그 위에 연필로 준데르트의 풍경을 조심스럽게 그려 넣었다. 작은 농가와 그 옆에 나무 한 그루가 배경으로 있고, 앞문이 열린 오두막 헛간 안에 농부의 마차가 들어 있는 그림이었다. 빈센트는 마흔두 번째 생신을 맞은 아버지에게 이 그림을 선물로 주었다.

그 그림 뒤에 도루스는 날짜 '1864년 2월 8일'과 '빈센트'를 적어 넣었다. 그리고 자랑스럽게 아들의 그림을 액자에 끼웠다. 나이에 비해 뛰어난 솜씨가 돋보이는 이 그림은 빈센트 반 고흐의 생애 첫 작품이라고 확실히 칭할 수 있는 그림이자, 머지않아 그가 떠나야 할 집, 어린 시절 풍경이 담긴 그림이다.

10.
빗속의 노란 마차

'내가 집을 이렇게까지 사랑하지 않았다면' 하고 바라.
– 리스가 테오에게, 1875년 1월 10일

아버지의 생일 선물 그림을 그린 시기로부터 8개월이 지나, 1864년 10월 1일, 비가 내리는 어느 어둑어둑한 가을날, 빈센트는 부모님과 함께 말이 끄는 노란 마차에 오른다. 그 마차는 마르크트가 26번지에 있는 작은 집을 떠나 점점 멀어져 간다.

도루스와 안나는 이제 열한 살하고도 반이 지난 빈센트를 기숙 학교에 보내기로 결정한다. 경제 사정은 넉넉하지 않지만, 반 고흐 집안에서는 언제나 그랬듯 교육이 최우선이다. 게다가 빈센트는 어엿한 장남이 아닌가.

제벤베르헌(Zevenbergen) 마을에 있는 이 학교는 얀 프로빌리(Jan Provily) 교장이 운영하는 곳으로, 준데르트에서 단 24km밖에 떨어져 있지 않은 거리지만, 빈센트는 집을 두고 떠나야 한다는 슬픔으로 마음이 아프다. 사택과 테오, 동생들, 부모님, 그가 이제껏 알고 지내 온 모든 것을 떠나야 하다니. 집을 떠나야 하다니.

반 고흐 집안의 아이들이라면 누구든 늘 집을 떠날 때마다 그런 아픔을 겪을 것이다. 그리고 오늘, 잔뜩 찌푸린 하늘 아래, 그들 중 최초로 빈센트가 집을 떠난다.

그리고 그는 처음으로, 그를 남겨 두고 떠나는 부모님의 뒷모습을 바라보아야 한다.

훗날 그는 그 광경을 테오에게 이렇게 묘사해 주었다. "프로빌리 학교 앞 계단에 나는 그렇게 서서 어머니와 아버지가 탄 마차가 집을 향해 돌아가는 광경을 바라보았어. 저 멀리 기다랗게 뻗은 길로 그 노란 마차가 초원을 가로질러 가는 모습이 보였지. 비가 막 그친 후라서 길은 흠뻑 젖었고, 양옆 길 가에는 가느다란 나무들이 늘어서 있었어. 그리고 그 모든 것 위의 회색 하늘이 물웅덩이 안에 비추어 보였어."

테오에게 이 편지를 쓸 당시, 빈센트는 아직 화가의 길로 들어서기 전이었다. 그러나 그는 그 광경을 말로써 완벽하게 그려 내고 있다. 색채, 빛, 구조, 감정, 그 기억 속 풍경 그대로.

우리 눈에도 가을 잎사귀로 빗물을 똑똑 떨어뜨리며 서 있는 슬픈 나무들이, 길바닥 물웅덩이에 비친 흐린 회색 하늘이 보인다. 차갑고 축축한 공기의 서늘함이 느껴진다. 저기 눈앞에서 점점 작아지며 멀리 사라져 가는 노란 마차가, 학교 바깥 계단에 서서 부모가 자기를 두고 떠나는 모습을 바라보는 작은 소년이 보인다. 그 얼굴을 직접 보지 않아도, 빈센트의 기분이 어떨지 훤히 보이는 듯하다.

11.

테오 : 크로키를 통해 엿보다

빈센트가 처음 집을 떠난 그때, 빈센트보다 네 살이 어린 테오는 일곱 살의 어린 소년이다. 그러나 이제는 그가 집안에서 가장 맏아들이다. 그리고 그는 아버지의 이름을 물려받았다.

물론 지금까지도 그는 계속 그곳, 빈센트 주위에 있었고, 옆에서 큰형이자 유일한 형제인 빈센트를 우러러보았다. (막내아들 코르가 태어나려면 아직 삼 개월이 더 지나야 한다.) 만약 그들이 왕족이었다면 테오는 왕위 계승의 예비 서열이었을 것이다. 사실, 어떤 면에서 보면, 그는 딱 그 위치에 있었다고 할 수 있다.

빈센트의 어린 시절에 대해선 상반되는 그림들이나마 그려 볼 수 있는 반면, 테오에 대해 알 수 있는 것은 많지 않다. 세상을 떠난 빈센트가 위대한 화가 '빈센트 반 고흐'로 남게 된 후, 많은 작가들이 준데르트의 이웃들을 찾아와 빈센트에 관한 이야기를 물었다. 그 과정에서 테오에 대한 이야기는 거의 오고가지 않았다. 몇몇 소수의 사람들이나마 테오의 존재를 무시할 수 없다는 사실을 깨닫게 된 것은, 그로부터 한참 오랜 세월이 지나서였다.

그렇기에 테오는 일련의 크로키 형태로 우리에게 모습을 비춘다.

크로키란 스케치를 말한다. 화가들이 크로키를 그리는 데는 몇 가지 이유가 있는데, 그중 하나는 사람 형상을 그리는 방법을 터득하기 위한 것이다. 공을 던지는 팔의 모양이나, 붓이나 낚싯대, 혹은 사랑하는 사람의 손을 쥐고 있을 때의 손 모양이나, 신체의 각각 다른 부위나 포즈를 집중적으로 그리는 것이다. 크로키는 모델이 포즈를 하고 있는 동안, 그 몇 분의 짧은 순간 동안, 화가의 빠른 손으로 그려진다. 그런 후에 모델이 포즈를 바꾸고, 화가는 또 다른 크로키를 그린다. 한 번 서면 계속 같은 자세로 몇 시간이고 움직일 수 없는 일반 그림에 비해, 모델에게는 더 수월한 일이다.

때로는 화가가 스케치북 가득히 한 사람의 여러 신체 부위를 따로따로 그려 놓았다가, 최종 작품의 밑바탕으로 사용하는 경우도 있다. 아니면, 전체 작품의 부분으로서가 아닌 그 상태로, 즉 스케치 형태 그대로 남겨지기도 한다. 크로키는 주로, 길고양이나 어린 아이처럼, 전체 모습을 하나의 고정적인 상태로 담아낼 수 없는 사람의 동작, 즉 정지 상태로 있지 않거나 있을 수 없는 주제를 그리는 데 사용된다. 마치 어릴 적 테오의 모습처럼.

테오의 크로키 #1

테오는 가족들과 함께 식탁에 앉아 있다. 감자와 당근, 약간의 고기가 들어간 스튜를 먹으려는 참이다. 그는 아이들 중 둘째 아들이자 빈센트의 남동생이며, 행실이 바르고 착실한 가운데 형제이다.

방금 테오가 막 식사 기도를 마치고 고개를 들었다. 그의 파란 눈동자가 녹색 빛을 띤 파란색으로, 약간 어두워졌다.

테오의 크로키 #2

테오는 다루기 쉬운 아이다. 빈센트에 비하면 훨씬 그렇다. 빈센트처럼 갑자기 역정을 부리거나 성을 내거나 하지 않는다. 문제를 일으키지도 않는다. 말 그대로 착실한 아이이다.

그러나 겉으로 무난해 보이는 사람일수록, 그 차분한 외양과 달리 속은 근심과 질풍노도로 가득 차 있기도 한 법이다. 10대에 들어선 테오는 여러 차례에 걸쳐 우울함과 비애감에 젖는다. 그의 이런 우울함은 어린 시절에 시작되었을까?

어쩌면 그는 슬프기 때문에 조용한 것인지도 모른다.

어린 소년 테오를 그린 이번 스케치에는 줄을 그어 삭제한 흔적, 지우개로 지운 흔적, 구멍과 빈 공간들로 가득하다.

테오의 크로키 #3

준데르트 마을 바로 근처 브라반트의 시골 풍경. 너른 들과 여름 하늘이 보인다. 그리고 한 남자아이가 있다. 등을 보이고 있는 이 아이는 형과 함께 들판을 걷고 있다. 어깨의 뒷모습을 통해 우리는 이 아이가 형과 함께 있어 즐거워하고 있음을, 형의 모험에 동행할 수 있어 행복하다는 사실을 읽을 수 있다.

테오의 크로키 #4

테오는 안나, 리스와 함께 마당에서 놀고 있다. 빈센트 형은 학교에 가고 없다. 형을 따라 집 밖으로 놀러 나가려면, 아직도 몇 개월을 더 기다려야 한다. 그러나 그는 지금 행복해 보인다. 충분히 행복해 보인다. 다만…….

우리는 그에게 어떤 미래가 펼쳐질지 알기에 더욱 많은 것을 볼 수 있다. 때때로 예술가들에겐, 자신이 그리는 대상을 그 대상 자신보다 더 깊이, 현재의 순간을 초월해 읽어낼 수 있는 재능이 있다. 따라서 우리는 마당에서 누나와 여동생과 즐겁게 놀고 있는 테오의 얼굴에, 아주 미묘하게나마 슬픈 기색을 그려 넣는다. 약간의 찡그림과 걱정이 서린 눈썹, 사실 겉으로는 거의 드러나 보이지 않는다. 그러나 우리는 그의 슬픔을 포착해 낼 수 있다. 그리고 그때, 테오가 고개를 뒤로 돌린다.

12.
해질녘

빈센트가 프로빌리 학교에 입학한 지 2주가 지났다.

그는 놀이터 한 구석에 서 있다. 저녁이 되어 태양은 석양빛을 띠고 있다.

빈센트는 혼자이다.

훗날 그는 테오에게 이렇게 썼다. "그때 누가 와서 나를 찾아온 사람이 있다고 알려 줬어."

누구인지는 전해 듣지 못했지만, 그는 듣지 않고도 단번에 알아차린다.

그는 알고 있다.

그리고 잠시 후, 그는 두 팔로 아버지의 목덜미를 와락 끌어안는다.

그 순간만큼은 더 이상 혼자가 아니다. 어스름한 저녁 빛을 받으며, 다시 누군가와 맞닿아 있다. 아버지와 함께, 그리고 아버지를 통해, 그는 준데르트에 있는 온 가족과도 하나가 된다.

아버지가 그를 보러 찾아왔다.

그러나 도루스는 오래 머물지 못하고, 빈센트는 다시금 곧 혼자가 된다.

그는 자신의 길을 가기 시작했다. 수없이 넘어지고 잘못된 길로 접어들기도 하면서, 그가 가야 할 길은 몹시 고되고 먼 길이 될 것이다.

그의 앞에는 길고 긴 순례길이 예고되어 있다.

13.
빈센트 걷다

걷기 1

아버지처럼 빈센트도 먼 길을 걸어서 잘 다닌다. 이번에는 학교에서 준데르트로 돌아오는 길로, 벌써 세 시간째 걷고 있는 중이다.

빈센트는 더 이상 프로빌리 학교에 다니지 않는다. 열세 살이 되던 해에, 준데르트에서 북동쪽으로 48km 떨어진 도시인 틸뷔르흐(Tilburg)에 있는 빌렘 2세 국립중학교에 진학했다. 이 근처 출신이 아닌 여느 아이들처럼 빈센트도 이 지역에 사는 한 가족의 집에서 하숙을 한다. 최근 개교한 이 빌렘 2세 국립중학교는 네덜란드 왕실이 지은 왕궁 한 곳에 자리한 세속학교(世俗學校)이다. 전교생은 서른여섯 명으로 전부 남학생이다. 이곳에서 빈센트는 독일어와 네덜란드어, 수학, 역사, 지리, 식물학, 동물학, 체육, 미술 수업을 받는다. 이 학교는 예술교육을 중요하게 여기며, 훌륭한 화가 출신 선생님을 두고 있다. 예로부터 네덜란드와 이웃나라 벨기에는 훌륭한 화가들을 많이 배출해 왔으며, 회화에 대한 깊은 조예로도 널리 알려져 있다. 이 학교는 용기화(容器畵, mechanical drawing)와 서법(書法, caligraphy) 수업을 제공하며,

일주일에 네 시간씩은 학생 전원이 자재화(自在畵, freehand drawing)를 그리도록 하고 있다.

이 당시의 그림 중 오늘날 남아 있는 그림은 없다. 혹시라도, 빈센트의 작품을 보고 선생님은 그의 천재성을 알아보았을까? 학급 친구 중에 알아본 사람은 없었을까? 아쉽게도, 이 시기의 평가에 대해서는 남아 있는 기록도 증거도 없다. 그는 아직 온 세상이 아는 '빈센트 반 고흐'가 아니었다. 그러나 확실히 그 씨앗은 탄탄하게 심어지고 있었다.

집에 가기 위해 빈센트는 우선 브레다(Breda)로 가는 기차를 탔다. 거기서부터 준데르트까지는 약 15km 정도 되는 거리로, 아직 먼 길을 걸어가야 한다. 다른 소년 하나가 그와 동행한다. 아버지가 이웃에 사는 혼쿱(Honcoop) 씨네 장남에게 빈센트를 역으로 마중 나가 달라고 부탁해 두었기 때문이다. 빈센트의 손에는 귀가 길에 필요한 크고 무거운 짐이 들려 있다. 아마도 책과 옷가지들일 것이다. 우리가 아는 빈센트로 봐선, 분명, 옷보다는 책이 많을 테지만.

어느 정도 걸어오다가 혼쿱 씨네 장남이 빈센트에게 짐을 나눠 들어 주겠다고 해 준다. 가야할 길이 아직 한참 남았는데, 짐이 무척이나 무거워 보이는 까닭이다.

"고맙지만 괜찮아. 모름지기 자기 짐은 자기가 들어야지." 빈센트는 이렇게 답한다.

혼쿱 씨네 장남은 그 길로 부모님에게 가서 빈센트가 한 말을 전하고, '자기 짐은 자기가 들어야지'라는 말은 혼쿱 씨네 가족들을 비롯한 준데르트의 개신교 신자들 사이에서 유행어처럼 회자된다. 다름 아닌 빈센트의 강인한 끈기와 자립심을 칭찬하는 말로.

이후로도 빈센트는 이런저런 많은 이유로, 각기 다른 기분으로, 먼 길을 수없이 걷게 될 것이다. 그가 궁극적으로 갈 길을 찾기까지는 아직도 먼 여정이 남아 있다. 그는 그 길을 가며, 때로는 동행을 갈구하기도 하고, 때로는 도움을 청하기도 하고, 때로는 그 둘 다를 간절히 바라기도 할 것이다. 그러나 오늘의 그는 자신이 어디로 가야 하는지 잘 알고 있다. 자신의 짐 또한 스스로 들고 간다.

걷기 2

열다섯 번째 생일이 얼마 안 남은 어느 날, 빈센트가 마지막으로 국립중학교에서 집으로 걸어오는 길이다. 졸업을 한 것은 아니다. 그는 총 열 명의 학급 학생 중 다음 학년 진급에 성공한 단 다섯 명에 속할 정도로 우등생이지만, 무슨 이유에서인지 학교를 도중에 그만두기로 결정했다. 우리로서는 그 이유를 알 수 없지만, 어쨌든 그는 그렇게 결정했다.

준데르트의 집으로 돌아온 그는 어릴 적 즐겨 했던 일들을 하며 시간을 보낸다. 책을 읽거나, 들판으로 나가거나 황야를 걷거나. 그는 충분히 만족스럽다.

그렇지만 영원히 집에 머물러 있을 수는 없다. 부모님은 빈센트가 세상으로 나아가 직업을 얻기를 원한다. 그는 이제 스스로 자립하고, 나아가, 어쩌면 머지않아, 가족을 도와야 할 나이이다. 도루스와 안나, 그리고 도루스의 형인 센트 큰아버지는 함께 상의하여 빈센트가 무슨 일을 해야 좋을지 결정해 줄 것이다. 어쩌면 아버지와 할아버지의 뒤를 이어 목사가 될 수도 있을 것이다. 아니면 센트 큰아버지와 다른 작은아버지들의 길을 좇아 예술계로 갈 수도 있을 것이다. 하나님일 것인가, 예술일 것인가?

그들 모두는 빈센트의 어린 시절부터 그의 장래를 두고 생각해 왔다. 그러나 어느 쪽 일이 가장 잘 맞을지 아직 감이 잡히지 않는다.

쉬운 일이 아니다.

빈센트는 감정 기복이 심하다. 늘 어딘가 삐딱하다. 고집이 세고, 때로는 지나치게 자기 확신에 차 있다. 안나와 도루스는 그가 어딘가 부자연스럽고, 다른 사람들을 대하는 데 서투르다고 생각한다. 목사가 되는 쪽도, 예술 쪽도, 빈센트의 사회성으로 보아선 둘 다 맞지 않을까 걱정이다. 차분함과 침착함, 사교성이 요구되는 목사직은 아무래도 맞지 않을 것 같다. 그렇다고 과연, 교묘한 책략과 술책이 판치는 미술시장에서는 살아남을 수 있을 것인가?

정작 이 문제에 대하여, 빈센트 자신에게는 별로, 아니, 거의 발언권이 없다. 그는 단지 부모님을 기쁘게 해 줄 수 있기를, 그리고 결정해 주는 대로 잘 해내고 싶다. 그렇지만 솔직히 집을 떠나고 싶지는 않다. 그냥 이대로 산책을 하거나 책을 읽거나 하며, 준데르트에서 가족과 지낼 수 있다면 행복할 것이다. 더없이 행복할 것이다.

1869년 여름, 1년이 넘는 고심 끝에 마침내, 부모님과 큰아버지는 결정을 내린다. 그리고 빈센트는 도루스가 특별히 쓴 기도문("오, 주여, 저희를 충심으로 하나 되게 하시고, 당신에 대한 사랑으로 그 하나 됨을 더욱더 굳건하게 하소서.")을 마음에 품고 세상으로 나간다.

14.
하나님이 아닌 예술의 길

———————————

4개월 후, 열여섯 살이 된 빈센트는 헤이그에 있는 센트 큰아버지 회사인 구필 화랑의 하급 견습생이 된다.

아버지를 이은 하나님의 길이 아닌, 큰아버지와 작은아버지들을 따른 예술의 길이다.

도루스와 안나는 그를 헤이그까지 데려다주고, 빌렘 마리누스 루스 (Willem Marius Roos)와 디나 마르그리에타 반 루스-반 알스트(DIna Margrieta van Roos-Van Aalst) 부부의 집에 하숙을 맡긴다. 슬하에 자녀가 없는 루스 부부는 집에서 하숙을 친다. 그들은 선하고 단순한 사람들로, 빈센트에게 앞으로 안전하게 지낼 장소와 먹을 양식을 주며 함께 생활할 예정이다. 그렇지만 부모님은 빈센트에게 되도록이면 많은 시간을 센트 큰아버지와 보내라고 조언한다. 큰아버지라면 빈센트가 그 도시의 사회적 지위가 있는 사람들과 좋은 인연을 맺을 수 있도록 도와줄 수 있기 때문이다. 부모님은 작별인사를 나눈 후, 다른 아이들이 있는 준데르트로 돌아간다.

이제 대도시에서 어엿한 첫 직장을 가진 빈센트는, 살면서 처음 진정으로 혼자가 된다.

구필 화랑은 세계 전역의 중산층 사람들을 대상으로 미술품과 복제품을 파는 회사이다. 총본사는 두 지점의 화랑이 위치한 파리에 있다. 그리고 빈센트가 소속된 헤이그 지점 외에도, 브뤼셀, 런던, 뉴욕에 지사가 있다. 헤이그 지점은 마치 새롭게 부상한 부유 중산층 자본가의 자택처럼 꾸며져 있다. 시트를 깐 원목 가구, 화려하고 정교하게 완성된 마무리 작업과 장식들. 양단*에 솔이 달린 묵직한 커튼이 창에 혹은 천장에 걸려 방을 나누며, 벽에는 금박을 입힌 액자에 담긴 그림들이 빼곡히 걸려 있다. 고객들이 안락한 분위기를 즐기면서 돈을 쓰고 싶도록 꾸며진 곳이다. 준데르트에 있는 조그만 집과는, 아무리 그 집에서 가장 좋았던 앞방에 비교해도, 차원부터 다르다.

이런 생소한 환경 속에서 빈센트는 미술에 대해, 또 그 미술 작품을 어떻게 팔아야 할지에 대해 배워 나가야 한다. 판화, 회화 작품, 복제화(複製畵), 오래된 미술, 새로운 미술, 여러 다른 스타일의 미술 등등. 기존 화랑 직원들이 고객을 대하는 방식과 사람들에게 어떤 작품을 구입할지 조언하는 모습을 옆에서 지켜보며 스스로 배워야 한다.

빈센트는 빠른 속도로 배워 가며, 매일 하루가 다르게 미술에 관련한 많은 것들을 터득한다. 그런 식으로 점점, 고객이 어떤 작품을 좋아하고 좋아하지 않을지 파악하는 데 전문가가 되어 간다. 상사들은 그가 능숙해지는 모습을 흐뭇하게 바라보고, 빈센트 스스로도 즐겁게 일한다. 또한, 그는 예술을 무척 아끼고 좋아하게 되어, 개인적으로도 수집품을 모으기 시작한다. 이번에는 곤충이 아니다. 구필 화랑에서 찍어 낸 옛 거장들의 전통적인 작품이나 복제화, 사진제판 같은 것이다. 이 시기만 해도 사진은 새로 등장한 신진 예술에 불과했고, 빈센트는 살면서 결코 사진을 그림만큼 좋아하지 않을 테지

---

*금은 명주실로 두껍게 짠 비단.

만, 일단 지금은 미술 모든 방면의 지식을 넓히고 싶다.

그런가 하면 그는 지금 사는 도시에 대해서도 조금씩 더 알아 나간다. 쉬는 시간이 나면 빈센트는 작은 준데르트 마을과는 전혀 다른 이 대도시 곳곳을 탐색하며 돌아다닌다. 헤이그는 네덜란드 군주제의 중심지이다. 여기에는 왕실 가족이 살고 있으며, 원래도 큰 도시였던 헤이그의 인구는 계속해서 늘어나고 있다. 배로, 운하용 보트로, 역마차로, 새로운 사람들이 계속 유입되고 있으며, 그 사람들을 수용하기 위해 더 많은 건물이 지어지고 있다. 따라서 도시는 외곽의 시골 지역까지도 점점 더 그 규모를 늘리고 있다. 그렇지만 다행히 빈센트는 쉽게 혼잡한 도심을 벗어나 외곽으로 나갈 수 있다. 5km 정도만 걸어 나가면 북해 연안에 닿을 수 있어, 모래 언덕을 보며 해변에서 산책도 할 수 있다. 내륙 안쪽으로도 도시를 벗어나 조금만 걸어 들어가면 준데르트에서의 어린 시절을 떠올리게 하는 들판과 농지, 풍차가 있는 풍경을 만날 수 있다. 이런 환경은 그에게 무엇보다 필요한 것이다. 비록 새로운 생활에 잘 적응하고 있으며, 일도 잘 해내고 있지만, 그에게는 여전히 집이 그립고 외로울 때가 많다.

루스 부부네 집에서의 생활은 어딘가 부족한 느낌이다. 물론, 숙소 자체는 나무랄 데 없이 훌륭하다. 방도 편안하고, 음식도(비록 그에게는 그다지 중요한 문제가 아니지만) 맛있다. 빈센트는 어디를 가든 친구들을 잘 사귀는 편이며, 루스 부부와 다른 하숙생들도 다 좋은 사람들이다. 그러나 그들은 결코 그의 가족과는 다르며, 그의 지적 호기심을 자극하지 못한다.

그래서 빈센트는 지적 자극을 찾아, 또 교제할 사람을 찾아, 다른 곳으로 눈을 돌린다. 그리고 센트 큰아버지를 통해 먼 친척뻘인 하네비크(Haanebeek) 가족을 만나게 된다. 그는 그들의 집에서 많은 시간을 보내고, 그 집 딸 중 하나인 카롤린(Caroline)에게 관심을 갖는다. 그리고 여러 달에 걸쳐, 카롤린을 향한 흠모의 감정을 점점 키워 나간다.

이 젊은 아가씨와 그녀의 가족들 덕분에 어느 정도는 잊고 삭지만 여전히 그는 고향집이 그립다. 때로는 그냥 집으로 돌아가 버리고 싶을 때도 있다. 사택으로, 황야를 걷던 그때로, 준데르트로.

그러나 그가 집을 떠나온 지 1년 반이 지났을 때, 아버지가 새로운 곳으로 발령받았다는 소식이 전해진다. 아버지는 엘부아트(Helvoirt)라는 곳의 목사로 부임 받았다. 빈센트가 중학교를 다녔던 틸뷔르흐에서 멀지 않은 곳이다. 부모님과 빈센트의 동생들은 그곳으로 이사를 간다.

다락방이 있고, 마당이 있고, 또 그 마당이 내다보이는 방이 있던 준데르트의 집, 이젠 그 어떤 것도 더는 그들의 것이 아니다. 모든 것이 이젠 추억일 뿐이다.

15.
빈센트와 테오의 산책, 1872년

네덜란드 풍경, 낮은 대지, 운하 옆을 따라 나 있는 흙길. 며칠째 내리고 있는 비로 인해 잿빛으로 물든 9월의 하늘. 지금도 비는 부슬부슬 내리고 있다. 두 사람의 형상이 도시를 벗어나 근방의 시골 지역으로 들어선다.

빈센트와 테오. 빈센트는 열아홉 살, 테오는 열다섯 살이다.

훗날 테오에게 쓴 최초의 편지에서, 빈센트는 이날 그들이 '빗방울 사이로' 걸어갔다고 묘사했다.

빈센트가 헤이그에서 생활한 지도 이제 3년째, 동생은 처음으로 그를 방문해 왔다. 테오도 이제 막 어른이 되었다.

외로움을 치유하는 데 가족만큼 좋은 특효약도 없다. 빈센트는 동생과의 일분일초를 소중히 여긴다. 화랑에서 일이 끝나는 대로 그는 테오를 데리고 도시 곳곳을 구경시켜 준다. 둘은 함께 며칠간 이곳저곳을 다니면서 대화를 나누며, 나머지 가족들에 앞서 자신들 두 사람에 대해 서로 더욱 깊숙이 알아 가고, 그렇게 점차 형제 이상의 사이로 발전한다.

이날 빗속의 산책은 그들의 우정을 확실히 굳히고 나아가 더욱 깊게 만든다. 훗날 두 형제는 이날의 산책을 가리키며, 영혼의 만남이자 두 사람이 서로를 향한 서약은 맺은 때로 언급한다. 그들은 언제 어디에서도 이 날을 기억할 것이다. 말다툼이 벌어질 때 테오는 이날의 산책을 무기로 사용할 것이다. 빈센트도 마찬가지일 것이다. 두 형제는 언제고 반복해서 이 날을 재방문할 것이다. 이 사건은 그들에게 있어 정신적 지주이자, 미래에 대한 약속이자, 시금석(試金石)이라고 할 수 있다.

두 사람은 시내 중심가에 있는 루스 부부 집의 빈센트 방에서 나와, 옛 운하 옆으로 나 있는 트렉웨그(Trekweg) 길을 따라 시골을 향해 걷는다. 물은 머리 위에서만 떨어지는 것이 아니라, 그들이 밟고 걷는 땅 아래로도 흐른다. 헤이그 근방 지대의 대부분은 폴더라고 부르는, 댐과 제방으로 바다를 막아서 만든 간척지로 이루어져 있다. 이 폴더 지역은 시시때때로 홍수로 침수될 위험과 바다 속으로 잠길 위험을 안고 있다. 이때 풍차는 땅이 물에 잠기지 않도록 펌프를 구동시켜 물을 빼내는 역할을 한다. 이런 땅 위에 건물을 지으려면 땅을 충분히 단단하게 다져 놓아야 하는 까닭이다.

얼마 지나지 않아 두 형제는 도시를 벗어나, 준데르트에서와 같은 맑은 시골 공기를 들이마실 수 있다. 둘은 빗방울 사이로 걸어가며, 그들의 미래에 대해, 각자 그리고 공동의 미래에 대해 이야기를 나눈다.

테오는 아직 고등학교에 재학 중으로, 집에서 6km도 넘게 떨어져 있는 학교에 다닌다. 해가 나든 비가 오든 그는 매일매일 걸어서 통학한다. 좋아하는 과목은 프랑스어, 독일어, 영어, 수학이지만, 성적이 남달리 뛰어난 편은 아니다. 도루스는 그의 학업 성적을 별로 탐탁케 생각하지 않으며, 학비를 생각해 올해 말에는 그냥 학교를 그만두고 일을 시작하는 게 낫겠다고 생각한다. 테오가 가계에 도움을 줄 수 있다면 그야말로 큰 도움이 될 것이다.

테오는 무슨 일을 할 것인가? 그도 빈센트의 발자취를 따라 갈 것인가? 두 형제는 테오의 앞날, 그리고 빈센트의 앞날에 대해 대화를 나눈다.

훗날 빈센트는 편지에 이렇게 쓸 것이다. "너와 나 둘 다 그 당시에 화가의 길을 염두에 두고 있었어. 그러나 너무도 깊숙한 생각이어서, 감히 입 밖으로 낼 생각을 하지 못했지, 서로에게조차도."

테오가 정말로 화가가 되는 길을 고려하고 있었을까? 아니, 어쩌면 단지 미래의 빈센트가 화가의 눈으로 과거 일을 회상하며, 두 사람이 같은 길을 원했다고 생각하고 싶은 걸까. 예술에 대해, 그리고 예술을 향한 그들의 깊은 애정에 대해, 그들은 많은 이야기를 나눈다. 또한 삶과 사랑에 대한 이야기도 나눈다. 빈센트는 카롤린 하네비크와 사랑에 빠졌다. 그러나 그녀는 다른 남자를 마음에 두고 있어, 그의 마음을 받아 줄 수가 없다. 테오의 방문 기간 중 하루는 빈센트가 그를 한 파티에 데려가 카롤린과 그녀의 남자 친구, 그녀의 여동생 아네트(Annet)을 포함한 하네비크 가족을 소개시켜 줄 것이다.

그러나 지금 이 순간은 산책길에 나선 빈센트와 테오, 단 둘뿐이다. 비가 막 개려는 찰나, 그들은 레이스베이크(Rijswijk) 지역의 한 폴더 풍차에 도달한다. 그곳, 풍차 건물 창문에 한 표지판이 붙어 있다. '우유 판매합니다, 한 잔에 1센트, 장어 튀김도 팝니다.'

빈센트와 테오는 우유를 한 잔씩 사서 마신다. 장어 튀김은 먹지 않는다.

그들은 우유를 마시며, 서로를 향해 서약을 맺는다.

언제나 가까운 사이로 남기로, 또 늘 강한 우애를 유지하며 서로에게 충실하기로 약속한다. 둘은 늘 함께 걷고, 또 형제보다, 친구보다 더 끈끈한 사이가 될 것이다. 삶의 의미와 예술의 의미를 찾는 모험에서 서로의 동반자가 될 것이다. 삶의 목표를 향해 나아가는 하루하루를 함께 힘을 합쳐 쌓아 올려 갈 것이다. 그리고 어려울 때는 서로의 짐을 대신 들어 줄 것이다.

테오는 집으로 돌아간 후에, 방문 기간 동안 고마웠다는 편지를 빈센트에게 보낼 것이다. 답장으로 빈센트는 자신이 얼마나 테오를 그리워하는지 쓴 것이다. "오후에 퇴근해서 돌아왔는데 네가 없이 텅 빈 집을 보니 기분이 얼마나 이상했는지 몰라."

이 편지는 그들이 평생을 나누게 될 서신의 시초가 된다.

빈센트의 생애 최후의 몇 시간을 제외하고, 빗방울 사이로 풍차를 향해 걸어간 이날의 산책길은, 두 형제가 함께한 가장 복잡하지 않은 시간이었다고 할 수 있다. 몇 년 후 빈센트는, 자칫하다가 테오를 잃게 되지 않을까 두려워하는 마음으로, 이 풍차를 그릴 것이다. 그러나 이 순간 지금만큼은, 두려움 같은 건 없다. 오직 친밀감뿐이다. 그런 만큼, 우리도, 잠시만 이곳에 가만히 머물러 이 광경을 만끽하자.

빈센트와 테오, 열아홉과 열다섯의 청년, 풍차 건물 밖에 나란히 서서 대화를 나누는 그들. 우유는 신선하고, 비는 멈추었고, 그들을 받치고 있는 땅은 단단하다.

갤러리 둘

위험

1873~1875

스물에서 서른 살로 가는 길에는 온갖 위험이 도사리고 있어.
거대한 위험, 그래 맞아, 죄와 죽음의 위험으로 가득해.
– 빈센트가 테오에게, 1876년 9월 초

16.
열정의 바다

그러나 바로 그 말대로 사랑은 너무나 강렬하기에, 우리는, 특히 젊은 시절의
우리는 어긋나지 않고 곧은길을 갈 수 있을 만큼 강하지 못해.
— 빈센트가 테오에게, 1881년 11월 12일

테오는 아버지의 뜻에 따라 학교를 그만두었다. 그리고 빈센트의 뒤를 이어, 구필 화랑에서 일을 시작하려고 한다. 센트 큰아버지가 자리를 마련해 주었다. 그러나 테오는 빈센트가 있는 헤이그로 가지는 않을 것이다. 그는 벨기에 브뤼셀에 있는 구필 지사로 발령을 받았다.

물론 테오를 더 가까이에 두고 볼 수 있다면 좋았겠지만, 빈센트는 그들이 공식적으로 같은 길을 가게 된 것만으로도 뛸 듯이 기쁘다. 그가 동생에게 보내는 두 번째 편지는 '나의 친애하는 테오'로 시작하는데, 이 칭호는 앞으로도 계속 기본 인사말로 쓰일 것이다. "방금 아버지가 보내신 편지를 읽었는데, 정말 좋은 소식이구나. 진심으로 축하한다." 짧은 이 편지에는, 앞으로 주고받을 많은 편지의 약속이 담겨 있다. 그는 쓴다. "우리 자주 편지하자꾸나."

1873년 1월에, 아직 4개월이나 더 있어야 열여섯 살이 되는 테오는 브뤼셀 지사의 최연소 사원으로서 처음 일을 시작한다. 브뤼셀은 헤이그와 마찬가지로 대도시이며, 인구는 계속 팽창 중이다. 미술상으로서 첫 경력을 쌓기에 더할 나위 없이 좋은 곳이기도 하다. 경제는 탄탄하고 사람들은 기꺼이 주머니를 열 준비가 되어 있다. 예술을 사랑하며 예부터 오래되고 찬란한 역사를 자랑하는 이 도시에는, 자그마치 서른 개가 넘는 화랑이 있다. 다만, 아무리 좋은 곳으로 발령을 받았다 해도, 아직은 시골 소년에 불과한 테오에게 이 도시는 무엇보다 벅찬 느낌으로 다가온다.

안나와 도루스는 그에게 말한다. "용기를 내렴. 너는 이제 독립된 삶을 향해 나가는 첫 발걸음을 내딛은 거란다. 신의 축복이 너와 함께하길 바란다."

그리고 이제 거의 스무 살 문턱에 다다른 빈센트는, 대단한 열의를 가지고 동생에게 현명한 조언을 해 줄 수 있는 형이자 멘토로서의 역할을 자청한다. 그는 경험을 통해 얻은 유익과 삶에서 깨달은 지혜를 기꺼이 그에게 베풀어 줄 것이다. 동시에 그 자신도, 테오를 통하여, 그리고 서로 함께 더불어, 배워 나가기를 희망한다. '새로운 그림을 볼 때마다 늘 서로의 의견을 구하고 나누자'고, 그는 편지에 쓴다. 헤이그에서 브뤼셀을 향해, 그는 동생의 어깨에 팔을 두르며 말한다. "우리 이 길을 함께 걸어 나가자." 테오도 동의한다. 두 사람이 아무리 멀리 떨어져 있다 해도, 풍차로의 산책은 앞으로도 계속될 거라고.

어머니와 아버지는 두 아들의 행로를 유의 깊게 주시하며, 필요하다고 판단될 때마다 개입하거나 조언을 해 준다. 북 브라반트에 있는 집으로, 빈센트에게 평시 군복무의 의무를 명하는 영장이 날아온다. 큰아들을 군복무의 의무에서 면제시키기 위해, 아버지는 대체 복무 비용으로 625길더*를 낸다. 이 말은 즉, 빈센트를 대신해 다른 사람이 군복무를 한다는 뜻이다. 도루스의 1년 치 연봉이 1천 길더가 조금 넘는다는 사실을 감안하면, 그 돈은 반 고

---

*예전의 네덜란드 화폐 단위, 2002년에 유로로 바뀌었다.

흐 가족에 있어 매우 큰 액수인데, 훗날 도루스는 테오와 코르를 위해서도 이 비용을 지불할 거이다.

그러나 아버지가 모든 것을 해결해 줄 수는 없다. 모든 위험과 상처로부터 빈센트를 구해 줄 수는 없다.

비록 직장에서는 잘 해 나가고 있지만, 사생활은 그렇지 못하다. 빈센트는 비탄에 잠겨 있다.

카롤린 하네비크가 결혼을 앞두고 있다. 빈센트는 다른 사람들에게는 속마음을 털어놓지 않지만, 테오에게만은 넌지시 애달픈 심경을 내비친다. 그러면서 아버지에게서 들은 조언을 테오에게도 전해 준다. "테오, 또다시 추천하지만 너도 한번 파이프 담배를 피워 봐. 기운이 없거나 낙담했을 때 담배는 아주 좋은 효과가 있어. 그래서 나도 요즘 자주 피우고 있거든."

센트 큰아버지는 빈센트에게서 뭔가 의심쩍은 눈치를 채고, 멀리 떨어져 있는 부모님마저도 그에게 뭔가 안 좋은 일이 있음을 알아차린다. 빈센트는 의기소침하게 풀 죽은 채로 뚱해 있거나, 사람들에게 쌀쌀맞게 대한다. 직장 안에서도 조금씩 표시가 나기 시작한다. 부모님은 그가 밖에 나가 사람들과 어울리고, 유익한 사람들과 적극적으로 교제해 나가기를 바란다. 그러나 빈센트가 원하는 유일한 관계는 카롤린뿐이다.

빈센트도 루스 부부 집에서 다른 하숙생들과 어울리거나, 평소처럼 독서를 하거나, 장거리 산책을 하는 등, 나름대로 노력을 기울인다. 그는 테오에게 쓴다. "여기는 날씨가 추워져서, 사람들이 벌써 얼어붙은 들판에 나가 스케이트를 타고 다녀. 난 가능한 많이 걸으려고 하고 있어."

그러나 (1873년 4월 30일에 잡혀 있는) 카롤린의 결혼식이 다가오며, 빈센트는 점차 더 깊은 슬픔의 늪으로 빠져든다. 그는 자기 자신으로부터, 집으로부터, 그리고 부모님이 가치를 두는 것들로부터 붕 떠 버린 기분을 느낀다.

생애 최초로 그는 아버지가 모든 걸 다 알지는 못한다는 사실을, 부모님이 하는 말 전부가 맞는 건 아니라는 사실을 깨닫는다. 그는 급기야 마르크트가 26번지에서 배운 것으로부터 멀어지는 것으로 모자라, 부모의 믿음으로부터 천지개벽할 만큼 멀리 일탈하여, 같이 하숙하는 친구들에게 자신이 더 이상 신의 존재를 믿지 않는다고 공표하기에 이른다.

그러고 나서 그는 부모님의 가치관에 크게 위배되는 또 다른 어떤 행동을 한다. 기록에 남아 있지 않아 완전한 내막은 알 수 없지만, 빈센트는 뭔가 커다란 문제를 일으키고, 도움을 필요로 하게 된다. 그는 준데르트 시절에 비롯된 모든 것을 거부하게 된 걸까? 하나님과의 관계를 단절하면서, 집에서 배운 엄격한 도덕성마저 함께 저버린 걸까? 아니면 단순히, 젊은 사내로서 욕구가 넘치는 그를 다른 쪽으로는 만족시킬 도리가 없던 걸까?

헤이그에는 유곽이 즐비한 동네가 있다. 젊은 미혼 남자들이 매춘부를 찾아 그곳을 드나드는 것은 드문 일이 아니다. 어쩌면 빈센트는 매춘부를 너무 많이 찾아가다가 돈이 궁해졌는지도 모른다. 어쩌면 그러다가 질병을 옮아왔는지도 모른다. 뭔지는 모르지만 어쨌든, 그는 무언가 큰일을 저지르고 말았다. 비록 아버지에게도 소싯적에 젊은 치기로 저지른 '경험'이 없지는 않겠지만, 빈센트는 이 일을 아버지나 어머니와 상담할 수는 없다고 확신한다. 센트 큰아버지나 미술 쪽에 종사하는 작은아버지 코르넬리스 반 고흐도 마찬가지다. 그들이 어떻게 생각하고 재단할지, 그들이 노여워하면 어떨지, 두렵기 그지없다. 그래서 그는 구필 화랑에서 상사로 있는 헤르마누스 하이스베르투스 터스티그(Hermanus Gijsbertus Tersteeg)를 찾아간다.

H. G. 터스티그는 빈센트보다 여덟 살밖에 많지 않으며, 둘은 매우 가까운 사이다. 터스티그는 결혼하고 가족을 이루어, 빈센트가 매우 귀여워하는 벳지(Betsy)라는 이름의 어린 딸아이도 있다. 그러나 빈센트가 상담을 위해

찾아왔을 때, 터스티그는 그의 이야기를 듣고 불같이 화를 낸다.

빈센트는 즉시 그에게 털어놓은 것을 후회하며, 혹시라도 티스디그가 센트 큰아버지에게 말해 부모님의 귀에라도 들어가면 어떻게 하나 크게 염려하기 시작한다. 몇 년 후 테오에게 쓴 편지에서 그는, 이 당시에 자신이 엄청난 두려움에 시달렸다고, 가족들이 알게 될까 봐 무서워 떨었다고 고백한다. 순종적인 첫째 아들이었던 그가 부모를 두려워하기에 이른 것이다.

그의 염려는 결코 과하지 않았다. 터스티그는 정말로 그의 신뢰를 저버렸고, 그의 무분별한 행실에 대한 이야기가 가족의 귀에 들어가자, 부모님은 경악과 노여움을 금치 못한다. 집에 찾아간 그에게 아버지는 죄를 지으면 안 된다고 설교하며, 헤이그로 돌아가는 그에게 종교 관련 서적을 잔뜩 안겨 준다. 그러나 빈센트는 뉘우치지 않는다. 그리고 루스 부부네 집에 돌아온 후, 훗날 한 하숙인의 증언에 의하면, 그가 책자를 한 장 한 장 뜯어서 불 속으로 던져 버렸다고 한다.

센트 큰아버지를 비롯하여 구필 화랑의 운영자들은 빈센트를 헤이그에서 내보내기로 결정한다. 빈센트는 테오에게 이렇게 쓴다. "내가 런던으로 간다는 소식 전해 들었겠지. 아마도 가까운 시일 내에 가게 되지 않을까 싶어. 그 전에 우리가 만날 수 있으면 정말 좋겠다."

런던에서 맡게 될 새 일은 화랑 일이 아니다. 인기 작품과 유명 작품의 복제화를 도매로 공급하는 물품 창고의 일이다. 어떤 면에서는 경험치를 한결 넓힐 수 있는 기회가 될 수도 있겠지만, 고객과의 접촉은 확실히 줄어들 것이다. 그는 최근 고객 접대 문제에서 어려움을 겪고 있었다.

그는 테오에게 편지를 한다. "떠나기로 완전히 정해진 지금에 와서야, 내가 헤이그에 얼마나 애착을 느끼고 있었는지 깨닫게 되었어. 그래도 이제는 어쩔 수 없는 일이니까, 너무 나쁜 쪽으로만 받아들이지는 않으려고 해. 내

영어 실력을 위해서는 매우 좋은 기회가 될 거야. 듣고 이해하는 데는 문제가 없지만, 말은 원하는 만큼 잘 못하거든."

처음 외국에 나가 살게 된 쪽은 테오이지만, 사실 벨기에는 네덜란드 바로 옆에 붙어 있고 웬만한 사람들은 네덜란드어를 쓸 수 있다. 반면, 영국은 북해 너머에 있고, 그렇기에 빈센트는 배를 타고 바다를 건너야 한다. 그는 또 다른 언어를 쓰며 다른 문화권에서 살아야 할 것이다. 그렇지만 테오가 있기에, 빈센트는 자신이 탄 배가 범람하기 일보직전이라는 사실을 애써 외면하며, 담담하게 행동하려 애쓴다.

17.
중절모자와 증기 기차의 도시, 런던

네덜란드에서 런던으로 가는 길에 빈센트는 파리에 들른다. 루브르와 룩셈부르크 박물관을 관람하고, 매년 프랑스국립미술협회에 의해 주최되는 파리 살롱전에 들러 현대 미술계를 대표하는 '현존하는 거장'들의 아름다운 작품들을 감상한다. 그러나 이 전시회가 동시대 미술을 모두 대표한다고는 할 수 없다. 이 협회는 색다른 스타일로 그림을 그리는 일부 독립 작가들의 작품을 고의적으로 외면해 오고 있다. 주류파가 이끄는 이 협회의 관점에서 볼 때, 그런 작가들은 빛의 사용이나 밝은 색감, 눈에 띄는 붓 자국, 특이한 구도, 이상한 각도 등 많은 면에서 전위적이다. 게다가, 이 화가들이 '새로운 그림'으로서 그리는 소재들, 즉 주위에서 흔히 볼 수 있는 기차역이나 카페, 다리 같은 대상들도 못마땅하다. 이들 독립 화가들은 다음 해인 1874년에 최초의 전시회를 열게 될 것이고, 궁극적으로는 클로드 모네의 작품 「인상 : 해돋이(Impressions, Sunrise)」에서 따온 '인상파'라는 명칭으로 불리게 될 것이다. 그러므로 1873년 5월 현재 파리를 찾아온 빈센트에겐 이런 현대적인 작품들을 볼 기회가 없으며, 당분간도 몇 년간은 접하지 못할 것이다. 자신이 놓치고 있는 게 무엇인지, 그는 전혀 알지 못한다.

영국에 도착한 빈센트는 중절모자를 하나 구입한다. "런던에선 그게 필수품이지." 아버지는 빈센트가 헤이그를 무사히 떠나 새 출발을 시작했다는 사실에 안도의 한숨을 쉬며, 테오에게 편지를 쓴다. 빈센트를 칭찬하는 루스 부부의 편지는 부모를 특히 기쁘게 한다. 이제 그들은 빈센트에 대한 걱정을, 그의 감정 변화나 외모, 사교성 부족에 대한 걱정을 떨쳐 버릴 수 없다. 그렇기 때문에 빈센트의 하숙집 주인이었던 루스 부부의 칭찬은 안나와 도루스에게 큰 힘이 되며, 빈센트가 괜찮아질 수 있지 않을까 하는 희망을 품게해 준다.

비록 오고 싶어 온 것은 아니지만, 빈센트는 이 새 도시가 무척 마음에 든다. 처음에 그는 시내에서 떨어진 교외에서 살며, 매일 작은 증기기관차를 타고 런던 시내인 사우스햄튼가 17번지에 있는 구필 화랑으로 출근한다. 그곳은 스트랜드와 코벤트가든에서도 가깝고, 템스 강도 바로 조금만 걸어가면 나오는 위치에 있다.

처음 몇 달간 빈센트는 영국 미술에 대해 열심히 배운다. 아직은 모르는 것이 많지만, 빈센트에게 미술 공부는 즐거운 일이다. 그리고 비록 물품 창고 일에 지나지 않지만, 새로 시작한 일도 나쁘지 않다. 헤이그에서 일하던 때에 비해 근무시간이 짧아진 것 역시 장점이다. 이제는 6시만 되면 일을 마치기에, 끝나고 나서 그가 좋아하는 일들, 즉 독서를 하거나 편지를 쓰거나 산책을 할 여유가 생겼다.

여름이 끝날 무렵 빈센트는 직장에서 가까운 곳으로 이사를 간다. 런던 남부에 있는 브릭스톤이라는 곳으로, 그는 핵포드가에 있는 한 하숙집에서 주인 모녀와 하숙을 한다. 그들 모녀, 즉 어머니 우르슬라 로이어(Ursula

Loyer)와 빈센트보다 한 살 어린 열아홉 살의 유지니(Eugenie)는 옆 건물에서 어린 남자아이들을 대상으로 학교를 운영한다.

이제 그는 갈 때 올 때 각각 한 시간씩, 혹은 빨리 걸으면 45분씩 걸리는 거리를 걸어서 출퇴근한다. 런던 남부의 거리들을 지나 템스 강에 이르면, 강가를 따라 죽 걷다가, 런던 시내가 나올 즈음 강을 건너 구필 화랑으로 가는 것이 그의 평소 경로이다.

런던은 눅눅하고 안개가 잦게 끼며 우중충하다. 길거리에는 말똥이 굴러다니고 공기는 연기로 자욱하다. 그럼에도 빈센트는 런던이 좋다. 그에게는 이 도시가 매력 있고 고풍스럽게 느껴진다. 이곳의 색감은 어딘가 네덜란드를 연상시킨다. 하루는 영국인 둘과 템스 강에서 노를 젓고 와서 테오에게 보고한다. "정말이지 너무도 멋졌어!"

적어도 지금 이 순간만큼은, 바쁜 생활로 인해 상심해 있을 틈이 없다. 헤이그를 떠나온 것, 카롤린을 떠나온 것은 참으로 잘 한 일인 것 같다. 빈센트 자신을 위해서, 또 테오를 위해서도.

18.
형의 뒤를 잇다

테오는 구필 화랑 브뤼셀 지점의 일을 훌륭하게 잘 해내고 있다. 윗사람들이 감탄할 정도로 빠르게 배우고, 영업에서도 탁월한 기량을 보인다. 또한, 윗선을 통해 경영 관련 일이 맡겨졌을 때에도 그는 멋지게 해냈다. 부모님은 테오를 매우 자랑스럽게 여기며, 머지않아 그가 완전하게 자립할 수 있기를 바라고 있다. 어쩌면 조만간 집안 살림에도 보탬을 줄 수 있을지 모른다.

빈센트처럼 그도 여가시간이 나면 대개 도시 외곽에 나가 시골길을 산책하며 보낸다. 밀밭을 지나, 건초와 감자의 익숙한 냄새가 배어 있는 공기를 한껏 들이마시며, 고향을 느끼게 해 주는 그곳에서 마음의 위안을 얻는다.

그리고 브뤼셀에 온 지 열 달밖에 안 되었지만, 다시 고국으로 돌아갈 예정이다. 테오는 예전에 빈센트가 일하던 헤이그 지사로 발령을 받았다.

빈센트가 그랬듯 테오도 루스 부부네 집에서 하숙을 하게 된다. 그리고 폴더 지역에서 먼 길을 산책하며, 2년 전 빈센트와 함께 걸었던 그 풍차 길을 홀로 걷는다. 그는 이곳의 구필 지사에도 빠르게 적응한다.

그리고 빈센트가 그랬듯 테오도 하네비크 가족들과 어울려 지내기 시작한다. 이는 부모님의 제안에 의한 것으로, 당연한 얘기지만 그들은 빈센트가 그 집에서 보냈던 시간이 행복하지만은 않았다는 사실을 알지 못한다. 테오가 헤이그 사교계로 진출하는 데 있어, 하네비크 가족이 큰 힘이 될 거라고 생각할 뿐이다. 아니, 어쩌면, 미래의 짝을 만날 수 있을지도 모른다는 속마음이 있는지도 모르겠다. 그런가 하면, 빈센트도 테오에게 하네비크 가족을 찾아가 보라고 제안하는데, 거기엔 실은 다른 이유가 있다. 빈센트 자신이 카롤린의 소식을 너무나 듣고 싶기 때문이다. 그는 테오에게 부탁해, 그집에 가서 자신의 소식을, 자신이 런던에서 얼마나 잘 지내고 있는지를 전해달라고 당부한다. 테오는 매주 그 집을 찾아가고, 빈센트가 그랬듯 하네비크 집안의 딸과 사랑에 빠진다. 다만 이번엔 카롤린이 아닌, 그녀의 동생 아네트(Annet)이다.

열일곱 살이 되던 1874년 5월 1일, 테오는 깊은 사랑에 빠진다. 빈센트도 그의 사랑을 응원해 준다. 그러면서 자신이 최근에 읽고 감명을 받았다며, 쥘 미슐레(Jules Michelet)가 쓴 『사랑(L'amour)』이라는 책을 권해 준다. 본질적으로 이 책은 여자와 사랑에 대한 가이드북이다. 미슐레는 서론에서 '가족은 사랑 위에서 유지되고, 사회는 가족 위에서 유지된다. 그러니 사랑은 모든 것에 앞선다고 볼 수 있다'고 공표한다.

테오도 이 책을 읽고, 두 사람은 책 내용에 대해 편지를 주고받는다. 빈센트는 쓴다. "이런 책을 읽으면, 사랑에는 적어도 보통 사람들이 생각하는 것이상의 무언가가 있다는 사실을 깨닫게 돼."

빈센트는 낭만적인 사람이다. 테오도 그렇다. 그러나 카롤린이 빈센트의 사랑을 받아 주지 않았듯, 아네트도 테오의 사랑을 받아 주지 않는다.

그럼에도 테오는 꾸준히 그녀를 찾아간다.

빈센트는 그의 열정에 응원을 보내며, 그 이유에 대해 이렇게 말한다. "여

자와 남자는 '하나'가 될 수 있어. 그러니까, 두 개의 반쪽짜리가 아닌 온전한

하나가 될 수 있다고 나는 믿어."

19.
스물한 살 빈센트의 초상

난 그녀에 대한 마음을 접었고, 그녀는 다른 사람과 결혼했어.
그리고 그녀로부터 멀리 떠났지만, 그래도 가슴속에는
그녀를 늘 품고 살았어. 치명적이었지.
– 빈센트가 테오에게, 1881년 11월 12일

빈센트는 매일 아침저녁으로 웨스트민스터 다리를 건너다니며, '웨스트민스터 사원과 국회의사당 뒤로 해가 저물어 가는 저녁이나 이른 아침의 풍경'을, 그리고 연말이 오면 '눈과 안개가 어우러진 겨울의' 풍경을 만끽한다. 런던의 공기는, 공장에서 내뿜는 시커먼 연기와 안개와 뒤섞여, 완두콩 스프만큼이나 텁텁한 날이 부지기수다. '스모그'란 낱말은 이다음 세기나 되어야 생겨나지만, 빈센트가 런던에 도착한 해만 해도 수백 명의 런던 시민이 유독한 공기로 인한 기관지염으로 사망한다.

을씨년스러운 겨울 날씨 속에서 빈센트는 외롭고 우울하다. 그는 카롤린을 몹시도 그리워하며, 마음속에서 그녀를 이상적인 여성으로 미화시킨다. 그는 그녀에게 편지를 쓰거나, 스크랩북에 넣을 수 있도록 미술 작품 사진들을 동봉해 보낸다. 그런가 하면 「사랑」의 '가을의 염원'에서 따온 잊을 수 없는 아름다운 여인에 대한 구절을 적어 그녀 부부에게 보내기도 한다. 미슐레는 그 책에서 여자는 결혼을 해야만, 특히 맞는 사람과 결혼해야만, 진정으로 행복해질 수 있다고 주장한다. 그것은 열렬한 사랑이자, 적극적 사랑이자, 신성한 결합이야 한다.

빈센트는 카롤린과 하네비크 가족에 대한 소식을 테오에게 묻고 또 묻지만, 테오는 그 이유를 알아차리지 못한다. 빈센트는 상심하여 자존심에 상처를 입고 비통한 심정에 잠긴다.

가족들도 그의 심리 상태가 오락가락하는 것을 알아차리고, 무슨 안 좋은 일이 생긴 건지 염려한다. 훗날, 그들은 빈센트가 이때 하숙집 주인의 딸 유지니와 사랑에 빠졌다고 단정 짓는다. 이 오류는 많은 책과 심지어는 영화에서도 수십 년간 지속적으로 등장한다. 그러나 이것은, 의도된 것은 아니겠지만, 이따금 그림의 주인이 잘못 알려지는 것처럼, 그릇된 오해이다.

실제로 빈센트는 우르슬라와 유지니 로이어를, 어떤 면에서는 지나칠 정도로 좋아하고 따른다. 카롤린을 이상화시키는 것처럼, 그는 그들 모녀를 완벽한 모녀 관계로 미화한다. 그는 향수라는 렌즈를 통해, 준데르트 시절의 추억과 마르크트가 26번지에서 겪은 친밀함에 투영시켜, 그들을 바라본다. 어쩌면, 그는 속으로 자신과 부모님과의 관계가 예전처럼 더욱 끈끈하고 친밀해지기를 바라는지도 모른다. 혹은, 우르슬라가 자신의 어머니였으면 하고 바라는지도 모른다. 그러나 유지니를 향한 감정은 이성을 향한 사랑의 감정은 아니다. 그의 마음은 아직 카롤린을 갈망하고 있다.

그리고 빈센트의 내면에 또 다른 이상 징후가 보인다. 그 자신은 그게 유전적으로 물려받은 뭔가라고 생각한다. 가족 중에 감정의 기복이 심하거나, 극단적이거나, 기이한 행동을 하는 등의 우울증을 앓은 병력이 있다는 사실을 그는 알고 있다. 그에게는 전부터도 늘 유별날 정도로 남들과 다른 데가 있었다. 그리고 이제 성인이 되어, 그는 자신이 일종의 마음의 병을 앓고 있는 게 아닐까 하고 두려워하기 시작한다. 빈센트의 염려는 틀리지 않다. 그는 유전적으로 뭔가를 물려받았다. 현대의 우리가 과거로 돌아가 그를 진단

할 수는 없겠지만, 주어진 정보로 미루어 보아, 아마도 그는 간질병의 한 형태, 혹은 가장 그럴듯하게는, 조울증으로도 알려진 양극성 기분 장애의 초기 단계를 앓고 있던 것이 아닐까 싶다.

그렇기에 스물한 살의 빈센트를 단 하나의 초상으로 그려 내는 것은 불가능하다. 그는 감정의 기복이 심해, 어떤 날은 슬픈 얼굴로 축 처져서 피곤해하고 툭하면 화를 낸다. 그런가 하면, 어떤 날은 원기가 왕성하고 힘에 넘치며 꿈과 희망으로 가득 차 있다.

스물한 살 빈센트의 초상화 하나 : 어두운 색깔, 짙은 그림자, 무기력, 비관적.

초상화 둘 : 햇빛 아래 있는 정렬적인 빈센트! 넘치는 활기! 매혹적인 표정!

이 시대에는 정신 질환에 대한 이해가 턱없이 부족했다. 추후에 이 방면의 이론과 치료에 대해 큰 발전을 이룰 지그문트 프로이트(Sigmund Freud)는 빈센트보다 세 살 연하다. 따라서 지금은 빈센트의 병세를 치료할 약도 존재하지 않으며, 어떤 요인에 의해 병이 호전되거나 악화되는지 아는 사람도 거의, 혹은 전혀 없다. 따라서 빈센트는 부지불식간에 스스로 상태를 더욱 악화시킨다. 걸어 다니는 양에 비해 음식은 너무 적게 먹으며, 잠도 충분히 자지 않는다. 그리고 담배를 즐겨 피운다.

그는 테오가 그립다. 현재 그의 곁에는 가까운 사람이 아무도 없다. 연인도, 친구도, 마음을 달래 줄 수 있는 그 누구도 없다. 게다가 가족으로부터도 너무 멀리 떨어져 있다. 다만, 조만간 변화가 찾아올지도 모르겠다. 빈센트의 여동생 안나가 런던에 일자리를 구하러 온다고 했기 때문이다. 동생이 가까이 있으면 도움이 될 것이다.

20.
난기류

안나와의 사이는 결코 테오와의 관계에 비할 수 없다. 그러나 이번 기회가 여동생을 더 잘 알게 되는 계기가 되기를 바란다고, 빈센트는 카롤린에게 쓴다.

1874년 여름 초반에 빈센트는 네덜란드에 있는 본가에 다녀온다. 거기서 테오를 비롯한 다른 가족들과 시간을 보낸 후, 안나를 데리고 런던으로 돌아온다. 안나는 로이어 모녀의 하숙집의 다른 방을 쓴다.

빈센트는 그녀를 데리고 런던 곳곳을 구경시켜 준다. 그리고 날마다 두 사람은 함께 안나의 일자리를 찾아 신문 광고를 샅샅이 훑는다. 그는 테오에게 쓴다. "안나는 이곳 생활에 잘 적응해나가고 있어. 우리 둘은 즐겁게 산책도 다녀." 안나가 곁에 있음으로 빈센트는 어느 정도 안정을 되찾는다. 그녀는 빈센트가 제대로 먹고 다니도록 신경을 써 주고, 그는 안나의 좋은 멘토가 되어 준다. 테오만큼은 아니지만, 안나 역시도 가족은 가족이다.

여름이 끝날 무렵, 둘은 로이어 하숙집에서 이사를 나오고, 그 후 바로 안나는 가르치는 일자리를 얻어 런던에서 50km 정도 떨어진 곳으로 거처를 옮긴다. 앞으로도 그녀가 네덜란드에 살던 때에 비교하면 자주 만날 수 있겠지만, 지금과는 엄연히 다를 것이다. 어머니는 안나가 없으면 빈센트가 끼니를 제대로 챙겨 먹지 않을까 걱정이다. 그 걱정은 틀리지 않는다. 안나가 다음번에 빈센트를 만난 후 집에 보고해 온 내용은 더더욱 우려스럽다. 겉모습뿐만이 아니다. 얼굴 표정도 더 어둡고 퉁명스러워졌다.

구필 화랑에서 보고 받는 내용도 염려스럽기는 마찬가지이다. 빈센트가 감정 변화가 심하고 변덕스러우며, 일도 제대로 하지 않는다고 한다. 10월 말이 되어, 상부에서는 빈센트를 두 달 동안 파리로 출장 보내는데, 그 기간 내내 그는 집에 편지 한 줄도 쓰지 않는다. 그가 어떻게 지내는지 집에서는 전혀 알 길이 없다. 런던으로 복귀한 그는 구필 화랑의 신생 지점에서 일하게 된다. 그러나 그는 여전히 행복하지 않다. 매사가 심드렁할 뿐이다. 짜증이 늘고, 얼굴빛은 어둡고 침울하며, 무엇에든 애매모호하게 반응하고, 우울감에 빠져 있다.

안나는 그를 찾아가지만 결국 두 사람은 크게 다투고, 둘 다 참담한 기분이 된다. 안나는 테오에게 편지를 써서, 빈센트 오빠는 '사람들에게 제멋대로 환상을 품고 어떤 사람일 거다 미리 단정해 놓고는, 나중에 알게 된 실제 모습이 자기가 전에 성급하게 품었던 기대에 미치지 못하면 매우 실망하며 그들을 마치 시든 꽃다발처럼 내팽개쳐 버린다'며, '차라리 오빠를 만나러 가지 않는 편이 나았을 것' 같다고 실토한다.

1875년 3월 30일에 빈센트는 스물두 살이 되고, 5월 초순에 파리 구필 화랑 본사로 보내진다. 이는 승진이라기보다는, 바닥을 모르고 추락하는 그의 화상으로서의 경력을 어떻게든 구해 보려고 센트 큰아버지가 쏟아붓는 노력의 일환인 것으로 보인다.

21.

되풀이되는 형제의 운명

빈센트는 불미스러웠던 안나의 방문에 대해서 언급하려 하지 않는다. 테오에게는 나중에 말해 주겠다고 하면서, 다음과 같은 말로 매듭짓는다. "난 다른 사람들이 생각하는 현재 내 모습이 내 본모습이 아니라고 믿어, 그리고 정말로 아니기를 바라. (중략) 2~3년 후에 사람들은 어쩌면 너를 두고도 똑같은 말을 할지 몰라. 적어도 네가 지금 모습 그대로 남아 있다면 말이야. 두 가지 의미로서의 내 아우로."

두 자매와 사랑에 빠진 두 형제.

한쪽만의 일방적인 사랑.

테오는 아네트와 사랑에 빠졌다. 그러나 테오의 괴로운 심정은 절대 치유될 수 있는 종류의 것이 아니다. 사랑이 저세상과의 사이에 다리를 놓아 줄 수 있는 것이 아니라면 말이다. 테오의 사랑은 이루어질 가망성이 없다. 아네트는 불치병을 앓고 있다.

19세기에는 삶을 위협하는 요소가 도처에 널려 있었다. 마흔 살을 넘기지 못하고 죽는 사람이 허다했다. (항생제의 발견은 20세기가 되어서야 이루어진다.) 빈센트와 테오도 그런 위험성에 대해 정확히 인지하고 있다.

빈센트는 테오에게 묻는다. "환자의 상태는 어떠니? 아네트가 아프다는 소식은 아버지에게 들어서 알고 있었지만, 네 말만큼 심각한 줄은 전혀 몰랐어. 부디 어떤 상황인지 꼭 답장해 주렴."

다른 여동생 리스도 테오에게 편지를 쓴다. "죽기에는 아직 너무도 젊은 나이인데. 세상에, 만약 내가 벌써 세상에 작별 인사를 고해야 한다면, 난 과연 견딜 수 있을까. 세상엔 아직도 즐길 것이 이토록 많은데."

가여운 테오, 그는 이미 다른 상을 당하여 애도 중이다. 루스 부부네 집에서 같이 지내던 친한 친구인 요하네스 빌헬무스 비하우젠(Johannes Wilhelmus Weehuizen)이 병으로 쓰러진 지 며칠 안 되어 갑자기 세상을 떠났기 때문이다. 그 친구 역시 미슐레의 책『사랑』을 읽었고, 그가 아프기 전에 둘은 그 책에 대해 이야기를 나누며 많은 시간을 보냈다. 테오는 빈센트에게 말한다. "그 친구도 그 책이 매우 아름답다고 생각했어." 테오는 그 친구의 마지막 순간을 함께해 주지 못했다는 생각에 큰 죄책감을 느낀다.

그리고 1875년 6월 14일에 아네트가 죽는다.

테오는 깊은 상실감에 빠진다.

바로 그 다음 날, 빈센트는 아네트가 언제나 테오와 함께할 것이라는 위로의 말과 함께, 연민의 정을 담아 편지를 보낸다. 테오는 그녀를, 혹은 그녀의 비극적 죽음을, 영원히 잊지 못할 것이다. 그들이 좋아하는 미슐레가 쓴 상심에 대한 내용을 넌지시 인용하며, 빈센트는 이렇게 말한다. "그녀는 끊임없이 나에게 돌아왔고, 그렇게 나와 30년을 함께했다."

빈센트는 테오에게 헤이그를 떠나라고 말한다. 그곳엔 너무도 많은 기억이 서려 있다. 한편, 도루스는 테오에게 하네비크 가족의 집에서 너무 많은 시간을 보내지 말라고 당부한다. 밖에 나가 다른 사람들과 어울리라고, 너무 오랫동안 슬픔에 빠져 있으면 상처받은 마음도 그만큼 오래 간다고, 아버지는 말한다. "혈기 왕성한 젊은 시기에 우울함에 너무 얽매여 있는 건 좋지 않아." 그는 젊은이라면 모름지기 '즐겁고 행복해야' 하는 법이라고 강조한다.

그런데 그만, 아네트가 죽고 3개월밖에 지나지 않은 어느 날, 테오와 같은 하숙집에 살던 다른 친구인 빌렘 로렌스 키엘(Willem Laurens Kiehl)이 갑작스럽게 또 사망한다.

아버지는 쓴다. "우리 모두 키엘의 사망 소식에 애통함을 금치 못하고 있단다. 네가 얼마나 크게 충격을 받고 힘들어 할지 상상이 가는구나. (중략) 그렇게 젊은 나이에 속절없이 가버리다니."

테오는 충격으로부터 헤어나지 못한다. 아버지는 그에게 기도하라고 당부한다. 기도는 그에게 힘을 줄 것이다. 또한, 삶이란 원래 '시험과 고난'으로 가득 차 있는 것이라며, 종교적 교훈을 빌려 테오를 위로해 주려고 한다.

그러나 테오는 종교에서 아무런 위안도 얻지 못한다. 전혀, 조금도.

두 형제의 운명은 되풀이되고 있다. 어떤 면에서 보면 그렇다. 그러나 모든 면에서 그런 것은 아니다. 예술과 신에 대한 신념에 대해서는 확실히 다르다.

파리에 있는 빈센트는 무신론자라고 공표했던 헤이그 시절에서 다시 완전 반대로 돌아섰다. 그는 미술 업계에 대한 열정을 완전히 잃었고, 대신 그 자리를 어린 시절 준데르트에서 배운 가르침과는 전혀 생소한 종교적 광신으로 가득 채웠다. 빈센트가 테오에게 쓰는 편지에는 어느새 성경 구절이나 종교적 가르침에 대한 내용이 잇따라 등장하기 시작한다. 어쩌다 이런 변화가 찾아오게 되었는지, 이유는 알 수 없다. 아무튼 이번, 가장 최근의 죽음을 겪은 테오에게 빈센트가 보낸 편지는 성경에서 따온 구절들로 가득 차 있다. 그는 지금의 어려운 시간을 헤쳐 나갈 힘을 하나님에게서 구해야 한다고 테오를 설득하다. "우리의 지식에 기대려 하지 말고, 온 마음을 다해 하나님을 믿도록 하자."

그러나 테오는 하나님에게 의지하지 않는다. 그는 시를 읽거나 일에 매달림으로써 상처받은 마음을 치유하려 해본다. 그러나 이는 실패로 끝나고, 그는 결국 깊은 우울 속으로 빠져든다.

"조심해, 동생. 용기를 잃어서는 안 돼." 빈센트는 동생을 향해 외친다.

발을 잘못 딛거나 넘어지며

1875~1879

결국 우리는 삶의 한가운데에 처해 있잖아.
그런 만큼, 우린 선한 싸움을 용감하게 하고, 진정한 어른이 되어야 해.
— 빈센트가 테오에게, 1877년 5월 31일

22.
장미와 가시

빈센트는 멀리서나마 테오의 기운을 북돋우어 주려 애쓴다. 파리에서 그는 모든 방면의 조언을 담은 편지를 써 보낸다. 밖에 나가고 싶지 않으면 나가지 않아도 좋아, 라는 식의 조언이다. 빈센트는 정작 자신도 제대로 먹고 다니지 않으면서, 테오한테는 생명의 양식이라며 빵을 먹으라고 말한다. 그리고 이제는 180도 태도가 바뀌어서, 성경 이외에 책은 모두 갖다 버리라고 권한다. 심지어는 미슐레가 쓴 『사랑』마저도!

그는 테오가 가까이 살면서 '함께 아침 식사를 하거나, 내 방에 앉아 같이 핫 초콜릿을 마실 수 있다면 좋겠다고' 생각한다.

빈센트는 테오에게 하루가 멀다 하고 편지를 써서 노란 봉투에 넣어 부친다. 그러면서 '이건 시도해 보았니? 빵을 먹는 건 어때?' 같은 조언과 위로의 말을 아끼지 않는다. 그리고 '마음을 다해 악수를 보낸다'든가 '너를 가장 사랑하는 형이'라는 따뜻한 말로 끝을 맺는다. 한편으로는 성경 구절도 너무 과하다 싶을 정도로 적어 보내는데, 어떨 땐 편지 전체가 성경 구절만으로 채워져 있을 때도 있다. 그리고 이는 테오의 관심을 이끌어 내지 못한다.

테오의 상황이 안 좋은 것도 사실이지만, 부모님은 빈센트가 더욱더 걱정이다. 그도 그럴 것이 테오가 슬픔에 빠진 건, 실제로 비극적인 일을 겪었으니, 그럴 만한 충분한 이유가 있다. 그러나 빈센트의 이 난데없는 종교적 열의는 정말이지 걱정하지 않을 수가 없다.

빈센트가 구필 화랑의 일을 뒷전으로 하고 있다는 사실을 알게 된 후, 그들의 걱정은 노여움으로 변한다. 런던에 있을 때처럼, 파리에서도 그는 일에 시큰둥하고 냉담한 태도를 보인다.

그들은 테오에게 빈센트가 '괴짜' 같고 '이상하다'며 불평을 토로한다. 직장 일에 더욱 힘써야 하건만, 그리고 좀 더 평범하게 행동했으면 좋으련만.

그러던 중 테오에게 또 다른 불운이 닥친다. 헤이그의 미끄러운 빙판길에서 발을 헛디디고 넘어져 발에 심한 부상을 입은 것이다. 가엾은 테오, 대체 얼마나 더 많은 불행을 견뎌 내야 한단 말인가. 빈센트는 그 사실을 듣는 즉시 테오에게 편지를 쓴다. 가까이에 살면서 동생을 위해 뭐라도 해 줄 수 있다면 좋겠다고 한탄하면서. 그는 크리스마스에 맞추어 집에 가겠다고 말하며, 테오도 오면 좋겠다고 청한다. 발의 상태는 어떤지, 병원에서는 뭐라고 하는지, 제발 자세히 알려 달라고 당부하는 편지도 쓴다. 편지에는 초콜릿도 함께 넣어 보낸다. "상자에 × 표시를 한 초콜릿은 네가 먹고, 다른 두 개는 루스 부인에게 드리렴." 또한, 빈센트는 크리스마스에 집에 가지 못하고 영국에서 머물게 된 여동생 안나와 빌에게도 초콜릿을 (그리고 인쇄한 회화 작품을) 보낸다.

크리스마스 명절을 맞아 한자리에 모인 가족들, 어머니와 아버지, 빈센트와 테오, 리스와 코르는 즐거운 시간을 보낸다. 그 후 테오는 일 때문에 빈센트보다 먼저 집을 떠나고, 새해가 되어 빈센트는 부모님에게 구필 화랑 일을 그만두고 싶다고 털어놓는다.

아버지는 빈센트에게 조금이라도 더 버텨 보라고, 몇 달이라도 더 있다가 그만두는 게 좋겠다고 당부한다. 빈센트는 코르넬리스 작은아버지와도 상담을 한다. 구필 화랑은 아니지만, 작은아버지도 같은 미술 업계에 종사하고 있기 때문이다. 작은아버지의 의견 또한 부모님의 의견과 일치한다. 그래서 빈센트는 결국 조금 더 힘을 내어 버티기로 마음을 먹고 파리로 돌아간다.

"우리가 얼마나 마음을 졸였을지 상상할 수 있겠지." 아버지는 테오에게 이렇게 말한다. "물론 좋은 점도 많이 있지만, 그 아이에게는 어딘가 늘 이상한 구석이 있어."

빈센트는 파리로 돌아와 상사의 사무실을 찾아간다. 안녕하세요, 새해 복 많이 받으세요, 빈센트가 상사를 향해 인사말을 전한다. 그러나 상사에게서 돌아오는 대답은 친절하지 않다. 그는 빈센트가 그토록 오랫동안 자리를 비우고 떠났다는 사실에 노발대발한다. 그렇게 오래 자리를 비우면 안 된다고 그토록 일렀지 않은가! 화랑에서 크리스마스와 새해가 얼마나 바쁜 시기인 줄 몰라서 그러는 건가? 자네가 없어서 얼마나 곤란했는지 아는가?

대화는 점점 더 안 좋은 방향으로 흘러간다.

빈센트는 결국 해고를 당한다. 상사는 빈센트에게 4월 1일 부로 나가라고 통고한다.

이 소식을 아버지에게 편지로 알리자, 아버지는 찾아가서 용서를 빌라고 말한다. 빈센트는 아버지 말을 따르지만, 상사는 전혀 화를 누그러뜨리지 않는다. 빈센트는 이제 몇 달 후면 백수가 될 상황에 처했다.

빈센트는 딱히 아쉽다고 생각하지 않는다. 그에게 그림을 파는 일은 세상에 뭔가를 베풀 수 있는 일, 변화를 일으킬 수 있는 일로 여겨지지 않는다.

길은 하나님에게 있다. 복음을 가르치고 설교하는 일에 있다. 예술이 아닌, 하나님에게.

구필 화랑 일을 그만둔 빈센트는 일단 부모님이 계신 네덜란드의 에텐으로 돌아간다. (아버지는 최근에 또 전근을 했다.) 이곳에서 오래 머물러 있지는 않을 것이다. 그는 파리도 네덜란드도 아닌, 예술 쪽도 복음을 전하는 쪽도 아닌, 새로운 일자리를 구했다. 영국 동쪽 해안가에 위치한, 한 목사가 운영하는 남학생 기숙 학교에서 학생들을 가르치는 일이다.

때가 되어, 아버지는 막내아들 코르를 데리고 4시 기차를 타고 떠날 빈센트를 배웅하러 나온다. 여전히 헤어짐은 힘들기 그지없다.

"작은 창문 너머로, 도로가에서 기차가 떠나는 모습을 바라보는 아버지와 어린 동생의 모습이 보였어."

빈센트의 부모님에게도 작별은 쉽지 않다. 장남의 앞길이 어떻게 되려는지 큰 걱정이 앞선다.

어머니는 테오에게 말한다. "그렇게 이제는 목적지에 도착했을 네 형의 모습이 아른거리고, 거기서 어떻게 적응하고 있을지, 그의 소식을 목이 빠지게 기다리고 있단다. 그 아이가 여기서 지내는 동안 우리는 좋은 추억을 만들었고, 이제는 하나님께서 그에게 맞는 길을 잘 인도해 주시기만을 바랄 뿐이야. 험난한 세상 속으로 홀로 떠나던 그 아이의 모습이 가엾기 그지없더구나. 우리 모두 그를 생각하면 울적해져."

빈센트의 인생은 그의 엉뚱한 성격만큼이나 한치 앞도 예측할 수가 없다. 부모님의 눈에는, 그가 일부러 나서서 가시면류관을 자청하는 것으로, 스스로 고통을 초래하는 것으로 보일 뿐이다.

반대로 테오는 자신의 일에 보람을 느끼며 즐겁게 살고 있다니, 얼마나 다행인지 모른다고 아버지가 말한다. 테오가 열아홉 생일이 되던 날, 도루스는 편지로 테오가 자신들의 왕관이자 명예이며, 자랑이자 기쁨이라고 전한다. 이제는 그의 앞에 펼쳐진 밝은 미래에 대한 믿음이 머리 위에 빛나는 찬란한 장미꽃 후광처럼 피어나고 있고, 그들은 비로소 테오의 힘들었던 작년 한 해로 인한 걱정을 떨쳐 버릴 수 있다.

"네가 세례를 받던 당시, 너는 준데르트에서 맨 처음 피어난 5월의 장미들로 단장되었어. 조그만 장미꽃들로 장식된 그 세례복은 이제 더는 맞지 않을 것이고, 그 장미꽃들도 오래전에 시들어 버렸지만, 그것은 여전히 위대한 매력과 커다란 애정의 상징으로 남아 있단다. 이것이 네 삶에 부여된 약속과도 같은 것이길 우리는 기도한다."

그것은 마치, 겹칠 속에 감추어져 있던 펜티멘토가 자취를 드러내듯, 빈센트 뒤에 남아 있던 첫째 아들 빈센트의 이미지, 즉 부모가 그토록 바라던 그 '듬직한 아들'의 상이 드러나, 테오의 모습과 겹쳐 보이는 것 같다고 할 수 있을 것이다.

그리고 그렇게, 안나와 도루스의 희망은 둘째 아들인 테오에게로 옮겨 간다.

23.

빈센트 걷다 2

그 애는 몇 시간이 걸리도록 먼 길을 걸어 다니고,
난 그러다가 그 애가 외모를 망치는 것은 아닐까,
그래서 남들이 보기에 흉해지는 건 아닐까 걱정이란다.
— 아버지가 테오에게, 1876년 7월 1일

스물세 살이 된 빈센트는 잉글랜드의 램스게이트(Ramsgate)로 거주지를 옮긴다. 그곳은 마게이트(Margate)에서는 남쪽, 샌드위치(Sandwich)에서는 북쪽 방향에 있는 곳으로, 북해가 도버해협을 만나는 부근인 잉글랜드 맨 동쪽 해안에 위치한 바닷가 마을이다. 그는 해안 근처에서, 특히 '온갖 종류의 선박과 너른 바다로 죽 뻗어 있는 돌 방파제 위를 따라 걸을 수 있는' 항구 근처에서 살게 된 사실에 매우 기뻐하며, 도착하자마자 테오에게 편지를 쓴다. "그리고 저 멀리로 본연의 상태에 있는 바다가 보이는데 정말 아름다워. 어제는 온 세상이 잿빛이었어."

그는 폭풍이 몰아치는 바다를 바라보며, 그 광경을 편지로 테오에게 그려 보낸다. "특히 해변 가까이로는 더욱 짙은 색을 띠면서 누렇게 탁해진 바닷물에, 가느다란 빛줄기가 수평선으로 반짝이고, 그 위로는 엄청나게 거대한 먹구름이 모여들어서 금방이라도 세찬 빗줄기를 비스듬히 내리꽂을 것 같은 기세를 취하고 있어."

윌리엄 포트 스톡스(William Port Stokes) 학교에서 학생들을 가르치는 동안 빈센트는 그 학교 학생들에게 자신을 동일시하며, 자신의 어린 시절과 고향을 몹시도 그리워하다. 그는 해변에서 아이들과 함께 무래성을 만들며, 준데르트의 집에 있던 마당을 떠올린다. 그리고 스토크스 교장이 너무 떠들고 까부는 일부 학생들에게 저녁 식사로 아무것도 먹거나 마시지 못하게 할 때면, 그가 학생을 지나치게 엄하게 다루는 것 같다고 원망한다.

또한, 면회를 왔다가 기차역으로 떠나는 부모님의 뒷모습을 바라보는 학생들을 보며 마치 자신의 일처럼 가슴 아파한다. 지난날 프로빌리 학교에 있을 때, 노란 마차가 사라져 가는 모습을 하염없이 바라보던 자기 자신처럼.

미술에 대한 미련을 완전히 버릴 수 없던 그는 직접 창작을 시도해 본다. 처음 런던에 왔을 때, 그는 헤이그에 사는 터스티그의 어린 딸 벳시를 위해 그림책을 만들어 보내기도 했었다. (예전 일로는 그에게 억한 감정을 품지 않기로 했다.) 이번에는 테오에게 훗날 그의 초기작 중 하나로 여겨질 스케치와 드로잉을 그려 부친다. 그는 펜과 잉크를 사용해 아이들의 관점에서 보는 학교의 정경을 그린다. 오른쪽 길가로 가로등이 설치된 구불구불한 길, 그 뒤로 작은 공원, 길 끄트머리 왼편에 서 있는 건물 하나, 그리고 이 모든 것 너머로 펼쳐져 있는 바다, 그 물 위를 떠다니는 배들. "이곳 아이들 다수는 창문에서 보이는 이 광경을 절대 잊지 못하겠지."

그는 또한 테오에게 스펜서 광장 쪽으로 난 자기 방에서 보이는 전경을 묘사해 준다. "내 방 창문으로 내다보면, 다른 집 지붕들 너머로 느릅나무 꼭대기가 보이고, 그 위로 검은 밤하늘이 펼쳐져 있어. 그 지붕들 위로는 단 하나의, 다정한 빛을 내뿜는 커다랗고 멋진 별이 빛나고 있지. 그리고 난 우리 모두에 대해, 이미 지나간 내 인생의 나날과 우리의 옛집을 생각해. 그러고 있으면 내게 떠오르는 감정과 글귀들이 있어. '나로 하여금 부끄러운 아들이 되지 않게 하소서.'"

잠언서의 구절을 인용함으로써 그는 부모님을 실망시키고 싶지 않은 심정을 솔직하게 고백한다. 부모님이 염려하고 있음을 그도 잘 알고 있으며, 나름대로는 노력하는 중이다. 그는 나가서 먼 길을 걷는다.

램스게이트에서 출발한 빈센트는 걸어서 런던까지 간다. 이는 120km에 달하는 여정으로, 원정이자 순례의 길이다. 그는 교회에서 할 수 있는 일을 찾고 있다. 이토록 먼 길을 걸어서 다니는 것을 아버지가 알면 달갑게 여기지 않을 거란 사실을 안다. 날씨도 제법 뜨겁다. 그러나 버는 돈이 얼마 안 되는 빈센트가 런던에 가기 위해선 달리 다른 방도가 없다.

뜨거운 6월 햇빛 아래에서 걷고 또 걷던 중에, 후덥지근한 저녁 무렵이 찾아온다. 이제 캔터베리에 도착했지만, 그는 조금 더 계속 걷기로 한다. 해가 지자 연못가를 찾아가, 너도밤나무와 느릅나무 밑에서 잠을 청한다. 새벽 3시가 되자 새들이 그의 단잠을 깨우고, 그는 다시 여정을 이어간다. 오후가 되어 채텀(Chatham)에 도착하자, 회색 안개 너머 템스 강에 떠 있는 배들이 보이기 시작한다. 이제 런던까지 반 정도 거리를 왔다.

그 후로 다소간의 거리나마 마차를 얻어 타고 가다가, 마차 주인이 여관에서 마차를 세우자, 빈센트는 다시 걸어서 길을 간다. 굳이 기다리고 싶지도 않고, 어차피 먹을 것을 살 돈도 없다. 한 걸음 한 걸음 그는 걷고 또 걸어, 마을 마을을 지나 마침내 도시에 도착한다.

그는 파리에 살던 시절 알고 지냈던 친구의 부모님 댁에서 이틀간 머무르며 일자리를 구한다. 그리고 런던에 살던 때 다니던 교회의 목사에게 편지를 쓴다. "저는 성직자의 아들로, 먹고 살려면 일을 해야 하기 때문에 현재 돈도 없고 공부할 시간도 없습니다. (중략) 그렇지만 이 모든 것에도 불구하고 교회에 봉사할 수 있는 일을 반드시 찾고 싶습니다." 아무 훈련도 받지 못했기에, 일자리를 구할 가망성이 별로 없을지도 모른다는 사실을 스스로도 알고 있다. 그러나 그 대신 많은 여행 경험과 외국에서이 생활 경험, 화랑에서 일한 경력이나 육체노동을 한 경험, (종교적 비종교적으로) 여러 방면의 사람들과 친분을 쌓았던 이력이 도움이 되기만을 바랄 뿐이다. 거기에 그는 네덜란드어와 영어뿐아니라 프랑스어와 독일어도 할 수 있다.

그는 간절한 호소로 편지를 끝맺는다. "일자리를 찾는 제게 추천을 부탁드리며, 아울러 제가 좋은 자리를 찾을 수 있도록 자애로운 눈으로 지켜봐 주십시오."

빈센트는 새로운 일자리를 찾는 데 성공한다. 토마스 슬레이드 존스(Thomas Slade-Johnes) 목사가 운영하는 런던 근교의 한 학교이다. 수업이나 설교를 일부 맡을 수도 있겠지만, 대부분은 잡일을 하거나 학부모들에게 돈 걷는 일을 주로 하게 될 것이다. 빈센트의 부모님은 이 일자리가 아무래도 못마땅하게 들린다. 그들은 빈센트가 가는 길이 영 마음에 들지 않고, 그에 대한 걱정을 테오에게 편지로 나타낸다. "과장되게 생각하거나 언제 어디로 튈지 알 수가 없고, 성경 구절을 되는 대로 인용해대니 (중략) 애석하여 속이 매우 쓰리구나."

그러나 지금 테오는 남의 걱정을 할 처지가 아니다.

24.
빛이 있으라

헤이그에서 테오는 뭔가 '나쁜' 짓을 저지르고 말았다. 예전 형과 같은 일이 벌어졌다. 그는 빈센트에게 털어놓는다.

빈센트는 이렇게 쓴다. "너는 방탕한 생활 때문이었다고 말하지만, 너무 걱정하지 마. 그냥 묵묵히 네 갈 길을 가렴. 너는 나보다 순수하니까 아마도 나보다 잘 해낼 수 있을 거야."

테오에게 무슨 일이 있었던 걸까? 아네트를 포함해 두 친구를 죽음으로 잃고, 또 발에 부상을 입고, 그 후로 마음을 다잡는 과정에서, 그는 아마도 위로와 위안을 갈구하며 종교가 아니라 매춘부를 찾지 않았을까 싶다. 형에게 그 사실을 고백한지 3개월 후, 그의 건강 상태는 크게 악화된다. 몸에 힘이 없으며 심한 열이 오락가락한다. 회복될 기미가 보이지 않는다. 그냥 단순한 감기가 아닌 모양이다. 심각한 병일 수도 있다. 빈센트는 걱정이 되기 시작한다. 그는 테오에게 이렇게 쓴다. "아우야, 내가 네 곁에 얼마나 있어 주고 싶은지 넌 모를 거야. 오, 우리는 왜 이토록 멀리 떨어져 있을 수밖에 없는 거니? 이런 상황 속에서 우리는 어떻게 해야 하지?"

부모님도 점점 더 우려하게 된다. 다행히 멀리 떨어져 있지 않기에, 그들은 번갈아 가며 헤이그로 넘어가 테오의 병간호를 한다. 이에 빈센트는 어머니가 헤이그에 와 있는 동안 자신도 가 보고 싶다고 말한다. "아픈 테오의 곁에 있어 주고 싶은 마음만큼, 어머니에게도 꼭 드리고 싶은 말씀이 있습니다. 그리고 가능하다면 한 번 더 에텐으로 가서 아버지와도 이야기를 나누고 싶습니다. 짧은 방문이 되겠지만, 테오와도 하루 이틀 정도는 함께 지낼 수 있을 수 있을 거예요."

집으로 가게 해 주세요.

그러나 어머니는 그에게 오지 말라고 답한다. 집에 오지 말거라. 몇 달 후면 크리스마스이니 그때 에텐에서 보자꾸나.

어머니의 이런 대답은 빈센트를 위한 것이었을까? 그토록 짧은 시간 안에 빈센트가 멀리 왔다 가는 일이 힘겨울 거라 생각해서? 아니면, 빈센트로부터 테오를 보호하려는 의도였을까? 그것도 아니면, 자기 자신을 생각해서일까? 두 아들을 동시에 신경 쓰고 싶지 않아서? 혹은 빈센트가 와서 문제가 더욱 복잡해지는 것을 원치 않아서?

빈센트는 더 이상 이 문제를 두고 우기지 않고, 영국에 남아 하나님의 일에 집중한다. 하나님 안에서 그는 안락과 위안을 얻는다. 그리고 빛을 발견한다.

몇 주 후 빈센트는 처음으로 청중 앞에서 설교를 한다. 그로서는 정말 소중한 경험이다. "강단 앞에 서 있는 동안, 난 어떠한 한 존재가 컴컴한 지하실에서 따뜻한 햇볕으로 나오듯 어둠으로부터 서서히 떠오르는 것을 느낄 수 있었어. 그리고 내가 이제 어디를 가든 복음 전파하는 일을 할 거라 생각하면, 너무도 놀랍고 기뻐. (중략) 하나님이 말씀하셨지, 빛이 있으라 하니, 빛이 있었다."

그때, 네덜란드에서도 빛 한 줄기가 비쳐 온다. 테오의 병세가 회복세로 돌아선 것이다.

부모님은 그가 건강을 되찾기까지 에텐의 집으로 데려가 보살피기로 한다. 아들을 곁에서 도와줄 수 있어 정말 다행이다.

25.
옳은 일을 하는 것

―――――――

크리스마스 시기에 맞추어 빈센트는 네덜란드의 집을 방문하고, 집에 있는 동안 부모는 그에게 영국으로 돌아가지 말라고 설득한다. 반드시 가야할 이유도 없지 않은가. 어차피 하는 일이라고는 고작 학부모로부터 학비를 걷는 일이 대부분이니. 진정으로 하나님의 일에 힘을 쏟고 싶다면, 집에서 더욱 가까운 곳에서도 충분히 할 수 있을 것이다. 빈센트가 동의하자, 센트 큰아버지는 도르드레흐트(Dordrecht)라는 도시에 일자리를 구해 준다. 에텐의 부모님 집에서 138km 떨어져 있는 그곳은 테오가 사는 헤이그로부터도 48km밖에 떨어져 있지 않다. 빈센트에게는 참 잘 된 일이 아닐 수 없다.

1877년 1월 빈센트는 책, 잡지, 사무용품, 지도 및 구필 화랑에서 생산된 명화 인쇄판 등을 판매하는 블루쎄 & 반 브람(Blussé & Van Braam)이라는 상점에서 새로운 일을 시작한다. 빈센트는 온갖 전반적인 일을 도맡아 한다. 수하물을 관장하거나 회계장부를 기입하고, 잔심부름을 하러 다니고, 그 외에도 필요하다고 간주되는 일은 모두 그의 몫이다. 아침 8시에 출근을 해서, 늦게까지 일을 하느라 종종 새벽 1시가 되어서야 숙소로 돌아온다. 그는 (장부 기입 같은) 일부 업무는 딱히 잘 하지 못하며, 마음도 다른 곳에, 즉 하나님과 성경 말씀에 가 있다. 그렇지민 그에겐 돈을 벌 수 있는 일이 필요하고, 바쁘게 생활을 하는 것도 나쁘지는 않다.

또한, 지금 묵고 있는 방도, 방 창문에서 보이는 풍경도 꽤 마음에 든다. 소나무와 포플러 나무가 있는 정원, 그리고 아이비 덩굴로 둘러싸인 오래된 큰 집이 있는 풍경, 빈센트가 사는 숙소에는 세 명의 하숙인이 더 있다. 그중에 같은 방을 썼던 학교 교사인 파울루스 코엔라드 괴를리츠(Paulus Coenraad Gorlitz)는 15년 뒤, 빈센트에 대한 한 기사에 대한 응답으로, 이 당시 빈센트의 모습을 묘사한 글을 다음과 같이 써 보낼 것이다.

괴를리츠가 그린 빈센트의 초상

빈센트는 이따금 이른 시간인 저녁 9시 즈음 귀가를 한다. 그럴 때면 그는 파이프를 입에 물고 성경을 읽는다. 빈센트가 성경 구절을 외우려고 종이에 적어 나가는 모습을 괴를리츠가 바라본다. 빈센트는 성경뿐 아니라 종교에 관련된 다른 글들도 써 내려간다.

괴를리츠는 빈센트를 좋아하기는 하지만, 그가 못생겼다고 생각한다. 그러나 일단 종교에 대한 말이나, 혹은 예술에 대한 말이 나오면, 빈센트의 얼굴이 환하게 빛나고 눈에서 빛이 반짝인다. 그럴 때 빈센트의 얼굴은 더 이상 못생겨 보이지 않는다.

함께 산 지 한 달 정도가 지났을 때, 빈센트는 괴를리츠에게 성경에 대한 그림을 벽에 붙여 장식해도 되겠냐고 묻는다. 그가 괜찮다고 답하자, 빈센트는 예수님을 그린 그림들 밑에 각각 '누구보다 슬프지만, 늘 기뻐하기를 쉬지 않으심'이라고 적어 놓는다. 이는 괴를리츠가 빈센트를 바라보는 시선과도 정확히 일치한다.

때로 빈센트는 다른 하숙생들에게 성경책을 소리 내어 읽어 주기도 한다. 괴를리츠는 좋게 생각하고 귀를 기울이지만 가장 어린 하숙생 한 명은 그를 보고 비웃는다. 빈센트는 개의치 않는다. 성경을 읽는 일이 옳은 일이라고 굳게 믿고 있기 때문이다.

식사 시간이 되면, 괴를리츠를 비롯한 다른 두 명의 하숙생은 굶주린 늑대처럼 음식을 향해 달려들지만, 빈센트는 식사량도 매우 적고 고기는 아예 입에 대지 않는다. 그는 말한다. "채소로 만든 음식이면 충분해. 나머지는 전부 사치야." 일요일이 되어 하숙집 주인아주머니가 몇 번이나 그를 향해 고기를 좀 들라고 권하면, 그제야 그는 고기를 약간 먹는다. 괴를리츠가 보기에 빈센트가 먹고 사는 건 '감자 네 개에 그레이비 약간, 그리고 채소 한 입'에 불과해 보인다.

비록 자기가 먹는 음식에는 거의 신경을 쓰지 않지만, 어느 토요일 오후 빈센트는 괴를리츠와 함께 산책길에 나섰다가 굶주린 개 한 마리를 목격한다. 그달에 쓸 생활비도 턱없이 부족하건만, 그는 그 돈의 대부분을 할애하여 빵을 몇 개 사더니 개를 향해 내민다. 빵을 다 먹고도 개가 여전히 배고파 보이자, 그는 빵집으로 돌아가 호주머니를 탈탈 털어 개에게 줄 빵을 더 산다. 이제는, 그가 자신에게 허용하는 유일한 사치인, 파이프용 담뱃잎을 살 돈마저도 전부 사라져 버렸다.

이 시기에 빈센트는 준데르트에 사는 오랜 이웃 중 한 명이 죽어가고 있다는 소식을 전해 듣는다. 그는 괴를리츠에게 돈을 꾸어 그를 만나러 간다. 기차를 타고 내려서도 밤길을 16km나 걸어가야 하는 길이다. 눈에 익은 들판을 가로질러 걸어가는 동안, 별들이 구름을 비집고 나와 반짝이며 그의 길을 빛내 준다. 마르크트 가의 옛집을 지나다가 그는 죽은 형인 아기 빈센트가 잠들어 있는 묘지 앞에서 잠시 멈추어 선다.

묘지 앞에 서서 그는 아버지를 떠올리며, 갓 태어난 장남을 잃은 그의 마음이 어땠을까 하는 사색에 잠긴다. 얼마 후, 그해가 가기 전에, 터스티그는 태어난 지 3개월밖에 되지 않은 아이를 잃는 불행을 겪는데, 그때 빈센트는 그에게 편지를 보내 아버지가 겪은 이 상실을 언급한다. 그러면서 '그럼에도 우리가 가장 고통 받고 있을 때에 절대 우리를 놓지 않는 끈은 하나님의 사랑'이라고 믿는다. 빈센트에게 있어 하나님은, 언제나 존재하고 모든 방면으로 그를 이끌어 주며 그가 옳은 일을 하도록 도와주는 존재이다.

빈센트는 마침내 옛 이웃의 집에 도착하지만, 그 사람은 이미 세상을 떠나 버렸다. 빈센트는 그 가족과 함께 머물며 기도한다. 후에, 그 멀리까지 찾아 갔는데 이웃이 이미 죽었다는 말을 듣고 괴를리츠는 그를 위로하려 하지만, 빈센트는 오히려 그 가족을 찾아간 것이 옳은 선택이었다며 그를 안심시킨다.

그 일이 있고 얼마 안 있어, 테오가 중대한 소식을 안고 그를 방문한다. 테오는 다시 사랑에 빠졌다. 이번에는 아네트의 경우와 달리 짝사랑도 아니다. 그러나 테오는 부모님이 그 만남을 허락하지 않으리라는 사실을 알고 있다. 그 여자가 하층민 출신에다 아이도 딸려 있기 때문이다. 그러나 빈센트는 테오의 행복을 기뻐해 준다. 특히, 그 소식을 테오가 자신과 함께 나누었다는 사실을 크게 기뻐한다. 그는 우리 사이에 '가능한 한 비밀은 없었으면 해. 누가 뭐라 해도 우린 형제 사이잖아'라고 쓴다.

며칠 후 일을 마치고 집에 돌아오는 길에, 사뿐히 내려앉는 하얀 눈 사이로, 들리는 소리라고는 야경꾼의 딸랑이 소리밖에 없는 고요함 속에서, 빈센트는 테오를 떠올린다. 눈송이 사이로 걸어가며, 그는 '고향집의 작은 2층 방에서 그 오랜 시간 동안 한 침대에서 자 온 형제'로 테오와 함께할 수 있는 하나님의 은혜를 입게 되어 억마나 행운인지 깊이 생각한다.

그러나 테오의 비밀을 알게 된 부모님은 크게 상심한다. 테오가 어머니의 속을 썩일 때도 있다니. 어머니는 테오에게 이 여인과는 잘 될 수 없다고 당부하며, 지금 테오의 행동은 아네트와 다른 친구들을 잃은 슬픔을 미처 극복하지 못하여 나오는 경솔한 행동이라고 말한다. 성경에 나오는 욥이 시험을 당하여 모든 것을 잃었듯, 테오 또한 시험에 들게 된 것이다. 어머니는 테오도 모든 것을 잃고 말 것이라고 경고한다. 그 여인으로 인해, 테오는 사회적인 지위를 잃을 것이고, 건강마저도 잃게 될지 모른다. 다른 건 몰라도 건강에 대해서는 어머니의 염려가 그르지 않다. 테오의 몸은 허약하고 병에 취약하다. 어쩌면 이미 어떤 병에 걸려 있는지도 모른다.

어머니는 테오에게 **옳은 일**을 택하라고 단호히 말한다.

테오와 부모님 사이의 불화가 심화될 조짐을 보이자, 빈센트는 놀랍게도 부모님의 편을 든다. 그는 동생이 스스로 문제에 대한 해결책을 찾을 수 있기를 희망하지만, 그럼에도 이 여인보다 그를 더욱 사랑하는 사람은 아버지라는 사실을 기억하라고 말한다. "네 마음을 믿고 앞으로 나가야 해, 너는 그 둘 사이에서 갈등할 수밖에 없을 거야."

말마따나 테오는 갈등 중이다. 가족의 기도는 그와 부모님 간의 끈끈한 유대를 말하지만, 만약 그가 기도 자체를 믿지 않는다면 어떻게 해야 하는가? 테오 자신도 가족이 무엇보다 중요하다고 생각은 하지만, 현실의 그는 너무도 외롭다. 정말로 부모님이 옳다고 하는 대로 따라야 하는 건지, 그는 확신이 서지 않는다.

26.
외모

브레다 최고 재단사의 도움을 받아 그 아이의 외모를
조금이나마 개선시키긴 했는데.
— 아버지가 테오에게, 1877년 5월 7일

몇 달도 채 지나지 않아 빈센트는 일을 그만두고 괴를리츠와 함께 썼던 방에서 나와 집으로 돌아간다. 그는 오로지 하나님에게만 집중하기를 원한다. 그리고 암스테르담에 있는 신학교에 다니기로 결심한다. 그의 나이 스물넷이다.

암스테르담으로 가면, 해군공창(海軍工廠)의 책임자로 있는 얀 작은아버지의 집에서 지내기로 한다. 도루스와 안나는 목사가 되는 것이 정말로 그의 길이기를, 또 그렇게 될 수 있기를 기도하지만, 학비의 부담을 짊어져야 한다는 사실은 달갑지 않다. 아무래도 빈센트는 가까운 시일 내에 자립할 수 있을 것 같지 않다. 그래도 용모를 단정히 유지하는 일은 중요하므로, 그들은 돈을 들여 그에게 새 옷을 사 입힌다. 그리고 빈센트가 암스테르담으로 가는 길에 헤이그에 들를 예정이므로, 테오에게 빈센트의 용모를 돌봐 달라고 부탁한다.

"부디 친절하게 자비의 손길을 한 번 더 내밀어, 능력 있는 이발사에게 형을 데려가 머리를 다듬어 주지 않겠니? 여기 에텐에는 변변한 사람이 없구

나. 헤이그에 있는 이발사들이라면 어떻게라도 해 줄 수 있을 듯싶으니, 네가 형한테 잘 말해서 데리고 가 주렴."

아버지는 또한 빈센트가 헤이그에 있는 동안 예전 상사인 터스티그나 안톤 모베(Anton Mauve) 등 다양한 사람과 만나게 해 달라고 테오에게 부탁한다. 모베는 빈센트와 테오의 사촌인 예트(Jet)와 결혼해 인척 관계에 있는 사람이다. 그는 빈센트보다 열다섯 살 연상인데, 헤이그 파(派)의 일원으로 유명한 화가이다. 헤이그 파 화가들은 갈색, 회색, 어두운 녹색 등 전형적인 네덜란드 화풍의 어두운 색채를 사용해 사실적인 스타일의 그림을 그린다. 모베는 특히 들판의 농부나 해변에서 말을 타고 있는 남자들, 양떼들과 같은 야외 풍경을 즐겨 그린다. 도루스와 안나는 모베가 성공적인 '화가'라서가 아니라, 그가 사회적으로 '성공'했다는 이유 그리고 훌륭한 사교계의 일원이라는 이유로 빈센트와 만나 보기를 희망한다. 빈센트가 훗날 목사로 임명을 받게 된다면 그는 유용한 인맥이 될 것이다. 빈센트와 테오는 함께 모베를 방문하고, 이발소에도 가고, 그런 뒤에 빈센트는 암스테르담으로 향한다.

어머니와 아버지는 빈센트가 새로 선택한 길을 믿어 주려 노력하지만, 센트 큰아버지는 그의 실패를 용서하지 못한다. 그는 대신에 테오에게 희망을 걸기 시작한다. 어머니는 테오에게 이렇게 말한다. "큰아버지께 이따금 편지를 보내 드리렴. 그러면 매우 기뻐하실 거야. 그분께 모든 것을 말씀 드리렴."

그러나 테오는 단연코 큰아버지에게 모든 것을 말할 수는 없다. 겉으로 보기에 빈센트보다야 착실히 잘 해나가고 있지만, 그는 아직 여자 친구를 포기하지 못하고 있다. 남들에겐 비밀로 숨기려 애쓰지만, 세상은 좁고, 그가 그 여자와 헤어지지 않았다는 소식은 곧 부모님의 귀에도 들어간다. 그들은 노발대발한다. 이런 일이 있을 수 있다니, 어떻게 테오가 이럴 수 있는가. 그는 착한 아들이 아니던가, 옳은 행실을 하는 믿음직한 아들이 아니던가!

네가 이토록 나약하다면, 그 여자를 아예 멀리 하도록 하렴. 위험으로부터 멀리 피해 있도록 하렴, 어머니는 그에게 당부한다. "너의 그 감정은 관능에서 비롯된 것일 뿐이야. 그러니 제발 그 위험에 눈을 뜨고 더욱 단호하게 그것으로부터 벗어나야 한다."

아버지도 그에게 편지를 써서, 집안에 내려져 오는 비극적 이야기를 들려준다. 어머니의 형제 중 하나가 평판이 나쁜 여자에게 빠져 결국은 비참하게 (추정컨대 자기 손으로) 목숨을 잃고 말았다는 이야기이다. 육체적 욕구에 기반을 둔 그런 관계는 혐오스러운 것이다. 그러면서 아버지는 테오에게 엄중하게 경고한다. 그 여자 같은 사람과 함께 있는 광경을 들켰다간 테오의 명성에 큰 금이 갈 것이다. "물론 기분 전환과 쾌락을 찾는 것도 중요하지만, 제발 부탁한다. 그런 부류의 사람들만은 삼가 주렴. 너의 미래 전부가 거기에 달려 있다고 해도 과언이 아니다."

테오는 부모님을 속상하게 했다는 사실에 마음 아파하면서, 빈센트에게 이렇게 말한다. "정말 이 모든 것에서 벗어나야 할 것 같아. 이 모든 것의 원인은 나고, 난 다른 사람들을 슬프게만 만들고 있어. 나 하나로 나쁠 뿐만 아니라 다른 사람들에게 이 모든 고통과 불행을 안기게 되었다니."

테오는 그 여자를 포기할 수 있는 유일한 길이 헤이그를 떠나는 일임을 깨닫는다. 어쩌면 파리에 있는 구필 화랑 지사로 옮기면 좋겠다고, 빈센트에게 말한다. 빈센트는 그 방법이 효과가 있을 거라는 점에는 동의하지만, 고국을 떠남으로써 따르는 희생에 대해서도 상기시켜 준다. 파리나 런던에 장점이 많은 것도 사실이지만, 그 도시들에는 어린 시절을 지낸 '가시나무 덤불과 푸른 초원, 작은 회색 교회들이 있는' 풍경만큼 애정을 느낄 수는 없을 거라고, 빈센트는 테오에게 당부한다.

그러면서 그는 무엇보다 가장 중요한 점이, 그들이 **살아가야** 한다는 사실이라고 강조한다. 그들은 반드시 **살아남아야** 한다. "우리는 지금부터 서른이 되기까지의 이 시기를 살아서 넘길 수 있도록 노력해야 해. 그리고 우리는 죄에 대해 깨달아야 해. (중략) (아직은 우리 둘 다 되지 못한) 진정한 어른이 되어야 해. 우리 앞날엔 더욱 위대한 뭔가가 우리를 기다리고 있을 거야."

그들의 20대는 확실히 수많은 위기로 점철되어 왔다. 아네트가 죽었고, 테오의 친구가 죽었고, 빈센트 친구의 여동생 하나도 말에서 떨어지는 사고로 인해 목숨을 잃었다. 그리고 매춘부와 잠자리를 함께하다가, 매독이나 임질 같은 병에 걸릴 위험에도 노출되기 쉽다. 만일 빈센트와 테오가 이 시기를 건강하고 안전하게 넘길 수 있다면, 그들은 살아서 부모가 되고 손자손녀도 볼 수 있을 것이다. 그들은 사회에 공헌할 수 있는 사람으로 성장할 수 있을 것이다. **사회에 공헌할 수 있는 사람이 되자.** 이것이 그들이 지난날 풍차를 향해 걸어가면서 맺은 서약이 아니던가. 빈센트가 덧없는 기분에 빠질 때마다 그에게 재차 살아갈 힘을 주는 것이 아니던가. 그들이 존재하는 데는 분명 그럴 만한 이유가 있을 것이다. 그들 두 사람 모두에게.

자신의 길이 하나님에게 있다고, 지금의 빈센트는 믿는다. 따라서 무슨 일이 있어도, 하나님이 우리를 도와주실 거라고, 그는 동생에게 말한다.

그러나 테오는 동의하지 않는다. 그에게는 자구책이 필요하다. 그는 헤이그가 아닌 다른 구필 지사로 옮겨 달라는 요청을 넣는다. 그러나 센트 큰아버지도 터스티그도 지금 당장은 테오가 옮겨 갈 수 있는 자리가 없다고 답한다. 미래에는 생길 여지가 있으니, 그때에 대비해 테오의 요청을 염두에 두고 있겠다. 그러나 지금으로서는 당분간 이대로 지내야 한다. 아버지는 테오에게 당부한다. "기다리는 동안 제발 경솔하게 행동하여 일을 망치지 말거라."

그해 가을, 구필 화랑은 테오에게 네덜란드 전역을 도는 영업 출장임을 맡긴다. 어머니는 편지로 이렇게 전한다. "혹시 누가 알겠니, 출장지에서 너와 천생연분인 아가씨를 만나게 될지도 모르는 일이야."

누구와도 만나지는 못하지만, 그는 거리를 두고 떨어져 있음으로써 균형 감각을 되찾는다. 그해 겨울 테오가 집으로 보내온 편지는 한결 밝고 가볍다. 그 여자와의 관계는 완전히 끝내 버린 듯하다. **테오에 대해** 어머니와 아버지는 그보다 마음이 놓일 수 없다.

27.
최악의 시기

빈센트가 일에만 온 신경을 쏟는 대신,
좀 더 평범하게 지낼 수 있다면 좋을 텐데.
마음은 너무도 착한 아이인데, 안타깝기 그지없구나.
– 어머니가 테오에게, 1878년 1월 6일

빈센트와 테오는 크리스마스를 맞아 평소처럼 귀향한다. 그리고 테오가 먼저 헤이그로 돌아간 뒤, 빈센트는 구필 화랑을 그만두고 싶다고 했다가 결국은 해고를 당하고 말았던 지난해에 이어, 올해도 뒤에 남아 부모님과 새해 맞이 상담을 나눈다. 그는 암스테르담의 신학교로 돌아가기 싫다고 부모님에게 고한다. 교회 일을 맡고 싶은 마음으로 가능한 한 최선을 다하고 있긴 하지만, 필요 없는 것들을 잔뜩 공부해야 하는 수업이 바보 같단 생각만 든다는 것이다. 흥미를 잃은 만큼 성적도 좋지 않다. 그가 원하는 건 현장에 나가 직접 사람들을 돕는 것이다.

학교로 돌아가거라. 도루스와 안나는 말한다. 조금 더 힘을 내 봐.

집에서 나와 암스테르담으로 돌아가는 길에, 빈센트는 헤이그에 들러 테오를 만난다. 부모님은 테오가 나서서 빈센트가 일탈하지 않도록 도와주기를 바라고 있다.

테오가 처음에 헤이그로 빈센트를 찾아와, 풍차로 함께 걸어갔던 것도 이제 어언 5년 전 일이다. 그때에는 큰형이 어린 동생을 돌봐 주는 모양새였는

데, 이제는 역할이 정반대가 되어 버렸다. 적어도 그들 부모의 눈에는 그렇게 보인다.

테오와 빈센트는 함께 좋은 시간을 보내고, 테오는 형이 괜찮아 보인다고 집에다 보고한다. 다만 테오는, 부모와 달리, 빈센트를 있는 그대로 받아들인다. 그는 빈센트가 용모에 더 신경을 써야 한다거나, 더 '평범하게' 행동해야 한다고 생각하지 않는다. 풍차를 향해 함께 걸었던 그날 이후 테오는 늘 빈센트와의 약속을 지켜 왔다. 부모님이 아직도 (지금까지 있던 그 모든 일에도 불구하고) 내심 바라고 있는 이상적인 모습의 장남으로서가 아닌, **빈센트**로서의 빈센트 그대로를 인정하고 받아들이는 것 말이다.

그렇기에 부모님은 테오의 보고를 받고도 곧이곧대로 믿지 못한다. 어머니는 테오에게 쓴다. "그 애는 너무도 현실적이지 못해. 그래도 어쩌니, 우리 모두 잘 되기만을 바랄 수밖에."

다음 달, 아버지는 '조금이나마 빈센트의 미래에 대한 마음의 짐을 내려놓고자' 빈센트를 찾아간다. 그들은 도시 주위를 함께 걷는다. 친척 집이나 친구 집을 방문하기도 한다. 아버지는 이번 방문으로도 마음이 완전히 놓이지 않지만, 적어도 빈센트 쪽에서는 두 사람이 함께 지내는 이 시간들이 너무도 좋다. 아버지와 단둘이 이렇게 오랜 시간을 함께 보낼 수 있다니, 빈센트는 신이 난다. 오전 내내 둘은 빈센트의 서재에 앉아 학교 공부를 살펴보면서, 종교에 대해, 신학에 대해, 하나님에 대해 신실한 이야기를 나눈다. 이 주제는 다시금 둘을 이어 주는 연결고리이다.

그렇지만 곧 작별을 고해야 할 시간, 빈센트에게 너무도 힘든 시간이 다가온다.

그는 역까지 마중을 나가 아버지가 탄 기차가 떠나가는 뒷모습을 지켜본다. 바야흐로 기차는 철길 너머로 사라져 가고 남은 것은 연기뿐이지만, 그는 차마 발길을 돌리지 못한다. 연기가 전부 없어지기까지 그는 그 자리에 그대로 서 있는다. 방으로 돌아온 그에게 조금 전까지도 아버지가 앉아 있던 빈 의자가 눈에 들어온다. 옆에 있는 책상 위에는 전날 이야기를 나누며 꺼내 놓았던 공책들이 아직도 놓여 있다. 그는 결국 감정을 주체하지 못하고 아이처럼 울음을 터뜨린다.

또 한 번 노란 마차가 그의 곁을 떠났다.

그의 향수병은 더더욱 심해진다. 그리고 학교생활은 여전히 참담하다.

이때로부터 1년 후에, 빈센트의 삶이 지금보다 훨씬 가망 없고 절망적이게 보일 그때, 빈센트는 암스테르담의 이 학교를 다녔던 이 시기를 회상하며 테오에게 말한다. 이때가 '그의 평생 최악의 시기였다'고.

28.

도시 쥐, 시골 사자

암스테르담에서 빈센트가 무기력하게 풀죽어 지내는 동안, 테오는 마침내 파리로 갈 수 있는 기회를 얻는다. 드디어! 1878년 5월 1일, 스물한 번째 생일날에, 비록 잠깐 동안의 출장이지만, 테오는 헤이그를 떠난다. 그는 파리 만국박람회 대회장에 구필 화랑이 연 부스에서 일을 하게 되었다. 처음 도착해서 며칠간 그는 도시 이곳저곳을 구경하며 돌아다닌다. 사람들로 붐비는 무더운 파리 시내에서 테오는 우선 엄청난 수의 사람들과 그 번잡함, 혼란스러운 분위기에 압도당하고 만다. 이 엄청난 대도시에 비하면 헤이그나 브뤼셀은 아무것도 아니었다. 그러나 파리는 희망과 아름다움, 기쁨과 낙관론으로 생기 넘치는 도시이다. 프로이센 프랑스 전쟁*이 막을 내린 후, 파리에서는 그림, 연극, 문학 등의 예술이 날로 번창하고 있다. 따라서 어느 정도 적응이 되자, 테오는 이 빛의 도시, 파리로 오게 되었다는 사실이 너무도 기쁘게 느껴진다.

---

*1870~1년, 스페인 왕위 계승 문제를 둘러싸고 비스마르크의 술책에 넘어간 나폴레옹 1세가 일으킨 전쟁으로, 프랑스의 사실상 패배로 끝이 났다.

1878년 만국박람회는 파리가 전쟁과 복구로 여념이 없던 시대를 무사히 보내고 문화 수도로서 재도약에 성공한 것을 축하하는 자리이다. 올해의 주제는 '신기술'이다. 거대한 규모를 자랑하는 샹 드 마르 궁(Palais du Champ de Mars)에서는 '만국의 거리(Street of Nations)'와 '기계의 갤러리(Gallery of Machines)'가 개최되어, 방문객들은 세계 전역에서 날아온 발명품과 예술품들을 관람할 수 있다. 센강 너머로 새로 지은 트로카데로 궁(Palais du Trocadéro)에서는 예술품 전시와 콘서트, 각종 회의가 열린다. (36개국 정도 되는) 주요 참가국 대부분이 전시관을 열었고, 1천 6백만 명으로 추정되는 관람객들이 태양열 오븐, 미국산 법랑인공치*, 알렉산더 그레이엄 벨이 발명한 전화기, 토마스 에디슨이 발명한 축음기, 난청 해소를 목적으로 수정 변형된 확성기 등등 새로운 발명품들을 보기 위해 몰려든다. 이에 발맞추어 6월에는 점등식이 열려, 전깃불이 사상 최초로 박람회장 곳곳을 환하게 비춘다. 보라, 빛이 있었나니!

머잖아 테오는 파리에서 계속 살고 싶다고 바라는 자신을 발견한다.

테오와 함께 가서 전시회를 볼 수 있으면 얼마나 좋을까, 빈센트는 생각한다.

그는 신학교를 그만두고, 부모님 집으로 다시 들어간다. 그의 나이 스물다섯이다.

그러면서 또다시, 이상하게 들릴지도 모르겠지만, 다른 학교에 들어가고 싶다고 말한다. 아버지와의 상담 끝에 그는 전도사 양성 학교에 들어가기로 결정한다. 브뤼셀 소재의 이 학교에서는 그가 정말 하고 싶은 일, 즉 설교를 하거나 가난한 사람들을 돕는 일을 가르쳐 준다고 들었기에, 한 번 더 시도

---

*틀니에 사용되는 세라믹스제의 기성 인공치.

해 보고 싶다. 특히 관심이 가는 일은, 벨기에에 있는 매우 빈곤한 탄광촌인 보리나주(Borinage)로 가는 것이다. 이 학교는 본래 벨기에 국민에 한해 학생을 받지만, 수습 기간을 전제로 빈센트를 받아 주겠다고 허락한다.

하나님의 길을 가기 위한 또 한 번의 시도.

그러나 빈센트는 일단 집안의 첫 결혼식 참석을 위해 집에 더 있다 가겠다고 한다. 안나의 결혼식이 8월에 열릴 예정이다.

사실, 안나는 빈센트가 그냥 떠나 주었으면 하고 바란다. 그는 사사건건 그녀의 신경을 건드린다. 테오에게 보내는 편지에서, 그녀는 빈센트가 고집이 세고 짜증을 부르며 '여느 때보다도 더 뻣뻣한 사자처럼 구는 데다, 준비 과정에서 시종일관 뚱한 표정이라고' 불평한다.

빈센트가 보기에는 다름 아닌 안나가 걱정이다! 안나는 결혼식 준비를 둘러싸고 지나치게 긴장해 있으며 뻣뻣하다. 그는 테오에게 편지로, 안나가 '누가 봐도 이상하게 행동하며, 어떨 때는 너무도 창백한 안색으로 신경이 날카롭게 곤두서 있으며, 몸이 늘 허약하다'고 쓴다. 부디 그녀가 식장으로 무사히 들어갈 수 있기를 바랄 정도이다!

안나를 걱정하는 데 쓰는 시간 외에, 아니 안나의 관점에서 볼 땐 그녀의 일에 시시콜콜 간섭하는 시간 외에, 빈센트는 설교 원고를 쓰거나 어린 남동생 코르를 돌봐 주면서 시간을 보낸다.

그런가 하면, 연필로 스케치를 하거나 펜과 잉크로 드로잉을 그리기도 한다.

안나의 결혼식 나흘 뒤, 빈센트는 전도사 양성학교가 있는 브뤼셀을 향해 간다. 수습 기간 동안 잘 해내면, 그는 전도사가 되는 길에 무사히 안착하게 될 것이다.

만약 그렇지 못하면, 과연 빈센트의 앞날은 어떻게 되는 걸까.

29.
서로 다른 길

─────────

테오는 만국박람회 일을 훌륭하게 마치고 네덜란드로 돌아가는 길이다. 그는 열심히 일했고 많은 것을 배웠다. 상사들도 다시 한번 감탄하며 흡족해한다. 그러나 실망스럽게도, 구필 화랑의 파리 지사에는 그가 들어갈 만한 좋은 자리가 나지 않는다. 파리에서의 체류는 테오의 시야를 크게 넓혀 놓았다. 미술품뿐 아니라 연극, 음악, 음식, 패션 및 도시 생활에 대해서도 훨씬 더 박식해졌다. 이제 그는 엄연한 세계인이다. 그런데 다시 또 네덜란드로 돌아가야 하다니, 짜증이 솟구쳐 오른다. 그러나 센트 큰아버지를 비롯한 다른 구필 화랑 경영자들은 아직은 그가 헤이그에서 좀 더 지내며 업계 일을 더 배우는 편이 유익하다고 설득한다. 그러다 보면 나중에 파리에 좀 더 높은 관리직 자리가 날 거라고 그를 회유한다. 사실, 테오가 어떻게 할 수 있는 일은 없다. 그저 장차 기회를 엿보면서 헤이그에서 열심히 일할 수밖에.

그는 네덜란드로 돌아가는 길에 형을 만나러 브뤼셀에 들른다.

아, 지금의 두 형제 모습은 어찌나 다른지, 어쩌면 이토록 확연히 다른 길을 가고 있는지. 이 두 길은 평행하다고도 할 수 없다. 빈센트는 가난한 이들

중에서도 가장 가난한 이들을 찾아가 예수님을 전파하기를 소망하고 있다. 그의 열정은 '세상 한 가운데, 어둠 속에 있는 이들에게, (중략) 복음의 말씀으로 마음의 감명을 얻고 믿고자 하는 이들에게' 설교하는 일에 있다.

테오는 파리에서 미술품을 팔기를 원한다.

적어도 그들 사이에 아직은 미술에 대한 애정이라는 공통점이 남아 있다. 그들은 브뤼셀의 미술관을 방문하고, 그곳에서 본 작품에 대해 이야기를 나눈다. 그리고 떠나기 전에 테오는 미술 작품의 인쇄본 몇 장을 빈센트에게 선물로 건넨다. 그중 하나는 세 개의 풍차가 있는 판화 작품이다. 빈센트는 테오가 가지고 있는 것이 옳다며 돌려주려 한다. 그러나 테오는 형이 간직하고 있기를 바란다.

그 방문 후에 빈센트는 테오에게 편지를 써서, 인생의 여정을 따라가며 눈에 보이는 것들을 스케치로 담고 싶다고 고백하듯 말한다. 그러나 그렇게 그림을 그리는 일이 자신의 본업, 즉 교회 일에 방해가 되지 않을지가 걱정이다. 그러니까 아예 시작을 하지 않는 편이 나을 것 같다.

그러면서도 카페가 있는 한 작은 건물을 스케치로 그려 테오에게 보낸다. "예술 안엔 아름다운 것들이 얼마나 많은지, 우리가 본 많은 것을 기억할 수만 있다면, 우린 절대 텅 빈 느낌도, 진정한 외로움도 느끼지 않을 수 있을 거야. 또 절대 혼자라고 느끼지 않을 거야."

예술이 있다면, 결코 진정한 외로움은 없을 것이다. 그는 말로는 이렇게 표현하지만 아직 그 말을 실감하는 단계는 아니다. 아직은, 그의 마음속으로는.

"너에게 행운을 빈다. 하는 일에서도 승승장구하고, 네가 삶의 길을 가는 동안 수많은 좋은 것들과 마주할 수 있기를." 빈센트는 동생에게 쓴다.

빈센트는 이 편지를 곧장 보내지 않고, 며칠을 기다려 추신을 덧붙여 보낸다. 다니던 학교에서 나가야 한다는 소식이다. 결국은 벨기에 국민들에 한해 입학을 받기로 했다는 통보를 받았다. 그러나 그는 원래의 계획을 밀고 나가기로 이미 굳게 마음먹었고, 따라서 일자리가 없이도 무작정 보리나주를 향해 떠난다.

그리고 테오는 하루라도 빨리 파리에 갈 수 있기를 바라며, 다시 헤이그로 돌아간다.

풍차, 예술, 함께한 세월……, 그들 사이에 아직은 공통사항이 많이 남아 있다. 그러나 둘 사이에는 차이점도 엄청 많아졌다. 그리고 지금 이 순간, 두 형제 중 어느 누구에게도 삶의 길은 녹녹치 않다.

빈센트에게는 예술이 필요하다. 테오가 필요하다. 함께하는 풍차로의 산책이 필요하다.

그러나 지금 그는 보리나주를 향해 가고 있다. 예술도, 테오도 없는 그곳으로.

서로가 서로에게 이어져 있기만 하다면, 다 괜찮을 거라고 믿으며.

30.
뒤얽힌 뿌리

빈센트는 보리나주로 거주를 옮겨 한 콜포터의 집에서 임시로 생활한다. 콜포터(colporteur)란, (빈센트가 루스 부부의 하숙집에서 살던 적에 불에 던져 태워 버렸던 책자들 같은) 종교적 내용을 담은 인쇄물을 팔러 다니는 전도사를 말한다. 소명을 향한 빈센트의 굳은 결의는 결실을 맺었다. 교회조합 산하의 벨기에 복음전도위원회의 직책을 맡아, 1879년 2월 1일부터 전도사 일을 할 수 있게 된 것이다. 6개월간의 수습 기간이 있지만, 여기서 잘 해내면 정규직으로 임명받을 수 있을 것이다.

성경책 읽기, 예수님의 말씀 가르치기, 아픈 사람 문병하기 등등, 빈센트는 자신이 맡은 임무를 즐겁게 완수해 나간다. 그리고 콜포터의 도움을 받아, 그가 봉사하는 왐(Wasme) 지역의 한 농부 가족 집에서 방을 구해 하숙을 시작한다.

보리나주라고 탄광만 있는 건 아니라, (농부라는 뜻의 '보렌(boeren)'에서 따온 마을 이름처럼) 마을에는 농장도 있다. 다만 빈센트에게 익숙한 풍경과는 사뭇 다른, 황량하고 삭막한 분위기의 농촌이다.

"이곳의 낮게 푹 꺼진 길들엔 가시덤불들이 제멋대로 웃자라 있고, 뿌리가 뒤죽박죽 뒤얽히 늙고 뒤틀린 나무들이 있어. 꼭 마치 알브레히트 뒤러*가 만든 판화에 나오는 길을 보는 것 같아." 빈센트는 「기사, 죽음, 그리고 악마」를 인용해 테오에게 말한다.

이곳의 광부들에 대해 말하자면, '어두운 탄광에서 환한 대낮으로 나오는 그들의 모습은, 완전히 새카맣게 변한 모습이 마치 굴뚝청소부를 보는 것만' 같다. 그들은 비탈진 언덕맡이나 수풀, 혹은 낮게 꺼진 길들을 따라 드문드문 나 있는 오두막에서 살아간다.

빈센트는 어두움과 빈곤에 이끌려, 자신도 광부들이 생활하는 방식에 따라 살기로 결심한다. 지금 살고 있는 농부의 집은 너무도 호화롭다.

그는 (침대조차 없는) 비어 있는 오두막으로 이사를 한다. 비누도 쓰지 않기로 작정하여, 그의 얼굴은 금세 광부들만큼이나 까맣게 변한다. 게다가 옷가지 대부분을 더 어려운 처지의 사람들에게 주어 버리는 바람에, 이제는 자신이 입을 옷도 얼마 없고 그나마 있는 옷은 전부 더럽다. 그리고 아무것도 없지 않은 맨빵만 먹고 사는 바람에, 살도 엄청 빠져 버렸다.

마을 사람들은 이미 그를 이상한 사람이라고 여기기 시작했다. 네덜란드어 억양이 섞인 그의 프랑스어는 알아듣기도 힘들다. 게다가 행동거지마저 이상하니 더욱더 이질적으로 보인다. 하숙집 가족들은 그에 대해 매우 염려하고 있다. 그는 이제 몸도 비쩍 마른 데다 제대로 씻지도 않아, 요즘 마을에 한참 유행 중인 장티푸스에 걸릴 위험성에 스스로를 노출시키고 있다. 교회 장로들도 걱정이 이만저만이 아니다. 아니, 그보다, 그의 행동을 격렬히 못마땅하게 여기고 있다. 아무도 그에게 극빈의 삶을 몸소 실천하라고 한 적은 없다.

---

*Albrecht Dürer, 1471~1528, 독일의 화가이자 판화가, 조각가.

어머니는 테오에게 편지를 써서 '네 형에게서 매우 우울한 편지'를 받았다고 전한다. "침대도 잡옷도 빨래를 해 주는 사람도 없이 사는 그 아이를 보니, 우리가 염려하던 것이 모두 현실이 되었구나. 그런데도 빈센트는 전혀 아무런 불평을 하지 않고, 오히려 전혀 신경 쓸 일이 아니라는 등의 이야기만 하는구나." 빈센트 자신은 괜찮다고 말하지만, 부모는 그가 현실감각을 잃어 버렸다고 생각한다. 그들은 소포를 보내 주려고 준비하다가, 소포보다는 도루스가 직접 빈센트에게 갖다 주는 편이 좋겠다고 결정한다.

도루스가 보리나주를 향해 가는 동안, 복음전도위원회 장로들에게서 편지한 통이 배달된다. 그들은 빈센트에게 최후통첩을 보냈다. 원래 살던 집으로 돌아가지 않으면, 그는 직책을 박탈당할 것이다.

도착하여 빈센트와 그가 지내는 오두막을 직접 본 도루스는 아들이 육체적으로나 정신적으로 심각한 상태라는 사실을 알아챈다. 이웃 사람들은 밤이 되면 그가 큰 소리로 우는 소리가 들린다고 말한다. 아버지는 그에게 스스로를 잘 돌보아야 한다고 엄중하게 주의를 준다. 그는 잘 먹고 잘 씻고 잘 자야 한다. 끈질긴 설득 끝에, 도루스와 빈센트는 낮 동안에만 오두막을 쓰고, 밤에는 농부의 집으로 돌아가 침대에서 자기로 합의한다. 아버지로서 할 수 있는 일이 이 정도밖에 안되지만, 그래도 이게 어디인가. 이런 아들의 모습을 두고 보아야 하는 도루스의 마음은 너무도 괴롭다. 그러나 이 이상은 아들을 위해 아무것도 해 줄 수가 없다. 그는 집으로 돌아간다.

이때 도루스는 아들이 보이는 행동들이 '정상적 범위의' 종교적 열정이 아니라는 사실은 짐작했겠지만, 그 극단적인 종교적 열광이 일종의 정신 질환 증세라는 사실은 아마도 깨닫지 못했을 것이다. 단, 한 가지만은 분명하다. 빈센트가 계속해서 이런 식으로 살기를 고집한다면, 서른 살까지 살아남기로 한 테오와의 다짐은 지킬 수 없을 것이다.

테오는 형의 이런 상황을 부모님을 통해 들어서만 알고 있다. 빈센트는 테오에게 이런 이야기를 일체 하지 않는다. 테오에게 하는 말은 오로지 예술에 대한, 이런 황량한 환경 속에서도 아름다움을 보려고 애쓴다는 식의 이야기 뿐이다. 그는 두 사람이 함께 박물관이나 미술관을 찾아다녔던 시간이 그립다고 말한다. 혹은, 사촌의 남편인 화가 모베와 헤이그의 다른 사람들의 안부를 묻는다. 또, 아래와 같은 자신의 경험에 대해서 말한다.

어느 한 봄날, 빈센트는 광부들이 일하는 지하세계가 궁금해 직접 들어가 보기로 결심한다. 그는 근방에서도 가장 위험하다는 탄광을 골라서 내려간다. 많은 사람들이 질식이나 가스 폭발, 홍수, 함몰 등으로 목숨을 잃은 탄광이다.

그 밑으로 내려가는 일은 결코 유쾌한 일이 아니었다고, 그는 테오에게 쓴다. "우물 속으로 내려뜨리는 양동이처럼 생긴 일종의 바구니 혹은 짐승우리 같은 기구를 타고, 500에서 700m나 되는 땅속으로 내려가는데, 그 안이 어찌나 깊은지, 그 아래에서 위를 올려다보면 바깥세상이 마치 밤하늘에 떠 있는 별 하나만큼이나 작아 보여."

그는 탄광 아래서 여섯 시간을 보내고, 테오를 위해 그곳의 그림을 그린다. 작은 칸들이 다닥다닥 붙어 있는 것이 마치 벌집 같기도 하고 컴컴한 지하 감옥 같기도 하다. 누군가는 이 모습을 그림으로 그려서 남겨야 해, 그는 말한다.

여기서 '누군가'는 바로 자기 자신을 말하는 걸까, 빈센트는 이미 눈에 보이는 것들을 그림으로 그리기 시작하고 있다. 얼마 전에는 헤이그에 있는 (테오가 아닌) 터스티그에게 편지를 보내, 물감 한 상자와 스케치북 하나를 보내 달라는 부탁도 했다.

"혹시 너는 최근에 아름다운 것을 본 적이 있니?" 빈센트는 동생에게 묻는다.

확실히 테오는 아름다운 미술품들을 많이 접하고 있지만, 헤이그에 있는
한 그는 행복하지 않다. 파리와 비교해 이곳은 지루하고 따분하기만 하다.
그래도 최근에 생긴 좋은 일이 하나 있다면, 터스티그가 이곳 화랑에서 나오
는 수익의 일정 부분을 그와 나누기로 합의한 일이다.

빈센트가 좋은 옷과 소유물, 중산층으로서의 특권을 벗어 버리고 극빈한
생활 속에서 보람을 찾아가는 동안, 테오는 미술상으로서의 재능을 마음껏
연마하며 조금씩 야망을 키워 나간다.

아울러 빈센트가 새로 발견한 재능과 보람이 하나 더 있다면, 바로 아프고
부상당한 사람들을 보살피는 일이다. 그는 훌륭한 간호사이다. 최근 가스 폭
발로 심각한 화상을 입은 한 남자가 있었는데, 빈센트는 온갖 역경과 불리한
예상을 뒤로하고 그를 무사히 회복시켰다.

그렇게 두 형제 사이에 차이점은 점점 더 늘어 간다. 빈센트는 테오가 그
립지만, 한편으로는 그에게서 거리감을 느낀다. 그리고 편지에도 그렇다고
쓴다. 더 이상 테오와 어떤 말을 나눌 수 있을까? 그는 묻는다. 둘 사이에 어
떤 공통점이 있을까? 그럼에도 그는 여전히 테오가 자신을 보러 와 주기를
바란다.

여름 막바지쯤 테오는 보리나주 근처를 지나갈 예정이다. 6주간 예정으로
구필 화랑 파리 지사로 출장을 가기 때문이다. "여기에 와서 하루라도, 가능
하다면 더 길게 지내고 가는 일정을 고려해 주겠니?" 빈센트는 쓴다. "네게
이 지방에 대해 알려 줄 수 있다면 너무도 좋을 것 같아. 자세히 들여다보면
이곳엔 이곳에서만 볼 수 있는 특이한 것들이 너무도 많거든."

테오는 형에게 생각해 보겠다고 말한다. 최근에 어머니가 형을 만나러 왔

다간 후, 크게 걱정하고 있다는 사실을 테오는 잘 알고 있다. 어머니는 편지에 빈센트가 너무도 처참한 몰골은 하고 있었다고, 그리고 기신이 떠날 때 너무도 슬퍼 보였다고, '마치 처음 겪는 일인 것처럼, 동시에 마지막인 것 같은' 모습을 하고 있었다고 썼다.

또, 어머니는 테오에게 빈센트가 과연 종신직을 얻을 수 있을지 의문이라고도 말했다. 모르긴 몰라도 어머니 생각에 빈센트는 '지켜야 할 규율을 제대로 지키지' 못할 것만 같다. "제발 지금이라도 정신을 바짝 차리고 제대로 해 준다면, 많은 것이 제자리를 찾아갈 수 있을 텐데. 가엾은 것, 젊은 것이 되는 일도 거의 없이 그토록 궁핍하게 생활하며 힘들게 지내니, 나중에 뭐가 되려고 저럴까?"

빈센트 자신도 사실 같은 점을 궁금해하고 있는 중이다. 그는 다시 한번 먼 길에 나선다.

31.
빈센트 걷다 3

어느 무더운 여름날, 빈센트는 보리나주를 떠나 북쪽으로 걷는다. 그는 복음전도위원회의 일원이자 화가인 아브라함 반 더 바이엔 피테르젠(Abrahm van der Waeyen Ouetersze) 목사를 찾아가려고 한다.

그는 53km 떨어진 곳에 사는데, 빈센트는 대부분의 거리를 걸어서 간다.

피테르젠의 집에 다다른 그는 현관문을 두드린다. 목사의 딸이 문을 열었다가, 초췌하고 비쩍 마른 데다 누더기를 걸치고 먼지와 땀으로 뒤범벅이 된 빨간 머리의 남자를 발견한다. 딸은 기겁을 하고 놀라서 집 안으로 다시 뛰어 들어간다. 잠시 후에 다른 사람이 대신 문밖으로 나와, 피테르젠 목사가 집에 없다고 전한다. 그는 지금 브뤼셀에 가 있다.

그래서 빈센트는 다시 브뤼셀로 간다.

그는 누군가의 조언이 매우도 절실하다. 6개월간의 수습 기간은 끝이 났다. 그는 전도사 재임용을 받는 데 실패했다.

빈센트는 피테르젠을 만나 종교에 대해 그리고 예술에 대해 이야기를 나눈다. 요즘 빈센트는 밤 늦게까지 깨어서 그림을 그리는 일이 잦아졌다. '사물을 보며 저절로 마음속에 떠오르는 생각을 형상화하고 기억 속에 남기기 위한' 목적이다. 목사가 빈센트에게 광부 스케치 그린 것을 한 장 달라고 요청하자, 빈센트는 그렇게 한다.

브뤼셀을 떠나기 전에 빈센트는 한 책방에 들러 옛날식 네덜란드 종이로 만든 커다란 스케치북을 하나 산다. 예술, 그리고 하나님?

빈센트가 재임용 받지 못했다는 소식을 듣고 부모는 크게 낙담하며 슬퍼한다. 그들에게는 또 하나의 실패로 각인된다.

그러나 빈센트는 그렇게 생각하지 않는다. 그는 별로 개의치 않는다. 그는 지금 살던 곳에서 멀리 떨어지지 않은 큄(Cuesmes)이라는 곳으로 이사를 간다. 그리고 드로잉을 그리는 일에 열중한다.

그는 테오에게 제발 파리로 가는 길에 한 번 들러 달라고 부탁한다. 자신이 그린 드로잉 몇 장을 테오에게 보여 주고 싶다. 그가 그린 '이곳 풍경, 이거 하나만으로는 테오 네가 기차에서 내릴 만한 가치가 없겠지만' 이뿐만 아니라, 그가 살아온 장소와 지금까지 해 온 일을 동생과 함께 나누고 싶다. 새롭게 생긴 열정에 대해서도.

테오는 정말로 빈센트를 보러 보리나주에 들르기로 결정한다. 그러나 그의 안건은 예술이 아니다. 사교도 아니다. 볼일을 보기 위해서, 가족을 위한 볼일 때문이다. 무슨 일이 다가오고 있는지, 빈센트는 전혀 알 길이 없다.

갤러리 넷

균열

1879~1880

38.

빈센트와 테오의 산책, 1879년

1879년 8월 10일, 테오가 보리나주에 도착한다.

두 형제는 나란히 먼 길을 걷는다.

하루빨리 본거지를 파리로 옮기고 싶은 미술상, 테오

제빵사의 집에서 그림을 그리며 사는 전직 전도사, 빈센트.

빈센트는 걸어서 테오를 '작은 마녀'의 뜻을 지닌 '쁘띠 소르시에(Petit Sorcière)'라는 옛날 탄광 근처로 데려간다. 그곳은 이미 폐광이 된 곳이다. 빈센트는 그동안 테오에게 그 지역의 극한 아름다움을 너무도 보여 주고 싶었다. 그러고 나면, 최근 자신이 그린 그림들을 보여 줄 생각이다.

그러나 그 황량한 시골길을 따라 걸어가면서, 테오는 불쑥 빈센트에게 예전에 오래된 운하 근처에서 레이스베이크 풍차로 함께 걸어갔던 이야기를 꺼낸다. 지금으로부터 7년 전 일이다.

그때는 우리 두 사람이 너무도 잘 맞았잖아, 테오가 말한다. 그런데 이제 빈센트 형, 형은 너무 변해 버렸어. 그때랑 똑같은 사람이 아닌 것 같아. 어머니와 아버지도 그렇게 생각하셔. 가족들 모두가 그렇게 느끼고 있어.

마음을 다잡고 정신을 차려야 해, 형, 테오가 말한다. 제대로 된 길을 걸어야 하잖아. 일자리도 찾고, 경제적으로도 독립해야 해.

그러면서 테오는 빈센트에게 편지지를 디자인하는 석판 인쇄 일을 해 보는 건 어떠냐고 제안한다. 혹은, 지금 같이 사는 제빵사에게 일을 배워서 제빵사가 되는 건 어떨지, 안나가 이 제안을 전해 달랬다고 말한다.

빈센트는 예상치 못했던 전개에 충격과 분노에 휩싸인다.

허송세월은 그만해! 테오는 이렇게 말하면서 빈센트를 두고 걸어가 버린다.

그리고 원래 일정을 채우지 않은 채 그곳을 떠난다.

빈센트는 충격에서 헤어나지 못한다. 그는 조금 더 길을 배회하다가 집으로 돌아와 초상화를 한 장 그린다. 그리고 테오에게 편지를 쓴다.

지금이 마치 암스테르담에서 학교를 다녔을 때와 같은 기분이라고, 그는 반박한다. 무엇을 해야 할지, 어떻게 살아야 할지, 어떤 사람이 되어야 할지, 사람들이 그를 보고 사사건건 이래라 저래라 간섭하던 그때. 아마도 사람들은 '좋은 의도였겠지만, 그 현명한 조언들'을 그에게 아낌없이 퍼부었던 그때, 그는 너무도 비참했었다. 여기에서 '현명한'은 비꼬는 의미로 쓰였다.

"만일, 네가 해 준 조언을 내가 문자 그대로 따라서 청구서 양식이나 초대장을 만드는 석판 인쇄 일을 하거나, 혹은 회계사나 목수의 도제가 되는 것이 나에게 유익할 거라 생각한다면, 또 마찬가지로 친애하는 여동생 안나께서 제안한 대로, 내가 제빵사나 그와 비슷한 수많은 업종을(어쩜 그렇게 서로 이질적인 두 직업을 용케도 꼭 집어 주는지) 시도해 보는 것이 좋다고 생각한다면, 너 또한 뭔가를 잘못 알고 있는 거야."

어차피 안나야 그를 이해하지 못하니까 그렇다 치자. 그렇지만 테오는, 어떻게 테오마저 그를 이토록 오해할 수 있단 말인가?

빈센트도 나름대로는 스스로의 길을 찾으려 필사적으로 노력하고 있다. 훌륭한 가족의 일원이 되려고 애쓰고 있단 말이다.

"내가 참말로, 너에게 혹은 집에 있는 가족들에게 짜증을 불러일으키거나 부담이 되는 아무짝에도 쓸모없는 존재라고 느껴야 한다면, 또 그래서 하릴없이 내 자신이 너에게 불청객이나 사족이 된 기분이 되어 차라리 내가 없는 편이 낫겠다고 생각하게 된다면, 난 그 슬픔을 견디지 못하고 절망의 늪에 빠져 허우적거리게 될 거야."

가족의 기도는 그들 모두가 가까이 하나가 되어야 한다고 가르친다. 그러나 지금의 빈센트는 그와는 반대로 가족들에게서 떠밀려 나고 있는 기분이다.

만일 그게 사실이라면, 그는 테오에게 말한다. 그가 가족들에게서 떠밀림당하고 있는 거라면, 차라리 죽는 편이 낫다고.

빈센트에게 이 상황은 악몽 자체이다. 가족들에게서 버림받는 것, 그것은 그가 상상할 수 있는 최악의 상황이다.

가족에게 다시금 환영받는 존재가 될 수 있도록 반드시 뭔가를 해야 한다. 꼭 그렇게 해내겠다고, 그는 굳은 마음을 먹는다.

그러나 테오에게만큼은, 테오가 찾아와서 한 말에 대해서만은 너무도 화가 나고 원통하다.

그는 테오를 용서할 수가 없다.

33.

형제임을 내려놓다

테오가 빈센트를 방문한 때로부터 며칠이 지났다. 집에는 안나와 도루스 둘만 있다. 집에 같이 살고 있는 딸들, 리스와 빌은 다른 가족과 함께 뱃놀이를 하러 나갔다.

갑자기 어디선가 빈센트의 목소리가 들린다.

"아버지 어머니, 안녕하세요!" 저 왔어요.

부모님은 그가 보리나주에서 백수가 되었을 때부터 계속 집으로 돌아오라고 설득해 왔다. 그러나 막상 그가 모습을 드러내자 그들은 깜짝 놀란다.

놀라움도 잠시, 빈센트의 몰골에 그들의 놀라움은 충격으로 변한다. 창백한 안색, 삐쩍 마른 몸, 더럽고 누더기처럼 헤진 옷.

빈센트는 집에 오는 것이 일종의 모험이라는 것을 알고 있다. 가족들은 그를 보고 짜증을 낼지도 모른다. 수치심을 느낄지도 모른다. 그러나 그에게는 가족이 필요하다. 그는 가족들이 아직도 자신을 사랑한다는 사실을 확인해야 한다.

누가복음 15장 20절에서 돌아온 탕아가 집에 도착했을 때는, '아버지는 그

를 보고 측은히 여겨, 그에게 달려가 목을 감싸 안고 입을 맞추었다.'

그 옛날 저녁 프로빌리 학교 놀이터에서처럼.

감싸 안고 입을 맞추는 것은 반 고흐 집안 스타일은 아니지만, 도루스와 안나는 너그럽고 정이 많은 사람들이다. 빈센트는 그들의 아들이며, 그들은 아들에게 힘이 될 수 있어 다행이라 여긴다.

아버지가 아끼던 새 재킷, 테오가 예전에 신던 양말과 속옷 등, 그들은 빈센트에게 나은 옷을 가져다주고 밥을 먹이고 새 부츠를 사서 신겨 준다.

이틀 만에 그의 상태는 눈에 띄게 좋아진다.

그러나 정신적으로는 건강해 보이지 않는다. 그는 온종일 책, 그중에서도 찰스 디킨스의 소설책을 읽는 것밖에 아무것도 하지 않는다. 속마음을 좀체 입 밖으로 내지도 않으며, 누가 질문을 할 때만 겨우겨우 대답한다. 대답도 제대로 할 때보다 비뚤어지게 할 때가 많다. 그의 마음에 위로를 주는 것은 찰스 디킨스의 소설밖에는 아무것도 없는 것 같다. 과거에 대해서도, 미래에 대해서도, 그는 말하려고 하지 않는다.

그는 삶에서 무언가를 열정적으로 이루고 싶다. 세상에 도움이 될 수 있는 무언가를, 그리고 가족에게 도움이 될 수 있는 무언가를.

편지지나 만들며 살고 싶지는 않단 말이다! 어떻게 해야 그는 자신에게 충실한 삶을 사는 동시에 가족과의 유대도 지킬 수 있을까?

그러나 그는 이 생각을 입 밖으로는 내놓지 않는다. 침묵만을 유지한다.

아버지는 빈센트를 데리고 친지들 방문에 나선다. 아들이 아버지와 함께 걸어가는 동안 속마음을 털어놓길, 어머니는 내심 바란다.

그러나 빈센트는 가는 길 내내 아무 말도 하지 않는다.

부모는 그가 서둘러 집을 떠나기를 바라지 않는다. 찬찬히 건강을 회복하고 본래 자신으로 돌아올 수 있기를 바란다.

그러나 얼마 지나지 않아 빈센트는 다시 보리나주로 돌아간다. 그가 무슨 생각을 하고 사는지, 가족들은 여전히 알 수가 없다.

그렇게 침묵은 이어진다.

그 후로 1년 동안, 빈센트는 집에 한 번도 편지하지 않는다. 테오에게도 마찬가지이다.

한때는 예술이 빈센트의 삶을 채웠던 때가 있었다. 헤이그, 런던, 브뤼셀, 파리 등지에서 접했던 아름다운 회화와 드로잉 작품들. 그런가 하면, 종교가 삶의 이유가 된 때도 있었다. 광부들이나 아픈 사람들, 부상당한 사람들을 돌보는 일이 그를 내면을 채워 준 때도 있었다. 그러나 지금으로서는, 봉사의 삶 역시 선택지에서 사라져 버린 듯하다. 그는 모든 것에서 실패하고 말았다.

여름에서 가을로 시간은 흐르고, 스물여섯의 빈센트는 홀로 남았다.

그는 신으로부터 고개를 돌렸다. 지난해 여름에 집어 들었던 미술 연필도 내려놓았다.

그의 삶은 빛이 들지 않는 광산만큼이나 어둡고 캄캄하다. 그는 스스로가 만든 두려움과 분노, 번민과 절망의 감옥에 그만 갇혀 버렸다.

그는 아버지의 아들이 아니다.

하나님의 아들도 아니다.

동생의 형제도 아니다.

34.
공백

빈센트가 어둠과 절망 속에 홀로 갇혀 있는 동안, 테오의 인생은 도약을 위한 전환기를 맞았다. 드디어 파리 지사에서 종신직을 제안받은 것이다. 비록 높은 직책은 아니지만, 그는 제안을 받아들인다. 하루라도 빨리 헤이그를 벗어나 빛의 도시로 들어가고만 싶다.

1879년 11월, 그는 몽마르트 거리 19번지에 있는 가장 긴 역사를 가진 구필 파리 지사에서 매장 직원으로 새 일을 시작한다. 현대 미술이 호황을 누리는 가운데, 그 중추가 되는 곳이 바로 파리이다. 그가 일하는 화랑은 증권 거래소와 오페라 극장 근처, 파리 안에서도 값비싼 지역에 위치해 있다. 매일 그 앞으로 부유한 사람들이 지나다닌다.

테오가 그토록 원했던, 바로 그런 곳이다.

풍차로의 산책 이후 처음으로, 빈센트와 테오 사이에는 편지 왕래가 완전히 끊겨 버린다. 그 기간은 몇 달이 지나도록 지속된다.

공백.

회화 작품에서의 빈 공간은, 때로는 의도된 것이며, 때로는 구성상의 우

연으로 발생한다. 혹은 의미가 담긴 이미지를 만들어 내는 역할을 하기도 한
다. 그러나 때로 공백은 그저 단순한

공백일 뿐이다.

35.

빈센트 걷다 4

1880년 3월 초순의 빈센트는 빈털터리에 굶주리고 외로움에 허덕인다. 그렇지만 가까스로 긴긴 어두움에서 벗어나 다시 한번 먼 길을 걸어간다.

이번에는 보리나주에서 프랑스 북부에 있는 탄광촌인 쿠리에(Courrières)를 향해 간다. 그 거리는 80km에 달한다.

구체적인 계획이 있는 것은 아니다. 그저 쿠리에에 가 보아야 할 것 같은 느낌이 들 뿐이다. 그곳에 가면 아마도 일자리를 구할 수 있을지 모른다. 거기 살고 있는 한 화가를 만나 보고픈 의도도 있다. 그는 수중에 있는 전 재산 10프랑의 대부분을 털어 중간까지 가는 편도 기차표를 산다. 그리고 35km 정도 되는 나머지 거리를 '상당히 고통스럽게' 터벅터벅 걸어간다.

마침내 쿠리에에 도착한 그는 화가 쥘 브르통(Jules Breton)의 작업실을 찾아 나선다. 작업실 위치를 찾는 데는 성공하지만, 그는 바깥에서 건물을 바라보며 서성이기만 한다. 그 건물의 외관은 그를 실망시킨다. 벽돌로 지어 올린 새 건물, 빈센트의 눈에는 전혀 예술가의 작업실로 보이지 않는다. 차갑고 비호의적으로 느껴진다.

브레통은 그가 존경하고 흠모하는 화가이다. 문을 두드려야 한다는 걸, 그 자신도 잘 알고 있다. 그러나 결국 빈센트는 그에게 자기 자신을 소개할 용기를 끌어내지 못한다.

그렇게 그는 브레통의 작업실을 등지고 돌아선다. 힘들게 만나러 왔건만 정작 만날 시도조차 하지 않은 채. 대신, 그는 마을 주변을 서성이며 화가의 자취를 찾는다. 그러나 사진관에 걸린 사진 한 장밖에, 브레통이 그린 작품은 어디에서도 찾을 수 없다.

남은 돈의 전부인 2프랑으로는 보리나주로 가는 기차표를 살 수 없다. 그래서 그는 걸어서 80km나 되는 거리를 간다. 비가 오고 바람이 분다. 사흘 밤을 밖에서 노숙해야 한다.

더 이상 무엇을 더 어떻게 해야 할지 도통 모르겠다. 그리고 훗날 테오에게 고백하겠지만, 지금 그는 '머리 위를 막아 줄 지붕도 없이, 휴식도 먹을 것도 피신할 곳도 찾지 못하고, 거기다 어떤 일을 할 수 있을지 가망도 없는 상태로, 아득히 먼 곳을 향해 부랑아처럼 터벅터벅 걷고 또 걸어갈 수밖에 없는 지경'에 이르렀다.

그런데 말이다.

예전에 그려 놓은 드로잉 몇 점이 빈센트의 수중에 있었다. 그 드로잉이 그에게 노잣돈이 되어 준다.

"가는 길 여기저기서 내 가방에 들어 있던 그림을 주고 답례로 빵을 얻을 수 있었어."

빈센트는 막 화가의 길에 들어선 것이다.

그러나 아직 그 스스로는 알지 못한다.

실은, 그 누구도 알지 못한다.

36.
참담한 어둠

오, 테오, 빈센트의 참담한 어둠 속에
한줌의 빛이라도 허락될 수 있다면 좋으련만.
– 아버지가 테오에게, 1880년 3월 11일

쿠리에로의 도보 여행을 마치고 얼마 후, 빈센트는 다시 부모님을 찾아 본 가로 들어간다. 그의 몰골은 처참하고, 또 울적해 보인다.

도루스와 안나는 아들의 건강과 정신상태, 그리고 장래에 대해 근심이 태산이다. 당장 자신들의 재정상태도 염려하지 않을 수 없다. 그의 뒷바라지를 언제까지 해 줄 수 있을 것인가? 빈센트는 이제 나이도 스물일곱이나 되었건만, 자립할 기미가 전혀 보이지 않는다. 그렇다고 부모가 시키는 대로 따르려 하지도 않는다. 그러면서도 그는 집을 나가지 않는다.

아버지가 테오에게 편지를 쓴다. "빈센트는 아직도 여기에 있단다. 그런데 정말이지, 너무도 힘에 부치는구나."

테오는 아직도 형에게 잔뜩 화가 나 있다. 그들은 아직도 서로 연락하지 않는다. 부모님에게 그만큼 불행을 초래한 것으로도 모자라, 아직까지도 그러고 있다니, 테오는 형이 정말로 원망스럽다. 그래서 그는 아버지에게 살짝 5길더의 돈을 보낸다. 그 돈은 유용하지만, 안나와 도루스가 느끼는 불안과 초조함을 덜어 줄 만큼은 아니다.

사택 안에서 긴장감은 더욱더 팽팽해져 간다.

그럼에도 빈센트는 떠나지 않는다,

그로부터 몇 달간에 걸쳐, 빈센트와 부모 사이에는 지속적으로 격한 말다툼이 벌어진다. 한 성깔 하는 도루스와 한 성깔 하는 빈센트가 부닥치니 불이 붙을 수밖에 없다.

그 불은 몇 번이고 계속해서 타오른다.

그러다 마침내 밑바닥을 치는 일이 발생한다. 도루스가 빈센트를 금치산자로 신고하고 싶다고 말한 것이다. 아버지는 환자들을 세심하게 관리하며 비교적 많은 자유를 주는 것으로 평판이 좋은 벨기에 길(Geel)에 있는 정신병동에 그를 입원시키는 게 좋을 것 같다고 말한다.

자유고 뭐고, 빈센트는 격한 분노에 휩싸여 길길이 날뛴다. 정신병원이라고? 금치산자? 빈센트는 극심한 배신감에 덜덜 떨며, 절대 이 일을 잊지 않겠다고, 아버지를 절대 용서하지 않겠다고 선언한다.

그는 집을 떠나기로 결심한다. 아버지는 멀리는 가지 말라고 부탁한다. 그러나 빈센트는 그 부탁을 뿌리치고, 보리나주로 도망치듯 떠나 버린다.

그리고 아직도, 두 형제 사이에는 정적만이 흐를 뿐이다.

탐구

1880~1882

앞 그림
「슬픔(Sorrow)」(1882)

37.
집으로 돌아가는 길

나로서는 모든 것이 변했어.

– 빈센트가 테오에게, 1880년 9월 24일

1880년 6월 말.

보리나주로 돌아온 빈센트는 어둠 속에서 예술을 기억한다. 그는 연필을 손에 집는다. 그리고 다시 그림을 그리기 시작한다.

빛. 부활. 생명.

침묵의 1년을 보낸 후, 그는 테오를 향해 펜을 든다.

"연락 없이 시간이 너무도 오래 흘러버려서(그리고 그렇게 된 데에는 많은 이유가 있었지만) 너에게 이렇듯 편지를 쓰는 일이 쉽지는 않구나. 지금의 나에게는 네가 다소 낯설게 느껴지고, 그건 너에게도 마찬가지겠지. 어쩌면 네가 생각하는 것 이상으로 말이야. 그러나 우리가 계속 이 길로 나가는 것은 좋지 않을 것 같구나."

빈센트가 편지를 쓰는 표면상의 이유는, 테오가 아버지를 통해 보내 준 돈에 감사하기 위한 것이다. 그는 아직도 테오에게 화가 나 있지만, 더는 이렇게 멀어진 사이를 견딜 수 없다. 그는 예전에 함께 나누었던 친밀한 유대감을 다시 되찾고 싶다. 가족 전체의 신뢰를 회복하는 일이 힘들 거란 사실은 잘 알고 있지만, 그래도 '조금씩 서서히, 더딜지언정 확실히, 서로간의 이해를 되찾는 일이 불가능하지만은 않을 거라고, 희망을 버리지 않고 있다.'

그는 물론 가족 모두를 되찾고 싶지만, 그중에서 특히 테오를, 그리고 아버지를 되찾고 싶다.

1년 전, 그 끔찍했던 보리나주 방문 중에, 테오는 빈센트에게 예술적 재능을 이용해 석판 인쇄 일이나 설계도 그리는 일을 해 보면 어떠냐는 제안을 했다. 그 당시 빈센트는 그 말을 엄청난 모욕으로 받아들였다. 그는 절대 명함 만드는 사람이 되고 싶지는 않았다! 돈을 벌기 위해 그림을 그리는 사람이 되고 싶지는 않았다!

그러나 지금 그는 자신이 그림을 그릴 때 가장 행복하다는 사실을 깨달았다. 테오의 조언이 맞았던 것이다. 잘 하면 그는 제도가(製圖家)가 되어 돈을 벌 수 있을 것이다. 그러려면 기계나 집, 가구 등 사람들이 필요로 하는 온갖 사물을 정확하게 그리는 기술을 익혀야 한다. 제도가가 되어 일을 할 수 있게 되면, 그는 자립할 수 있을 뿐 아니라, 집에 보탬을 줄 수도 있다. 가족들과의 관계도 회복할 수 있을 것이다. 일부 운 좋은 예술가들은 부유한 집안에서 태어나기도 하고 후원자를 두기도 한다. 그러나 빈센트는 그런 집안 출신도 아니거니와, 후원자가 되어 줄 만한 사람들과도 인연이 없다. 테오의 도움을 받을 수는 있지만, 그는 스스로 자립할 수 있기를 원한다. 마르크트가 26번지에서 배운 가치를 완전히 저버리지는 않았다.

따라서 그는 열정과 인내심으로 무장하고, 예전 브뤼셀의 한 책방에서 샀던 종류의 옛날식 네덜란드 종이로 만든 스케치북을 가득 채우며 하루하루를 보낸다. 그는 흑연이나 펜을 사용해 스케치를 그리기도 하고, 수채 물감이나 세피아 잉크를 써서 여러 시도를 해 본다. 찰스 바그(Charles Bargue)의 교재 『데생 학습(Cours de dessin)』에 나오는 삽화를 따라 그리기도 한다. 그렇게 그는 폭풍 같은 격정과 강인한 힘으로, 그리고 기술을 연마하는 장인의 끈기와 집요함으로, 예순에 정면 승부를 걸어 보고자 한다. 8월 하순이 되자 그는 새로운 소식을 가지고 테오에게 다시 편지를 쓴다. "요즘은 밀레의 그림을 따라서 커다란 드로잉들을 스케치하고 있어. (중략) 글쎄, 그 그림들을 보면, 너도 실망하지만은 않을 거라고 생각해."

그리고 요청 한 가지가 있어. 테오야, 너에게 내가 좋아하는 장 프랑수와 밀레(Jean-François Millet)나 (소심한 마음에 작업실 문을 두드리지도 못했던) 쥘 브레통의 그림 인쇄본이 있다면 부디 보내 줄 수 있겠니? "일부러 사지는 말고, 혹시 수중에 가지고 있는 게 있다면 빌려주렴." 그림을 계속 그릴 수만 있다면 회복할 수 있을 것 같다고, 그는 동생에게 말한다. "지금도 드로잉을 하던 중에 잠깐 짬을 내어 편지를 쓰는 거라, 서둘러 다시 가 봐야겠어. 그러니 좋은 밤 되길. 인쇄본들은 가능한 한 빨리 보내 주렴."

테오는 인쇄본과 함께 편지를 보낸다. 빈센트는 테오를 되찾았다.

머지않아 빈센트는 절망과 빈곤과 상실 가운데 걸어온 지금까지의 삶의 길, 또 쿠리에를 다녀오던 힘들고 긴 여정을 되짚어 보며, 그 모든 것이 그에게 준 진정한 의미를 깨우칠 것이다. 테오에게 쓴 표현을 빌리자면, 그는 힘겹게 길을 걸어가며 비로소 '쿠리에의 시골 풍경을, 나아가 건초더미와 황토색의 농경지, 거의 커피색을 띠고 있던 토양' 등 자연의 아름다움을 깨닫게 되었다. 예술가의 눈으로 세상을 보기 시작한 것이다.

그리고 다시 그림을 그리기 시작한 이후로, 그를 둘러싼 모든 것이 변했다고 말한다. 이제는 하루가 다르게 연필을 잡는 손놀림이 익숙해지고 있다.

그는 가족에 기여할 수 있는 아들이 될 것이고, 다시 집에 가게 될 것이며, 부담이 아닌 도움이 되는 존재가 될 것이다. 그러기 위해 지금은 될 수 있는 한 많은 것들을, 될 수 있는 한 빨리 배워 나가야 한다. 그림을 그리고, 또 그

리고, 또 그려야 한다. 그러나 그러려면 도움이 필요하다. 비록 자신이 인생의 맨 밑바닥이자 가장 가난한 가운데 소명을 받았음에도, 그는 테오에게 말한다. 옛 속담에서 말하길, '가난은 선한 마음의 성공을 막는 법'이라고.

그에겐 돈이 필요할 것이다.

38.

테오, 짐을 지다

1881년 2월 파리, 테오는 승진을 한다. 더 이상 그는 구필 화랑의 단순한 점원이 아니다. 이제는 어엿한 몽마르트 거리 19번지 소재 파리 구필 지사의 총 매니저이다.

몽마르트 거리는 밤낮으로 부유하고 화려한 사람들로 붐빈다. 테오가 현재 직책을 맡기 직전에, 한 만화가가 화랑 앞의 대로를 지나다닐 법한 유명인들의 드로잉을 그린 일이 있는데, 그중에는 세계적으로 유명한 배우인 사라 베르나르*가 속해 있을 정도였다. 이 몽마르트 지사는 본점과 더불어 유럽 예술의 중심지인 파리, 예술 세계의 본거지에 자리 잡고 있다. 이번 승진으로 그는 매우 중요한 직책을 맡게 된 것으로, 이는 대단한 명예가 아닐 수 없다. 테오의 나이는 스물셋이다.

승진과 함께 보수도 높아진다.

테오의 부모는 그의 성공 소식에 뛸 듯이 기뻐한다. 그러나 축하편지를 보내는 아버지의 마음은 빈센트에 대한 걱정으로 밝지만은 못하다. 이번에도.

---

*Sarah Bernhardt, 1844~1923, 프랑스의 연극 배우.

아직도.

부모의 눈에 빈센트는 이번에도 실패로 끝날 게 분명한 길을 쫓는 것으로 보인다. 그러나 빈센트는 이번 계획이야말로 굳은 자신감을 갖고 있다. 그는 보리나주 탄광 지역을 떠나 브뤼셀로 이사한다. 브뤼셀이야 말로 예술가가 되고자 하는 사람이 있어야 할 최적의 장소라고 생각하기 때문이다.

브뤼셀에서 빈센트는, 어디를 가나 그랬듯이, 새로운 친구를 사귄다. 이번에 새로 사귄 친구는 안톤 반 라파드(Anthon Van Rappard)라는 화가이자 제도가로, 빈센트보다 다섯 살이나 적은 스물두 살의 나이에 미술계에서 빈센트에 훨씬 앞서는 경력을 쌓았다. 빈센트는 그와 함께 예술에 대한 이야기를 나누며, 그에게 제도하는 법을 좀 더 가르쳐 달라고 청한다. 빈센트는 하루 빨리 충분한 실력을 쌓아 고용될 수 있기를 바란다. 그는 반 라파드를 통해 다른 예술가들도 만나게 되고, 그중 한 화가로부터 교습을 받기 시작한다. 그의 실력은 나날이 향상해 가고, 그는 아버지가 보내 주는 돈을 최대한 아껴가며 생활한다.

아버지는 빈센트에 대한 걱정도 걱정이지만, 그의 판단에 의문을 품으며, 아직도 매달 꼬박꼬박 장남에게 돈을 부쳐 주어야 한다는 사실을 달가워하지 않는다.

빈센트는 자신이 짐이 되고 있다는 사실을 알고 있다. 구필 화랑에서 해고 당한 5년 전부터 그랬다는 사실을 잘 알고 있다. 그러나 이제는 드디어 옳은 길에 들어섰다고 확신하기에, 부모님이 그 사실을 알아주기를, 또 믿어 주기를 바란다.

그는 집에 편지를 써 자기가 기술을 익히기 위해 얼마나 노력하고 있는지 말한다. 그는 자신이 예술가로서 돈을 벌 수 있다는 사실을 알고 있다. 이는 절대 터무니없고 비현실적인 계획이 아니다. 그리고 그에게는 **재능이 있다.**

그러면서 최근 한 저명한 화가에게서 그의 작업실에 있는 인체 뼈대를 빌려 쓴 이야기를 전한다. 빈센트가 생각하기에, 처음에 그 화가는 빈센트가 자기 걸 가져가서 너무 오래 붙들고 있지 않을까 우려해 빌려주기 주저했던 것 같다. 그러나 빈센트는 며칠도 안 되어 다 쓰고 바로 돌려주었다. 게다가, 그 화가는 빈센트가 그린 '드로잉이 제법 훌륭하다고 생각했으며, 빈센트 자신이 봐도 꽤 괜찮아 보인다.'

빈센트는 부모님의 다른 걱정거리도 덜어 줄 수 있도록, 외모에 더욱 신경을 쓰고 있다. 그는 바지와 재킷 등 헌옷을 몇 벌 구입했다. 그리고 부모님에게도 직접 보여 주기 위해, 옷감 몇 조각을 봉투에 함께 넣어 부친다. 오랫동안 입을 수 있도록 그는 양복 두 벌을 번갈아 입을 예정이다. 그러나 빈센트의 이 모든 노력보다 부모님의 부담을 더욱 크게 덜어 주는 것은, 테오가 이제 돈을 더 많이 버는 만큼 형을 지원하는 일을 돕겠다고 제안해 준 일이다.

이는 빈센트에게도 커다란 안도를 준다. 그는 동생에게 편지를 써서 전한다. "이 일에 대해서는 정말로 고마워. 난 네가 절대 후회하지 않게 해 줄 자신이 있어."

39.
불균형

　그해 봄, 빈센트는 브뤼셀에 있는 반 라파드의 작업실에서 지낸다. 그러나 부활절을 맞아 집을 찾아와 테오와 함께 부모님과 이야기를 나눈 후, 빈센트는 다시 집으로 들어가기로 한다. 비록 예전에 마지막으로 빈센트가 들어와 지냈던 시간은 재앙과도 같았지만, 이제는 빈센트의 상태가 훨씬 나아졌다. 또한, 그가 집에서 작업을 하면 모두가 돈을 아낄 수 있을 것이다. 어차피 반 라파드도 브뤼셀을 곧 떠날 예정이다.

　빈센트는 에텐으로 돌아온 후, 날씨가 좋을 때면 밖에 나가 스케치를 하며 곧장 작업에 착수한다. 그는 검은 분필이나 연필, 펜을 써서 들판이나 일꾼들을 그린다. 어떨 때는 수채 물감을 사용하기도 하고, 분필로 그린 밑그림에 수채 물감을 덧입히는 실험도 해 본다. 밋밋한 하얀 종이 대신 회색 종이 위에 드로잉을 그려 보기도 한다. 비록 아직은 기본기를 익히는 단계이지만, 이것저것 시도해 보는 일은 즐겁다. 물론, 기술을 익히는 일도 매우 열심히 하고 있다. 무엇보다 빨리 이 일로 돈을 벌고 싶기 때문이다. 그러나 비례와 원근법은 영 어려워, 아직도 고군분투중이다.

그는 테오에게 제도가 자리가 나는 데가 있는지 알아봐 달라고 부탁하면서, 미술계 동향에 대해서도 알려 달라고 부탁한다. 자신이 어떤 그림을 그리는 게 이로울지에 대해 조언도 해 주면 좋겠다. 또, 테오가 자신의 그림을 평가해 줄 수 있으면 좋겠다. "실제로 도움이 될 수도 있고, 아닐 때도 있겠지만, 그래도 할 말이 있으면 언제든 주저하지 말고 말해 줘."

6월 중순, 반 라파드가 에텐으로 빈센트를 만나러 온다. 첫날 저녁, 빈센트와 부모님은 그를 데리고 바깥에 나가 들판을 가로질러 나 있는 작은 오솔길을 따라 산책한다. 빈센트는 반 라파드와 함께 그림을 그리기도 하고 이야기도 나누며 함께 더 걷기도 한다. 매우 즐거운 방문이다.

그러나 같은 해 여름, 다른 하나의 방문은 큰 문제의 발단이 된다.

빈센트와 테오의 사촌인 키 보스(Kee Vos)가 여덟 살 난 아들을 데리고 놀러 온 것이 화근이었다. 그녀는 최근에 남편을 잃고 혼자가 되었다. 빈센트는 암스테르담에서 지내던 때에 그들을 알고 지냈으며, 그들 부부와 함께 시간을 보내곤 했다. 그 당시에는 그녀에게 아무런 감정이 없었는데, 이번에 남편을 잃고 비통에 빠진 키를 보며 빈센트가 자신도 모르는 사이에 연애 감정을 키워 버린 것이다.

같이 있어 줄 사람이 필요한 키는 빈센트와 많은 시간을 함께 보낸다. 빈센트는 그녀를 매우 신뢰하게 되며 두 사람의 마음이 서로 맞는다고 느낀다. 그는 그녀도 똑같은 마음일 거라고 가정하고, 어느 날 그녀에게 고백한다. 자신이 사랑에 빠졌으며, 그녀가 세상에서 자기에게 가장 가까운 사람으로 여겨진다고, 그녀 또한 자신에게 그런 감정일거라 믿는다고. 결혼하고 싶다고.

싫어, 라고 그녀는 답한다. 그녀는 과거와 미래를 따로 떨어뜨려 생각할 수 없다. 죽은 남편을 절대 잊지 못할 것이며, 다른 남자를 사랑하는 일도 결코 없을 것이다. 빈센트는 상심에 빠진다. 카롤린 때처럼, 또 한 번의 일방적 사랑이다. 그렇지만 키에게는 남편이 없기에, 빈센트는 단념하기를 거부한다. 그는 자신의 말이 옳다고 그녀를 설득하려 한다. 그들은 함께 해야 하는 사람들이다. 그러나 그녀의 의지는 완강하고, 몇 번이고 그를 멀리 밀어낸다.

그녀가 떠난 후에도, 빈센트는 계속해서 그녀를 설득하려 한다. 부모님은 당황스럽고 창피하여 얼굴을 들 수 없다. 단 한 명 센트 큰아버지만이 웬일인지 그를 응원한다(어쩌면 빈센트를 그들의 손에서 떼어 버릴 수 있는 길이라고 생각했는지도 모르겠다). 아무튼 나머지 가족들은 하나같이 그녀의 편을 들며, 빈센트에게 그녀를 내버려 두라고 말한다.

빈센트는 테오에게 자기의 편이 되어 도와달라고 설득한다. 키가 계속 빈센트와 편지로 연락을 주고받는 데 동의만 한다면, 그래서 그에 대해 잘 알게 된다면, 그녀는 필시 그와 사랑에 빠질 것이다. 빈센트는 이렇게 쓴다. "테오, 너도 때로는 사랑에 빠질 때가 있지 않니? 그러길 바란다. (중략) 가끔은 너무도 외롭고, 어떨 때는 지옥에 떨어진 기분이 들 때도 있지만, 그래도 결국, 그건 다른 더 좋은 것들 또한 가져다주거든."

빈센트는 테오에게 사랑에는 세 단계가 있다고 말한다. 첫 번째는 사랑하지도 않고 사랑을 받지도 않는 단계, 두 번째는 사랑하지만 사랑을 받지 못하는 단계, 세 번째는 사랑하고 사랑을 받는 단계. 그는 키의 마음을 돌릴 수 있다는 확신이 든다고 테오에게 말한다. 그렇지만 부디, 다른 사람한테는 내가 (아직) 이런 마음을 품고 있다는 이야기를 하지 말아달라고, 그는 간곡히 부탁한다.

그러나 부모님은 이미 알고 있다. 아버지는 빈센트에게 길길이 화를 내며,

실제로 험한 욕을 퍼붓기까지 한다. 그리고 계속 키를 쫓아다닐 생각이라면 집에서 쫓아내겠다고 엄포를 놓는다.

빈센트는 입을 다물어 버린다. 그리고 며칠이 지나도록 부모님과 말을 섞지 않아, 아버지의 화를 더욱더 북돋운다.

빈센트는 부모님이 자신이 미쳐간다고 생각하는 사실을 알지만, 그의 굳건한 감정에는 변함이 없다. 그는 너무도 좋아하는 미슐레의 말을 인용해 이렇게 쓴다. "나는 그녀를 사랑해, 다른 누구도 아닌 단지 그녀만을."

이 극적인 소동 속에서도 빈센트는 계속해서 그림을 그려 나가고, 완성된 스케치들을 테오에게 보낸다. "애석하지만 아직은 내 드로잉에 뻣뻣하고 미숙한 구석이 많을 거야. 내게는 **그녀가** 있어야, 더 정확히 말해 **그녀의** 영향이 있어야 그 부분이 한결 부드러워 질 거라고 생각해."

키를 보러 암스테르담에 갈 수 있도록 돈을 좀 보내달라고, 빈센트는 테오에게 부탁한다. 그리고 그 대신 부모님과 화해하도록 노력하겠다고 약속한다. 테오라면 도와줄 수 있지 않을까? 부모님에게 잘 말해 줄 수 있지 않을까? 그는 키의 마음만 얻을 수 있다면, 자신의 그림이 '더욱 예술적인 수준'으로 발전할 수 있을 거라고 쓴다. "**그녀 없이** 난 아무것도 아니지만, **그녀가 있으면** 내겐 가능성이 있어."

테오는 돈을 보내 준다.

40.
불꽃 1, 2, 3, 4

1.

빈센트가 키의 집에 도착한다. 그곳에는 키와 아들이 그녀의 부모님과 함께 살고 있다. 키를 제외한 가족들 모두가 식탁에 둘러앉아 있다.

키는 어디 있나요?

여기에 없어.

빈센트가 온다는 소식을 듣고 그녀는 사전에 그 자리를 피했다.

키의 아버지는 이미 빈센트에게 둘 사이가 잘 될 일은 없을 거라고 엄중히 선포했었다. 둘은 사촌간이지 않은가, 당연히 형제자매 사이 이상으로 발전할 수 없는 법이다! 발전한다면, 그건 수치스러운 일이다.

수치스럽다, 빈센트가 너무도 싫어하는 말이다. 그는 그들의 얼굴에 드러난 경멸감을 읽지만, 그로서도 자기 자신을 어찌할 수가 없다.

그는 식탁 위에 있는 등불 가운데에 손가락을 갖다 댄다. "내가 이 불꽃에 손을 대고 버틸 수 있는 동안만이라도 그녀를 보게 해 주세요." 그가 말한다.

그러나 그들은 황급히 불을 끄고 선언하듯 말한다. "네가 그녀를 볼 일은 없을 거다."

그 후로 사흘간 빈센트는 '이를 데 없이 참담한 기분이 되어' 암스테르담 거리를 정처 없이 헤매며 걸어 다닌다. 진저리가 날 때까지 걷고 나서야, 마침내 그는 마음을 정리하기로 결심한다.

빈센트는 헤이그로 넘어가, 빠르게 뛰는 심장을 안고 사촌의 남편인 안톤 모베의 거처로 향한다. 헤이그 화풍의 중요 일원인 모베라면 빈센트에게 많은 것을 가르쳐 줄 수 있을 것이다. 이미 그는 전에 빈센트가 있는 에텐으로 가서 수채화나 유화를 가르쳐 주겠다고 제안한 적도 있었다. 그의 집에 도착하여, 빈센트는 에텐 대신 이곳에서 가르쳐 줄 수 있겠냐고 묻는다. 모베가 요청에 응한다. 빈센트는 한 달간 그와 함께 지낸다.

2.

크리스마스를 맞아 빈센트는 부모님의 집으로 간다. 그리고 아버지와 또한 번 크게 싸운다. 표면상의 이유는 빈센트가 교회에 가지 않기 때문, 즉 종교와 도덕상의 이유이다. 그러나 실제 이유는 따로 있다. 바로 키 때문이다. 아버지와 어머니는 다른 사람들의 평판을 우려한다. 즉, 빈센트가(그리고 부모로서 그들 자신이) 친척들에게 어떻게 보일지에 대해 우려한다. 빈센트는 부모님이 하찮은 일에 신경을 너무 쓴다고 생각한다. 그는 크리스마스 예배에 참석하지 않겠다고 선언하고, 부모님은 그 행동을 배신의 극치로 받아들인다.

빈센트로서는 아버지에게 이렇게 화가 나기는 살면서 처음이다. 그는 아버지에게 종교제도라는 것 자체가 혐오스럽다고 말해 버린다. 그리고 자신이 종교에 매우(혹은 지나치게) 몰두했던 과거를 돌아보며, 그때 그가 가졌던 광적인 열의가 단지 우울증의 증상이었다고 치부해 버린다.

결국 아버지는 그가 집을 나가는 게 좋겠다고 말한다.

그날 당장, 빈센트는 꼭 필요한 것, 즉 미술도구, 수채 물감, 드로잉을 모아둔 포트폴리오, 그리고 옷가지 약간만 챙겨 집을 나가 버린다.

분노로 씩씩거리며 떠날 준비를 하는 와중에도 아버지는 돈을 챙겨서 건네준다. 그러나 빈센트는 그것마저 거부한다.

부모님의 삶에서 벗어나, 종교 그리고 하나님에게서 벗어나, 그는 헤이그로 돌아간다.

하나님이 아닌, 예술을 향해.

3.

지금까지는 테오가 아버지에게 돈을 보내면 그걸 다시 빈센트에게 전해주는 식으로 경제적 지원을 해 왔다. 이제부터는 빈센트의 폭풍 같은 성정으로부터 아버지를 보호하기 위해, 테오가 직접 형에게 돈을 보내기로 한다.

테오는 제1방어선이 되어 아버지를 위한 완충 역할을 한다.

헤이그에 있는 빈센트는 테오에게서 받은 돈이 모자라 모베에게 100길더를 추가로 빌린다. 그 돈으로 생활과 작업을 위한 공간을 빌린다. 방 하나에 작은 골방이 딸려 있는 집으로, 남향으로 나 있는 커다란 창문으로 밝은 빛이 잘 들어오는 곳이다. 위치는 헤이그 외곽에 있는 스켄크웨그(Schenkweg)라는 곳으로, 전에 살던 루스 부부의 하숙집에서 도보로 30분 정도 되는 거리에 있다. 그는 (테오에게 점잖고 괜찮은 물건이라고 강조하며) 튼튼한 부엌 식탁과 의자 등의 가구도 사서 들여놓는다. 모든 게 잘 풀릴 것 같은 느낌이 든다. 가까이에서는 모베가 멘토를 해 주고 있으며, 옛날 상사인 터스티그도 같은 도시에 살고 있으니까, 이제는 예술을 이해 못하는 부모님과는 달리 테오같이 예술을 이해하는 사람들이 주위에서 살고 있다.

빈센트는 테오에게 말한다. "아버지는 내가 너와 모베 같은 사람들에게 느끼는 감정은 느낄 수 있는 부류의 사람이 아니야. 비록 아버지의 어머니를 진심으로 사랑하지만, 그건 너나 모베에게 갖고 있는 것과는 매우 다른 감정이지." 테오의 가까이에 있을 수만 있다면, 아버지와 사이가 안 좋은 것은 별로 신경 쓰지 않는다.

그렇지만 과연, 테오가 여전히 빈센트의 편이라고 할 수 있는가? 꼭 그렇다고 할 수는 없다. 그는 형이 부모님을 계속해서 불행하게 만들고 있다는 사실이 넌더리나게 싫다. 그리고 형에게도 그렇게 말한다.

"형이 헤이그에 자리를 잡고 정착할 준비가 되었다니, 너무 좋은 소식이야. 형이 돈을 벌어 자립할 수 있을 때까지 나도 힘닿는 한 도와주고 싶어. 그렇지만 형이 아버지와 어머니를 그런 식으로 떠난 것은 마음에 들지 않아."

"형과의 불화가 계속 된다면 아버지는 오래 견딜 수 없을 거야." 테오는 이렇게 쓴다. "무슨 수를 쓰든 둘 사이의 개선을 위해 노력하는 것이 난 형의 **의무**라고 생각해." 아버지의 연세는 쉰아홉이다. 아들 둘 다 아버지가 앞으로 얼마나 오래 살지 모른다는 사실을 잘 알고 있다.

또한 테오는, 빈센트가 모베에게 너무 몰두하고 있으며 그를 이상화하고 있다고 생각한다. 빈센트에게 그런 경향이 있는 건 사실이니까. 지금 그는 만약 누군가가 모베와 같지 않으면, 그 사람은 좋은 사람이 아니라고 단정지어 버린다. 모든 사람에게서 같은 자질을 기대할 수는 없는 거잖아! 아버지가 살아온 삶이 형한테는 아무 의미가 없는 거야?

"형을 이해하지 못하겠어! 시간 될 때 답장해 줘." 테오가 빈센트에게 말한다.

4.

빈센트는 분노에 차서 씩씩거리며 곧장 답장을 쓴다. 테오의 편지를 다시 돌려보내며, 그가 제기한 사항 하나하나에 번호를 매겨 각 사항에 대해 테오가 틀린 점이 무엇인지 일일이 적어 보낸다.

"우선, 너에게 모욕을 주기 위한 목적으로 편지를 돌려보내는 게 아님을 반드시 알아줬으면 해. 다만 이 방법이 가장 명확하게 답할 수 있는 가장 빠른 방법이라고 생각해서일 뿐이야. 만약 네 편지를 같이 보내지 않으면 내 말이 무엇에 대한 답인지 이해할 수 없을 테니까, 이렇게 하면 번호로 쉽게 알아볼 수 있을 거야. 지금 모델이 오기를 기다리는 중이라서 시간이 없거든."

빈센트는 격렬한 어조로 아래와 같이 주장한다.

1. 난 집을 나오고 싶어 나온 게 아니야. 나는 계속 에텐에서 살고 싶었어. 여기에서 사는 건 나한테도 훨씬 힘든걸. 앞으로 어떻게 살아가야 할지가 막막해.

2. 너마저도 내가 부모님의 삶을 불행하게 한다고 말하다니. 그건 아버지가 늘 하는 말이잖아! 아버지는 본인의 마음에 안 드는 말을 들으면, '너 때문에 내가 제명에 못 산다'는 식으로 대꾸해. 그것도 냉정한 말투로, 신문을 읽거나 파이프 담배를 피우면서 말이야. 아버지는 너무 쉽게 화를 내고 쉽게 상처를 입어. 그리고 매사를 자기 뜻대로 좌지우지하는 것에 너무 익숙해져 있어!

3. 나도 아버지가 살날이 얼마 안 남았을지 모른다고 생각해서, 정말 못 참겠다고 생각했던 때에도 엄청 참고 넘어갔어.

4. 나도 세상의 이목을 생각해서 그분들에게 잘하려고 하고 있어. 그렇지만 나만 노력한다고 되는 일이 아니잖니. 난 사과하지 않을 거야. 그렇다고

사과 받기를 바라지도 않아. 만약 아버지 어머니가 없었던 일로 하겠다면, 나도 받아들일 용의는 있어. 그렇지만 그건 있은 일이니지 않겠지!

5. 맞아, 네 말대로 불화가 계속된다면 그분들은 견디지 못하실 거야. 그렇지만 그건 본인들 잘못이잖아. 그리고 그 때문에 불행하게 되는 건, 또 외로워지는 건 본인 자신들이야.

6. 예전에는 나 때문에 부모님이 속상하다고 생각하면 마음이 아팠지만, 더는 아니야. 나보고 집을 나가라고 한 건 아버지이고, 난 그래서 집을 나온 거야! 너한테만큼은 정말 미안해, 이렇게 되는 바람에 돈이 더 많이 들게 되었으니까.

7. 내가 모베를 과도하게 믿고 따른다고 했지. 그래, 난 그 사람이 좋아. 그리고 그의 작품도 좋아. 그렇다고 내가 그를 맹목적으로 따르지는 않을 거야. 나는 작품 경향이 매우 다른 화가들을 포함해서 다른 사람들도 좋아해.

"형을 이해하지 못하겠어!"라고 테오가 말했다.

그 말에 빈센트는 다시 볼 수 있을 때까지, 서로가 인내심을 갖고 편지를 계속 주고받아야 한다고 말한다.

테오가 동반자가 되어 주지 않는다면, 빈센트의 여정은 아무런 의미가 없을 것이다. 테오가 부모님의 편을 드는 것은, 마음 아픈 일일뿐 아니라 겁나는 일이기도 하다.

테오를 잃을 수는 없다.

이 분노의 답장을 보낸 후에, 그는 한결 부드러워진 어조로 예술에 초점을 둔 편지를 써서, 테오에게 자신이 수채화와 스케치에서 얼마나 진척을 이루었는지 설명한다.

테오의 화는 오래지 않아 풀린다. 그리고 봉급을 인상 받자(이제 그는 1년에

4,000프랑을 번다.) 받은 돈의 삼분의 일을 떼어 빈센트에게 보낸다. 매달 그는 한 달 치 봉급인 330프랑에서 100프랑을 떼어 형에게 보낸다.

둘 사이에는 이제 서로에 대한 이해를 바탕으로 한 암묵적 합의가 이루어졌다. 빈센트는 열심히 정진해 나갈 것이고, 테오는 지속적으로 그에게 돈을 보낼 것이다. 그리고 빈센트는 부모님과 그리고 테오와 좋은 사이를 유지하려 노력할 것이다.

때로는 그것이 진실을 몰래 숨겨야 함을 의미한다 해도.

41.
슬픔

빈센트는 자신의 실력을 향상시켜야 한다는 사실을 잘 알고 있다. 그는 대가들의 작품을 반복하여 모작하거나, 모베와 같은 다른 예술가들과 대화를 나누면서 배우고, 미술 교재에 나오는 내용을 통해 익혀 나간다. 수채화는 아직 어렵지만, 모베의 가르침에 따라 인내를 가지고 이겨 내고 있다. 그는 자신이 사람의 신체를 더 잘 그릴 수 있어야 한다고 생각한다. **완벽하게 터득해야** 한다. 그는 남자의 신체를 60가지 형태로 그려 놓은 교재를 가지고 있다. 그 책의 그림을 거듭해서 따라 그리다 보니, 그해 말이 되었을 즈음 그 책을 통틀어 네 번 떼기에 이른다. 자신의 진척 상황을 보여 주기 위해, 그는 스케치를 동봉해 보내는 등의 방법으로 테오에게 결과를 보고한다.

그러나 그는 그림이나 조각을 보고 그리는 것보다 살아 있는 실제 모델을 보고 그리는 것이 사람 그리는 법을 배우기에 가장 좋은 방법이라고 느낀다. 바깥으로 나가 길거리에 다니는 사람들이나 보리나주의 광부들 같은 농민들이나 일꾼들, 가난한 사람들을 스케치해 보고 싶다. 그러나 그러기에는 지금의 겨울 날씨가 '너무도 춥고', 아직 그는 '좀 더 능숙한 화가들처럼 빠르게 그리지' 못한다.

빈센트는 가끔 집 가까이에 있는 레인스푸어(Rhijnspoor) 기차역으로 가서 3등실 대합실에 앉아 그곳에 있는 사람들을 스케치한다. 그리고 종종 무료급식소에서 식사를 해결하면서, 거기서 만나는 사람들을 스케치하기도 한다. 어떨 때는 그 사람들을 작업실로 데려와 포즈를 취하게 하고, 찬찬히 주의 깊게 그리기도 한다. 늘 그렇게만 할 수 있다면 정말 좋을 텐데. 그러나 모델을 쓰려면 돈을 내야 한다. 테오에게 원조를 받고 있다고는 하지만, 그럴만한 돈까지는 없다. 그는 거의 먹지도 않는다. 입던 옷은 낡아서 헤어져 가고, 신던 부츠도 닳아서 너덜너덜하다. 그렇지만 이런 것들은 별로 신경 쓰이지 않는다. 수중에 들어오는 돈은 거의 물감과 연필, 종이를 사는 데 쓰고 있다.

그러던 중 빈센트는 완벽한 모델이 되어 줄 만한 사람을 찾아냈다. 임신 중인 서른 언저리의 여자로, 그녀에게는 네 살짜리 어린 딸이 있다. 뱃속에 있는 아이의 아버지는 그녀를 버리고 떠났다. 그녀의 가족은 찢어지게 가난하여, 그녀는 줄곧 매춘부로 일했다. 그녀에게는 모델을 서 줄 의향이 있는 어머니와 어린 여동생도 있다. 본명은 클라시나 마리아 후어니크(Clasina Maria Hoornik)이지만, 빈센트는 그녀를 크리스테인(Christien)이나 시엔(Sien)으로 부른다. 돈이 절실한 그녀는 빈센트를 위해 모델을 서 주기로 동의한다. 그러기 위해서는 훈련이 필요할 테지만 그녀는 배우는 속도가 빠르다. 빈센트는 그렇게 테오에게 말한다.

그러나 빈센트는 테오에게 모든 것을 다 말하지는 않는다. 특히, 그녀가 매춘부였다는 사실은 말하지 않는다. 그리고 머지않아 그가 솔직히 털어놓지 않는 내용은 점점 더 늘어 갈 것이다.

빈센트는 테오에게 좋은 소식을 하나 전한다. 터스티그에게 드로잉 작품을 한 장 팔았다는 소식이다. 그리고 코르 작은아버지는 그에게 열두 장에 걸쳐 헤이그의 풍경화 드로잉을 의뢰했다.

빈센트는 그 드로잉을 빠르게 마치고, 완성작을 코르 작은아버지에게 보여 준다. 작은아버지는 그림을 매우 마음에 들어 하며, 도시 풍경을 그린 두 번째 시리즈 제작도 추가로 의뢰한다.

예상컨대 1년 후에는 친구나 친척뿐 아닌 일반인에게도 수채화나 드로잉을 팔 수 있을지 모른다고, 그는 테오에게 말한다.

화가의 삶에 큰 만족감을 느끼기 시작한 빈센트는 테오에게 함께 화가가 되자는 유세를 벌이기 시작한다. 그는 동생이 **바로 곁에** 있었으면 하고 바란다. "가끔은 네 안에 위대한 풍경화가가 될 자질이 숨어 있는 것 같다는 생각이 들어. 내가 보기에 너는 자작나무 줄기나 밭의 고랑, 논밭과 채소밭 같은 것들을 기가 막히게 잘 그릴 것 같거든. 눈과 하늘 같은 것도 그렇고. 너와 나 둘 사이에 하는 말이지만."

그는 머릿속으로 이젤과 팔레트를 들고 두 사람이 함께 야외로 나가 그림을 그리는 모습을 상상한다. 사실, 순전히 현실적이지 못한 생각이다. 그게 현실이 되면, 누가 그 두 사람을 뒷바라지한단 말인가!

테오는 그 말에 관심이 없다. (아내를 얻어 가정을 이루고 싶다는 소망만 빼고는) 그의 삶은 대체적으로 그가 원하던 대로 흘러가고 있다. 그는 구필 화랑에서 성공적인 길을 걷고 있으며, 몽마르트 지역의 라발가 25번지에 있는 새 아파트로 이사도 했다.

여기서 또 빈센트는 테오에게 모든 진실을 털어놓지 않는다. 그가 테오에게 같은 길을 가자고 종용하는 이유는, 다름 아닌 외로움 때문이다. 지금까지는 그에게 늘 평소 한두 명 정도의 동성친구가 있었다. 그러나 지금은 아무도 없다. 모베와의 사이가 틀어졌기 때문이다. 그는 테오에게 그 원인이 석고상 때문이었다고 말한다. 사실, 어느 정도 틀린 말은 아니다. 모베가 빈센트에게 시엔을 모델로 쓰지 말고 석고상으로 데생 연습을 하라고 일렀기 때문이다. 먼저 석고상으로 그림 그리는 방법을 익힌 후에 모델을 쓰는 것이, 17세기 후반 이래 전해져 온 전통적인 학습 방법이다. 그렇지만 평소에 그렇듯 빈센트는 자기만의 방식을 고수하고 싶어 한다.

"여보쇼, 더 이상 나한테 석고상에 대한 얘기는 꺼내지도 마쇼. 더는 가만히 듣고 있어 줄 수가 없으니까." 빈센트는 모베에게 이렇게 외쳤다.

그렇지만 이것이 모베가 화가 난 유일한 이유는 아니다. 모베는 빈센트와 시엔과의 관계를 의심하고 있다. 모베는 빈센트를 향해 두 달간 만나지 않겠다고 통보했다.

집에 돌아간 빈센트는 분노에 휩싸여 '애꿎은 그 석고상을 석탄 통에 내던져 부숴 버렸다.'

빈센트는 테오에게 돌아가는 사정을 대부분 솔직히 말한다. 단, 모베가 제기한 시엔에 대한 의혹만은 빼놓고.

1882년 4월 10일, 빈센트는 테오에게 한 여자를 주인공으로 그린 드로잉을 보낸다. 그는 세 가지 버전으로 이 그림을 그렸다. "너한테 부치는 것은 내가 그린 것들 중에 가장 잘 된 거야. 그래서 너한테 보내 보여 주고 싶다고 생각했어."

드로잉 안의 여자는 나체이다. 구부린 등에 무릎을 굽히고 앉아 두 팔로 무릎을 감싸 안고 있다. 머리를 팔에 파묻고 있어 얼굴은 보이지 않으며, 긴 머리카락이 등을 타고 흘러내린다. (임신 중이라서) 둥글게 솟은 배 위로 젖가슴이 축 늘어져 있다. 빈센트는 이 그림에 「슬픔(Sorrow)」이라는 이름을 붙였다.

이 드로잉은 눈에 띄게 매력적이며, 능숙한 필치로 그려졌고, 가슴을 저리게 할 정두ㄹ 슬프ㄱ 아름답다 다만 전통적이 관점에서는 봤을 때는 아니다. 아니, 전통을 고수하는 예술가들이나 비평가들이 봤다면 아마도 불쾌하게 생각했을 것이다. 빈센트는 이상화된 여인을 그리지 않고, 그의 눈에 보이는 여인의 모습을 그대로 그렸다. 진짜 사람을 그려 넣은 것이다. 그렇기 때문에, 보는 이에게 그녀의 얼굴은 보이지 않지만 그럼에도 왠지 그녀를 **알고 있는** 것 같은 느낌을 준다.

그녀는 시엔이다.

테오는 그 그림을 마음에 들어 한다.

"내가 보낸 드로잉에서 뭔가를 보았다니 정말 기쁘지 그지없구나. 나 또한 그 그림엔 분명 뭔가가 있다고 생각했어." 빈센트는 이렇게 써 보낸다.

슬픔. 모베가 그에게 몹시 화를 내고 있기에 느끼는 슬픔. 부모님이 그와 시엔의 실제 관계를 알게 되면 무슨 일이 벌어질지 알기에 느끼는 슬픔. 부모님과 그의 관계는 지금보다도 더 멀어질 것이다.

테오에게 진실을 숨겨야 하는 슬픔.

그것이 바로 진정한 슬픔이다.

42.
외모 2

여자를 저버리는 것, 아니면 버려진 여자를 거두는 것,
둘 중에 어떤 게 더 교양 있고 인간적이며 남자다운 행동이겠니?
– 빈센트가 테오에게, 1882년 5월 7일

빈센트의 작업실을 가 본 사람이라면 누구라도 단번에 빈센트와 시엔이 단순한 화가와 모델 사이가 아니라는 것을 알아챌 수 있을 것이다. 두 사람은 연인 사이다.

모베로부터 빈센트의 이야기를 전해 들은 터스티그는 직접 확인해 보고 싶은 마음에 빈센트를 찾아간다. 빈센트는 터스티가가 자기의 손, 얼마 전에 키를 위해 불속으로 집어넣었던 그 손을 째려보며, 기분 나쁜 눈길로 자기를 쳐다보고 있다고 생각한다. 터스티그는 정말로 빈센트에게 노여움을 느끼고 있다. 일전에 빈센트가 헤이그 구필 지사에서 그의 부하로 일할 때, 곤경에 처한 자신을 도와달라고 부탁하러 왔을 때 느꼈던 것처럼. 그때 터스티그는 빈센트의 가족에게 모든 것을 폭로해 버렸다. 이번에 터스티그는 테오에게 연락해 빈센트에 대한 지원을 당장 끊게 만들겠다고 위협한다.

빈센트는 터스티그와 모베가 테오에게 이 사실을 알리고, 그로 인해 테오가 그들의 편을 들게 되면 어떻게 하나 하는 두려움에 휩싸인다. 그러면 빈센트는 외톨이가 될 것이다.

그는 모베의 마음을 돌려 보겠다고 결심한다. 그리고 모베에게 자기의 작업실로 와 달라고 부탁한다. 그렇지만 모베는 '내가 자네 작업실로 찾아가는 일은 결코 없을 걸세. 이미 다 끝난 일이야'라고 말하며 거절한다.

그러나 빈센트는 어찌어찌 모베를 설득하여, 헤이그 북쪽 끝에 위치한 사구 지대에서 그와 만날 약속을 잡는다. 둘 사이의 대화는 잘 풀리지 않는다. 훗날 빈센트는 테오에게 아래와 같이 전한다.

"자네는 고약하고 악질적이야"라고 모베가 말하고,

그 말에 빈센트는 뒤로 돌아 집으로 가 버린다.

"모베와는 영영 화해할 수 없는 강을 건넜어." 그는 동생에게 이렇게 말한다. 그러면서 결국 모든 일을 이실직고하고, 자신의 입장을 열심히 변호한다.

시엔을 처음 만난 것은 시엔이 거리를 전전하던 때이다. 빈센트는 동생을 향해, 그녀를 구하기 위해선, 자신의 음식을 나눠 주고 씻겨 주고 아이가 무사할 수 있도록 병원에 데려다 주는 게 유일한 길이었다고 말한다. "아이가 뱃속에서 거꾸로 뒤집혀 있었으니, 그렇게 아팠던 것도 무리가 아니지. 결국은 겸자(鉗子)를 사용해서 아이의 위치를 원위치로 되돌리는 수술을 받아야 했어."

한번은 코르 작은아버지가 빈센트에게, 예쁜 소녀나 여인을 보면 어떤 감정을 느끼냐고 물어본 적이 있었다. "그때 난 오히려 못생기고 늙고 굶주리고 어떤 면에서는 불행해 보이는, 인생의 경험과 시행착오, 슬픔을 겪으며 영혼과 이해력을 얻게 된 여자에게 더욱 끌릴 것 같다고, 그런 사람과 사귀고 싶다고 말했어."

처음 그가 시엔을 만났던 때에는 두 사람 사이가 지속적인 관계로 발전할 거라고 생각하지 못했지만, 지금은 다르다. 그는 테오에게 말한다. "결혼은 어차피 한 번만 할 수 있어. 그녀와 결혼하는 것보다 더 좋은 때라는 게 있기나 할까?"

테오는 바로 답장하지 않는다. 그 침묵은 빈센트를 초조하게 만들고, 그는 시엔에 대해서 부모님에게는 말하지 말아 달라고 간곡히 부탁하며, 테오에게 편지를 쓰고 또 쓴다. 또한 시엔과의 관계를 더욱 적극적으로 해명하면서, 그중 하나의 예로 자신이 얼마나 큰 선행을 베풀고 있는 것인지 강조한다. 처음 만났을 때 그녀는 핏기도 없이 창백하고 병들어 있었다. "그녀가 하루가 다르게 기력을 되찾고 생기 있어지는 모습을 보면서 난 깜짝깜짝 놀라." 그는 테오에게 말한다. 시엔에겐 언어장애가 있다. 그래서 톡 쏘아붙이듯 말할 때도 있고, '보는 사람에 따라서는 역겹게 느낄 수도 있는' 이상한 버릇도 두어 가지 있다. 그러나 빈센트는 그녀를 진정으로 이해하며, 그런 것들에는 전혀 신경 쓰지 않는다. 게다가, "그녀는 내 성질머리를 이해해 줘. 그리고 우리 사이에는 서로의 흠을 들추지 않는, 말하자면, 암묵적인 합의가 이루어져 있어."

예술을 위한 면에서 보면, 그녀는 매일 포즈 취하는 법을 배우고 있으며 달리 요구하는 것도 별로 없다. 빈센트처럼 그녀도 빵과 커피만 있으면 다른 건 아무것도 원하지 않는다. 그러니 잘 맞는 한 쌍이 아닌가. 테오에게도 누가 되는 일은 없을 것이다.

다만 한 가지 마음에 걸리는 것이 있다. 빈센트는 옆 방 작업실을 추가로 빌리고 싶다. 그러면 빈센트와 시엔, 시엔의 딸인 마리아와 새로 태어날 아이까지 모두 함께 살기에 충분한 공간을 마련할 수 있을 것이다. 그러나 그러려면 돈이 더 많이 필요하고, 따라서 테오에게 돈을 더 보내 달라고 부탁해야 할 것이다.

테오에게서는 아직도 답장이 없다.

빈센트는 또다시 편지를 써서 자신의 입장을 거듭 해명하며, 자신이 결코 경솔하게 행동하는 것이 아니라고, 무책임하게 테오에게 모든 것을 의기하려는 생각이 아니라고 강조한다. 또한, 결혼에 대한 생각을 충동적이거나 성급하게 하고 있는 것도 아니다. 시엔은 그의 일에 도움이 된다. "나는 내 일에서 가장 중요한 것이 사람들이라고 생각해. 그렇기 때문에 사람들에 대해 속속들이 이해할 수 있어야 해. 그리고 사람들의 삶 가운데 깊숙이 파고들어서, 관심을 가지고 역경을 헤치며 발전해 나가야 해."

그는 테오에게 제발 답장을 보내 달라고 간청한다. 누구보다 아끼고 사랑하는 동생이 모베처럼 멀어진다고 생각하면 한시도 견딜 수가 없다. 그는 기도하는 마음으로 편지를 끝맺는다. "너와 나 사이에 아무런 오해가 없기를 바라."

테오는 마침내 빈센트에게 답장을 보낸다. 그를 버리지는 않겠지만, 그렇다고 모든 게 괜찮다는 뜻은 아니다. 자신도 겪어 봤기에, 빈센트가 낮은 계층의 여자를 만난다고 해서 그를 업신여기지는 않는다. "누군가 자신이 다른 계층의 위에 있다고 여긴다면, 그건 그 사람이 엄청나게 편협하거나 한참 잘못 생각하고 있는 거야." 테오도 그 점에는 동의한다. 그렇다고 그런 가치관을 군이 겉으로 드러내 보일 필요는 없지 않은가? 테오는 세간에 바람직하게 보이는 동시에 스스로도 즐겁게 살 수 있는 방법을 익혔다. 빈센트도 그럴수 있다면 좋을 텐데. 그 여자와 결혼하지 마, 테오가 말한다.

젊은 남자가 매춘부와 잠자리를 갖거나 '평판이 나쁜' 여자와 한두 번 사귀는 건 특이할 만한 일이 아니다. 특이한 것은 빈센트가 시엔과 결혼하길 원한다는 사실이다.

그러나 빈센트는 그녀를 임신시키고 나서 헌신짝처럼 버린 남자보다는 나은 사람이고 싶다. 사회적으로 더 높은 지위에 있는 그 남자, 그 사회적 지위를 지키기 위해 그녀를 버린 그 남자, 그 남자는 하나님 앞에 죄인이다. 그게 어떻게 명예로운 일일 수 있는가?

그러자 테오는 또 다른 점을 지적한다. 한동안은 빈센트가 키 보스를 그토록 사랑했었다. 그런데 어찌 이렇게 빨리 다른 사람을 사랑할 수 있단 말인가?

그 질문에만은 빈센트도 바로 답하지 못한다.

대신 그는 돈을 좀 더 보내 달라고 부탁한다. 어쩌면 일주일씩 용돈이라도. 앞으로 아기가 태어나면 시엔과 아이들을 데리고 더 큰 집으로 이사하고 싶다.

제발 고려해 주길 바라! 그는 이렇게 말하면서 농담으로 편지를 끝맺는다. "아듀, 오랜 친구여. 나와 크리스티엔과 아이의 머리를 치기 전에 먼저, (중략) 부디 잘 생각해 봐 주길. 그럼에도 반드시 그렇게 해야겠다면, 아무쪼록 **내 머리를 치렴.** 물론 그러지 않는다면 더 좋고. 그림을 그리려면 그 머리가 필요할 테니까. (그리고 크리스티엔과 아이도 **머리가 없이는** 포즈를 취할 수 없겠지.)"

그 이튿날도 빈센트는 편지를 써서 시엔을 향한 사랑의 정당성을 이야기한다. 그리고 암스테르담에서 키 보스의 가족과 무슨 일이 있었던 건지 자세한 설명을 보낸다. 일언지하에 거절당한 일, 불에 손을 넣은 일, 굴욕을 당한 일 등을.

만약 키가 그를 밀어내지 않았다면, 시엔과의 관계가 시작되지 않았을 거란 점은 그도 인정한다. 그러나 어쨌든 지금 시엔은 자신의 사람이며, 테오가 자신의 편이 되어 주기를 바란다. 그는 사회적 관습에 매여 살고 싶지 않다. 절대로, 생각 없이 경솔한 마음으로 시엔과 함께하려는 것이 아니다. '지

독한 진심에서' 우러나온 것이다.

이 편지의 대부분은 네덜란드어로 쓰였지만, 이 마지막 부분만은 빈센트가 매우 큰 글씨의 영어로 강조해 쓴 다음, '지독한'에는 밑줄까지 두 줄 그어넣었다. 그리고 붓을 잉크에 다시 적셔 이 구절 전체에 굵게 밑줄을 쳤다.

테오는 다시금 침묵으로 답한다.

43.
갈망 그리고 기억

파리에서 보낸 편지가 헤이그에 도착하는 데는 시간이 얼마 걸리지 않는다. 테오가 편지를 보내면, 빈센트 쪽에서 하루나 이틀 후에는 받아 볼 수 있다. 빈센트는 매일같이 편지가 오기만을 기다린다. 아무것도 오지 않는다. 테오에게는 아무 소식이 없고, 그는 초조함과 긴장감에 휩싸인다. 과연 그는 테오를 아군으로 만드는 데 성공했을까, 아니면 테오는 그를 버리고 떠나가 버릴까?

초조한 마음에 힘이 없고 잠도 못 이루지만 그는 계속해서 그림을 그린다. 매일 아침 일찍 일어나 4시 전에는 밖으로 그림을 그리러 나간다. 봄이 찾아와 '지나다니는 사람들과 장난꾸러기 아이들 탓에 낮에는 길에서 그림을 그리는 것이 힘들기도 하고, 사물들이 아직 색조를 잃지 않은 아침이야말로 전체 윤곽을 보기에 최적의 시기이기 때문이다.' 그에게 그림을 그리는 일은 못마땅한 세간의 시선과 스스로의 분노에 찬 생각들로부터 자신을 구원하는 일이다. 그는 테오에게 「슬픔」의 다른 버전을 포함해, 드로잉 몇 장을 추가로 더 보낸다.

그럼에도 테오에게서는 아직 아무런 연락이 없다.

빈센트는 편지가 오기만을 간절히 바란다.

그달 말이 다가오고, 돈은 바닥나 간다. 그는 또다시 테오에게 편지를 써서, 돈을 더 달라고 청하고, 더 큰 집을 빌려도 되겠느냐고 묻고, 제발 그가 보낸 드로잉들을 받았는지 알려 달라고 애원한다.

친구 반 라파드가 빈센트를 만나러 와서 찢어진 부분이 있는 드로잉을 고칠 수 있도록 돈을 조금 건넨다. 그는 더 주려고 하지만 빈센트는 극구 마다한다. 돈을 받는 대신 그는 반 라파드에게 목판화 한 뭉치와 다른 버전의「슬픔」한 장을 준다. 반 라파드는 빈센트의 드로잉 작품들에 대해 칭찬하고, 이에 빈센트는 용기를 얻는다. 그렇지만 그는 여전히 기운이 없으며 테오에 대한 걱정을 떨쳐 버릴 수가 없다. 그는 테오에게 또 편지를 쓴다.

그 편지에서 그는 시엔의 출산을 대비해 그녀와 갓난아기가 쓸 리넨 천을 사는 데 테오가 보내 준 돈의 일부를 썼음을 고백한다. 그들은 메마른 검은 빵과 약간의 커피만으로 하루하루를 살아가고 있다. 테오에게 마지막 편지를 받은 지 이제 2주가 지났고, 빈센트에게 그 시간은 영원과도 같다. 임신 중인 여인과 함께 살게 되면, 한 시간이 하루 같고, 하루가 일주일같이 느껴진다고, 그는 테오에게 말한다.

월세 내는 날이 다음 날로 다가왔다. 빈센트는 또 편지를 써서, 테오에게 돈을 보내 달라고 간청한다. "내가 밤낮으로 그림을 그리고 있으니까, 머지않아 너에게 보내 줄 작은 드로잉 작품 하나를 완성할 수 있을 거야. 우표를 살 돈이 없어서, 엽서로 보내는 것을 이해해 줘."

그들의 편지는 중간에 엇갈린다. 테오가 보낸 편지와 돈은 빈센트가 월세를 내야 할 때를 딱 맞추어 도착한다. 그러나 테오는 시엔에 대해서는 여전히 불만이다. 만약 아버지가 그녀에 대해 알게 된다면 어떻게 할 것인가? 그러면 또 빈센트를 금치산자로 신고하겠다고 나오지 않을까? 다시 정신병원으로 보내려 하지는 않을까? 테오는 그럴 가능성이 충분히 있다고 생각한다. 그리고 테오의 관점에서 볼 때, 시엔은 빈센트가 그녀를 사랑한다고 믿도록 주술 비슷한 것을 걸어 놓은 것이 아닌가 싶다.

빈센트는 즉각 답장을 써서, 시엔에겐 그를 속이려는 의도가 없다고 부인한다. 전에 한번 어떤 여자가 실제로 그런 일을 시도한 적이 있었는데, 그때 그는 그 여자의 면전에 대고 확실히 문을 닫아 버렸다. 그리고 시엔은 진실한 내조자이다. 빈센트가 사구 근처에 사는 사람들을 스케치하고 싶다고 하면, 임신 중인 불편한 몸으로도 순순히 그를 따라나서는 여자다. 그들은 사구 지대에 가서 '진정한 보헤미안*'처럼 아침부터 저녁까지 며칠 동안'이나 야영을 했다. 그들은 '집에서 빵과 커피를 약간 싸 가고, 스케브닝겐(Scheveningen)에서 물과 벌겋게 단 석탄을 파는 여자에게 뜨거운 물을 샀다.'

키는 시엔만큼 빈센트를 잘 보조해 주지 못했을 것이다. 시엔은 '화가의 삶에 따라오는 모든 걱정과 짐을 짊어질 준비가 되어 있으며, 포즈를 취해 주는 데도 적극적이다. 키 보스보다 시엔과 함께함으로써 그는 더 훌륭한 예술가가 될 수 있을 거라고 믿는다.'

또 다른 문제가 있는 게 아니라면, 제발 예술을 생각해서라도 내 편이 되어 주렴, 테오. 빈센트는 간청한다. 그리고 어머니 아버지와의 관계에 있어서도 나를 좀 도와주렴.

이튿날 빈센트는 또 편지를 써서 형제간의 끈끈한 유대감을 강조하고 설득하며, 지금껏 그들의 인생에서 가장 중요한 시금석이 되었던 옛날의 기억

---

*세상의 관습이나 규율에서 벗어나 자유분방한 삶을 사는 시인이나 예술인.

을 끄집어낸다. "지난 며칠간 네 생각이 매우 많이 나더구나. 그리고 네가 아직 기억하는지 모르겠다만, 네가 나를 보러 헤이그에 놀러왔을 때, 트레에그를 따라 레이스베이크까지 걸어가 풍차에서 우유를 사 먹었던 일이 종종 떠올라."

최근에 그곳을 배경으로 그림을 몇 점 그렸다고, 그는 테오에게 말한다. 그러면서 지금의 자신은 그때와 같은 사람이라고 강조한다.

그때 우리는 서로에게 약속했잖아. 그리고 그 약속 아직 유효하잖아. 나를 버리지 말아 줘. 우리 둘에게는 서로의 길과 서로의 운명에 대한 책임이 있어. 우리 둘이 함께한다면 이 세상에 변화를 만들 수 있을 거야. 날 떠나지 마.

빈센트가 다음번 편지를 쓰는 곳은, 병원 침대에서이다.

44.
찰스 디킨스

그 애는 여전히 유별나게 굴고, 이제는 그에게 큰 기대를 접었단다.
– 아버지가 테오에게, 1882년 6월 14일

'친애하는 테오에게'라는 평상시 인사말 대신, 빈센트는 '브라워스그라흐 트(Brouwersgracht) 지방 병원(4등 실의 6번 병동, 9번 침대)에서'로 편지를 시 작한다. 최근 불면증으로 고생하던 것과 만성적으로 달고 살던 고열, 소변 볼 때의 통증, 그리고 아마도 무기력증까지(비록 단순한 영양실조로 인한 것일 수도 있겠지만), 이 모든 것은 임질의 가벼운 증상이었다.

빈센트는 임질에 걸렸다.

그가 받게 될 치료법은, 안 그래도 그에게 매우 절실한 휴식을 취하는 것 과 황산아연 주사를 맞는 것, 그리고 키니네* 알약을 복용하는 것이다. 그리 고 또, 고통스러운 검사가 이어진다.

병원에 입원하면서 그는 원근법에 대한 책과 12년 전에 세상을 떠난 소 설가 찰스 디킨스의 미완성작 「에드윈 드루드의 비밀(The Mystery of Edwin Drood)」 및 디킨스의 소설 몇 권을 들고 왔다. 그는 테오에게 이렇게 말한다.

---

*기가나무 껍질에서 얻는 약, 말라리아 치료의 특효약으로 쓰였다.

"디킨스에게서도 통찰력*을 느낄 수 있어. 정말이지 너무도 뛰어난 예술가야. 그에게 대적할 만한 사람은 없을 거야."

빈센트의 부모님이 집으로 보낸 소포를 시엔이 받아서 병실로 들고 온다. 소포에는 옷가지와 속옷, 시가, 돈이 조금 들어 있다. 부모님은 아직 시엔의 존재에 대해 모르고 있지만, 빈센트는 그 소포를 받고 그가 절실히 원하는 다른 한 가지, 바로 안도감을 느낀다.

토요일 저녁 에텐에 빈센트의 편지가 도착하고, 월요일 아침이 되자마자 아버지는 서둘러 헤이그로 문병을 온다. 교회 일을 마치자마자 바로 길을 떠나온 것이다.

아버지는 자신이 병실에 도착했을 때 빈센트가 '자신을 보고 왠지 놀라며 감동을 받은 눈치였다'고, 훗날 테오에게 전한다. 빈센트는 이내 진정을 되찾고, 두 사람은 빈센트가 요즘 하는 일들에 대해, 구체적으로는 코르 작은아버지가 빈센트의 두 번째 풍경화 세트를 처음 것만큼 마음에 들어 하지 않았지만 친구인 반 라파드는 칭찬을 했다는 등의 이야기를 나눈다.

아버지는 그에게 퇴원을 하면 집으로 들어오는 게 어떻겠느냐고 떠보지만, 빈센트는 바로 일을 시작해야 한다며 거절한다. 시엔 때문에 집에 돌아갈 수 없다는 말은 물론 하지 못한다.

아버지는 가족 외의 외부인이 병문안을 올 수 있는 시간이 되자 빈센트가 자못 불안한 눈치로 문을 힐끔힐끔 쳐다보는 것을 눈치 챈다. 그러고는 테오에게 그 궁금증을 내비친다. "그 아이한테 혹시 내가 만나지 않았으면 하는 방문객이 있기라도 한 거니? 그 소위 모델이라는 사람에게 뭔가 위험한 점이 있는 거니?"

처음엔 2주 정도만 입원을 하면 나갈 수 있을 거라 생각했지만, 빈센트와

---

*영어 단어 'perspective'을 사용하였는데 여기에는 '원근법'이란 뜻도 있다.

의사들의 바람과 달리 그의 병세는 좀처럼 호전되지 않는다. 그렇게 2주였던 기간은 3주 반으로 길어진다.

빈센트는 테오에게, 병원 측에서 높은 등급 병실의 환자들에 비해 낮은 등급 병실의 환자들을 홀대한다고 말한다. "환자에게 고통을 주는 시술을 할 때도 더욱 주저함이 없어. (중략) 빨리 끝내 버리고 말려는 듯이. 예를 들면, 환자의 방광에 카테테르* 같은 것을 꼽을 때에 말이야." 그들에게 예의 같은 건 기대할 수 없다.

그럼에도 빈센트는 병실에 있는 것이 싫지 않다. 아니, 기차역의 3등 대합실에 와 있는 것만큼이나 좋다. 주위에 있는 환자들을 그림으로 그릴 수만 있다면 너무도 행복할 텐데! 그래도 그가 병원에 입원하기 전에 보낸 드로잉에서 가능성이 엿보였다는 테오의 말은 매우 고무적이다. 하나는 펜과 연필을 사용해 그린 사구 지대에 있는 생선 건조용 헛간 그림이고, 다른 하나는 검정색과 흰색 분필을 사용해 그린 작업실 창문 너머로 보이는 빨래 줄이 있는 목수의 정원 그림이다.

터스티그는 아직 빈센트에게 화가 풀리지 않았지만 친절하게도 병문안을 온다. 테오의 경제적 지원에 대한 이야기는 그것이 빈센트의 기운을 북돋워 줄 수 있는 주제임에도, 둘 사이에 그 얘기는 오고 가지 않는다. 이제 빈센트는 병실에서 빨리 나가고 싶다. 시엔이 걱정된다. 분만을 위해 병원에 가던 시엔이 병실에 잠깐 들렀을 때, 그는 침착하게 있으려고 애썼지만 결국 울음을 터뜨리고 말았다. 빈센트도 병실 침대에, 시엔도 다른 병실 침대에, 그녀에게서 이렇게 떨어져 있어야 한다는 사실이 그는 너무도 슬프다.

에텐으로 돌아간 아버지는 빈센트가 여전히 이상하며 이제 그에게서 큰 기대를 접었다는 내용의 편지를 테오에게 보낸다.

---

*체내에 삽입하여 소변 등을 뽑아내는 도관.

빈센트의 삶에 대해 아버지가 모르는 것은 디킨스 소설 한 권만큼의 분량
은 될 것이다

45.
퇴원

그녀와 함께 있을 때 난 집에 온 기분이 들어.
— 빈센트가 테오에게, 1882년 7월 6일

마침내 퇴원을 하고 헤이그의 길거리를 지나 집으로 걸어가는 빈센트의 눈에는 모든 것이 예전과 다르게 보인다. 빛은 더 밝게 느껴지고, 공간은 더 넓게 느껴진다. 나무 한 그루 한 그루, 건물 한 채 한 채, 사람 한 명 한 명이 모두 의미 있게 느껴진다. 세상은 아름답고, 그는 다시 그 세상으로 돌아오게 되어 너무도 기쁘다.

그는 시엔의 어머니와 어린 딸 마리아를 데리고 시엔이 입원한 병원으로 간다.

후일 빈센트는 테오에게 쓴다. "그녀의 상태가 어떤지 물어보고 나서, 무슨 답을 듣게 될지 몰라 우리 모두 마음이 얼마나 조마조마했는지 몰라." 다행히 그들이 병원에 도착했을 때, 시엔은 '매우 건강하고 예쁜 남자 아이'를 출산했으며 산모와 아이 둘 다 무사히 회복중이다. 출산 과정은 비록 매우 고되었고, 결국 아기 빌렘은 겸자에 이끌려 세상에 나오게 되었지만, 지금은 둘 다 무사하다.

빈센트는 그녀와 재회하여 너무도 기쁘다. 그녀도 그렇다. "오, 동생아, 그녀의 얼굴에 떠오른 그 표정을 생각하면……, 그녀가 우리를 보고 얼마나 기뻐했는지 몰라." 시엔의 몸 상태는 꽤 좋고, 머지않아 다시 그림을 그리러 갈 수 있다고 빈센트에게 큰소리도 친다.

빈센트는 더 큰 집을 빌리고, 시엔이 회복하는 동안, 시엔의 어머니와 함께 그 집을 꾸미고 정돈한다. 또, 그를 치료해 준 의사에게 줄 드로잉도 한 점 완성하고, 수채화도 한 점 그린다.

2주가 지나 빈센트는 시엔과 아기를 집으로 데리고 온다. "정말 따뜻하고 감동적인 순간이었어." 빈센트는 테오에게 말한다. 시엔은 아기를 위한 요람과 그녀를 위한 고리버들 의자, 그리고 특히 딸 마리아를 보고 너무도 행복해한다.

빈센트는 테오가 꼭 놀러올 수 있겠다면 좋겠다고 바란다. 시엔을 직접 만나 보면 테오의 마음도 놓일 것이다. 심지어 아버지가 와 보아도 좋겠다는 생각마저 든다. 그는 테오에게 말한다. "아버지에게 시엔과 새로 태어난 아기를 보여 주고 싶어, 이런 일은 전혀 예상하지 못하고 계시겠지만. 또, 이 밝은 집과 지금 그리고 있는 온갖 그림들로 가득한 작업실도 보여 드리고 싶어."

빈센트는 자신의 이 작고 새로운 세계를 가족들도 사랑으로 받아들여 주었으면 하고 바란다. 그는 무엇보다도 부모님의 인정을 갈구하고 있다. 그러나 아마도 부모님이 시엔을 받아들일 일은, 그리고 지금 그의 상황을 인정할 가능성은 거의 없다고 보는 게 좋을 것이다.

새로운 보금자리를 꾸리고 며칠 지나지 않아 한 방문객이 그를 찾아온다. 그 방문객은 빈센트의 현재 상황을 격렬하게 못마땅해하며, 도루스와 안나에게 모든 것을 폭로해 버리겠다고 위협한다.

갤러리 여섯

폭풍

1882~1883

46.
스스로의 처신

———

터스티그가 빈센트의 몸 상태가 괜찮은지 살펴보러 들른다. 그러나 그는 집에 시엔이 딸과 갓난아기 빌렘까지 데리고 들어와 살고 있는 광경을 보고 노발대발한다.

빈센트도 그의 속마음을 눈치 채지 못하는 건 아니지만, 겉으로나마 그가 우호적으로 행동해 주기를 바란다. 자신을 위해서 안 된다면, 막 출산을 끝낸 시엔을 생각해서라도.

그러나 터스티그는 분노를 숨기려 하지 않았다고, 훗날 빈센트는 테오에게 전한다. 그는 빈센트에게 추궁한다. 여기에 이 여인과 저 아이가 와 있는 건 대체 무슨 의미인가?

대체 어떻게 여자를 데리고, 그것도 모자라 거기다 애들까지 전부 데리고 살 생각을 할 수 있단 말인가? 스스로 돈도 한 푼 못 버는 주제에, 그래서 동생한테 원조를 받고 사는 주제에 말이다!

이 상황은 빈센트가 시내에서 자가용 마차를 몰고 다니는 것만큼이나 터무니없지 않은가! 자기가 무슨 큰 부자라도 되는 양 행동하다니!

아니요, 빈센트가 답한다. 그것은 완전히 별개의 문제입니다.

터스티그는 전혀 동감하지 않는다. 자네 머리가 어떻게 된 거 아닌가? 그는 고함을 친다. 몸이 아프더니 마음까지 병든 게 틀림없군 그래. 어차피 자네는 이 여자도 불행하게 만들 걸세!

그는 센트 큰아버지와 아버지에게 이르겠다고 협박한다.

시엔을 보호하기 위해 자신은 침착성을 잃지 않았다고, 빈센트는 테오에게 보고한다. 터스티그의 주의를 다른데 돌리기 위해 빈센트는 자신이 그린 드로잉 작품들을 보여 준다. 화가 조금 누그러지나 싶게 터스티그는 작업실 주위를 둘러본다. 그러나 금세 또 모든 것들을 일축해 버린다. 이거 다 옛날 그림들 아닌가. 이미 다 본 것들뿐이군.

빈센트는 새로 그린 그림도 있다고, 전부 테오나 코르 작은아버지에게 가 있어서 여기 없을 뿐이라고 말한다.

터스티그는 새 그림 같은 것에는 별로 관심도 보이지 않고, 그대로 떠나 버린다.

빈센트는 터스티그가 부모님과 큰아버지에게 지금 상황에 대해 말해 버릴까 봐, 그래서 지금 가까스로 유지되고 있는 이 평화로운 관계가 끝나버릴까 봐 걱정이 태산이다. "터스티그 씨가 이렇게 문제를 일으키다니 너무 속상해."

빈센트는 곧장 모든 것을 테오에게 보고한다. 자신이 무슨 '경찰관이라도 되는 듯'이 구는 터스티그의 편이 아닌, 나의 말을 테오가 믿어 주어야 할 텐데. 빈센트가 시엔과 그녀의 아이들을 데리고 사는 것, 그리고 테오가 그들 모두의 원조를 계속하는 것, 이 상황을 테오가 합당하게 생각해 주기만을 빈센트는 마음속으로 기도한다.

경제적인 면뿐 아니라 감정적으로 테오가 벗어나길 원한다면, 그땐 과연 어떻게 해야 할지 빈센트는 겁에 잔뜩 질려 있다. 그는 테오가 이해해 주기만을 바란다. "도움이 절실한 시에을 모른 척 내버려두고 싶지 않아. 그녀가 없으면 나는 무너져 버리고 말 거야. 그러면 그림 그리는 일이고 뭐고 전부 끝장이야." 터스티그나 모베, 그리고 그들의 옹졸함이 아닌, 테오가 빈센트의 편에 서서 곁에서 나란히 걸어가 주는 것, 그에겐 그것이 너무도 절실하다. 물론, 터스티그도 자신의 편으로 만들 수 있다면 당연히 좋을 것이다. 예술계의 주요 일원으로서 자신을 밀어 줄 수 있고, 궁극적으로는 언젠가 작품을 팔아 줄 수도 있는 사람이니까. 또한, 모베의 지지도 받을 수 있다면 좋을 것이다.

그러나 가장 중요한 사람은 테오이다.

빈센트는 말뿐만이 아닌 예술로 테오에게 설득하려 한다. 그는 두 사람 모두에게 큰 의미가 있는 추억을 그림으로 그린다. 그 그림은 마음의 고백이자 간절한 청원이다.

47.
그들의 풍차

많은 면에서 너와 난 진정한 교감을 나누고 있잖니.
그리고 테오야, 나는 지금 너와 내가 겪고 있는 모든 수고와 노력이
결코 헛되지 않을 거라는 느낌이 들어.
– 빈센트가 테오에게, 1882년 7월 18일

테오가 미술상으로 성공하기 위해서는 부유층 고객들이나 윗사람들 및 예술계 전반을 다루는 일에 익숙해져야 한다. 그러기 위해서는 옷을 잘 입고 말을 잘해야 하며 겉모습에도 신경을 쓰지 않으면 안 된다. 게다가 단순히 일을 잘하는 미술상일 뿐 아니라, 부모님의 마음에 드는 '좋은' 아들이기도 해야 한다. 그러나 그는 **파리**라는 도시에 살고 있다. 매일 밤 조용히 집에 돌아가 뜨거운 코코아 한 잔을 마시는 생활과는 거리가 멀다. 다른 19세기 도시에 사는 젊은 남자들처럼, 그도 바깥에 나가 유흥거리를 찾는다. 파리는 빛의 도시일 뿐 아니라 유흥의 도시이기도 하다. 젊은 독신 남자들은 밖으로 놀러 나가, 술을 마시고 연극을 즐기며 춤추는 무희들이 나오는 쇼를 구경한다. 그리고 매춘부를 접하기도 한다. 테오는 세상 물정에 밝은 편으로, 육체적 욕구와 세간의 이목 사이에서 어떻게 균형을 잡아야 하는지를 잘 파악하고 있다. 그러나 빈센트는 그렇지 못하다. 빈센트의 동생이자 후원자로서 테오는 형의 요구사항과 세간의 시선을 우려하는 부모님 사이에 끼고 말았다. 그는 형이 시엔과 결혼을 하는 건 반대이다. 확실히 그건 안 될 말이다. 전적으로 형의 편에 설 수는 없다.

빈센트는 7들 사이에 거리를 느낀다. 10년 전 서로를 향해 느꼈던 친밀한
이 그립다. 그는 그때를 갈망하고 있다. 풍차를 향해 나란히 걸어갔던 길, 공
동의 꿈을 이야기하던 일, 서로를 향한 깊은 이해.

출산한 시엔의 몸이 완전히 회복되지 못하여 아직은 포즈를 취할 수 없기
에, 빈센트는 헤이그 주변을 다니며 풍경화를 그린다.

그는 그들의 풍차를 그림으로 그린다.

「헤이그 근교의 라크몰렌(풍차) (The 'Laakmolen' near The Hague (The Windmill)」(1882)

이는 유명한 그림이 아니다. 빈센트에 관한 그 많은 책들에서도 이 그림은
거의 언급되지 않는다. 학자들은 이걸 단순한 습작으로 생각하거나, 코르 작
은아버지에게 줄 용도로 그린 풍경화로 간주하는 듯하다. 빈센트 자신도 수
채화의 경우 종종 그랬듯이, 이를 회화 작품이 아니라 드로잉이라고 칭했을
가능성이 크다. 그에게 제대로 된 작품이란 유화를 의미했다. 테오에게 쓴

편지에서도, 이 풍차에 대해서 그리고 그곳으로 함께 걸어갔던 일에 대해서는 자주 이야기한 반면, 이 작품에 대해서 언급한 적은 거의 없다.

그러나 이것은 빈센트와 테오 사이의 관계를 잘 보여 주는 이미지이자, 빈센트의 삶에서 가장 중요했던 관계를 묘사하는 작품이다. 마땅히 그의 가장 유명한 작품 중의 하나로 꼽혀야 한다.

빈센트는 종이 위에 수채 물감과 연필, 펜과 잉크를 써서 이 작품을 그렸다. 네덜란드의 상징적 구조물인 풍차를 그렸지만, 풍차의 아랫부분만 그렸기에 바람에 날리는 날개는 볼 수 없다. 이는 아마도 네덜란드의 것이라고 해서 무작정 모든 것을 수용하지는 않겠다는, 혹은 기득권적인 것을 맹목적으로 받아들이지는 않겠다는 의지의 표명이 아닐까. 빈센트는 이 그림에서 관람자가 그림의 두 형상, 즉 가까이 붙어 서 있는 두 남자를 주목하기를 바라는 것 같다.

이 그림에는 네 명의 인물이 등장하지만, 이 중에 가장 두드러지는 것은 역시 나란히 서 있는 두 남자이다.

이 두 남자는 격식을 갖춘 화려한 의복이 아닌, 평범한 일꾼의 옷차림을 하고 있다. 둘 중 하나는 다른 이보다 몸집이 마르고 여위었다. 그는 정자세로 똑바로 서 있다. 다른 남자는 체격도 그렇고 키도 좀 더 커 보이지만, 구부정하게 서 있기 때문에 오히려 더 작아 보인다. 흐트러진 자세의 이 남자는 몸을 다른 남자 쪽으로 기대어 오른쪽 무릎을 그 남자의 다리 쪽으로 구부리고 있으며, 앞으로 내민 그의 오른발은 다른 남자의 왼발에 닿아 있다, 아니, 닿을 듯 말 듯하다.

이 둘은 빈센트와 테오로 보는 것이 타당할 것이다.

테오에게 기대어 있는 빈센트.

큰 남자는 무엇인가 말을 하는 중인지도 모르겠다.

자신의 논점을 이야기하며.

빈센트는 늘 뭔가에 대한 주장이나 해명을 하고 있으니까.

지금 상황으로 봐선 뭔가를 간청하는 중인지도 모른다. 나와 같이 해 줘, 내 편이 되어 줘. 우리는 한 배를 탄 거야!

풍차 건물의 문 옆에는 '우유 팝니다'라는 표지판이 보인다. 빈센트와 테오 가 산책했던 때 있던 것과 똑같다.

문간에서 한 여자가 서서 이 두 남자를 바라보고 있다.

그들의 뒤로 희미한 사람의 형상이 하나 더 보인다. 아마도 여자, 아니 남 자인 것 같다. 이 형상은 담갈색 한 가지 색으로만 그려져 형체가 확실치 않 다. 그리고 관람자의 시점에서 볼 때 등을 보이며 멀리 걸어가고 있다. 이 남 자는 앞의 두 남자를 보고 있지 않다.

이 사람은 누구일까?

빈센트는 이 그림을 7월, 형제가 주고받던 편지가 온통 시엔이나 터스티 그의 반대, 테오의 반감에 대한 내용으로 가득할 때에 그린다. 이즈음 빈센 트는 편지에 이렇게 쓴 적이 있다.

"또다시 말하지만, 다른 모든 것과 사람들을 떠나서 난 네가 너무도 그립 구나. 왜냐면 나에게는 지금 교감과 따뜻함이 절실히 필요하거든."

그런가 하면,

"너와 함께 걸을 수 있다면 정말 좋을 텐데. **비록 레이스베이크 풍차는 더 이상 그 자리에 없지만.**"

사실, 풍차는 여전히 그곳에 있다.

빈센트는 왜 풍차가 없어졌다고 말하는 걸까?

그곳을 증기기관 양수장으로 변경하려는 계획이 나오고 있긴 하다. 이 계획은 결국 무산으로 끝나지만, 지금 풍차에는 개조 보수 공사를 진행 중이다. 어쩌면 빈센트는 이걸 잘못 알고서 개조 공사가 아니라 철수 공사가 벌어지고 있다고 생각하는지도 모르겠다. 아니면 공사로 인해 지금은 문을 닫았음을 뜻하는 것일 수도 있다.

이제 더는 우유를 파는 사람도 없으니까.

아니면, 그는 상징적인 의미로 풍차가 없어졌다고 말하는지도 모른다.

이 그림은 어떤 방식으로 그려졌을까? 이 풍차는 그의 집에서 멀리 떨어져 있으므로, 아마도 기억을 더듬어 혹은 사진을 보고 그렸을 것이다. 그렇지만 그렇다고 하기에는 세부 사항들이 너무도 정확하다. 마치 바로 옆에 서서 바라보고 있는 것처럼.

또한, 그는 매우 특정한 시점을 택한다.

이 그림은 풍차를 둘러싼 울타리를 앞에 두고 막다른 길을 보여 준다. 다른 곳에 서서 다른 각도로도 충분히 그릴 수 있었을 텐데, 그는 왜 꼭 이 시점을 택해서 그렸을까? 울타리가 길을 가로막고 있는 이 각도로? 이 길은 무엇으로부터 벗어나는 길일까? 혹은 어딘가로 나아가는 길일까?

그리고 두 남자에게 가닿았던 우리의 시선은 곧이어 풍차의 아랫부분으로, 그리고 왼쪽에 있는 헛간으로, 또 헛간과 풍차 사이에 있는 하늘을 나는 새로, 그리고 또다시 두 남자에게로, 문간에 서 있는 여자에게로, 마지막으로는 사라져 가는 누군가의 뒷모습으로 옮겨간다.

수많은 질문에 대한 답이 미궁으로 남아 있다. 문간에 서 있는 여인은 과연 누구인가? 그들의 어머니? 아니면 단지 우유를 파는 여인? 풍차 뒤로 사라져 가는 그림자 같은 형상은 또 누구인가? 모베? 터스티그? 아버지? 떠나가는 시엔?

다시 한번 그림을 보자. 다른 것이 보인다. 그림 속에 보이는 풍차의 날개 부분은 꼭 사다리처럼 보인다. 그것은 보는 이의 시선을 두 남자에게로 끌어들인다. 사다리는 지지하는 역할을 하는 도구이다. 혹은, 위로 올라가는 수단이기도 하다.

「헤이그 근교의 라크몰렌」은 테오를 향한 메시지이다. 그들이 산책했던 시점의 과거를 돌아보는 동시에, 미래를 향한 도약이기도 하다. 이는 지지의 뜻을 담은 그림이다. 우정을 담은 그림이다. 두 사람은 단순한 형제 이상의 사이이다. 이는 간절한 청원을 보내는 그림이다. 나와 함께 있어 줘. 내 곁에 있어 줘.

이 그림은 고백이자 상징이며, 또한 미래를 바라보는 시선이다. 빈센트의 미래. 그는 헤이그 파의 전통을 취하고 여러모로 활용하여 자기 고유의 것으로 만든다. 아직은 배우는 중이지만, 빈센트는 이미 자기 자신과 또 자신을 따를 이들을 위한 새로운 길을 만들어 나가기 시작했다. 비록 스스로는 아직 알지 못하지만.

다음 달인 8월, 테오가 빈센트를 방문하기로 한다.

빈센트는 그의 방문을 앞두고 기대에 부푼 마음에 편지를 쓴다. "네가 여기 와 있는 동안, 볼일을 다 마치고 나면 우리가 함께 되도록 많은 시간을 보낼 수 있을까? 우리 두 사람 다, 옛날 레이스베이크 풍차에서와 같은 시간을 보낼 수 있게 노력하기로 약속해 줄 수 있겠니?"

빈센트는 아직 테오에게 그 그림을 보여 주지 않았지만 이렇게 말한다. "내 안의 깊숙한 곳으로부터 내가 다시금 깨우친 것이 있다면, 좋은 일이 찾아올 거라는 믿음을 버리지 않고 삶을 진지하게 받아들이며 최선을 다하고 노력을 아끼지 않는 것은 그럴 만한 가치가 있다는 거야. 경험이 부족했던 지난날에 비해, 아마도 이제는, 아니 확실히, 이런 믿음이 내 안에 더욱 굳건히 뿌리내리게 되었다고 생각해. 지금 나에게 있어 가장 중요한 것은 그러한 날들의 시적 아름다움을 그림으로 나타내는 일이야."

미술에 대해, 색깔에 대해, 어떻게 그가 이 모든 것을 정확히 포착해 내려고 노력하고 있는지에 대해, 그는 테오에게 쓴다. 세상을 위해, 그리고 그들의 가족을 위해 공헌할 수 있도록.

테오는 관용의 마음과 돈을 들고 빈센트를 보러 온다. 테오는 형에게 지원을 계속해 나갈 것을 약속한다. 그리고 빈센트는 시엔이나 지금 상황에 대해 부모님에게 언급하지 않기로 약속한다. 또한, 당분간은 결혼에 대한 생각을 하지 않기로 한다.

그 후로 6개월간 그는 테오에게 시엔에 대해서는 단 한 마디도 언급하지 않는다.

그에게 가장 중요한 것은 테오와의 돈독한 유대이다. 시엔과의 관계보다 더 중요하다. 집에 그녀에 대한 이야기를 하지 않기로 함으로써, 그는 테오를 중간에서 곤란하게 만드는 일을 피하기로 한다.

너무 늦게 예술을 시작하여 까먹은 시간을 만회해야 하는 만큼, 그는 자신이 실력을 키우기 위해 얼마나 부단히 노력하고 있는지 테오에게 말한다. 그리고 테오의 도움에 얼마나 감사하고 있는지도 말한다. '테오가 내 앞에 있는 수많은 장해물을 제거해 준 덕분에, 다른 무수한 사람들에 비해 자신이 얼마나 큰 특권을 부여받은 것인지' 그는 잘 알고 있다.

테오가 떠난 뒤 빈센트는 새 붓과 야외 작업할 때 쓸 수채 물감용 팔레트, 수채 물감, 유화 물감을 산다. 빈센트는 구입한 물감의 목록과 팔레트를 그린 스케치를 테오에게 보낸다. "빨강, 노랑, 갈색의 황토(黃土, ochre) 물감, 코발트와 프러시안 파랑, 네이플즈 노랑, 테라 시에나, 검정과 흰색, 그리고 약간의 양홍색(洋紅色, carmine), 적갈색(sepia), 주색(朱色, vermilion), 군청색(群靑色, ultramarine), 자황색(雌黃色, gamboge)."

그들이 가까운 관계를 유지하는 데 있어, 또 테오가 자신의 길을 도와주는 데 있어, 테오가 자신과 **완전히 같을** 필요는 없다는 사실을 빈센트는 깨닫는다. 그로서는 매우 힘들게 얻은 깨달음이다. 그리고 미래에 다시 잊어버릴 깨달음이기도 하다.

그러나 이들 형제는 닮은 부분만큼이나 다른 점을 통하여 서로에게 이어져 있다. 단정한 모습으로 곧게 서 있는 한 사람과 흐트러진 모습으로 기대어 서 있는 다른 한 사람.

그들은 서로의 세포 깊숙이 뿌리내리고 있는 서로의 일부분이다. 테오는 빈센트가 부서지지 않게 붙여 주는 보이지 않는 풀이며, 비록 두 사람 다 항상 그렇게 느끼지는 않겠지만, 빈센트 또한 테오를 지탱해 주는 힘이다. 그들은 서로 도와서 각자의 목표를 세웠고 서로가 그 목표를 이룰 수 있도록 곁에서 자극시켜 주는 역할을 할 것이다.

여기, 1882년 여름, 그들은 다시 한번 함께 풍차 옆에 섰고, 그들 아래 땅은 단단하다. 적어도 지금 이 순간만큼은.

48.
원근틀

최근 빈센트는 계속해서 미술의 핵심기술인 해부학, 원근법, 색채를 독학으로 익히기 위해 애쓰고 있다. 채색은 우선 미뤄 두자. 지금은 드로잉에 집중할 때이다.

그러나 원근법을 익히는 일은 여간 녹록치 않은 일이다.

그는 그해 6월에 원근틀*이라는 미술 도구를 구했지만, 그로부터 얼마 후에 바로 병원에 입원해야 했다. 병원에도 원근법 책을 들고 가기는 했지만, 너무 기운이 없어 읽을 수가 없었다.

테오가 왔다 간 바로 직후, 그는 다시 그 원근틀을 꺼내 들었다. 유명한 독일 화가 알브레히트 뒤러(Albercht Dürer)의 제작품을 모델로 삼아, 빈센트의 미술 교재에 묘사된 대로 따라 만든 도구였다. 이 도구는 나무로 만들어진 사각형 틀로, 틀 안에는 실이 격자 모양이 되도록 가로세로로 매달려 있다. 여기에 더해, 빈센트는 가운데 부분이 × 모양이 되도록 모퉁이에 실을 대각선으로 매달았다. 완성품은 영국의 유니언 잭 깃발, 혹은 6각의 별표처럼 보

---

*perspective frame, 원근감을 표현하기 위해 사용하는 일종의 드로잉 기구.

인다.

그는 원근틀을 대장장이에게 들고 가서 틀의 각 모퉁이를 철로 씌우고, 또 야외 작업을 할 때 이젤 옆에 세울 수 있도록 쇠못으로 다리를 박는다. 이렇게 함으로써, 그는 '해변이나 초원이나 벌판에서도 **마치 창문을 통해 보는 것처럼 볼 수 있다**'. 테오가 직접 보고 이해하기 쉽도록 그는 원근틀 모양을 스케치해서 보낸다. 그리고 '틀에 가로세로로 나 있는 선이 대각선과 × 표시와 합쳐져' 격자 모양을 만든다고 설명한다. 때로는 풍경화를 시작하기 전에 그 틀을 종이에 대고 네모나게 격자 틀을 그리기도 한다. 원근틀을 가지고 있으면, 정확한 비율로 윤곽선을 확실히 통제하며 그릴 수 있다는 자신감이 든다.

제도가로서 돈을 벌기 위해서는 이런 모든 기본기를 습득해야 한다. 그리고 언젠가 혹시라도 진정한 예술가가 되려면(그는 이 생각을 떨쳐버릴 수 없다.) 모든 기술을 완벽하게 연마해야 한다. 이따금씩 그는 이미 예술가가 된 기분이 되어, 몇몇 작품에 선명한 빨간 글씨로 '빈센트'라는 서명을 하고, 밑줄까지 화려하게 그려 넣는다. 그러나 그는 아직 자기 자신을 제도가로 여길 뿐, 예술가로 칭하지는 않는다. 올해 말쯤이면 자신의 작품을 팔 수 있을 거라고 한 테오와의 약속을 지킬 수 있길 바랄 뿐이다.

그는 원근법, 즉 '어째서 보는 시점에 따라 사물의 면적과 질량, 선의 방향이 다르게 보이는지'에 대해 배워야 할 것이 아직 많다는 사실을 알고 있다. '그걸 터득하지 못한다면, 원근틀은 거의, 아니 아무런 도움이 안 되는 도구에 불과하며, 그것을 통해 보는 것은 머리를 **빙빙 돌게** 만들 뿐이다.'

풍경의 시점을 이해하려면 먼저 무엇을 보고 있는지 그리고 어디에서 보고 있는지를 파악해야 한다. 몸을 이쪽저쪽으로 움직이는 것이 어째서 풍경을 다르게 보이게 하는지, 어째서 멀리 있는 것은 더 작게 보이고 가까이 있는 것은 더 크게 보이는지 이해해야 한다. 너무 가까이에 있으면 사물은 실제보다 더 커 보이게 된다.

창문을 통해 바깥을 한번 내다보라. 2~3cm만 움직여도 눈에 보이는 장면은 다르다. 어느 곳에 서 있는지에 따라서도 보이는 장면은 다르다. 주위에 틀만 놓아도 그렇게 된다.

거리 또한 시점을 변화시킬 수 있다. 시간 역시 그렇다.

49.
폭풍 속의 시(詩)

도루스와 안나가 또 다른 곳으로 이사를 했다. 네덜란드의 브라반트 지역에 있는 누에넨(Nuenen)이라는 작은 마을이다. 테오는 그곳을 찾아간다. 언젠가 그곳을 그림으로 그리면 어떻겠느냐고 빈센트에게 제안하자, 그는 찬성하며 '모래로 뒤덮인 묘지와 낡은 나무 십자가가 있는 오래된 교회'의 풍경을 '그 부근에 펼쳐진 황야와 소나무'와 한 장면에 같이 그려 넣으면 좋겠다고 답한다.

준데르트를 떠오르게 하는 풍경.

테오는 가운데서 평화를 유지시킨다. 부모님에게는 형에 대해 안심시키고, 형에게는 **그들의** 훌륭한 미덕을 열렬히 칭찬한다. 빈센트는 동의하며, 그분들이 특별하고 마땅히 존경받아야 할 분들이라고 답한다. 그러나 그도 자신이 부모님과는 매우 다르다는 사실, 그리고 부모님이 그에 대해 아직 많은 걱정을 하고 있음을 알고 있다. 만일 그분들이 지금 자신이 생활하는 모습을 보면 분명히 속상해할 것이다.

시엔 이외에는 다른 사람을 일체 만나지 않고 혼자서 온종일 시간을 보내다 보니, 외모에 대한 신경도 꺼 버린 지 오래다. 그 점을 부모님은 이해하지 못할 것이다. 그의 삶의 방식도, 또 그의 예술도.

빈센트는 삶과 자연의 격렬한 폭풍 속에서 예술과 시를 본다. 부모님은 다르다. 스케브닝겐에서, 그가 일부러 찾아 들어가는 그 돌풍 속에서, 최근 그는 폭풍과 그 폭풍이 빚어내는 아름다움을 보았다. 유화를 그리기 시작한 지 얼마 되지 않아 아직은 손에 익지 않지만, 해변과 꼬리에 꼬리를 물고 밀려 들어오는 파도와 세차게 부는 바람과 흙탕물 색깔로 변한 바닷물을 그리기 위해, 그는 폭풍우 속을 뚫고 들어간다. 그렇게 그는 몇몇 사람들의 형상과 고기잡이배가 있는 해변을 주제로 하여, 초기 유화 작품 중 하나가 될 「스케브닝겐 해안의 전망(View of the Sea at Scheveningen)」을 그린다. 바람이 거세게 불고, 바닥엔 모래가 휘날린다. 걸쭉하게 젖은 물감에 모래알이 달라붙는다.

빈센트는 폭풍우가 휘몰아치는 풍경을 포착해 그리는 것을 매우 좋아한다. 그는 동생에게 말한다. "그림을 그리는 행동에는 무한한 뭔가가 있어. 정확히 표현해 낼 수는 없지만, 특히 그 분위기를 표현해 내는 것, 그것은 환희를 느끼게 하는 일이야."

며칠 후, 폭풍이 잠잠해진 어느 날, 그는 다시금 해변을 스케치한다. 테오에게 그 스케치를 보내면서 이렇게 묘사한다. "금빛으로 부드러운 효과를 내고, 숲에는 좀 무겁고 심각한 분위기를 내 보았어. 나는 삶에 이 두 가지 면이 공존한다는 사실이 기뻐."

거침과 엄숙함. 두 가지 모두를 위한 여지. 모든 것을 위한 여지.

빈센트는 수채화보다 유화가 더 수월하다고 느끼며, 특히 임파스토(impasto)라고 불리는 회화 기법, 즉 물감을 두껍게 칠하는 방식을 선호하게된다. 다만 유화 물감은 비싸기 때문에 목탄이나 목수 연필 등의 다른 도구도 계속해서 사용한다. 그런가 하면 수채화에 검정색, 흰색 분필을 덧칠해 그리기도 한다.

8월에 테오가 왔다 간 이후로부터 10월까지 빈센트는 100가지 형태의 인물 형상 습작을 모두 마친다. 아직은 머릿속에 떠오르는 상을 종이 위에 정확히 그려내지 못하지만, 그래도 열심히 정진하고 있다. 그는 테오에게 말한다. "성공이란 때로는 계속되는 모든 실패를 통해 얻게 되는 결과야."

11월이 되자 그는 제도가로 일하기 위해, 오래전에 테오가 제안했던 석판술을 배우기로 결정한다. 석판 인쇄용 크레용과 잉크를 써서 드로잉을 하고, 때로는 흑연으로 그린 드로잉에 다른 매체를 써서 덧칠하기도 한다. 목수 연필에 석판 인쇄용 크레용으로 덧그리는 등의 실험도 해 보고, 종이에 드로잉을 고정시키기 위해 물과 우유의 혼합물을 사용해 보기도 한다. 이 방법은 그가 선호하는 무광택 마무리를 낼 수 있게 해 준다. 그는 이 시기에「슬픔」의 석판화 작품도 만든다.

그는 이제껏 이룬 이 성과들에 매우 기뻐한다. 그러나 한편으론, 약속한 연말이 되었는데도 아직 팔릴 만한 작품을 만들지 못했다는 사실도 깨닫는다. 그는 테오에게 사과하며 테오의 도움과 우정에 감사를 표하고, 작업을 계속해 나간다.

50.
희미해진 희망

 겨울의 헤이그. 빈센트는 외롭다. 시엔과 그녀의 아이들과 사는 것은 다른 사람들과의 관계에 있어선 일체의 단절을 의미하고, 차츰 시엔과의 사이에는 갈등이 싹트기 시작한다.

 한편, 파리에서 테오는 마리(Marie)라는 이름의 새 여자를 만난다. 테오가 빈센트에게 묘사한 바에 의하면 이는 매우 극적인 만남이었다. 홀로 사는 그녀는 몸도(발에 종양이 있다.) 마음도(테오가 빈센트에게 말하기로는, 그녀는 자신을 이용만 하고 저버린 남자의 희생자이다.) 아픈 상태였다. 그녀는 가톨릭 신자로 브리타니 해변 지역에서 태어났다. 그리고 헤이그에서 그가 사랑에 빠졌던 여자와 마찬가지로 낮은 계급 출신이다. 테오는 빠르고 깊게 그녀에게 빠져든다.

 테오는 그녀가 수술을 받을 수 있도록 돈을 내 주고, 처음 몇 달간 전력을 다해 그녀를 보살펴 준다. 그 이야기를 들은 빈센트도 전적으로 테오의 편을 들어 준다. 그러면서 그녀와 결혼하라고, 아니면 적어도 그들의 관계를 부부처럼 생각하라고 테오를 격려한다. 둘이서 아이를 가져도 좋을 것이다!

테오는 실제로 진지하게 결혼을 생각하며, 부모님께 언제 그 소식을 전해야 할까 고민한다. 형제는 이 모든 과정을 편지로 논의한다. "인생이란 어찌나 불가사의한지, 그리고 사랑은 그 불가사의한 중에도 어찌나 더욱 불가사의한지." 빈센트는 말한다.

1883년 7월 여름 즈음, 테오는 경제적으로 감당할 수 없는 상태가 된다. 빈센트와 시엔, 시엔의 두 아이도 모자라 마리에게도 금전적 도움을 주는 데다, 집에 있는 부모님과 빌에게도 돈을 부치고 있기 때문이다.

그는 빈센트에게 쓴다. "미래에 대해 말하자면, 형에게 많은 희망을 줄 수 없을 거 같아."

빈센트는 당황스러운 마음으로 답장한다. "네가 무슨 의미에서 그 말을 썼는지 도무지 알 수가 없구나. 네 편지는 너무도 짧았지만, 내 마음에 예상치 못한 직격탄을 날렸어." 그는 편지를 부친 그날 또 한 통의 편지를 쓴다. 앞으로도 테오는 빈센트에게서 하루에 한 통 이상의 편지를 받을 때가 종종 있을 것이다. 파리에서는 하루에 몇 번씩 편지가 배달되고, 심지어는 일요일에도 배달이 된다.

빈센트는 어지럽고 멀미가 난다. 몸에 열이 나서 그런 건지, 아니면 테오가 한 말 때문에 그런 건지 잘 모르겠다. 그는 테오에게 빨리 답장을 보내 달라고 간청한다. "나에겐 사실상 너밖에 다른 친구가 없잖니."

테오가 그에 대한 지원을 멈출 것인가? 아니면 화가로서의 빈센트의 미래에 대한 희망을 버린 것일까? 첫 번째 경우라면 견딜 수 있다고 쳐도, 만약 두 번째 경우라면?

"나는 그것에 내 마음 전부를 걸었어." 그는 테오에게 말한다.

그는 다음 날도 또 편지를 쓴다. 바깥으로 나가 걸어 보기도 하고, 밤새 뜬 눈으로 지새우기도 한다. 걱정으로 몸살이 날 지경이다. 그는 최근에 그린 드로잉 몇 점의 사진을 테오에게 보낸다. 사구에서 토탄(土炭)을 캐는 사람들, 감자 캐는 사람들, 씨 뿌리는 사람.

빈센트는 시간을 조금만 더 달라고 애원한다. 아직은 비록 미숙하지만, 그렇지만…….

이제 와서 테오가 그를 버릴 거라면, 애초에 예술을 시작하지 않는 편이 나았다. 차라리 보리나주에 있을 때 죽어 버리는 게 나았다.

51.

찢어진 돈

예술 문제가 아니라 돈이 문제야. 테오의 편지가 다음 날 도착한다. 그는 자신이 지금 얼마나 많은 사람을 뒷바라지하고 있는지를 조목조목 나열한다. 과연 놀라울 정도이다.

빈센트는 곧장 답장을 보내, 그의 말대로 정말 놀라울 정도인 건 사실이지만, 빈센트 자신은 그가 보내 주는 돈으로 네 명이나 되는 '살아 있는 생명'을 먹여 살리며, 거기다가 모델 고용비나 드로잉과 회화 도구를 사고, 집세를 내는 데도 쓰고 있다는 사실이 놀랍지 않느냐고 반문한다.

그 역시 테오에게 얹혀사는 처지가 싫다. 그러나 지금 상황으로는 다음번 돈이 올 때까지 굶어야 할 상황이다.

빈센트는 제안을 하나 한다. 다음번에 테오가 방문하면(머지않아 그러길 희망하며), 자신의 작품을 진짜로 팔기 위해 노력해 보자고. 그 제안에 이어 빈센트는 이튿날 또 편지를 보내, 테오가 그와 동업자 관계라는 사실을 확실히 하고 싶다고 쓴다. "내 습작과 작업실에서 진행 중인 모든 것은 빠짐없이 전부 너의 소유야."

그 주가 지나갈 즈음 테오는 돈을 보낸다. 그러나 그것은 현찰이 아닌 종이로 된 은행권으로, 일부분이 찢겨져 있다. 빈센트의 은행에서는 액면가 전부를 줄 수는 없다며 금액 일부만 돈으로 바꿔 주겠다고 한다. 나머지 돈을 마저 받으려면 그 은행권을 파리로 다시 보내야 한다.

테오도 편지를 보낸다. 그리고 자신의 상황에 대해 더욱 자세히 설명한다. 테오의 걱정은 돈 때문만은 아니다. 그는 연애 문제로 인한 갈등을 겪고 있다. 바로 형이 그런 것처럼.

52.
선한 일에 따른 불행한 결과

테오는 마리를 사랑하지만, 그녀와의 결혼 문제에 대해서는 갈피를 잡지 못하고 있다. 그녀를 위해선 결혼을 하는 것이 명예로운 일일 것이다. 그러나 부모님이 아시게 되면, 그리고 테오가 낮은 계급 출신의 가톨릭 신자와 결혼을 한다면, 세간의 이목도 있으니 크게 속상해할 것이다.

그는 빈센트에게 편지를 써서 조언을 구한다.

빈센트는 그 상황에 공감하며 이렇게 쓴다. "네가 편지로 말한, 선한 일을 함으로써 초래된 불행한 결과에 대해 책임을 져야 하는지 아닌지에 대한 문제는 (중략) 나에게도 전혀 낯설지 않은 문제야."

개인적 감정과 대외적으로 보이는 모습 사이의 균형은 어떻게 맞출 수 있단 말인가? 그리고 실질적으로는 명예로운 일이지만, 그것이 다른 사람들의 눈에는 나쁘게 보인다면 어떻게 해야 하는가? 남들에게 보일 체면을 위해 양심에 반하는 행동을 하는 것이 과연 옳은 일인가?

두 형제는 '선한 일'을 함으로써 초래된 결과로 인해 극히 괴로워하고 있다.

테오는 돈에 대한 걱정과 마리에 대한 상반된 감정으로 인해 힘들어하고 있지만, 적어도 그에게는 화랑에서 같이 일하는 동료가 있고, 정기적으로 연락을 주고받는 고객이 있고, 시간을 함께 보내는 화가들이 있다. 반면, 빈센트는 철저히 고립되어 있다. 그에게는 오로지 시엔밖에, 시엔의 아이들과 시엔의 가족밖에 없다. 그리고 지금 시엔의 가족들은 골칫거리이다. 특히 시엔의 어머니가 그렇다. 그녀는 사사건건 부정적인 방향으로 간섭하고 통제하려 든다.

더는 시엔과 함께하는 의미가 없을지도 모르겠다. 그러나 그는 그녀에게 최대한 명예롭고 싶다. 게다가 아이들도 있지 않은가.

아기 빌렘은 빈센트를 매우 좋아하고 따르며, 그의 옆에서 한시도 떨어지려 하지 않는다. "내가 일을 하고 있으면, 그 아이가 다가와 내 재킷을 끌어당기며 무릎에 앉혀 줄 때까지 계속 기어오르려 안간힘을 써." 그가 작업실에 있는 동안에도, 아기는 '무슨 일에도 기쁜 얼굴로 까르륵 웃으며' 줄이나 낡은 붓 같은 걸 하나만 가지고도 몇 시간씩 앉아서 잘 논다. 너무도 잘 웃고 순한 아기인 만큼, 이대로라면 나중에 빈센트 '자신보다 훨씬 똑똑한' 어른으로 자라날 것이다.

시엔에 대한 문제 말고도, 빈센트는 좀처럼 떨쳐낼 수 없는 피로감과 툭하면 찾아오는 우울증으로 고통을 겪고 있다. 이런 상황에서도 그는 꾸준하고 성실하게 작업을 해 나간다. 목표는 전과 변함이 없지만, 더욱 빨리 정진해야 하는 새로운 이유가 생겼다. 요즘 몸이 너무 안 좋아서 '아무래도 오래 살 수 없을 것 같다는' 예감이 들기 때문이다. 아마도 6년에서 10년 정도밖에 살지 못할 것 같다는 생각이 든다.

지난해 여름처럼, 올해도 그는 유화에 특별히 공을 들이고 있다. 그는 지금의 진척 상황에 만족해하며, 어느새 스스로를 예술가, 화가라고 칭하기 시작한다. 드로잉도 계속해서 그리고 있지만(죽는 날까지 그가 완성하는 드로잉 작품의 수는 회화 작품의 수와 맞먹는다), 자기 자신을 **예술 회가**라고 칭한다는 사실은 더 이상 스스로를 단순한 제도가로 여기지 않는다는 것을 의미한다. 그는 자신이 그보다 높은 소명을 위해 부름받았다고 믿는다. 이제는 단지 돈을 버는 수단으로서의 문제가 아니다. '지난 30년간 세상을 걸어온' 만큼, '감사하는 마음으로, 드로잉이나 회화 작품의 형태로 세상에 확실한 선물을 남기고 갈 수 있길' 바란다.

테오는 편지로 다음번 방문 소식을 알린다. 빈센트의 마음이 들뜨기 시작한다. 테오가 자신의 작품을 보고 어떻게 생각할지 너무도 궁금해 기다릴 수가 없다. 그러나 한편으로는 걱정도 크다. 그는 테오가 가장 가혹한, 아니 자기 자신 다음으로 가장 혹독한 비평가라는 사실도 알고 있다. 그리고 테오의 의견은 그 누구의 의견보다도 중요하다.

헤이그에 도착한 테오에게 빈센트는 최근작들을 보여 주지만, 테오는 기대만큼 만족스러워 하지 않는다. 판매할 만큼 괜찮은 작품은 없는 것 같다. 빈센트는 실망하지만, 더욱 열심히 해 보자고 다짐한다. 그밖에 다른 수는 없다.

그러나 이번 방문에서 최악의 순간은 아직 오지 않았다.

둘은 시엔 문제로 크게 싸운다.

요즘 빈센트의 몰골이 얼마나 엉망인지, 테오도 다른 사람들에게 전해 듣고는 있었다. 그러나 직접 보는 것은 또 다른 문제다. 빈센트는 아주 수척하게 여윈 데다 옷차림은 엉망이며, 한눈에 봐도 어딘가 아파 보인다. 테오는 경악을 금치 못한다. 테오는 빈센트가 시엔과 아이들 때문에 얼마 되지 않은 돈으로 살림을 꾸리느라 제대로 먹지도 못하고 걱정을 달고 사는 것이 자신을 너무 힘들고 부담스럽게 만든다고 말한다.

빈센트는 자신이 최근 옷차림이나 외모에 전혀 신경을 쓰지 않았음을 인정한다. "굳이 말하자면, 올해는 사회적으로 사람들과 전혀 어울리지 못하고 겉돌았어."

테오는 그에게 정장을 한 벌 주지만, 문제는 겉모습만이 아니다. 테오는 빈센트에게 제발 건강에 신경을 써달라고 애원한다.

테오는 시엔을 떠나라고 말한다. 그렇게 하면 생활이 훨씬 더 편해질 것이다. 빈센트의 삶에서 그녀를 내보내면 그림도 더 잘 될 것이다. 그리고 먹여 살릴 사람이 줄어들어 테오의 입장도 더욱 편해질 것이다.

자기한테는 시엔과 아이들에 대한 의무감이 있다고, 빈센트는 딱 잘라 말한다.

테오는 시엔이 경제적 이득을 위해, 돈 때문에 그와 사는 것으로 보인다고 말한다.

빈센트는 동의하지 않는다. 시엔은 명예로운 여자다. 비록 **그녀의 어머니는** 나쁜 영향을 끼칠지라도.

테오는 빈센트로 하여금 시엔을 단념하게 할 방법을 생각해 낸다. 그는 지금 빈센트의 향상된 실력이라면 런던에서 삽화가 자리 정도는 충분히 얻을 수 있을 것 같다고 말한다. 그곳으로 이사를 가면 어떨까? 게다가, 빈센트의 일뿐만 아니라 시엔 자신을 위해서도, 그녀와 헤어지는 편이 더 좋을 거라고 말한다.

빈센트는 동의하지 않는다. 그는 그녀를 떠나고 싶지 않다. 런던보다는 차라리 시엔과 아이들을 데리고 헤이그를 떠나 시골로 가는 편이 나을 것 같다. 그러면 시엔을 그녀의 어머니와 그 부정적 영향으로부터 떨어뜨릴 수 있을 것이다. 게다가 시골에서 살면 생활비도 절약할 수 있다. 빈센트는 자신이 떠나면 시엔이 다시 매춘부 일로 돌아갈 거라고 확신한다. 지금은 어린 빌렘도 있건만……

그들은 아버지 문제를 두고도 실랑이를 벌인다. 테오가 보기에 빈센트 형은 아버지를 너무 차갑게 대한다. 그렇지만 빈센트는 사실 아버지의 애정에 목말라하고 있다. 테오를 따라서 누에넨에 같이 갈 수 있다면 좋을 텐데, 그래서 테오와 아버지와 함께 나란히 그 오래된 시골 교회 경내를 거닐 수 있다면 좋을 텐데. 그의 '마음은 함께하기를 염원하고 있다.'

시엔의 곁에 있으면 어떤 결과가 초래될지 잘 생각해 보라고, 헤어지는 것에 대해 잘 고민해 보라고 테오는 말한다. 그리고 혼자서 부모님이 계신 집으로 떠난다.

테오가 왔다 간 후, 빈센트는 시엔을 향해 그녀의 어머니와 거리를 두라고 부탁하지만, 거절당한다. 그녀의 가족은 그들이 너무 가난하게 산다며, 그녀에게 빈센트를 떠나라는 압력을 넣는다.

빈센트와 시엔은 다투고, 또 다툰다.

본가를 방문한 테오는 부모님에게 빈센트의 사정을 솔직히 말하지 못하지만, 대신 코르 작은아버지에게 연락하여 그들의 경제적인 문제를 좀 도와달라고 부탁한다. 코르 작은아버지는 빈센트의 드로잉을 스무 점 이상 위탁판매용으로 받아두는 식으로 돕기로 한다. 그림이 팔리면 그 돈을 빈센트에게 지급하는 방식이다. 빈센트는 테오가 나서 준 것과 코르 작은아버지의 도움은 감사하지만, 그것이 시엔을 떠나는 조건이라면 받아들이지 않겠다고 엄포를 놓는다. 비록 지금은 시엔과의 관계에 불신의 골이 깊고, 이제는 둘 사이에 싹텄던 진정한 이해도 사라졌지만, 그래도 아직은 그런 결정을 내릴 준비가 되지 않았다.

빈센트는 시엔과의 대화 내용을 다음과 같이 테오에게 보고한다.

시엔은 빈센트가 자신에게 너무 많은 것을 기대한다고 말했다고 한다. "난 매사가 다 심드렁하고 귀찮아. 전부터 늘 그랬고, 뭘 어떻게 해도 바뀌지 않을 거야. (중략) 나는 결국 물에 뛰어들고 말 거야."

53.
사라짐

직접 그림을 그리고 배우면서 실력을 늘려 나가는 것, 그 방법밖에는 없다고
해야겠구나. 드로잉 한 점 한 점, 회화 습작 한 점 한 점을 완성해 나가며,
한 계단 한 계단 차근차근 올라가듯이. 그것은 마치 길을 따라 걷는 과정과 같다고
할 수 있어. 저기 멀리 뾰족한 첨탑이 보인다고 쳐 봐. 그 앞에는 구불구불 넘실대는
땅이 펼쳐져 있고, 그렇게 그곳을 향해 간다고 가는데, 가다 보면 갈 길이 점점 더
늘어나고 있는 것처럼만 느껴지지. 그렇지만 사실은,
확실히 점점 더 가까워지고 있는 거야.

– 빈센트가 테오에게, 1883년 10월 15일

"내가 무슨 일을 해냈는지 알아?" 테오가 왔다 간 지 얼마 안 되어 빈센트
가 테오에게 편지를 쓴다. 그는 시엔에게 헤이그를 떠나겠다고 선언했다. 그
림을 그리러 드렌터(Drenthe)로 갈 생각이다. 네덜란드의 북동쪽에 있는 드
렌터는 시골에다 사는 사람도 거의 없다. 빈센트의 친구 안톤 반 라파드가
그곳에서 그림을 그리며 지냈던 적이 있는데, 아주 마음에 들었다고 언급한
곳이다. 빈센트를 보러 왔을 때 그는 쉴 새 없이 그곳에 대한 이야기를 늘어
놓았다.

처음에는 시엔과 아이들을 모두 데리고 가려고 했다. 그들은 벌써 1년도
넘게 가족처럼 살아왔다. 그러나 빈센트는 테오에게, 두 사람이 합의 하에
별거에 들어가기로 결정했다고 보고한다.

사실 우리가 알 수 있는 것은 오직 빈센트의 입장뿐이다. 이 순간만이 아
니라, 시엔의 모습은 오로지 빈센트의 시점을 통해서만 보인다. 그리고 그

시점에서 봤을 때, 빈센트와 시엔은 서로 동등한 자격으로 상의 끝에 의견을 모았다.

빈센트와 시엔은 침착하게 대화를 나눈다. 두 사람 모두를 위해, 주위 모든 사람을 위해. 그렇게 하는 편이 좋을 것 같다. 그들은 그렇게 동의한다.

시엔은 어차피 그를 떠나려는 계획이었다고 말한다.

"곧장 가 버리지 그래." 빈센트가 그녀에게 말한다. 다만, 당신이 아이들의 어머니라는 사실만은 항상 기억해 줘. 어떤 식으로 아이들을 뒷바라지하든 간에, 가장 중요한 건 그거야.

전에는 그녀와 결혼하고 싶었지만, 이제는 서로 헤어지는 길밖에 다른 길이 없다고, 빈센트는 말한다.

그들의 대화는 그렇게 끝나고, 둘은 친구로서 헤어진다.

빈센트는 헤이그를 떠나 드렌테로 간다. 그곳에서 그림을 그리면 행복할 거라고 생각한다.

그러나 현실은 그렇지 않다. 반 라파드는 이미 그곳을 떠나고 없다. 빈센트는 그림을 그리면서 낙관적으로 지내려고 노력해 보지만, 결국은 외로움에 견딜 수가 없다.

파리에 있는 테오도 불행하긴 마찬가지이다. 부모님께 마리와 결혼하겠다고 말하지만, 그들의 강력한 반대에 부딪히고 만다. 테오는 이제 어떻게 해야 할지 모르겠다. 게다가 구필 화랑에서는 상사들과의 마찰이 점점 늘어나고 있다. 일을 그만두고 미국으로 건너가 버릴까 하는 생각도 들기 시작한다. 그냥 사라져 버리면 좋겠다고, 그는 형에게 말한다.

빈센트는 드렌테에서, 마리와 직장 문제에 대해 자신의 생각과 조언을 꽉 꽉 담은 장문의 편지를 보낸다. 자신도 때로 사라져 버리고 싶다는 생각이들 때가 있지만, 둘 다 그래서는 안 된다고 말한다. "너나 나나 **절대** 그렇게 해서는 안 돼. 그건 자살만큼이나 해서는 안 되는 생각이야."

나도 우울할 때가 있어, 빈센트는 동생에게 말한다. 그리고 사라져 버릴까 하는 생각이 들 때도 있어. 그러나 그런 기분이 들 때면, **정신을 똑바로 차려야 해.** 자살, 사라져 버리는 것, 이런 것들은 우리 반 고흐 형제들이 해서는 안 되는 일이야.

빈센트는 다른 대책을 제시한다. 자신이 외로울 때 그림을 그리는 것처럼, 테오도 일을 그만두고 와서 함께 화가가 되자는 것이다. "네 안에서 무언가가 '너는 화가가 될 수 없어'라고 말한다면, **그때야말로 네가 붓을 잡아야 할 때야.** 그러고 나면 그 목소리도 잠잠해 질 거야. 바로 그림을 그리기 시작함으로써 말이지."

지금 빈센트는 자기가 테오에 대한 이야기를 하고 있다고 생각하겠지만, 사실 이는 자기 자신을 생각하며 하는 이야기이다. 그에게 있어 그림은 자신이 느끼는 고통과 부족한 자신감, 또 세상이라는 바다를 홀로 표류하고 있는 기분에 대한 해결책이다. 그건 테오에게는 해당하지 않는 이야기이다. 테오는 이렇게 답한다. 자신이 화가가 되는 일은 없을 것이며, 자신에겐 그런 재능이 없다고.

빈센트는 반박하는 답장을 쓴다. 배울 수 있을 거라고, 자기도 런던에서 처음 그림을 시작했을 때는 매우 형편없었다고. 그러나 그때 만약 누군가가 원근법만 조금 가르쳐 주었더라면, 지금 자신의 실력이 훨씬 발전해 있었을 것이라고. 테오에 대해선 빈센트가 직접 가르쳐 주면 된다. 나와 함께 벌판에 나가 그림을 그리자!

테오의 답은 변하지 않는다. 아니.

빈센트는 포기하지 않는다. 그리고 심지어 최후통첩까지 날린다. 네가 계속해서 구필 화랑에서 일할 거라면, 나도 더 이상 네 돈을 받지 않겠어.

테오는 답장하지 않는 방법으로 답을 대신한다. 그리고 종적을 감춘다.

하루하루 빈센트는 동생의 편지를 눈이 빠지게 기다린다. 그러나 아무것도 오지 않는다. 어쩌다 보니 잘 알지도 못하는 곳에서, 모두에게서 떨어져 홀로 고립된 그는 너무도 외롭다. 테오도 없고, 친구도 없고, 시엔도 없고, 아기 빌렘도 없다. 게다가 지금은 그가 가장 비참하게 느끼는 계절, 겨울이다. 빈센트는 다시 한번 어둠 속으로 사라진다.

51.
더러운 개

내가 꼭 커다랗고 텁수룩한 개나 되는 것처럼,
나를 집 안에 들이기 주저하는 눈치였어.
– 빈센트가 테오에게, 1883년 12월 15일

3주 후, 마침내 테오가 침묵을 깨고 편지를 보내자, 빈센트도 곧장 답장을 보낸다. 테오에게 최후통첩을 할 의도는 아니었다고, 단지 부담이 되고 싶지 않았던 것뿐이라고. 테오가 단지 가족들을 부양해야 한다는 의무감으로 불행한데도 불구하고 직장을 떠나지 못한다면, 그것은 빈센트가 그리고 마리와 부모님과 빌이 원하는 바가 아니다. 빈센트는 자신의 입장에서도 테오를 도울 수 있을 방법을 찾겠다고, 즉 집으로 들어가겠다고 말한다. 그가 다시 부모님과 함께 산다면, 돈을 아낄 수 있을 것이다.

이것은 빈센트 식의 사과 방법이다. (비록 그 후로도 단념하지 않고 한동안은 계속해서 테오에게 함께 화가가 되자고 설득할 테지만.)

그리고 사실은, 빈센트 또한 집으로 돌아가고 싶다. 집으로 가야**할 것만 같다.** 그는 한없이 우울하다. 제아무리 자신이 흠이 많은 존재라 해도, 다시금 가족이 베푸는 끈끈한 유대감 안으로 들어가고 싶다.

빈센트는 아버지에게 편지를 써서 도움을 요청한다.

아버지는 편지를 받는 즉시 기찻삯을 보내 준다.

12월의 어느 날 비바람이 몰아치는 오후, 빈센트는 붓과 물감, 캔버스, 이젤 등 헤이그에서 드렌테로 가지고 온 그림 도구들을 챙겨 길을 나선다. 눈비가 날리는 황야를 6시간이나 걸어서 그는 기차역에 도착한다. 이번에도 그는 지칠 대로 지친 만신창이 상태로 부모님이 사는 누에넨에 도착한다. 그 자신도 잘 알고 있다. 지금 자신의 모습이 진흙투성이로 질척거리는 두 발에 몸집은 크고 텁수룩한 한 마리의 개 같다는 사실을 말이다. 이런 그를 집에 들이는 것은 가족들에게도 쉬운 일이 아닐 것이다. 그 개는 '모두에게 방해가 되고, **시끄럽게 짖어댈**' 것이다. 자기가 '더러운 동물'이 된 것처럼 느껴진다고, 그는 테오에게 말한다.

아버지는 테오에게 편지한다. "처음에는 정말이지 가망이 없어 보였단다. 그렇지만 조금씩이나마 나아져 가고 있어. 특히, 당분간 우리와 함께 지내면서 그림 연습을 하기로 동의하고 나서부터."

빈센트는 깔끔해졌고 식사도 잘 하고 있다. 그리고 이제는 혼자가 아니다. 그럼에도 그는 이따금씩 견딜 수 없는 외로움을 느끼며, 거친 황야에 그대로 남아 있었어야 한다고 생각한다.

파리에서 테오는 그들 모두가 힘겨운 시간을 보내고 있다는 소식을 듣는다. 그러나 형이 부모님 집으로 들어간 것은 확실히 반가운 일이다. 시엔으로부터 떨어져, 보살펴 주는 사람이 있는 집으로 들어갔으니 정말 잘 된 일이 아닌가. 거기다 천만다행으로, 이젠 지출도 한결 줄어들 것이다.

도루스와 안나는 할 수 있는 한 빈센트가 쾌적하게 생활할 수 있도록 돕는다. 빈센트가 집 안에서 그림을 그릴 수 있도록 세탁실로 쓰던 방을 꾸며 작업실로 만들어 주기도 한다. 완성된 작품을 보관할 공간도 만들어 준다. 아버지는 테오에게 그들 부모가 원하는 식이 아니라 빈센트가 원하는 식으로 방을 꾸며 주었다고 말한다. 목사 사택에 그들이 빈센트가 바라는 식으로 작업실을 꾸며 주었다는 사실은, 그들이 빈센트를 화가로서 인정하고 응원한다는 징표와도 같다.

부모님은 더 나아가 빈센트의 '괴짜 같은 옷차림 등' 외모에 대해서도 뭐라하지 않겠다고 약속한다. 그는 이미 누에넨 주민들의 눈에 띄고 있다. 그가 괴짜라는 것은 이제 바꿀 수 없는 사실이다.

12월 말이 되어 빈센트는 남은 짐을 가져오기 위해 헤이그로 돌아간다. 그리고 시엔을 만난다. 그녀는 여위고 병들어 보인다. 다만 매춘부로 돌아가진 않고, 빨래꾼으로 일하고 있다. 아직도 빈센트는 '그녀의 처지를 무척' 염려하고 있으며, 테오에게 이렇게 말한다. "아기가 어찌나 가엾던지, 친아들처럼 아끼고 보살폈던 그 아이가 이제는 전혀 다른 애처럼 변해 버렸어."

빈센트는 깊이 후회한다. 그는 아직도 시엔에게 애착을 느끼며, 자신이 떠남으로써 그녀와 아이들을 위험으로 내몰았다고 생각한다. 난 잘못된 선택을 한 거야. 시엔, 어린 마리아, 아기 빌렘. 대체 내가 무슨 짓을 한 거람?

그는 누에넨으로 돌아가 빈 종이 위에 테오를 향한 분노를 쏟아낸다. 이게 다 테오의 잘못이다! 그가 8월에 찾아와서, 시엔과 아이들을 버리고 떠나라고 온갖 수를 써서 압력을 넣은 탓이다. "그토록 연약하고 불쌍한 여자와 어린아이들에게 지원을 끊는 것만큼이나 잔인한 일이 또 어디 있니?" 그는 성토한다. 더러운 동물은 과연 누구지?

1883년도 한 해는 이 슬픈 편지와 함께 끝을 맺는다. "이 편지를 쓰는 나도 슬프구나." 빈센트는 말한다. 편지를 받는 테오도 슬플 것이다. "그러나 그 가엾은 여자는 더욱더 비참하게 되었어." 빈센트는 그녀가 곧 죽고말 거라고 확신한다.

그러나 실제로, 시엔은 그로부터 20년을 더 산다. 그리고 빈센트가 죽고 나서도 한참 뒤인 1904년에, 언젠가 한 번 스스로 예견한 것처럼 물에 빠져 목숨을 끊는다.

물론 빈센트가 미래의 일을 알 리 없다. 그는 테오에게 재차 분노의 편지를 보낸다. 테오 또한 분노의 답장을 보낸다. 그들의 관계는 다시금 파국으로 치닫기 일보 직전이다.

끝나는 것들과
시작되는 것들

1884~1885

앞 그림
「에인트호번에서의 일요일(A Sunday in Eindhoven)」(1885)

55.
골절, 그리고 감명

그 아이의 작품이 꼭 인정을 받을 때가 오기를 바란다.
어찌나 열심히 하고 있는지 참으로 갸륵하더구나.
– 아버지가 테오에게, 1884년 2월 10일

빈센트가 누에넨에 온 지도 6주가 지났다. 집 안에서의 긴장감 그리고 멀리 테오와의 긴장 상태에도 불구하고, 그는 작업을 게을리하지 않는다. 최근엔 베를 짜는 농부들을 주제로 회화 시리즈를 그리기 시작했다. 벌써 네 점이나 완성해 둔 상태다.

하루는 들판에 나가 그림을 그리고 있는데, 집에서 급히 돌아오라는 연락이 온다. 사고가 났다. 어머니가 기차에서 내리다가 오른쪽 허벅지 뼈가 부러지는 부상을 입은 것이다. 당장 생명에는 지장이 없다고 하지만, 회복하는 데 오랜 시간이 걸린다고 한다. 게다가 예순넷이라는 나이를 감안하면, 심각하고 치명적인 합병증이 생길 수도 있다.

이 위기는 빈센트의 큰 장점을 끌어내는 계기가 된다. 그는 당장 테오에게 편지를 써서, 테오가 보내 주는 돈을 모두 부모님을 위해 쓰겠다고 알린다. 그리고 보리나주에 있을 때 광부들에게 베풀었던 친절함으로 어머니를 지극 정성으로 간호한다. 아버지는 그가 집에 있어서 얼마나 도움이 되는지 모른다며 고마워한다. 그리고 그들 사이의 관계는 극적으로 좋아진다.

부모님을 도와주는 틈틈이, 빈센트는 누에넨 마을 이곳저곳의 풍경과 정원, 겨울 풍경, 직공(織工)들 등의 그림도 꾸준히 그려 나간다. 집에 들어와 삶으로써 생활비가 줄어든 만큼 유화를 더 많이 그릴 수도 있겠지만, 그는 연필이나 검은 분필, 색깔 잉크를 써서 드로잉이나 수채화도 꾸준히 그려 나간다. 이런 도구들에 더해 불투명한 하얀 물감을 써서, 사람의 형상을 완벽하게 표현하는 데에 집중하고 있다.

아버지는 테오에게 빈센트가 곁에 있어 얼마나 다행인지 모른다고 전한다. "빈센트는 간호도 훌륭하게 해내고 있으며, 큰 꿈을 품고 드로잉과 회화 작업도 매우 열심히 하고 있단다."

살다 보니 아버지가 빈센트를 향해 불평이 아닌 칭찬을 아끼지 않는 날도 오다니. 게다가 아버지는 테오를 향해 빈센트에게 더 잘해 주라고까지 당부한다.

그러나 테오는 아직 형에게 잔뜩 화가 나 있다. 시엔에 관한 일로 빈센트에게 원망을 들어서가 아니라, 그의 그림이 별로 나아지지 않고 있다고 생각하기 때문이다. 빈센트는 그의 의견에 매우 격렬하게 반응한다. 그러면서, 처음 있는 일은 아니지만, 그들 간의 관계를 순수한 사업적 관계로만 유지하자고 말한다. 즉, 자신이 만드는 작품은 공식적으로 전부 테오의 소유물이다. 그는 테오가 주는 돈이 선물이 아님을, 혹은 그보다 나쁘게는 자선이 아님을 확실히 해 두자고 주장한다. 빈센트는 거래의 증표로 매달 완성된 작품을 테오에게 보낼 것이다.

둘 사이의 분쟁은 점점 더 악화된다. 빈센트는 테오가 자신의 작품을 평가해 주면 좋겠다고 말하면서도, 테오가 그 작품들이 아직 판매할 정도에 못 미친다고 생각하자 크게 화를 낸다. 너무도 실망스럽고 창피하다! 마을 사람들은 빈센트가 뭐하는 사람인지 궁금해하며 수군대고 있다.

"넌 아직까지 내 작품은, 돈은 많이 받는 저게 받든 상관없이 **단 한 자품도 팔지 못했어. 그리고 실은 팔려는 시도조차 전혀 해 본 적이 없어.** 너도 알고 있겠지만, 그것 때문에 **화를 내는** 것은 아니야. 다만 빙빙 돌려서 얘기할 필요는 없다고 생각해."

빈센트의 그림을 팔아 주는 것만큼이나, 어떻게 해야 **팔릴 만한 그림을** 그릴 수 있을지 알려 주는 것 또한 테오의 역할이다. 테오에게는 사실 매우 구체적인 생각이 있다. 그는 편지로, 그리고 1884년 6월 초에는 집으로 찾아가, 빈센트에게 더욱 밝고 가벼운 색채를 써 보라고 설득한다. 그는 빈센트가 주로 어두운 색감을 쓰는 것을 지적하며, 최근 파리에서 활동하는 일부 화가들의 작품 경향을 그에게 최대한 자세히 묘사해 준다. 테오가 말하는 그 화가들은 인상파 화가들이다. 에드가 드가, 카미유 피사로, 클로드 모네, 피에르-오귀스트 르느와르.

색의 사용, 빛, 붓 터치, 자유로움, 독창성 등에서 이 새로운 인상파 화풍이 지니는 가치에 대해, 그는 구필 화랑의 상사들에게도 알리려고 힘쓰고 있다. 화랑에서 현대 미술을 팔지 못하게 막는 상사들로 인해 그는 큰 좌절을 겪고 있다. 그들은 아예 이해조차 하려 하지 않는다.

그러나 실력 향상에 대한 열망이 앞서는 빈센트는 상처받은 마음을 잠시 옆으로 제쳐두고 테오가 전달하려 하는 것이 무엇인지 이해하려고 노력한다. 테오의 설명을 통해 그 새로운 화풍이라는 것이 '자신이 생각했던 것과 다르다는 것을 조금씩 깨닫고는 있지만, 그걸 어떻게 이해해야 하는지는 아직 명확하게 다가오지 않는다'고 그는 말한다. 그러나 모름지기 인상주의를 이해하기 위해서는, 빛과 붓 터치, 색다른 시점에 대해 반드시 이해해야 하며, 또한 그림의 주제로 배, 다리, 불, 하늘 같은 소재가 주로 쓰인다는 점,

빛 자체가 그리는 대상이 된다는 점을 이해해야 한다. 이런 그림들은 아직 많이 제작되고 있지 않기 때문에, 누에넨에 있는 빈센트로서는 접해볼 길이 없다. 이 그림들이 실제로 어떻게 보이는지 그는 전혀 알지 못한다.

그는 색깔 이론에 대한 책을 읽고 공부하기 시작한다. 그러나 이 책들은 어두운 색감을 주로 쓰는 네덜란드 화가들이 쓴 책이기 때문에, 아무리 빈센트가 테오의 말을 어느 정도 이해하고 받아들인다 해도, 그의 색채는 여전히 프랑스 식이라기보단 네덜란드 식으로 남아 있다. 그도 나름대로는 어두운 색깔을 밝혀 보려고 노력하지만, 결국은 갈색과 회색의 칙칙한 톤을 벗어나지 못한다.

그렇다 해도, 지금 이 순간 빈센트의 인생만큼은 칙칙하거나 어둡지 않다. 그의 세계는 뜨겁고 밝게 빛난다. 작열하는 불꽃처럼. 다시 한번, 빈센트에게 사랑이 찾아왔다.

56.
독

어머니는 순조롭게 회복 중이다. 빈센트는 집에서 떨어진 곳에 작업실을 빌려 열심히 그림을 그린다.

그는 또한 이웃집 여인과도 많은 시간을 보내고 있다.

다리를 다치기 전에 어머니는 집에서 바느질 교실을 운영하고 있었다. 어머니가 부상으로 누워 있어야 하는 바람에, 마고 베게만(Margot Begemann)이라는 이웃이 수업을 대신 맡아 주게 되었다. 곁에서 그녀는 어머니의 다른 일에도 도움을 주었고, 그러는 동안 빈센트와도 친해지게 되었다. 그녀는 세 자매 중 막내딸로, 8년 전에 세상을 떠난 그녀의 아버지는 오랫동안 그 마을을 담당했던 목사였다. 빈센트의 말에 따르면, 그녀는 똑똑하고 정열적이며, 사업에도 소질이 있어서 오빠 루이스와 리넨 공장을 운영했다. 비록 그녀의 나이는 마흔세 살로 서른두 살의 빈센트보다 열두 살 연상이지만, 둘은 사랑에 빠진다.

최근 몇 달간 그녀와 많은 시간을 보낸 빈센트는 그녀와 결혼하기로 결심한다. 그리고 그녀 또한 그와 결혼할 수 있기를 바란다!

둘은 각자의 가족에게 이야기한다.

마고의 가족은 그 계획에 격렬하게 반대한다. 미혼인 언니들은 그녀를 마구 헐뜯으며, 결혼이란 생각 자체를 경멸하는 태도로 대한다. 빈센트는 테오에게 그렇게 보고한다.

여름이 끝날 무렵 테오가 집에 들른다. 빈센트는 테오가 그의 사랑을 응원해 줄 거라고 기대하지만, 그렇지 않다. 테오는 빈센트가 마고와 결혼하는 것에 반대한다. 형제는 그 문제를 놓고 말다툼을 벌이고, 빈센트는 즉시 분노에 휩싸인다.

마고의 집에서도 마찬가지로, 가족들은 그녀의 결정에 대해 무자비한 비난을 퍼붓는다. 빈센트는 워낙 전부터도 가족들과 충돌하는 일이 잦았지만, 마고는 그렇지 않다. 그녀는 충격과 절망에 빠진다.

그런 하루하루가 지나가면서 마고를 향한 빈센트의 우려는 더욱더 깊어져 간다. 그녀는 이상한 행동을 보이며, 빈센트는 그런 그녀에게서 우울증 증세를 목격하기도 한다. 여러모로 그녀의 기분을 충분히 이해하고 있기에, 그는 그녀에게 무슨 일이 생기면 어쩌나 하는 걱정이 앞선다. 그는 도움이 필요하다고 생각하여 의사를 찾아가 그녀의 증상을 설명하고 조언을 구한다. 그런 다음엔 오빠 루이스에게도 찾아가, 그녀에게 신경 쇠약의 징조가 보이니 신경 써 달라고 부탁한다. 빈센트는 마고의 가족들이 '그녀에게 험한 말을 쏟아부으며 경솔하고 무분별하게 대했다'고 루이스에게 전한다.

그러나 루이스는 마고를 돕기 위해 아무런 조치도 취하지 않는다. 대신, 빈센트에게 그녀와 결혼하고 싶다면 2년을 더 기다리라고 말한다. 빈센트는 기다림을 원하지 않는다! 두 사람이 결혼을 한다면 머지않은 시일에 하고 말 것이다.

여름이 지나 가을이 오고, 두 사람이 누에넨 근처의 들판을 산책하던 어느 날, 마고가 불쑥 불길한 말을 꺼낸다. "차라리 지금 죽을 수 있다면 좋겠어요." 그녀에게 무슨 일이 생기는 불상사를 막기 위해, 빈센트는 매 순간 그녀의 곁을 지킬 수 있다면 좋겠다고 생각한다.

그러던 어느 날 아침, 같이 걸어가던 중에 마고가 갑자기 땅에 픽 쓰러진다.

처음에 빈센트는 그냥 몸이 안 좋은 것이려니 생각한다. 그러나 그녀는 복통을 호소하며 심한 경기를 일으키기 시작한다. 훗날 빈센트는 '그녀가 제대로 말을 못하고 이해하기 힘든 온갖 이상한 말을 지껄였다'고 테오에게 보고한다.

빈센트는 신경발작 때문인가도 생각해 보지만, 그것과는 어딘가 다르다는 사실을 곧 깨닫는다.

"혹시 뭔가 안 좋은 것을 먹은 건 아니겠죠?" 그가 묻는다.

"맞아요!" 그녀는 비명을 지른다. 그러면서도 절대 다른 사람에게는 말하지 말아 달라며 맹세를 요구한다.

"좋아요. 무엇이든 원한다면 맹세해 줄 수 있지만, 한 가지 조건이 있어요. 당장 그걸 토해 내요. 토할 때까지 목구멍에 손가락을 집어넣고 있어야 해요. 그렇지 않으면 다른 사람들에게 말하겠어요."

마고는 먹은 음식을 어느 정도 토해 내지만, 몸이 완전히 나을 만큼은 아니다. 빈센트는 그녀를 루이스에게 데려가 구토제를 먹여 더 토해 내게 한다. 그리고 서둘러 반 고흐 가족의 주치의에게 데려가 해독제를 먹인다. 다행히 목숨은 구하지만, 대도시로 가서 의학적 정신적 도움을 받아야 할 것으로 보인다.

루이스는 북쪽으로 100km 정도 떨어진 대도시 위트레흐트(Utrecht)에 있는 병원에 마고를 입원시키고, 회복할 때까지 그녀는 그곳에서 지낸다. 그녀의 자살 기도는 비밀에 부쳐진다. 루이스는 사람들에게 그녀가 출장을 갔다고 말한다.

빈센트는 여전히 그녀와 결혼하기를 바라나, 그녀의 의사로부터 기다리는 게 좋겠다는 권고를 받는다. 몸이 많이 허약해져서 최소한 2년간은 결혼하기 힘들 거라는 소견이다. 그러나 이별은 그녀를 무너뜨릴 수도 있다고 생각해, 빈센트는 마고와 편지로 계속 연락을 주고받는다. (둘은 몇 년간 그렇게 편지를 주고받는다. 그러다 그녀는 가족들 앞에서 빈센트의 이름을 꺼내는 것조차 금지당하고, 그가 보낸 모든 편지를 불에 태운다. 마고는 빈센트의 초기작 몇 점을 가지고 있으며, 1889년에 빈센트는 여동생 빌에게 작품 한 점을 마고에게 건네 달라고 부탁하지만, 빌은 그 부탁을 따르지 않는다. 마고는 1907년까지 산다.)

테오는 빈센트가 계속해서 마고와 연락을 주고받는 것을 못마땅하게 여기고, 빈센트는 이에 큰 상처를 받는다. 또한, 테오가 마리와 헤어지고 자신에게 그 이유를 말해 주지 않은 데에도 상처를 받는다.

어머니가 부상을 당한 이후로, 빈센트가 옆에서 많이 도와준 사실을 테오가 매우 고맙게 여기면서 형제간의 관계가 많이 회복되었지만, 어느새 둘 사이에 싹텄던 좋은 감정은 다시 말라붙고 말았다. 테오는 이번에도 빈센트가 마고와의 연애 사건으로 부모님께 너무 많은 심려를 끼쳤다고 생각한다.

테오는 부모님을 위해선 빈센트가 누에넨을 떠나야 한다고 생각한다.

그러면서 앞으로 2년간은 빈센트의 그림을 팔 수 없을 것 같다고 말한다. 그러나 빈센트는 어느 때보다 더 열심히 그림을 그리고 있다. 그 말은 즉, 앞으로 더 많은 재료를 사야 할 거라는 의미이다. 그에게는 테오의 돈이 더 많이 필요하다. 극도로 난감한 상황이다. 빈센트는 테오가 자신과 자신의 작품을 이해하지 못한다고 느낀다. 어떤 삶을 살아야 하는지에 대해 둘의 관점은 너무도 다르다. 그럼에도 여전히 빈센트는 테오의 돈이 필요하다.

테오는 답장을 보내, 빈센트에게 왜 계속 돈이 모자라는지 추궁한다. 정말로 뭘 하느라 돈을 쓰는 거지? 빈센트는 분개하며 서로의 신념이 매우 상반된 것 같다고 말한다. 테오가 단순한 회사원처럼 진부한 기득권의 일부로 전락해 버렸다고. 그런 반면에, 빈센트 자신은 정열적인 일꾼이자 예술가라고.

가을이 지나고 겨울이 오는 동안, 둘 사이에는 차가운 냉담이 그리고 불같은 긴장감이 흐른다. 둘은 서로를 향해 엄청난 분노를 쏟아 내고, 둘의 관계는 그로 인해 마치 독에 감염된 것처럼 부패되어 간다.

1884년 12월 둘째 주, 빈센트는 테오에게 보내는 편지에 이렇게 쓴다. **"우리 둘 다를 위하여** 서로의 관계를 그만 정리하는 편이 좋겠어."

57.
흙과 백

1885년 초, 빈센트가 예술의 길로 들어선 지도 거의 5년이 지났다. 그는 자신의 실력이 나날이 발전하고 있다고 생각한다.

테오는 그렇게 생각하지 않는다.

테오의 믿음이 없는 한, 이 관계는 지속되기 힘들 것이다.

그렇지만 그때, 테오가 서로 간에 다툼을 멈추고, 싸울 시간에 빈센트가 그림을 더 많이 그리는 것이 유익하지 않겠냐고 제안해 온다. 또한, 그러는 편이 두 사람뿐만 아닌 세상을 위해서도 더 유익할 거라고, 아직 형에 대한 믿음을 저버리지 않았다고 말한다. 테오는 그런 신뢰의 말에서 그치지 않고, 실질적으로도 빈센트의 매달 지원금을 늘려 주겠다고 제안한다.

테오와의 신경전이 일단락되었다는 기쁨도 잠시, 빈센트는 우울한 감정에 빠진다. 겨울의 누에넨, 실내에서 지내는 시간은 너무도 길다. 그러나 그는 여전히 손에서 붓을 놓지 않는다. 낮에는 회화 작품을 그리고, 밤에는 서른 명의 사람 두상을 근접해서 그리는 드로잉 시리즈를 진행해 나간다.

빈센트는 여전히 테오가 바라는 그림을 그리지 못하고 있다. 더 밝고 가벼운 색감을 쓴 그림 말이다. 그는 여러모로 **실험을** 시도하지만, 결국은 다 검정색 혹은 검정색과 흰색을 쓰는 실험이다. 그는 색채의 개입이 **없는** 명암 표현, 즉 빛과 어둠의 상호 작용을 완벽하게 표현하는 법을 익히려고 노력하고 있다.

부모님이 그의 우울한 기분을 눈치챈다. 아버지는 테오에게 편지를 써서, 빈센트가 감정 기복이 심하고 묻는 질문에 제대로 대꾸도 안 할 때가 많으며, 자신들과 어울려 보내는 시간이 거의 없다고 전한다. 2월 19일, 아버지는 빈센트가 그들로부터 멀어져 가고 있음을 염려하며, 테오에게 편지를 쓴다. "걸핏하면 화를 내는 바람에 어떤 대화도 이어나가기가 힘들어. 그런 점에서만 봐도 그 아이가 정상이 아님을 증명하기에는 충분하다고 본다. 나로서는 그냥 순순히 받아들여 주기가 쉽지가 않아. 그렇지만 또 예전의 경험에서 배웠듯이, 반대하는 것만으로는 아무런 이득도 바랄 수 없고, 상황을 개선시킬 수도 없겠지."

이 균열이 더욱더 벌어지지 않기를 바라는 마음에 아버지는 테오에게 편지를 쓴 다음에 빈센트를 찾아간다. 그는 대화를 시도하며, 아들에 대한 염려스러운 마음을 털어놓는다. 대화는 다행히 싸움으로 번지지 않고, 아버지는 그 내용을 이튿날 테오에게 추신으로 덧붙인다. 빈센트가 자기는 괜찮다고, 우울하지 않다고, 걱정하지 않아도 된다고 아버지를 안심시키려 했다는 내용이다. 아버지는 어느 정도 마음이 놓이지만, 늘 그랬던 것처럼 빈센트의 앞으로의 일이 어떻게 될지가 걱정이다. 아버지는 테오에게 쓴다. "앞으로 지켜보는 수밖에 별 도리가 없겠구나."

3월로 접어들고, 빈센트와 테오 사이에는 편지가 별로 오가지 않는다. 편지를 쓴다 해도 대부분 사무적인 어조로 냉담하기 그지없는, 미술에 대한 내용이 대부분이다.

그러나 3월 27일, 빈센트는 테오에게 전보 세 통을 연달아 보낸다.

첫 번째 전보는 테오가 있을 것으로 추정되는 구필 화랑 지점으로 향한다.

급사, 즉시 올 것. 반 고흐. 이 전보는 새벽 6시에 도착한다.

같은 지점으로 7시 35분에 보낸 또 하나의 전보 :

아버지 쓰러져 위급, 즉시 올 것, 그러나 상황 완료. 반 고흐

7시 58분에 다른 구필 화랑 지사로, 테오가 그곳에 있을 경우를 위해 보낸 전보 :

아버지 쓰러져 위급, 반 고흐

아버지는 전날 저녁 7시 30분, 집 현관문 앞에서 쓰러져 세상을 떠났다.

유일한 목격자는 빌이었다. "아버지가 아침에 건강한 모습으로 나가셨다가 저녁이 되어 돌아오셨는데, 문을 들어오는 도중에 갑자기 쓰러지셔서 그대로 정신을 잃으셨어. 정말 끔찍했어. 그날 밤의 일은 결코 잊지 못할 거야."

바로 전만 해도 멀쩡하게 살아 있던 사람이 그렇게 가버리다니. 흑과 백처럼……

58.
루나리아가 있는 정물

도루스의 나이 예순셋. 그는 누가 보기에도 건강했고, 얼마 전에는 황야를 가로질러 먼 길을 걸어갔다 오기도 했다. 바로 그 전날만 해도 테오는 아버지가 보낸 편지를 받았다. 모든 것이 정상이었다.

그런데 지금 테오는 아버지의 장례식에 참석하기 위해 집으로 가는 길이다. 그는 연락을 받은 즉시 파리를 떠난다. 누에넌에 도착하면 다음 날인 8월 28일이 될 것이다. 떠나는 길에 같은 네덜란드인 친구인 안드리에 봉어(Andries Bonger)가 그를 기차역까지 마중 나와 준다. 그 당시 테오의 상태에 대해 안드리에는 그의 아버지에게 이렇게 쓴다. "이제껏 파리 북역까지 마중을 갔던 친구들 중에 그렇게까지 슬퍼하던 친구는 보지 못했습니다." 그는 테오가 걱정된다. 안 그래도 자주 아프고 '별로 강하지 못한 친구거든요. 그러니 그 친구가 떠날 때 상태가 어땠을지 짐작할 수 있으시겠죠.'

3월 30일 월요일, 빈센트의 서른두 번째 생일날, 도루스는 땅속에 묻힌다. 빈센트와 테오는 지난 8월 이후로 서로 처음 만나는 것이다. 그때 싸운 이

후로 지금까지, 그들의 갈등은 계속되고 있다. 그러나 아버지의 관을 사이에 두고 얼굴을 맞대고 있는 동안 두 사람의 관계는 급속도로 회복된다. 둘은 서로의 손을 부여잡으며 마음의 화합을 이룬다.

그리고 테오는 집에 온 김에, 시간을 내어 빈센트의 최근 작품을 함께 둘러본다. 이번에는 좋은 소식이다. 여자 농부를 그린 유화, 꽃병에 든 꽃이 있는 정물화 등 파리에 가지고 가고 싶을 정도로 마음에 드는 작품 몇 점이 테오의 눈에 띈다. 그 정물화에는 여러 종류의 꽃이 등장하는데, 그중에 하나는 루나리아*라는 이름의 꽃이다.

4월 1일 수요일 오후에 테오가 파리로 돌아간 후, 빈센트는 위의 그림과 비슷한, 꽃병에 담긴 꽃 그림을 하나 더 그린다. 이 새 작품에는 아버지의 담뱃갑과 파이프도 곁에 함께 그려 넣는다. 기분이 우울할 때면 담배를 피워 보라고 권해 준 사람이 바로 아버지 아니던가. 빈센트는 그 조언을 테오에게도 이어서 전해 주었었다.

빈센트는 편지로 그 그림을 테오에게 주겠다고 제안하지만, 테오는 빈센트 보고 가지고 있으라고 말한다. 훗날, 빈센트는 무슨 이유에서인지 그 그림 위에 사과가 들어 있는 바구니 그림을 덧그린다.

이번에도 그림을 그리는 것은 빈센트에게 삶이 주는 슬픔을 견뎌 낼 힘을 준다. "무슨 일이 일어난 건지, 나는 아직도 그 일에서 헤어나지 못하고 있어. 그래서 두 주 연속으로 일요일에 난 그림을 그렸단다." 그는 테오에게 말한다.

파리에서 테오는 'S'라고 부르는, 몇 달 전쯤에 만난 새 여자 친구를 사귀며 마음을 달랜다. 친구인 안드리에 봉어와도 많은 시간을 보낸다. 사실 테오가 처음으로 안드리에를 만난 건 테오가 파리에 처음 온 5년 전 일이었지

---

*이 꽃의 영어 이름인 'honesty'에는 '정직'이라는 뜻이 있다.

만, 최근까지는 함께 시간을 보낸 적이 별로 없었다. 그러나 안드리에는 늘 테오를 좋아했고, 이제는 그를 옆에서 도와주고 싶다. 그는 부모님에게 보내는 편지에서, 테오가 돌아가신 아버지 때문에 큰 슬픔에 빠져 있지만, 그럼에도 그와 함께 있으면 즐겁다고 말한다. "그는 참으로 매력적인 친구랍니다."

안드리에는 보험 업계에서 일하지만 예술에도 흥미가 높다. 그들은 함께 미술관을 관람하거나, 오래 같이 걸어가면서 지칠 줄도 모르고 예술에 관한 이야기를 나눈다. 테오는 아직 말로 형용할 수 없을 만큼 큰 비탄에 빠져 있지만, 안드리에와 같이 있으면 마음이 조금은 가벼워진다.

누에넌에서 빈센트는, 평소보다 더 깊숙이 혼자만의 세계에 빠져 있는 것 빼고는, 겉으로 그렇게 비통해 보이지 않는다. 그는 모든 사람들에게서 거리를 두고 있으며, 특히 장례식 때문에 아이들과 보모를 데리고 와서 한동안 머물러 있는 여동생 안나와는 가급적 멀리 떨어져 지내려고 애쓴다. 시간이 지나면서 안나는 빈센트를 완전히 경멸하는 수준에 이르렀고, 요즘도 그가 부모님의 속을 너무 썩였다며 크게 화를 낸다. 안나는 빈센트가 늘 '제멋대로 굴어서 주위의 모든 사람들을 힘들게 한다고, 아버지가 얼마나 속을 썩으셨을지 알 만하다'고 비난을 퍼붓는다.

빈센트와 안나가 크게 다툰 어느 날 이후, 빈센트는 집을 완전히 나가 버릴까 고민한다. 이미 집 밖에 작업실도 구해 놓았고, 지난 봄부터는 그곳에서 작업을 해 오고 있다. 그 공간은 먹고 자고 생활하기에도 넉넉할 것이다.

가족들 다수가 그를 못마땅해한다는 사실을 그는 잘 알고 있다. 그들의 마음을 달래 주기 위해, 그는 아버지 유산에서 자신의 몫 대부분을 떼어 빌과 리스에게 준다. 자기 몫은 아주 조금만 남겨 놓는데, 이는 장례식과 다른 부대 비용을 도맡아 지불해야 했던 테오의 부담을 줄여주기 위함이다. 이제 그들은 앞날을 생각해야만 한다. 목사 남편을 잃고 과부가 된 어머니는 지금 살고 있는 사택에서 이제부터 딱 1년 동안만 더 생활할 수 있다. 그 후엔 집을 비워 줘야 한다.

빈센트의 마음은 여러 가지 면에서 미래를 바라보고 있다. 그리고 무엇보다, 이제 그는 자신이 무엇인가를 성취해 낼 수 있을 거라고 진심으로 믿고 있다. 마침내 그는 올바른 길에 들어섰다. 자신만의 길에.

시간이 걸려도 꼭 완성하고 싶은 유화 주제가 생긴 그는 밑그림이 될 스케치와 습작을 시작한다. 그는 탁자에 둘러앉아 감자를 먹는 농부 가족의 모습을 그리려고 한다. 그는 이 그림으로 테오와 파리에 있는 다른 이들에게 좋은 인상을 남길 수 있기를, 그래서 드디어 그의 작품을 팔 수 있길 속으로 기도한다. 그는 테오에게 그 습작을 하나 보내고, 마음을 졸이며 답장을 기다린다.

59.
한 가족

테오는 한 가족을 그린 빈센트의 습작을 진심으로 마음에 들어 한다. 그는 심지어 파리의 다른 화상인 알퐁스 포티에(Alphonse Portier)를 찾아가 그의 견해를 묻기도 한다. 포티에는 그 습작에서 마음에 드는 점들을 발견하고, 테오는 다른 사람들도 그렇게 느낄 거라고 낙관한다. 그는 즉시 어머니에게 편지를 써서 이렇게 전한다. "최근 빈센트 형한테 좋은 소식을 전할 수 있어 얼마나 기쁜지 몰라요. 지금 당장으로서는 많은 것을 기대할 수 없겠지만, 형의 이번 작품을 보고 좋은 평가를 해 준 사람은 대단히 경험이 많은 사람이에요. 그의 판단이라면 믿을 수 있어요. 제가 바라는 것은, 머지않아 형이 지금까지의 노력의 결실을 볼 수 있게 되는 것이에요. 형 이전에도, 작품을 하나 팔기까지 힘들고 긴긴 시간을 견뎌 내야 했던 화가들은 많답니다. 그러나 꼭 그래야 한다는 법은 없잖아요. 저는 짧은 시일 안에 형의 작품이 만족스러운 결과를 얻을 수 있기를 간절히 바라고 있어요."

빈센트가 화가의 연필을 집어든 후 처음으로 테오는 그의 그림을 팔 수 있다는 희망을 가지기 시작했다.

「감자 먹는 사람들」(The Potato Eaters)」(1885)

빈센트는 테오의 반응과 포티에의 평가에 고무되어, 유화를 실제로 제작할 용기를 낸다. 그렇지만 아직은 조심스럽고 현실적인 의구심이 먼저 앞서는 게 사실이다.

잘 모르는 사람들은 그의 작품을 좋아하지 않는 게 아닐까, 행여 포티에가 마음을 바꾸는 것은 아닐까, 빈센트는 걱정을 떨치지 못한다.

그러한 염려 속에서도 그는 꾸준히 작업을 해 나가고, 마무리 과정에서 실수로 망치는 일이 없도록 매우 조심스럽게 임하고 있다. "늘 마지막 과정이 위험해. (중략) 수정을 가할 때는 작은 붓을 써서 최대한 침착하고 냉정하게 임해야 해." 그는 테오에게 말한다.

완성 후에는 작품으로부터 일부러 떨어져 있는 시간을 가진다.

「감자 먹는 사람들」의 물감이 마르는 동안, 빈센트는 안나와 또 한 번 크게 싸운다. 본가에서 완전히 나와 작업실로 들어간 날, 그는 테오에게 완성작을 보낸다.

　도루스가 세상을 뜬 지 단 몇 주 후, 기뻐해 줄, 혹은 언짢아 할 아버지가 더 이상은 이 세상에 없는 가운데, 빈센트는 가족에 대한 작품을 완성하였다. 농부 가족이 탁자에 둘러앉아 음식을 먹는 이 그림. 아직은 미숙한 부분이 눈에 많이 띈다. 빈센트는 아직 유화 작업을 배우고 있는 입장이고, 그만큼 얼굴이나 신체를 표현하는 일에 익숙하지 않다. 사람들의 모습이 거칠고 과장되어 있다는 사실을 빈센트도 알고 있다. 혹자는 그 그림을 보고 인물들이 못나 보인다든지 세련되지 못하다는 인상을 받을지도 모른다. 그러나 그는 적어도 그 등장인물들이 진짜 살아 있는 사람으로 보이길, 그리고 그 작품에서 **진심 어린** 감정을 느낄 수 있길 바란다. 과거 보리나주에서 살던 때를 떠올리며 그린 만큼, 그는 마음에서 우러나온 진심으로 그 그림을 그렸다. 또한, 그 그림은 빈센트 자신이 가족에 대해 느끼는 애착과 가족에 대한 개념, 그리고 그가 생각하는 이상적인 가족상을 보여 준다.

　우리를 충심으로 하나 되게 하소서.

　이 작품은 실로 놀랍다. 탁자에 둘러앉은 사람들은 마치 연극의 소도구처럼, 줄에 매달린 꼭두각시 인형처럼 보인다. 색감은 네덜란드 풍으로 전체적으로 어둡고 탁하다. 테오는 색감이 너무 어둡다고 말하며, 빈센트에게 밝은 색을 쓰라고 다시 한번 말한다. 그렇기는 해도 빈센트에게 있어 이 작품은 획기적인 발전이다. 테오는 이 작품 안에서 많은 가능성을 보았고, 나른 이들도 그럴 거라고 확신한다. 그리고 그 확신은 옳다. 사람들은 그 그림을 통해 빈센트가 일깨우고자 의도한 감정과 삶의 단편을, 한 가족을 이루고 있는, 흠은 많지만 진짜 살아 있는 사람들이 식탁에 둘러앉아 먹고 있는 모습을, 미화되지 않은 진정한 삶을, 사실적인 소농의 삶을 엿볼 수 있다. 이 그림에는 이 모든 것이 담겨져 있다.

아직은 붓을 다루는 빈센트의 손이 미숙하여, 사물을 원하는 대로 정확히 표현하는데 한계가 있지만, 그런 만큼 그는 계속해서 실력을 다지기 위해 열심히 또 쉬지 않고 노력해 나갈 것이다.

아버지가 돌아가신 그해 여름, 그는 혼신을 다하여 정진한다. 야외로 나가 농부들이나 소작농, 바깥 풍경 등을 그린다. 그가 눈으로 보는 것과 그의 안에 있는 것이 만나 화면 위로 터져 나온다. 회화를 그리는 일에 지치면, 그는 드로잉으로 밀을 추수하는 모습을 시리즈로 그린다. 그는 자신감과 열정으로 가득 차 있다. 그림만 생각하면 가슴이 벅차오른다.

그러나 모든 사람이 그와 같은 마음인 것은 아니다.

60.
1885년 여름, 절교

빈센트는 자신이 아직 사람을 표현하는 데 서투르다는 것을 알고 있다. 처음부터 늘 사람 형상을 그리는 게 문제였다. 그는 전에 그렸던, 수레에 건초를 싣는 여자 농부와 같은 풍의 드로잉을 최소 백 장 이상 그리기로 계획한다. 그렇지만 한편으로 그는 자신이 「감자 먹는 사람들」을 완성했다는 사실이 너무도 뿌듯하다. 그래서 복사본 한 장을 친구 안톤 반 라파드에게 보낸다. 반 라파드는 화가이자 친구이니까, 빈센트가 이 그림으로 무엇을 나타내려고 하는지 알아보고 이해해 줄 것이다.

아버지가 돌아가시기 전, 반 라파드는 두 차례에 걸쳐 누에넌을 방문했다. 두 번 모두 꽤 오랜 시간을 머무르며 즐거운 시간을 보냈다. 최근에 방문한 것은 바로 얼마 전인 11월로, 그는 빈센트가 마고에 대한 걱정과 번민으로 가득 차 있을 때 찾아와서, 빈센트의 주의를 다른 데로 돌리는 데 큰 도움을 주었다. 둘은 나란히 그림을 그리거나, 인상파 같은 주제로 미술에 대한 대화를 나누었다. 둘밖에 없었지만 그들은 화가 공동체를 이루었고, 반 라파드가 떠났을 때 빈센트는 다시 한번 그와 함께, 그리고 언젠가는 다른 예술가들과 함께 그 동지애를 다시 구축해 보고 싶다고 느꼈다.

그러나 「감자 먹는 사람들」에 대한 라파드의 답장이 도착했을 때, 빈센트는 충격을 받는다. 라파드는 그 작품을 형편없다고 생각한다. 또한, 도루스의 죽음을 친필 편지가 아닌 인쇄된 부고로 알게 된 것에 대해서도 매우 서운해하고 있다. 그러나 반 라파드의 편지 내용 대부분은 그림에 관한 것이다. "자네도 동의하리라 믿는다만, 설마 진지한 의도로 그 그림을 그린 건 아니겠지? 자네, 이보다 잘 할 수 있지 않은가(다행히도 말이야). 그런데 왜 모든 것을 이토록 피상적으로 관찰하고 다룬 것인가?"

그는 빈센트가 신체의 움직임을 제대로 연구하지 않았다며, 빈센트가 사람들을 그린 방식에 대해, 그리고 그 외 거의 모든 면에 대해 하나하나 자세히 비판한다. "저 뒤에 있는 여자의 교태 부리는 듯한 작은 손은 어쩜 이토록 허위적인지! 그리고 주전자와 탁자, 손잡이 꼭대기에 닿아 있는 손의 연관성은 대체 무엇인가? 또 그 점에 대해서, 주전자는 뭘 하고 있는 건가? 바닥에 놓여 있는 것도 아니고, 손에 들려 있는 것도 아니고, 도대체 뭐란 말인가? 그리고 오른쪽에 있는 남자한테는 왜 무릎도 배도 가슴도 없는 건가? 그게 아니면 남자 뒤에 달려 있는 건가? 그리고 그 남자의 팔은 왜 저렇게 1미터는 짧아 보이나? 남자 코의 절반은 어디로 날라 가 버린 거지? 그리고 왼쪽에 있는 여자는 작은 파이프 대롱에 주사위 모양을 얹은 걸 코라고 달고 있는 건가?"

편지를 받은 이튿날 빈센트는 그 편지를 반 라파드에게 되돌려 보낸다. 다만 예전에 테오에게 편지를 돌려보냈을 때 일일이 표시하고 설명을 달아 보냈던 것과는 다르게, 이번엔 달랑 짧은 글귀 하나만 써 넣어 보낸다. "자네의 편지 받아 보았네. 놀라움을 금치 못하겠더군. 그러므로 다시 돌려보내네."

정작 다른 사람들은 빈센트의 그림을 보고 그가 의도한 감정과 표현을 읽고 있는데, 친구라는 자가 결점만을 보고 있다니. "어디 감히 밀레나 브르통의 이름을 득먹이는 건가?" 반 라파드는 이렇게 썼다. 빈센트가 그 화가들을 얼마나 존경하고 흠모하는지 누구보다 잘 알고 있으면서, 어떻게 그런 말을 할 수 있단 말인가? 찰스 세레(Charles Serret)라는 어떤 화가는 테오에게 최근 빈센트가 밀레를 뛰어넘을지도 모르겠다고 말했다는데!

어떻게 친구라는 이름으로, 그 누구보다 가깝게 생각했던 화가가, 그런 식으로 심한 비난을 퍼부을 수 있단 말인가? 물론, 빈센트에게는 건설적인 비평이 필요하고, 기술적인 면에서 봤을 때 반 라파드가 지적한 것들은 틀리지 않다고 할 수도 있다. 그렇지만 어쩜 그렇게 끔찍한 어조로 말한단 말인가! 그리고 어쩜 그렇게 빈센트를 오해할 수 있단 말인가? 빈센트의 그 그림을 보고, 대체 어찌 무심하게 대충 그렸다고 말할 수 있단 말인가! **무심하게 대충 그렸다니?!** 빈센트가? 다른 건 몰라도 빈센트의 방식이 무심한 것만은 정말 아니지 않은가!

빈센트는 그 후로도 거의 두 달 가까이 반 라파드에게 연락을 취하지 않는다. 그러나 그 후에 편지를 보냈을 때는, 아직도 물론 화는 나지만, 지난번 의견의 불일치가 관계를 끊을 이유가 될 필요는 없다고 말한다. 그는 여전히 동료 화가로서 두 사람이 친구로 남기를 바란다. 그러면서 남는 방이 있으니 누에넨의 작업실로 와서 함께 지내자고 초대한다. 예의 의견 차에 대해서는 없던 일로 하고, 예전처럼 함께 그림도 그리고 대화도 나누길 바란다.

그 뒤로도 몇 번 정도 서신이 더 오가고, 빈센트도 진심으로 두 사람의 관계가 회복되길 바라지만, 결국 두 사람 사이는 좋아지지 못한다. 8월에 빈센트는 자신의 예술관과 작업 방식을 옹호하며, 남에 대해 비판하기 좋아하는 반 라파트의 성격을 비난한다. 그는 자신의 작품을 가리켜 극도로 약하며 장점보다 결점이 더 많다고 말한 반 라파드의 주장을 받아들일 수가 없다. "너무도 절대적이고 완벽하게, 나는 내가 궁극적으로 옳은 길을 가고 있다고 확신해. 즉, 내가 느끼는 대로 그리고, 내가 그리는 대로 느끼는 것 말이야. 따라서 더는 다른 사람들이 뭐라고 하든지 너무 마음 쓰지 않겠어."

자기 고유의 예술을 가지고 실력을 향상시켜 나가는 한편, 관습에 너무 얽매여서는 안 된다고, 그는 반 라파드에게 주장한다. 담대해야 한다. 그것이 궁극적으로 빈센트가 원하는 화가의 길이다. 충분한 실력을 갖춘 뒤, 관습을 깨고 담대하게 맞서는 것.

빈센트는 비판이 두려워 단념을 택하지는 않을 것이다. 그는 반 라파드에게 말한다. **"아직은 불가능하지만** 그것을 이룰 법을 배우기 위해 난 앞으로 계속 나아갈 거요."

61.
1885년 여름, 한 만남

도루스가 세상을 떠난 후 테오와 친구 안드리에 봉어가 함께 한 일 중 하나는, 20년 전에 세상을 뜬 프랑스 화가 외젠 들라크루아(Eugène Delacroix)의 기념전을 관람하는 일이었다. 빈센트와 테오는 둘 다, 붓을 사용하는 기법과 색감으로 인상파 화가들에게 큰 영향을 끼친 이 화가의 작품을 잘 알고 또 매우 좋아했다.

전시회를 관람한 후 안드리에는 부모님께 편지를 써서, 들라크루아의 작품을 본 후 테오와 '그 주제를 놓고 지칠 줄 모르는 활발한 논의를 벌였다'고 전한다. 그들은 다음 날 같은 전시회를 또 보러 간다.

전에 테오는 빈센트에게 들라크루아를 포함한 여러 화가들에 대한 책을 한 권 보내 준 적이 있다. 들라크루아는 '생명을, 어떤 희생을 치르더라도 생명을, 모든 곳에서 생명을, 벌판에서, 하늘에서, 인물을 둘러싸고 생명을 갈구한' 화가였다. 반 라파드와의 관계를 개선하려 노력하던 당시, 빈센트는 반 라파드에게 들라크루아를 아느냐고 물으면서 '자기 살을 거침없이 뜯어먹는 사자'처럼 그림을 그리는 화가로 묘사하기도 했다.

들라크루아는 색을 사용한 방식과 불같은 열정으로 유명한 화가이다. 그 두 가지 요소 모두 빈센트와 테오의 마음을 끌어당긴다.

테오와 안드리에는 그해 여름휴가를 같은 시기에 보내기로 하고, 일부 시간을 함께 보낸다. 프랑스의 릴(Lille), 벨기에의 겐트(Ghent)와 앤트워프 (Antwerp) 등으로 우선 미술관 순례를 돈 다음, 그들은 누에넨으로 건너간다. 거기서 테오는 처음으로 안드리에에게 빈센트를 소개시켜 준다. 요즘 테오와 빈센트는 전보다 훨씬 사이좋게 지내고 있지만, 빈센트를 처음 만난 자리에서 안드리에는 그의 괴짜 같은 모습과 부족한 사회성에 깜작 놀란다. 그는 그 이유가 빈센트가 '사회'로부터 떨어져 지낸 지 너무 오래되어서 그런 것 같다고 생각한다.

테오와 안드리에 두 사람에게 가족은 무엇보다도 중요하고 소중한 것이다. 빈센트와 마찬가지로 테오도 준데르트와 그곳에서 배운 모든 것이 지금의 그를 만들었다고 생각한다. 그는 친구에게 자신의 가족을(물론 아버지를 제외하고) 소개시켜 줄 수 있어 매우 기쁘다. 안드리에가 암스테르담에 있는 그의 가족을 보러 떠나자, 테오도 곧 따라가 합류하기로 한다. 테오는 가기 전에 편지로 이렇게 말한다. "아무리 세상이 위대한 학교라고 해도, 모든 것의 근본은 우리가 어린 시절부터 접해 온 가족과 함께한 생활 속에 있어."

그는 곧 암스테르담에 가서 안드리에의 가족들을 만나고 이제 막 새로 개관한 레이크스 미술관(Rijksmuseum, 암스테르담 국립미술관)을 관람할 생각을 하며 무척 설렌다. "위대한 거장들의 작품을 직접 보고 느끼는 것은 마음을 너무나 풍요롭게 해 주지 않니? 그것 말고도 거기 가면 볼 게 참 많겠지."

테오와 안드리에는 함께 미술관을 관람한다. 둘 다 건물 자체는 별로라고, 건물은 파리에 있는 루브르 박물관이 훨씬 낫다고 생각하지만, 작품들은 매우 훌륭하다고 생각한다.

그러나 암스테르담에서 테오에게 가장 큰 인상을 남기는 것은 예술이 아니다.

1885년 8월 7일 금요일 저녁, 테오는 봉어 가족이 사는 베테링스칸스(Weteringschans) 121번지에 도착한다. 레이크스 미술관에서 운하를 건너 단 3분 거리에 위치한 아름다운 거리에 있는 집이다. 봉어 가족은 교양 있는 중산층으로, 반 고흐 가족보다 더 부유한 편이다. 아버지는 보험중개인으로, 자녀 일곱을 모두 사립학교에 보낼 만큼 형편이 넉넉하다(그러나 모두를 대학에 보낼 정도는 아니어서 막내 한 명만 대학에 진학했다). 가족들은 모두 음악을 연주할 수 있어서, 아버지는 바이올린을, 장남은 첼로를, 세 명의 딸 리엔(Lien), 미엔(Mien), 요한나(Johanna)는 피아노를 연주할 수 있다.

테오가 그 집에 들어섰을 때, 가족 대부분은 이미 한 곳에 모여 있다. 안드리에의 부모는 테오를 보자마자 마음에 들어 한다. 그날은 빌렘(Willem)이라는 이름의 사촌도 놀러 와서 떠들썩하게 굴며 사람들의 관심을 끌고 있다. 모든 사람이 그를 주시하고 있다. 다만 테오만은 다르다. 그는 뭔가에 홀린 듯 안드리에가 가장 좋아하는 여동생, 요한나에게 시선을 빼앗긴다. 가족들은 그녀를 네트(Net)라는 애칭으로 부르지만, 밖에서는 모두 요(Jo)라고 부른다. 그녀의 나이는 스물두 살이다.

다른 사람들이 전부 그 사촌(훗날 테오는 그때를 회상하며 그를 '그 얼뜨기'라고 칭한다.)에 정신이 팔려 있는 동안, 테오만은 요에게서 눈을 뗄 수 없다. 지적이며 세심하고 감정이 풍부한 그녀를 테오는 한눈에 알아본 것일까? 그는 그녀의 외모에도 마음이 끌린다. 뒤로 올린 머리, 이마에 짧게 내려와 검은 눈동자를 두드러져 보이게 만드는 앞머리, 각진 턱, 넓은 코, 두툼한 입술, 이 모든 게 한데 어우러져 부드러운 분위기를 내는 동시에 강인한 인상을 풍긴다. 그는 안드리에의 다른 여동생들만큼이나 그녀에 대해서도 잘 알지 못한다. 그럼에도 그녀는 테오의 마음을 단번에 사로잡는다. 그가 지금껏 오랜 시간을 찾아 헤맸지만 아직까지 찾지 못했던 뭔가가 바로 그녀에게 있다. 그는 이 만남이, 훗날 그가 그녀에게 쓴 표현을 쓰면 '지대한 영향을 불러올' 만남이 될 거라고 직감한다.

요는 테오의 존재를 거의 눈치 채지 못한다. 사실, 그녀는 다른 남자를 향해 가망 없는 사랑에 빠져 있다.

갤러리 여덟

풍부해진 색조

1885~1887

형의 작품이 조금만 더 나아지면, 형은 위대한 인물이 될 거야.
— 테오가 리스에게, 1885년 10월 13일

앞 그림
「파리 노트르담 대성당과 판테온의 전망(View of Paris with Notre-Dame and the Panthéon)」(1886)

62.
보색

파리에서 안드리에는 거의 매일 저녁을 테오네 집에서 보낸다. 그는 부모님에게 편지를 써서 테오에 대해 이렇게 말한다. "알면 알수록 더욱 좋아지는 친구입니다. 날이 갈수록 그 친구의 뛰어난 재능과 소질에 더욱더 감탄하고 있어요." 그들은 함께 일을 하고, 책을 읽고, 대화를 나눈다. 대화의 주제는 예술, 사랑, 결혼, 그리고 결혼이 가져다주는 모든 이점이나 결점에 대한 것이다. 테오는 요에게 품게 된 마음을 아직은 안드리에에게 털어놓지 못한다. 공식적으로는 그가 아직 S와 사귀는 사이이기 때문이다. 안드리에는 테오가 성에 자유분방한 예술계 문화에 너무 깊이 물들어 있는 게 아닌가, 속으로 이미 걱정하고 있다.

테오는 언젠가 요가 자신을 좋아하게 되길, 그리고 어쩌면 사랑해 줄 수 있길 바란다. 그러나 지금으로서는 그런 마음을 속으로만 간직한다. 그런가 하면, 안드리에에게도 한동안 숨겨 온 비밀이 하나 있다. 이번에 본가에 갔다 오면서 애니라는 이름의 여자와 은밀히 약혼을 하고 온 사실이다. 두 사람은 어렸을 때부터 알던 사이로, 암스테르담에 갔을 때는 테오에게 그녀를 소개시켜 주기도 했다.

약혼이 공식화되어 알려진 후, 테오는 친구가 애니와의 결혼으로 과연 얼마나 행복해질 수 있을지 잘 모르겠다고 여동생 리스에게 고백하듯 말한다. 애니는 전혀 '결점이 없어 보이는 여자'로, '좋은 가정주부가 되기에는 너무 비범해 보인다'고, 그는 리스에게 말한다. 그녀의 외모는 요와 매우 다르다. 애니는 '날씬하고 금발이며 왠지 영국인처럼 보이는 여자'이다. 테오의 스타일은 아니다.

그는 안드리에의 약혼 소식에 진심으로 기뻐하지만, 한편으로는 파리에 홀로 있는 자신이 더욱 외롭게 느껴진다. "거리는 사람들로 바글대는데, 정작 그곳에 사는 사람은 시골에서보다도 더 외로움을 느껴." 어딜 가도 쉽게 친구를 사귀는 빈센트와 달리, 테오는 다른 사람들과 쉽게 친해지지 못한다.

그래서 그는 일에 집중하고, 예술에 대해 점점 더 많은 것을 배워 가며, 배운 것을 안드리에와 함께, 그리고 편지로 빈센트와 함께 나눈다. 그는 빈센트에게 인상파 화가들이 새로운 색깔이나 붓을 어떻게 사용하는지에 대해 더 많은 이야기를 들려준다. 그는 재차 빈센트에게 네덜란드 풍의 어둡고 칙칙한 색감에서 벗어나 모험을 해 보라고 부추긴다.

빈센트는 그의 말에 귀를 기울인다. 그리고 색을 읽는 데 많은 시간을 쏟아붓는다. 그러면서 색에 대한 이론, 그중에서도 특히 보색에 대하여 배워 나간다. 그 어느 때처럼 그는 계속 새로운 것을 배워 나갈 수 있기를, 화가로서 실력을 쌓아 갈 수 있기를 바란다. 그리고 자신이 테오를 만족시킬 수 있다면 다른 사람들 또한 만족시킬 수 있을 거라고, 그러면 비로소 팔릴 만한 작품을 만들어낼 수 있을 거라고 믿는다. 그 길을 가는 데 도움이 되는 한 가지는 더 많은 색을 쓰는 방법일 것이다. 그는 어두운 색감을 좋아하고, 아직은 어떻게 해야 작품을 밝게 만들 수 있는지 확신이 없다. 그러나 그는 나름대로 그림에 더 많은 색깔을 입혀 나간다.

1885년 10월, 빈센트는 암스테르담에 있는 레이크스 미술관을 직접 관람하러 간다. 그리고 그곳에서 사흘을 보내는데, 그 방문은 그에게 큰 깨달음을 준다.

사흘 동안의 그 미술관 관람은 책으로는 절대 얻을 수 없을 색에 대한 시각을 한층 넓혀 준다. 아직 인상파 그림은 보지 못했지만, 레이크스 미술관에 있는 예전 작품 하나가 그의 눈길을 끈다. 1637년에 프란스 할스(Frans Hals)와 피에터 코드(Pieter Codde)가 함께 그린 「마헤레 부대(The Meagre Company)」라는 작품이다. 그는 이 작품을 보는 것만으로도 '충분히 암스테르담에 올 가치가 있었다'고, '특히 색채 화가로서는 더욱' 그렇다고 테오에게 말한다.

그날부터 빈센트와 테오는 편지로 색에 대해 더욱 많은 이야기를 나눈다. 그는 암스테르담에 있는 동안에 완성한, 더 많은 색을 사용한 그림 몇 점을 테오에게 보낸다. 누에넨으로 돌아가고 나서도, 그는 바구니에 담긴 사과나 감자 등의 그림을 더 그려 테오에게 보낸다. 테오가 가장 마음에 들어 하는 그림은 붉은색을 많이 사용한 그림이다. 아직은 색감 전체가 밝다고 할 수 없지만, 빈센트가 색을 더 많이 활용하려고 한다는 점만은 확실히 보인다. 테오가 빈센트에게 바구니에 든 사과 그림에 대한 의견을 전해 주자, 비록 완벽하다는 평가는 아니지만 빈센트는 뛸 듯이 기쁘다.

"드디어 색깔에 대해서도 마음이 맞기 시작했구나." 빈센트는 이렇게 말하며, 테오에게 물감의 재료나 음영, 색조에 대해서도 더욱 깊이 생각해 달라고 부탁한다. "그 습작이 어떤 식으로 그려졌는지 말하자면……. 그래, 단적으로 말하자면 이거야. 초록색과 붉은색은 서로 보색이지. 그러니까 사과 중에서도 특히 붉은, 그것만 놓고 보면 매우 거칠어 보이는 것이 있는가 하면, 초록빛인 것들도 있잖아." 그는 사과 안에서 분홍빛을 집어내고, 또한 붉은 색과 초록색 사이의 연관성도 찾아낸다.

파리에서 누에넨으로, 다시 누에넨에서 파리로, 형제는 색과 색 이론에 관한 책들을 주고받는다. 그들은 색의 동시대비(同時對比) 현상에 대해, 또 보색에 대해 읽어 나간다. 두 형제에게 보색이란, 서로 나란히 놓임으로써 서로를 보강해 주는 색을 말한다. 즉, 서로를 더욱 강하게 만들어 주는 색이다.

63.
검정색, 흑과 백, 그리고 색깔

내 색조는 점점 따뜻하게 녹고 있어.
그리고 처음의 어둡고 황량했던 분위기는 사라졌어.
– 빈센트가 테오에게, 1885년 10월 28일

형제는 검정색에 대해서도, 그리고 검정색과 흰색에 대해서도 편지로 의견을 주고받는다. 비록 색조를 밝히는 데 집중하고 있지만, 아직은 검정색을 버리고 싶지 않다. 그래도 괜찮을까? 빈센트는 테오에게 의견을 묻는다. 테오의 괜찮다는 응답에 빈센트는 큰 안도감을 느끼며 답장한다. "검정색에 대한 너의 견해를 매우 기쁜 마음으로 읽었어. 네가 검정색에 편견을 갖고 있는 건 아니라는 확신을 갖게 되었지."

테오는 그 대답과 함께, 20년도 더 앞선 시기에 그려진 에두아르 마네 (Édouard Manet)의 「투우사의 죽음(The Dead Toreador)」이라는 작품을 자세하게 분석하여 써 보낸다. 이 그림에서는 한 투우사가 땅에 등을 대고 누워 있는데, 그의 왼쪽 어깨에서 피가 흘러나오고 있다. 땅은 올리브빛을 띤 녹색이며, 투우사의 손에 들린 천은 밝은 분홍색이고, 그의 살결은 창백한 베이지색이다. 그러나 그림의 나머지 부분은 검정색과 흰색의 극명한 대조를 보여 준다. 투우사의 옷은 검정, 그의 신발도 검정이지만, 무릎 바로 밑으로 내려오는 바지 아래 보이는 것은 새하얀 스타킹이다. 재킷으로 가려진 일부분을 제외하면 그가 입고 있는 셔츠도 눈부시게 하얗다.

빈센트는 테오의 편지가 그림에 대한 훌륭한 분석일 뿐 아니라, 글 자체로도 매우 아름답다고 생각한다. "너는 마음만 먹으면 말로도 그림을 그릴 수 있구나." 빈센트는 벌써 몇 번이고 테오에게 이렇게 말한 적 있다.

색이 점점 밝아지고 있다고는 하지만, 어떻게 하면 작품 속에 더 많은 색을 녹여낼 수 있을지 빈센트는 아직 확신이 서지 않는다. 다만 그렇게 하고 싶다는 의지만은 확고하다. 그는 여전히 실제적이면서 진실한 그림을 그리고 싶다. 거기에 색만 더할 수 있으면 될 것이다. 그는 한 가지 색깔로 표현할 수 있는 다양성에 대해, 즉 색조(色租)에 대해 고려하기 시작한다. 예를 들어, 같은 노란색 안에서도 여러 가지가 있다는 개념이다.

노랑의 교향곡.

빈센트는 새로 깨닫게 된 이 색에 대한 감각을 튤립 파동에 비교하여 설명한다. 한때 네덜란드 사람들이 갑자기 튤립에 열광하여 모든 이가 튤립을 원하게 되자, 튤립 값이 하늘 높은 줄 모르고 치솟았던 현상 말이다. 그러나 빈센트는 온 종류의 씨앗을 고루 심고 싶다.

그는 색의 사용 면에서 쥘 뒤프레(Jules Dupré)라는 화가를 흠모하고 있다.

바다 풍경을 표현하는 은은한 녹색과 파란색, 거친 느낌의 파란색, 진주 빛깔 색조의 다양한 흰색.

짙은 와인색을 띤 빨강과 선명한 초록, 밝은 주황에서 어두운 갈색을 어우르는 가을 경치. 머리 위로는 하늘이 회색과 라일락색, 파란색, 흰색을 띠고 있다.

노란색의 잎들.

검은색과 보라색, 불타는 빨간색이 한데 모인 석양.

"색 자체만으로도 뭔가를 표현해 낼 수 있어." 이렇게 그는 큰 글씨로 쓰고 밑줄까지 그어 테오에게 보낸다.

64.
「성경책이 있는 정물」

테오의 「투우사의 죽음」 분석 글을 읽은 뒤, 빈센트는 자기가 할 수 있는 것을 테오에게 보여 주기 위해 검정색에 다른 색을 추가해 그림 한 점을 그린다. 이 그림에서는 색 이외에도 다른 점 몇 가지를 엿볼 수 있다. 이 그림에는 펼쳐진 성경책과 소설책, 타다 남은 양초가 있다. 그가 이 그림을 그린 것은 아버지가 문지방에서 쓰러져 돌아가신 지 7개월째 되는 때이다. 그림에 있는 성경은 아버지의 것으로, 펼쳐져 있는 곳은 이사야서 53장인데, 이 장에는 메시아의 도래를 선언하는 내용이 담겨져 있다.

"우리가 전한 것을 누가 믿었느냐. 여호와의 팔이 누구에게 나타났느냐."

메시아가 세상에 오지만, 사람들은 알아보지 못한다.

"그는 멸시를 받아 사람들에게 버림받았으며, 간고를 많이 겪었으며 질고를 아는 자라. (중략) 우리도 그를 귀히 여기지 아니하였도다."

빈센트는 탁자 위에 놓인 성경책 옆에, 아버지가 돌아가신 직후부터 즐겨 읽으며 매우 좋아하는 에밀 졸라의 『삶의 기쁨』이라는 책을 그려 넣는다. 이 책은 1883년부터 잡지에서 연재되다가 1884년에 출판된 책으로, 작품의 주

「성경책이 있는 정물 (Still Life with Bible)」(1885)

인공인 열 살 소년 폴린은 고아가 되어 그를 구박하는 친척들과 함께 살게
된다. 폴린은 고달픈 삶을 살아가지만 그럼에도 빈센트는 그 책에서 위안을
얻는다. 슬픔이 찾아올지라도 '진정 살기를 원한다면 담대하게 앞으로 나가
야 한다'고 그는 테오에게 말한다.

빈센트는 그 말을 좌우명으로 삼고 살아간다.

그는 이 그림이 무슨 의미를 담고 있는지에 대해서는 따로 설명하지 않는
다. 타다 만 초는 죽음을 의미하는 걸까? 아버지의 담대하지 못한 삶을 의미
하는 걸까? 성경을 소설책 옆에 놓음으로써, 그는 예술과 문학에 비한 기독
교의 무기력함을 보여 주려는 걸까? 빈센트는 자신이 멸시받고 거부당하며
귀히 여겨지지 않는다고 생각하는 걸까? 이 중에 어쩌면 맞는 말이 있을 수
도 있고 없을 수도 있다. 어쨌든 빈센트는 테오에게, 자신이 이제 '어떤 물체
가 앞에 놓여 있다 해도, 그것이 어떤 모양이든 어떤 색깔이든 주저 없이 그
려 낼 수 있는' 경지에 도달했다고 말한다.

형체는 이미 터득했고, 색채는 배워 가는 중이다. 그러나 사람의 신체를 표현하는 것만은 아직도 자신이 없다. 그 생각을 하면 그는 초조해진다. 게다가 독학으로는 발전하는 데 분명 한계가 있다. 그에게는 지도해 줄 사람이 필요하다. 그리고 늘 어디서든 예술을 접할 수 있는 곳으로 가야만 한다.

도시가 답이다. 누에넨은 이제 너무도 작게 느껴진다. 그리고 지난 9월에 그가 가톨릭 성직자와 문제를 빚은 이후로 일부 누에넨 사람들은 그를 못마땅하게 여기고 있다. 그들은 빈센트가 더 이상 가톨릭 농민들이나 일꾼들을 모델로 쓰지 못하도록 막아 버렸다.

"빈센트 형은 운도 참 없지! 다른 맞는 걸 곧 찾을 수 있어야 할 텐데! 형의 작품을 보여 주는 화가들마다 모두 형에게 재능이 있다고, 형이 계속 그림을 그려야 한다고 말하고 있어요." 테오는 어머니에게 말한다.

빈센트는 계속 앞으로 나아간다. 어찌 그러지 않을 수 있겠는가? 마침내 제대로 나아가고 있는데. 이제는 자신뿐 아니라 다른 이들도 알아보기 시작했다. 더 이상은 가톨릭 농민들을 모델로 쓸 수 없기에 그는 풍경을 그리기 시작한다. 그렇게 여름이 지나 가을이 오고, 또 겨울이 찾아오려 할 때쯤, 그는 떠나야 할 때가 왔음을 깨닫는다.

1885년 11월, 아버지가 문지방에서 쓰러져 돌아가신 지 8개월, 그리고 빈센트가 화가로서의 길을 걷기 시작한 지 5년째 되던 어느 날, 빈센트는 어머니에게, 가족과 집에, 그리고 네덜란드에, 일생에 마지막이 될 이별을 고한다.

65.

앤트워프 : 빛과 어둠

빈센트는 벨기에의 앤트워프로 이사하고, 페인트 상인의 집 위층에 작은 방을 세 얻는다. 그리고 즉시 시내 탐험에 나선다. 억수같이 쏟아지는 비도 개의치 않는다. 최근 수집에 열을 올리고 있는 인기 있는 일본 판화를 연상 시키는, 부두와 선창이 있는 그곳 풍경이 매우 마음에 든다. 그는 미술관과 상점들을 둘러본다. 문득, 만약 테오가 그와 함께 있었다면, 두 사람은 같은 눈으로 사물을 바라보았을까 하고 궁금해진다.

그는 일본 판화 작품들을 벽에 붙여 방을 꾸미고, 같은 건물에 있는 작은 '골방'도 하나 빌려 작업실로 꾸민다. 집을 떠나온 게 조금은 후회되지만 다 잘될 거라는 희망을 가져 본다.

가지고 온 작품을 끌러 놓았을 때, 그는 빛과 색에 대한 또 하나의 깨달음 을 얻는다.

누에넨에서 그린 그림들이 '시골에서에 비해 도시에서 확실히 어둡게 보인 다는' 깨달음이다. "도시는 어디에서도 빛이 그만큼 밝지 않기 때문일까?" 그 는 테오에게 묻는다. 파리에서 그의 그림들을 받아 본 테오가 왜 자신이 생각한 것보다 더 어둡게 받아들였는지, 그 이유를 이제야 알 것 같다. 시골에는 탁 트인 공간이 더 많고 그림에 와닿는 빛의 양도 더 많기 때문이다. 그건 그렇고, 빈센트는 자신의 작품을 두루 보며 흡족한 기분에 젖어 든다. **확실히** 그림이 나아지고 있다는 사실이 보인다. 그러나 색을 지금보다 훨씬 밝게 해야 한다는 것 또한 잘 알 것 같다.

그는 작업에 착수한다. 우선, 도시 안에서 유화 물감이나 그림붓을 사기에 가장 좋은 가게 몇 군데를 찾아내고, 화랑들을 돌아다니며 자신의 작품 일부를 맡긴다. 어쩌면 뭐라도 팔 수 있을지 모른다. 그러고는 모델을 구하러 돌아다니지만, 잘 되지 않는다. 12월 중순이 되어서야 마침내 모델을 구하는 데 성공하고, 캔버스 전체를 두상으로 거의 가득히 채우는, 지금까지와는 새로운 스타일을 써서, 한 '멋진 노신사'의 옆얼굴을 그린다.

비록 돈은 거의 없지만, 그는 새로운 아이디어들로 가득 차 있다. 의욕도 충만하다. 빈센트에겐 사진을 약간 업신여기는 경향이 있다. 사진사보다 자신 같은 화가가 훨씬 더 가치 있는 일을 한다고 믿기 때문이다. 화가들은 대상에 생명을 불어넣을 수 있다. 반면, 그가 보는 사진 속의 사람들은 언제 봐도 '극히 똑같은 평범한 눈, 코, 입을 하고 있으며, 번드르르하고 매끈하며 차갑다. 언제 봐도 늘 **죽어** 있는 것 같다. 반면에 그림으로 그린 초상화는 그 자체로도 생명을 품고 있으며, 이는 화가의 영혼 깊숙이에서 우러나온 것으로, 기계는 범접할 수 없는 경지에 있다.'

미술상들에게 물어보니 '아직도 가장 잘 팔리는 그림은 여인의 두상이나 전신상'이라고 답하더라고, 빈센트는 테오에게 전한다. 사람을 주제로 그리고 싶은 그로서는 좋은 소식이다. 이곳에 온 이유도 바로 그것이다.

그러나 그는 제대로 먹지 못하고 있다. 테오가 보내 주는 돈은 거의 물감을 사는 데 다 쓰고 있다. 몸에 기운이 없고 아프다.

"지금까지 따뜻한 식사는 단 세 번밖에 하지 못했어." 12월 중순에 그는 테오에게 말한다. 그는 거의 빵만으로 연명하다시피하고 있다. 월초에 미리 빵집에 돈을 맡겨 두는 식으로, 빵만은 그나마 한 달 내내 떨어지지 않도록 조치해 두었다.

그는 배고픔을 느끼지 않으려고 연신 담배를 물고 산다. 그 바람에 이제는 치아가 썩어서 망가져 가고 있다.

굶주림, 허약함, 고통, 그는 결국 우울증에 빠진다. 몇 주 전만해도 그에게 의욕을 불러일으키던 것들이 이제는 그를 비관 속으로 빠뜨리고 있다. 그는 결코 작품을 팔지 못할 것이다.

빈센트는 테오 외에 다른 가족 모두에게서 거리를 둔다. 어머니가 편지를 보내오지만, 그는 답장하지 않는다. 어머니와 빌은 지금, 그를 경멸해 마지않는 여동생이자 그가 냉소적으로 '대단하신 동생님'이라고 비꼬아 부르는 안나를 보러 가 있다. 알게 뭐람, 다른 사람들은 다 필요 없다. 테오만 있으면 된다. 그리고 예술만 있으면 된다.

예술.

우울함 속에서도 그는 작업을 게을리하지 않는다. 이 도시에 사는 수많은 아름다운 여자들을 보면서, 그는 그들을 그림에 담고 싶어 한다. 아직은 인체를 그리는 데 있어 도움이 필요하다. 그래서 그는 암스테르담에서 신학교를 다니던 시절에 시작된 기존의 교육 방식에 대한 경멸감을 잠시 묻어두고, 한 미술학교의 회화 교실에 등록한다. 저녁은 석고상을 따라 그림 연습을 하는 시간으로 정한다. 또, 옷을 입은 모델이나 누드모델을 그릴 수 있도록 몇몇 드로잉 클럽에도 가입한다.

실력 향상을 향한 빈센트의 다짐은 굳건하다. 그는 가능한 한 많이 반복하여 그린다.

반면에 그의 몸은 만신창이가 되어 간다. 영양 부족으로 인해 소화력은 심각한 만큼 떨어졌고, 치아 상태는 하루가 다르게 나빠지고 있다. 그는 적어도 '총 열 개의 치아'를 못쓰게 되었고, 그 때문에 '겉으로 마흔 살도 더 넘게 나이 들어 보이며, 그래서 너무 많은 불이익을 받고 있다'고 테오에게 말한다. 실제 나이는 고작 서른둘인데 말이다. 그는 못쓰게 된 이들을 뽑기로 결정한다. 그러려면 엄청난 돈이 들 것이다. 그래서 우선은 절반만 선금으로 치른다.

의사는 이를 뽑으면서, 그가 담배를 너무 많이 피우고 음식을 너무 먹지 않는다고 나무란다. "확실히 난 과로를 하고 있고, 말 그대로 기운이 하나도 없어. 단지 안 먹어서 생긴 문제는 아닌 것 같아. 마음고생과 슬픔으로 인한 거지." 그는 테오에게 이렇게 쓴다.

또다시 찾아온 어두움.

그러나 이번에는 그에게 해결책이 있다. 전에는 테오에게 일을 그만두고 같이 화가가 되자고 졸랐지만, 이제는 그걸 바라지는 않는다. 다만 테오가 가까이에 있었으면 한다. 그는 파리에 가서 살면 좋겠다고 생각한다. 그는 슬며시 암시를 준다. 화가 페르낭 코르몽(Fernand Cormon) 밑에서 배우고 싶다고, 파리에 있는 **그의** 작업실에 등록하고 싶다고, 그는 테오에게 말한다.

테오는 그의 암시를 알아차리지 못한다.

그래서 빈센트는 돌려 말하지 않기로 한다.

그리고 단도직입적으로 말한다. 너와 같이 살고 싶어. 난 집 안에서 그림을 그리면 돼. 따로 작업실을 구할 필요는 없어. 그러면 돈도 절약할 수 있을 거야!

테오는 가능할 것 같다고, 다만 아직은 아니라고 답한다. 여름 정도라면 준비가 가능할지도 모르겠다. 그때까지는 빈센트가 네덜란드의 집으로 돌아가는 것이 좋겠다.

그러나 빈센트는 그곳으로는 다시 돌아가고 싶지 않다.

그리고 기다릴 수도 없다.

집세를 내야 할 날이 다가오고 있는데, 돈이 모자란다.

지불하지 못하는 돈은 집세뿐만이 아니다.

그는 우울하고, 아프고, 외롭다.

그에게는 테오가 필요하다.

청구서들을 무시한 채로, 그는 몰래 앤트워프를 떠난다.

66.
오는 이와 가는 이

1886년 2월 28일, 빈센트가 파리에 도착한다. 테오는 그가 온다는 사실을 전혀 모르고 있다.

바로 같은 날 우연히도, 지그문트 프로이트(Sigmund Freud)는 파리를 떠난다. 기차역에서 이 두 사람은 서로를 스쳐 지나갔을지도 모른다. 두 사람 모두 입에 파이프 담배를 물고서. 스물아홉 젊은 나이의 프로이트는 정장 차림에 풀을 빳빳하게 먹인 새하얀 셔츠를 입고 있다. 단정하게 가르마를 탄 머리, 그리고 깔끔하게 기른 턱수염과 콧수염이 눈에 띤다. 그는 갓 의사가 된 예의 바르고 단정한 청년이다. 그가 빈센트를 마주쳤다면 어떻게 생각했을까? 서른두 살이지만 훨씬 더 나이 들어 보이는 얼굴, 수척하게 여윈 몸, 여기저기 깨지거나 썩거나 빠진 이, 지저분하고 더러운 몸에 찢긴 옷, 닳을 대로 닳은 모자.

프로이트는 한시라도 빨리 파리에서 떠나고 싶다. 이 도시에서 4개월 반을 살았지만 그 시간은 별로 즐겁지 않았다. 그는 유명한 와인에도, 여자에도, 노래에도 관심이 가지 않았다. 프랑스 친구도 사귀지 않았다. 하루빨리 약혼녀가 있는 고향 비엔나로 돌아가는 날만 손꼽아 기다렸다. 파리에는 공부를 하러 온 것일 뿐, 그 목적은 성공적으로 달성했다. 그는 남자들에게 일어나는 신경쇠약, 즉 남성 히스테리를 이해하는 데 상당한 진척을 이루었다.

반면, 쓰러지기 직전의 빈센트는 이제 무사히 파리에 도착해 한시름 마음을 놓고 있다. 그는 테오가 자신을 받아주기를 바라고 있다.

파리 북역에서 빈센트는 스케치북을 펴고 종이에 다음과 같이 쓴다. "친애하는 테오야, 내가 이렇게 급작스럽게 왔다는 사실에 너무 화내지 않기를 바라. 나 나름대로는 많은 고심을 했어. 그리고 이렇게 하는 편이 우리에게 시간 절약이 될 거라고 생각해."

그는 테오에게 정오부터 루브르 박물관의 카레 살롱(Salon Carré), 유럽 회화 대가들의 작품을 한가득 소장하고 있는 그 방에서 기다리고 있겠다고 말한다.

"다 잘 될 거야, 두고 보렴. 그러니까 될 수 있는 한 빨리 와 주길 바라."

(밀린 돈을 내지 않고 그냥 오는 바람에) 남은 돈이 수중에 조금 있으니, 유사시에는 빈센트가 혼자서 살 곳을 빌릴 수도 있을 것이다. 그러나 그는 테오가 집으로 들어오라고 해 주기를 바라고 있다.

그는 스케치북 종이를 뜯어내어 배달원에게 건네준다.

그리고 그 길로 루브르 박물관으로 가 테오를 기다린다.

67.

반 고흐의 형

———————

그로부터 몇 주가 지난 어느 날, 안드리에 봉어는 집에 편지를 보내 요즘 테오를 통 보지 못한다고 불평한다. "화가로 일하는 테오의 형이 이곳으로 찾아왔어요."

그리고 몇 주가 지나서 온 다른 편지에는 이렇게 쓰여 있다. "테오의 형이 여기서 계속 눌러살 작정인가 봐요. 적어도 3년간은 코르몽 화가의 작업실을 다닐 계획이래요." 그러면서 그는 작년 여름에 처음 빈센트를 만났을 때 부모님에게 했던 말을 다시 한번 상기시킨다. 그 형이라는 사람이 '어찌나 고독한 삶을' 사는지, 사람이 당최 사교적인 세련미가 없고, 만나는 사람마다 싸움이 붙어요. "그래서 형 때문에 테오가 엄청나게 고생하고 있어요."

그토록 작은 공간에서 그토록 개성 강한 형과 생활한다는 것은, 테오에게 확실히 쉽지 **않은 일**이다. 4개월을 형과 비좁은 집에서 함께 지낸 뒤, 견디다 못한 테오는 결국 더 큰 집을 빌리기로 결정한다. 그렇게 함으로써 숨통이 좀 트이기를 바라고 있다. 6월 초에 두 형제는 몽마르트에 있는 르픽가 54번지로 이사한다. 예전에 빈센트의 「감자 먹는 사람들」을 보고 호평했던 미술상 알퐁스 포티에의 가게가 있는 건물이다.

안드리에는 부모님께 편지를 보내 또 다음과 같이 쓴다. "그들은 이제 (어쨌거나 파리 사람들 기준으로는) 크고 널찍한 집에서 세간도 제대로 갖추고 살게 되었어요. 실력 있는 가정부도 두고요." 그 가정부의 이름은 루시이다. 그들이 사는 곳은 건물의 3층으로, 쓸 만한 크기의 방 세 개에, 작지만 서재도 있고, 작은 부엌도 있다. 빈센트는 서재에서 자고, 그 뒤쪽에 있는 방을 작업실로 사용한다. 그 방에는 크지는 않지만 창문도 있다.

치과 치료도 받고, 먹기도 잘 먹게 된 빈센트는 기력을 되찾는다. 앤트워프에 있을 때에 비해 그의 건강은 눈에 띄게 나아졌다.

그러나 안드리에는 테오가 걱정이다. "엄청나게 피곤해 보여요. 불쌍한 친구 같으니라고. 그 친구는 요즘 걱정이 너무 많아요. 게다가 형이라는 사람은 그를 달달 볶아 대고, 전혀 잘못한 일도 없는데 온갖 트집을 잡아 몰아세워요."

안드리에의 관점에서 봤을 때, 빈센트가 파리로 온 것은 재앙의 시초이다.

68.
인상

보이는 것은 관점에 따라 다른 법이다.

테오에게 있어, 빈센트 형과 함께 사는 것은 나쁘지만은 않다. 함께 지내는 것이 확실히 힘들 때가 많긴 하지만 반면에 즐거운 순간도 있다. 빈센트는 테오에게 사회적, 지적으로 자극을 주고, 가족 간의 유대감도 채워 준다.

빈센트에게 있어, 테오와 함께 사는 것은 필수불가결한 일이다. 그가 파리에 온 것은 단지 동생하고 같이 살기 위해서가 아니라, 실력을 연마하고 커리어를 쌓기 위해서이다. 이는 두 형제 모두 간절히 원하고 있는 바이기도하다. 빈센트는 자신이 사람을 그리는 법을 완전히 터득할 수 있길 바라고, 테오는 빈센트가 더 밝은 색을 쓰기를 바란다.

차츰 추운 겨울 날씨가 누그러들고 1886년 봄으로 접어들자, 테오는 빈센트를 현대 화가들에게 특히 인상파 작가들에게 소개시켜 주러 다니기 시작한다. 그리고 미술관이나 살롱, 박물관 등지를 데리고 다니며, 에드가 드가(Edgar Degas), 매리 커셋(Mary Cassatt), 폴 고갱, 피에르 오귀스트 르느와르(Pierre-Auguste Renoir), 카미유 피사로(Camille Pissaro), 베르트 모리조(Berthe Morisot), 클로드 모네 등이 그린 작품들을 보여 준다. 가장 최근에 열린 인상파 전시회에도 데리고 간다.

이것 봐봐, 하고 테오가 말하면, 빈센트는 고개를 돌려 바라본다. 이제까지 테오가 입이 닳도록 말하던 것이 무엇이었는지 드디어 이해가 된다. 가벼운 색깔, 전체적으로 환한 색조, 밝은 분위기.

눈에 보이는 붓의 질감.

점들, 힘주어 그은 선들, 두껍게 겹쳐 바른 물감, 강한 느낌을 주는 사선들.

이 전시회에서 빈센트는 인상파 회화뿐 아니라 조르주 쇠라(Georges Seurat)와 폴 시냑(Paul Signac)의 그림도 접한다. 이 두 사람은 작은 점을 찍는 방법으로 그림을 그리며, 이 방식은 나중에 점묘법으로 알려진다. 쇠라는 인상파 작가들의 작품보다 자신의 작품이 훨씬 더 철저하고 정교하다고 생각한다. 그와 같은 작가들은 훗날 신인상파라고 불리는 사조를 이룰 것이다.

형태를 다양하게 변형시키거나 이런 저런 재료를 섞어 담대하게 접근하고 싶은 충동, 그동안 빈센트가 가져 왔던 신념은 이로써 확실히 굳혀진다.

예술에는 시도하고 발견하고 탐험해 볼 것들이 너무나도 많다.

빈센트는 이제 몸도 건강하고 에너지가 넘치며 마음의 준비도 되었다. 모두 테오 덕분이다.

예정대로 빈센트는 페르낭 코르몽의 작업실을 다닌다. 몇 시간이고 자리에 앉아 고전 석고상이나 나체상을 보며 인체 형상을 그리는 연습을 한다. 그는 그 작업실에서 앙리 드 툴루즈-로트렉이나 에밀 베르나르와 같은 화가들과도 친분을 쌓는다.

빈센트와 베르나르는 친한 친구 사이로 발전한다. 베르나르는 빈센트의 끈기에 혀를 내두르며 감탄을 아끼지 않는다. 다들 하루 일과를 마치고 집으로 돌아갈 때에도, 빈센트만은 계속 남아서 '천사 같은 인내심'으로 얌전히 앉아 석고상을 계속 그려 나간다. 수정을 가했다가, 다시 '열정적으로' 그려 나가다가, 지웠다가, 그러다 결국은 '지우개로 하도 지워서 종이에 구멍이 나기'도 한다.

그러나 빈센트는 3개월이 지나 작업실을 그만두기로 결정한다. 전에도 그렇게 느꼈지만, 수업은 지나치게 학구적이며 엉뚱한 곳에 너무 많은 힘을 쏟게 한다. 빈센트는 늘 독학에 소질이 있었고, 이번에도 몇 주 지나지 않아 스스로 터득할 방법을 찾았다. 그는 어느 한 화가의 작품을 보고, 색을 사용하는 방법이나 임파스토* 기법에 강렬한 인상을 받는다. 프랑스 남부 마르세유에서 살았던 아돌프 몽티셸리(Adolphe Monticelli)라는 화가이다. 그는 최근에 세상을 떠났지만, 그의 그림은 남아서 빈센트가 자신만의 회화 스타일을 발전시키는 데 있어 가이드 역할을 해 준다.

빈센트는 보색뿐 아니라 밝은 색깔을 사용해 가면서 실험을 계속한다. 물감을 붓에 잔뜩 적셔 두껍고 무거운 필치로 종이에 내려놓는다. 어떨 때는 물감이 마르는 시간을 채 기다리지 못하고, 젖은 물감 위에 또 젖은 물감을 덧칠한다.

그는 야외로 나가, 몽마르트 주변의 경관을, 건물들을, 근처 공원에서 산책하는 사람들의 모습을 그린다.

그런가 하면, 친구 앙리 드 툴루즈-로트렉의 조언을 받아들여, 물감에 도료희석제를 넣어 솜털 같은 스케치 느낌의 붓 터치 기법인 정유화법(peinture a l'essence)도 시도해 본다.

실내에서 작업을 할 때에는 온갖 종류의 꽃을 놓고 그린다. 장미, 백일홍,

---

*물감을 두텁게 칠해 질감 효과를 내는 것.

글라디올러스, 과꽃, 그리고 그가 가장 좋아하는 해바라기. 이중 일부는 정유화법으로도 그린다. 신발을 놓고 그리기도 한다. 한쪽 밑창은 위를 향하고, 한쪽 밑창은 아래를 향한 신발 한 켤레. 아직은 검은색이 주로 쓰이고 있지만, 갈색과 황갈색, 그리고 빛과 하얀색도 눈에 띈다.

그의 색감은 확실히 가볍고 밝아졌다. 인상주의가 그에게도 영향을 미친 것이다. 점묘법의 영향도 받았다. 이전까지는 고전의 대가들을 통해 배웠다면, 이제는 동시대 작가들을 통해 배우고 있다. 그러나 그의 작품은 온전히 빈센트 자신만의 것이다.

테오는 어머니에게 편지를 써서 빈센트의 실력이 놀랄 만큼 향상되었다고 전한다. 아직 작품을 팔 수 있는 단계에는 오르지 못했지만, 조금씩 다른 화가들의 작품들과 혹은 더 유명하고 성공한 작가들과도 작품을 교환하고 있다. 이렇게 하다 보면, 두 형제는 훌륭한 그림을 많이 소장할 수 있게 될 것이다.

그리고 빈센트는 많은 친구들을 사귀고 있다. '거의 매일 명성 있는 화가들의 작업실에 초대받고 있으며, 반대로 그를 찾아오는 사람도 많다고' 테오는 어머니에게 말한다. '아름다운 꽃을 매주 보내 주는' 친구도 있어서, 빈센트는 그 꽃을 대상으로 그림을 그린다. "우리가 계속 이렇게만 해 나간다면, 형의 고생도 머지않아 끝날 수 있을 것 같아요."

그들의 집에 빛이 비추기 시작했다.

그러나 테오는 어머니에게 모든 것을 말하지는 않는다. 빈센트와 함께 산다는 것이 얼마나 힘든 일인지에 대해서는 조용히 함구한다. 그러나 굳이 말하지 않아도, 어머니라면 이미 잘 알고 있을 것이다.

그밖에 또 테오는 자기가 겪고 있는 다른 문제에 대해서도 침묵을 지킨다.

69.
어색한 동거

테오는 요즘, 전부터 사귀고 있는 여자 S에 대한 문제로 궁지에 몰려 있다. 그로서는 그녀와 헤어지고 싶은 마음이 굴뚝같은데, 그녀가 워낙 연약하고 정신적으로 불안정한 상태라, 끝내자고 잘못 말을 꺼냈다가 혹여 자살을 택하는 게 아닐까 두려워 이러지도 저러지도 못하고 있는 중이다. 빈센트와 안드리에는 그를 도와주기 위해 여러모로 궁리중이다.

게다가 직장 일도 여전히, 또다시 그를 좌절시키고 있다. 상사가 그에게 자율권을 거의 주지 않기 때문에, 가장 좋아하는 인상파 그림을 팔기 위해서는 엄청난 반대에 부딪혀 싸워야 한다. 그리고 싸워서 이긴다 해도, 아주 조금의 양보밖에 이끌어 내지 못한다. 8월이 되어 그는 네덜란드에 다녀오기로 결심한다. 그렇게 하면 형과의 생활로부터 숨통이 조금 트일 것이고, S와도 거리를 둘 수 있을 것이다. 그리고 가는 김에 큰아버지도 찾아가서 도움을 좀 요청해 볼까 한다.

아버지가 계시지 않아 마음은 아프지만, 이제는 더 이상 일일이 아버지의 허락을 구할 필요가 없어졌다. 비록 장남은 빈센트이지만 사실상 집안의 가장은 바로 테오이다. 마치 죽은 장남의 초상화 위에 테오의 초상화가 덧그려진 것과도 같다.

센트 큰아버지와 코르 작은아버지는 테오에게 아버지만큼 큰 영향력을 끼치지는 못한다. 물론 그들의 승낙과 격려를 받을 수 있다면 더욱 좋겠지만, 그것이 꼭 **필요한** 요소는 아니다. 그러나 지금 테오는 그들의 경제적 도움이 절실하다. 독립하고 새 화랑을 열어서 자신이 좋아하는 (그리고 이미 그의 고객으로 있는) 클로드 모네 같은 작가들의 작품을 자유로이 전시하고 싶다. 언젠가는 빈센트 형의 그림도, 판매할 만한 수준이 되면 그곳에서 팔 수 있을 것이다. 또, 형이 있으니까 옆에서 어떤 화가와 계약을 하거나 하지 말아야 할지 조언을 해 줄 수 있을 것이다. 빈센트는 이미 그의 계획에 전폭적인 지지를 보내 주고 있다. 안드리에 봉어도 마찬가지이다. 그는 지지하는 역할에서 더 나아가 동업자가 되기를 희망한다. 그러나 그들에게는 현재 안드리에가 끌어모을 수 있는 돈 이상이 필요하다.

테오가 집에 없는 사이, 빈센트가 외롭지 않도록 안드리에가 그들의 집으로 들어온다. 그러다가 안드리에는 결국 병이 난 빈센트를 간호하는 일을 맡기도 하고, 그 집에서 같이 지내고 있는 또 한 사람인 S와의 골치 아픈 일에도 휘말리게 된다.

네덜란드에 있는 테오도 힘든 시간을 보내고 있긴 마찬가지이다. 센트 큰아버지를 만나 설득해 보려 하지만, 독립하여 화랑을 차릴 수 있게 돈을 보태 달라는 요청은 받아들여지지 않는다. 코르 작은아버지 또한 꿈쩍하지 않는다. 테오가 빈센트와 안드리에에게 이런 소식을 전하자, 빈센트는 테오에게 그래도 '용기와 평정'을 가지고 계속 시도해 보라고 말한다.

안드리에도 그들의 모험을 위해 돈을 구하려 힘써 보지만, 역시 실패하고 만다.

그러나 테오가 전해 온 소식 중에 신나는 소식이 하나 있다. 빈센트의 그림이 네덜란드 미술계에서 점차 알려지고 있다는 소식이다! 어머니와 빌도 이 소식을 듣고 매우 기뻐하고 있다. 빈센트와 한집에서 지내느라 테오가 얼마나 힘들어 하는지 잘 알고 있는 빌에게는 특히 각별한 소식이다. 그녀는 한 친구에게 편지를 보내, 요즘 테오에게서 '빈센트에 대한 좋은 소식'이 많이 들려오고 있다고, 또 '그의 그림이 엄청나게 발전하고 있어서 이제는 다른 화가들과도 그림을 주고받기 시작했으며, 그러면서 조금씩 성공의 수순을 밟고 있다고' 말한다.

한편, 파리에서는 어색한 동거가 계속 된다. 안드리에와 빈센트는 머리를 맞대고 어떻게 하면 테오를 도울 수 있을지 고심한다. S를 어떻게 해야 한담? 그녀와 같이 지내면 지낼수록 두 사람은 테오가 그녀와 헤어져야 할 뿐 아니라, 그녀가 나쁜 마음을 먹지 않도록 이 문제에 정말 조심스레 다가가야 한다는 확신을 갖게 된다.

또한, 빈센트와 안드리에는 이제 테오의 비밀을 알고 있다. 테오가 요한나 봉어에게 푹 빠져 있다는 비밀 아닌 비밀.

빈센트와 안드리에는 편지로 테오의 순탄치 않은 연애사를 함께 슬퍼하며 위로해 준다. 빈센트는 만약 테오가 S를 떠나서 그녀가 자살을 택하거나 미쳐 버린다면, '그 여파가 테오에게 엄청 큰 비극으로 작용할 것은 물론이며, 영원히 테오를 부셔버릴 수도 있을 거라고' 말한다.

그러면서 빈센트는 해결책을 하나 제시한다. 자신이 대신 S를 맡겠다는 것이다. 결혼까지 할 필요는 없기를 바라지만 해야 한다면 하겠노라고, 둘 중 어느 쪽이 되든 그녀는 자신이 맡겠다고 말한다. 그렇게 되면 가정부 루시를 내보내고 S에게 집안일을 맡기면 될 것이다. 그러면 S도 만족할 것이고, 테오는 무사히 요에게 청혼할 수 있을 것이다.

안드리에는 이 계획 중 일부분, 즉 테오가 S와 확실히 관계를 끊어야 한다는 부분에만 찬성표를 던진다. "관건은 S의 눈을 뜨게 하는 거야. 그녀는 자네를 사랑하는 게 아니거든. 마치 이건, 자네가 그녀를 홀리게 만든 것 같아. 그 여자는 도덕적으로 심각한 병을 앓고 있다네." 그러나 안드리에는 빈센트의 해결책에는 찬성하지 않는다! 그건 '자신의 견해로 봤을 때 실행 불가능한' 일이다.

빈센트가 괴짜라는 안드리에의 생각에는 아직 변함이 없지만, 어느 정도 그는 빈센트에게 마음을 열게 되고, 테오가 돌아왔을 때 세 사람은 매일 밤 함께 저녁을 먹는다. 그러나 테오는 낙담하고 의기소침해 있다. 암스테르담에 갔을 때 봉어 가족과 만나 즐거운 시간을 보냈지만, 집과 직장의 문제가 해결되지 않은 탓에 요에게 자기의 솔직한 감정을 전달할 수 없었기 때문이다.

그렇게 여름이 가을로 변하고, 테오의 분위기는 더욱더 어두워진다. 그는 자신의 일과 삶의 문제를 두고 고민하고 있다. 빈센트와 함께 살기 시작한 이후로 그에게는 조용한 시간, 혼자 있을 시간이 전혀 없다.

겨울이 오자 상황은 더욱더 악화된다. 집 안에서 형제가 함께 붙어 있어야 하는 시간이 늘어났기 때문이다. 따뜻한 햇볕을 쬐지 못해 두 사람 다 심신이 고통스럽다. 빈센트는 더욱 불안정한데다 변덕스럽고, 테오는 우울증에 더욱 깊이 빠져버린다.

그해 말, 테오는 정신적으로나 육체적으로 매우 안 좋은 상태가 된다. 1887년 초에는 마비 증세가 찾아와 며칠 동안 몸을 꼼짝할 수 없는 지경에도 이른다. 테오 자신이 그 원인을 알고 있는지는 확실하지 않지만, 사실 이는 그가 젊었을 때 감염된 매독이 겉으로 나타난 증상이다. 1880년대에도 이미, 감염된 보균자들과의 성적 접촉으로 인해 이 병이 감염된다는 사실은 알려져 있었지만, 병의 징후에 대해서는 거의 알려져 있지 않았고, 실질적인 처치 방법과 치료법도 없었다. 언젠가는 항생제가 발견되어 이 병에 대한 획기적인 치료법이 나타나겠지만, 그것은 수십 년 뒤에나 가능한 일이다. 테오는 벌써 한동안 이 병균을 안고 살아왔다. 그것은 몸에 잠복해 있으면서 여러 번에 걸쳐 열병을 일으키기도 하고 피로감과 허약함을 안겨 주기도 했다. 이제 이 균은 신경계로까지 뻗어 나갔다. 이번의 마비 증세로 인해 그는 더욱 수척해졌고, 예전 어느 때보다도 허약해졌으며 생기를 잃었다. 그는 자신이 서른이 되는 5월 생일까지 살아 있지 못하는 게 아닐까 싶어 두렵다. 바로 수년 전에 빈센트가 그랬던 것처럼, 테오도 20대를 살아서 넘기지 못할 위험에 처했다.

70.
한집의 두 형제, 1887년 파리 (후속)

테오가 병에 시달리는 동안, 빈센트는 그림을 그린다.

비록 야외로 나가 그리는 걸 선호하지만, 추운 날씨로 나가지 못할 때에는 집 안에서 열심히 작업을 한다. 그는 초상화와 누드화, 정물화를 집중적으로 그린다. 초상화 중 일부는 그가 매우 좋아하는 일본 양식을 쫓아, 기존의 틀을 깬 특이한 구도로 두상을 배치하거나, 강렬한 색을 사용하여 그리기도 한다. 여자의 초상화를 그릴 때에도 부분적으로는 2년 전 기법과 비슷한 면도 있지만, 이제는 예전과 달리 색으로 가득 찬 작품을 그린다. 붉은 배경에 초록 원피스, 푸른색, 녹색, 갈색, 황갈색.

보색과 유사색이 사용되고, 색도 훨씬 더 선명하다.

그리고 그는 자화상을 그리기 시작한다.

그런가 하면, 1년 전에 그렸던 것과 비슷한 신발 한 켤레의 정물화도 그린다. 이번 신발은 목이 더 긴 작업용 부츠라는 점이 다르지만, 여전히 한쪽 밑창은 위를 향하고 다른 쪽은 신발 끈이 풀려 있으며, 신발 끈이 그림 아래쪽 맨 밑에까지 내려와 있다. 위를 향하고 있는 쪽은 밑창이 닳았고, 서 있는 쪽

에는 여기저기 긁힌 자국이 있다. 이번 그림은 색이 더욱 풍부하다. 파란색, 녹색, 갈색 흰색 주황색

이 작품에 그는 서명을 적어 넣는다. *빈센트, '87.*

신발 두 개, 한 쌍의 신발. 나란히 있는 한 쌍이지만, 한쪽은 위를 향하고, 한쪽은 아래를 향하고 있다. 그리고 양쪽 다 닳을 대로 닳았다.

집에 있지 않을 때 빈센트는 밖에 나가 친구들과 어울린다. 에밀 베르나르, 앙리 드 툴루즈-로트렉 같은 화가 친구들이다. 만나는 여자도 생겼다. 식당을 경영하는 아고스티나 세가토리(Agostina Segatori)라는 여자이다. 2월에는 전부터 수집해 온 일본 판화를 모아 전시회를 개최하기도 한다. 이 전시회는 아고스티나의 식당인 탐부린 카페(Café du Tambourin)에서 열린다.

집 안 분위기는 아슬아슬하다. 이런 분위기는 오랫동안 계속되고 있다. 빈센트는 격정 속에서 사는 것이 가능하지만 테오는 그렇지 않다. 테오는 빈센트를 집에서 내보내고 싶다.

다시금 둘 사이의 우애가 깨질 위기에 처한다.

1887년 4월, 테오는 리스에게 편지를 쓴다. "너한테 편지를 쓴 지가 꽤 오래되었구나. 그러나 만약 이곳 생활이 어떠한지, 내가 어떤 상황 속에서 올해 겨울을 났는지 네가 알게 된다면, 지금까지 있었던 일들을 절대 다시는 되풀이하고 싶지 않다 말해도 놀라지 않을 거야. (중략) 너무도 많은 마찰과 다툼이 있었고, 그런 이야기들을 꺼내 고요한 네 삶을 깨트리는 것은 장담컨대 옳은 일이 아닐 거야."

그러나 그는 가족 중에 누군가는 알아주었으면 하고 바란다. 그렇기 때문에 동생에게 이 편지를 쓰는 것이다. "그동안 난 많이 아팠어, 특히 정신적으로. 그리고 내 자신과의 힘겨운 싸움을 벌이고 있어."

이 대도시에서 테오는 외로움을 느낀다. "여기엔 가족과의 생활이 없어. (중략) 이해할 수 있겠니? 사업 이야기만 늘어놓는 남자들이나, 자기 문제만 으로도 충분히 괴로운 화가들밖에는 어울려 지낼 사람들이 없어. 가끔은 비슷한 배경을 가진 아내를 만나 아이를 키우며 사는 가정생활이 어떠한지 알지 못한다는 사실이 너무 힘들구나."

그는 요 봉어에게 청혼할 생각이라고 동생에게 털어놓는다. 그러나 그는 동생에게 '그녀에 대해 제대로 말해 줄 수 없을 정도로, 그녀가 어떤 사람인지도 잘 모르고 있는 실정이다'. 그는 아직도 S와의 관계를 깔끔히 정리하지 못했다. 그에게는 어떤 것도 쉽게 풀리는 일이 없다.

그렇지만 날씨가 좋아지면서, 테오의 기분도 조금씩 희망적으로 변한다. 그는 리스에게 쓴다. "천천히 봄이 오고 있어. 아, 정말 너무도 오랫동안 꽁꽁 얼어붙어 있었지 뭐야. 이제는 날씨가 피어나기 시작했고, 햇빛이 비치면서 자연만큼이나 사람들의 꽁꽁 얼었던 마음도 풀리는 것 같아."

갤러리 아홉

서로를 잇는 꿈

1887~1888

71.
테오의 집에서 보이는 풍경

빈센트는 테오의 집에 있는 자신의 방에서 눈에 보이는 풍경을 그림으로 그린다. 도시 경관, 파랑, 초록, 하양, 빨강의 알록달록한 덧문들, 빛나고 행복하고 예쁜 풍경. 그의 시점, 그의 시점에서 보는 풍경.

테오도 이처럼 밝은 풍경을 그렸을까? 아마 아닐 것이다. 그러나 봄이 활짝 피어나면서, 집 안의 공기도 제법 따뜻해진다. 우중충한 겨울 색이 옅어지고 봄의 색깔이 피어나며 두 형제는 한결 행복함을 느낀다. 노란 태양과 파란 하늘, 보라색, 분홍색, 빨간색 꽃들, 초록색 잎들, 새로운 생명.

4월 말이 되고, 테오는 빌에게 편지로 두 사람이 '예전처럼 계속 지내는 건 누구에게도 좋지 않은 일임을 깨닫고 서로 화해했다'고 보고한다.

봄의 파리. 관계의 회복.

빈센트는 다시 야외로 나가 그림을 그리기 시작한다. 그림을 그리고 집에 돌아오면 그의 기분은 훨씬 더 좋아 보인다. 빈센트의 괴짜 같은 면은 여전하고, 때로는 사람을 미쳐 버리게 만들 정도로 심하지만, 지금은 테오 스스로도 강해졌고 따라서 빈센트를 감당할 수 있다.

테오에게도 형제의 유대감은 필요하다. 두 사람 모두에게 그렇다.

둘은 다시금 한길을 가고 있으며, 그래서 두 사람 다 행복하다. 빈센트만이 아니라 두 사람 모두에게. 테오도 빈센트가 곁에 있어서 삶이 훨씬 더 충만하다. 그들은 너무도 다르지만, 둘이 같은 길을 갈 때에는 그들의 다름이 서로를 보완하고 빈 곳을 채워 준다. 그 옛날 함께 풍차를 향해 걸었던 때와 비교하면, 지금 그들의 관계는 훨씬 더 복잡하지만, 그래도 둘은 여전히 많은 것을 공유하고 있으며 그들이 함께하는 길은 빛을 발한다.

그리고 그토록 사이가 가까운 만큼 둘은 서로에게 많은 것을 배워 왔고, 앞으로도 그럴 것이다.

테오는 빈센트의 그림에 보이는 것들을 무척이나 마음에 들어 한다. 빈센트는 주변에서 흔히 볼 수 있는 광경을 그림으로 그린다. 공원이나 거리의 풍경 등 거의 모든 것들이 집에서 얼마 걸어가지 않아 볼 수 있는 것들이다. 그는 풍차 그림을 또 하나 그린다. 몽마르트 언덕 꼭대기 물랭 드 라 갈레트(Moulin de la Galette)에 있는 풍차이다. 그는 여러 다른 시점, 즉 여러 곳에서 보이는 장면을 다양하게 포착해 낸다. 가까이 바로 앞에서, 혹은 멀리서, 중앙에서, 혹은 장면 일부분만을 확대하여. 그중 하나의 시점은 멀리 떨어진 지점에서 파리의 봄을 보여 준다. 충만한 빛과 색, 밝은 색상을 한껏 사용한 푸른 잔디와 파란 하늘, 풍차의 꼭대기에서 바람에 펄럭이는 프랑스 국기. 그들이 사는 곳 근처에는 풍차가 총 세 군데에 있는데, 빈센트는 테오와 함께 사는 동안 그 풍차들을 모두 그림으로 남긴다.

빈센트는 여러 스타일로 실험을 해 본다. 점묘법을 일부 차용하거나, 그가 좋아하는 일본 그림 풍으로 더 선명한 시각적 표현을 시도하기도 한다. 그는 줄 긋기 방법 등 드로잉에서 사용되는 기교를 회화에 접목시켜 보면서 가장 마음에 드는 회화 스타일을 찾기 위해 노력한다. 5월에 접어들어서는, 붓에 물감을 흠뻑 적셔 보다 두텁고 풍만하게 획을 그어 넣기 시작한다. 5월 중순부터 6월 말에 이르는 사이, 그는 밝은 색채와 두꺼운 물감으로 표현한 공인 풍경을 거의 40점이나 완성한다.

그리고 자화상도 더욱 많이 그리기 시작한다. 그중 하나, 다양한 색깔에 붓을 두껍게 칠해서 그린 한 작품에는 회색 중절모를 쓰고 있는 그가 등장한다. 푸른 배경 속의 그는 푸른색이 약간 섞이고 갈색빛이 도는 초록색 재킷을 입고 있다. 입술은 붉고, 오렌지색이 감도는 빨간 수염은 짧게 깎여 단정하다. 중절모 밑으로 찡그린 인상의 미간이 눈에 띄고, 완강하고 결단력 있어 보이는 초록 눈동자가 강렬하게 바깥을 응시하고 있다.

"빈센트 형은 여전히 열심히 그림을 그리고, 그림은 날이 갈수록 좋아지고 있어. 그림 풍도 밝아지고 있고, 요즘은 그림에 햇빛을 불어넣기 위해 엄청 노력 중이야." 테오는 리스에게 말한다. 빈센트는 그야말로 태양을 포착해내기 위해 열심이다.

"형은 참 특이한 사람이야. 그렇지만 그의 머리 하나만은 정말 부러워." 테오는 여동생에게 이렇게 쓴다.

테오는 빈센트의 미래와 자신의 미래를 향해 희망을 품고 있다. 전보다 기분도 **훨씬** 나아졌다. 이제 더는 젊어서 죽는다는 생각을 하지 않는다. 그는 안드리에의 여동생 요와 함께할 삶을 꿈꾸고 있다.

72.

초인종을 울리다

나에 대해 말하자면, 결혼해서 아이를 가지는 열망을 조금씩 잃어 가고 있어.
그리고 어찌 보면 서른다섯이라는 나이에 이런 생각을 하고 있다는 사실이
조금은 서글퍼. 그리고 때로는 이 망할 그림을 탓할 때도 있어.

– 빈센트가 테오에게, 1887년 7월 23일

1887년 여름, 테오는 브레다에 살고 있는 어머니와 빌을 방문하기 위해 길을 나선다. 그러나 이 여행의 주목적은 본가 방문이 아니다. 빈센트의 격려에 힘입어 그는 암스테르담에 가서 요를 만나고 올 계획이다. 작년 여름에 갔을 땐 자신이 없어 그녀에게 마음을 털어놓지 못했지만, 이제는 준비가 되었다. 그는 아내와 가족을 원한다. 그녀를 원한다.

비록 어느 정도 진척은 있지만 S와의 관계를 아직 완전히 끝내지 못했다는 문제는 나중에 생각하기로 한다. 아직 시기상조인 것 같으니 좀 더 기다려 보는 게 좋겠다고 설득하는 안드리에의 조언도 잠시 접어두기로 한다. 테오의 마음은 이미 굳게 정해졌다.

그의 머릿속은 늘 그녀에 대한 생각으로 가득 차 있다.

테오는 요에 대해, 그리고 사랑에 대해, 동생 리스와도 계속 편지로 이야기를 나눠오고 있다. 그는 리스에게 이렇게 말하기도 했다. 요에게서는 '지금 껏 누구에게도 느끼지 못했던, 그녀라면 온전히 전적으로 신뢰할 수 있을 것 같은 느낌이 느껴진다고, 그녀에게라면 **무엇이든지** 다 털어놓고 얘기할 수

302

있을 것만 같다'고.

요두 그에게 같은 감정을 느끼고 있는지는 모르는 일이다. 그러나 서로가 서로를 잘 알게 된다면, 그녀도 반드시 그렇게 될 거라는 확신이 있다. 그러면서 그는 서로를 더 잘 알기 위해서는 두 사람이 약혼을 해야 한다는 결론을 내린다. 그도 알고 있다. 그녀가 사랑하는 사람과의 로맨틱한 결혼을 선호할지도 모른다는 사실을. 그러나 그런 건 동화 속에서나 일어나는 일이라고, 현실과는 동떨어진 일이라고 그는 생각한다.

"너희 여자들은 보통 세상에 온갖 종류의 영웅이 있으며, 너에게 결혼을 청하는 남자가 그런 영웅적인 존재여야 한다고 생각하는 경향이 있어." 요를 만나기 전에 사전 연습을 하듯, 그는 리스에게 이렇게 말한다. "그렇지만 여자들이 그런 걸 기대한다면 뭔가 착각하는 거라 생각해. 아무튼 이 점에 있어서라면, 난 누구든 나를 있는 그대로 받아들여 주기를 원해."

그는 요가 자신을 있는 그대로, 자신이 지금까지 성취해 온 것들과 삶에서 원하는 것들에 비추어 봐 주기를 원한다. 그리고 두 사람이 함께한다면 행복한 삶을 살 수 있을 거라고 그녀를 설득하기로 계획한다.

1887년 7월 22일 금요일, 요를 처음 만난 때로부터 2년이 지난 지금, 테오 반 고흐는 암스테르담에 도착해 기차에서 내리자마자 봉어의 집으로 향한다. 요는 스물네 살이다.

오후 2시, 그는 베테링스칸스 121번지 집에 도착하여 초인종을 울린다. 봉어의 집은 그 붉은 벽돌 건물의 위층에 있다.

요는 테오라는 오빠의 친구가 온다는 사실을 이미 알고 있다. 이 일은 그녀에게 안드리에 오빠 친구의 방문일 뿐, 전혀 그 이상의 의미가 없다. 훗날 요는 일기장에 다음과 같이 쓴다. "나는 그 사람이 온다고 하여 반가웠다. 함게 앉아 문학이나 예술에 대해 대화하는 장면을 떠올리며, 그를 따뜻하게 맞이했다."

그들은 마주 앉아 대화를 시작한다. 그리고 이 일에 요는 별 의미를 두지 않는다. "그런데 그가 갑자기 나를 사랑한다고 말하기 시작했다. 만약에 이런 일이 소설에서 일어났다면, 말도 안 된다고 했을 법했다. 그러나 이 일은 실제로 일어났다."

테오는 요에게 둘이 함께하는 삶이 행복할 거라고 말한다. 그녀는 이렇게 쓴다. "그는 내가 늘 꿈꿔 왔던 이상적인 삶의 모습을 내 앞에서 그려 냈다. 다양함과 지적 자극으로 가득 차고, 세상을 도울 수 있길 바라며 훌륭한 대의를 위해 일하는 친구들에게 둘러싸인, 그런 풍족한 삶의 모습을."

그에게 마음을 열 수만 있다면 좋을 텐데, 그가 말하는 동안 요는 속으로 생각한다. 그렇다면 마음속에 간직해 온 '뭐라고 형언하기 어려운 갈증과 열망'을 이루게 될지도 모르는데.

그러나 테오에 대한 그녀의 마음은 무감각하다.

그녀의 마음은 다른 남자를 향해 있다.

그리고 그녀는 테오에 대해 전혀 알지 못한다.

'고작 세 번을 만났을 뿐인데 그가 자신과 평생을 함께하길 원한다는 사실이, 그의 행복을 자신에게 걸려고 한다는 사실이' 그녀에게는 충격적이기까지 하다.

불가능한 일이라고, 요는 테오에게 답한다. 결혼이란 이미 사랑하는 두 사람만이 결정할 수 있는 일이라고 생각하기 때문이다.

자신이 사랑하는 다른 남자가 어딘가에 있다는 사실을, 그리고 그 남자가 그녀에게 마음을 주지 않는다는 사실을, 요는 테오에게 말하지 않는다. 그러나 할 수 있는 한에서는 완강하고 단호하게 그를 단념시키려 애쓴다.

테오는 그녀의 거절을 확실한 거절로 받아들이지 않는다. 대신, 그녀에게 편지를 해도 되겠냐고 묻는다. 그녀는 그가 편지를 보내며 읽겠노라고 예의 바르게 답한다. 그는 편지로 연락을 주고받을 수 있기를, 그런 식으로 서로를 잘 알게 될 수 있기를 바란다(빈센트가 예전에 키 보스를 상대로 원했던 것같이).

그러나 요의 생각은 전혀 다르다. 그녀는 곧 휴가를 떠날 예정이며, 테오가 그녀를 빨리 잊고 나아가기를 바란다. 그가 떠난 후 그녀는 일기장에 쓴다. "내가 그 사람에게 그런 슬픔을 안겨 주었다니 정말로 미안한 마음이 든다. 그토록 커다란 기대를 품고 1년 내내 이곳에 올 날만을 꿈꾸고 있었다니. 그런데 이렇게 끝나야 했으니."(그는 확실히 할 말, 안 할 말을 가리지 않고 전부다 꺼내 놓았나 보다!)

요는 그가 파리로 돌아가서 우울하게 지내지는 않을지 걱정이 된다. "그렇다고 해서 이런 일에 함부로 '예'라고 답할 수는 없는 거잖아, 안 그래?" 그녀는 스스로에게 묻는다.

테오는 어머니와 빌을 보러 브레다로 간다. 그리고 빈센트에게 실패했다는 편지를 보낸다. 빈센트도 식당을 운영하는 애인 미스 세가토리와 막 헤어진 뒤, 자신은 혼자 살 운명인 것 같다고 체념하고 있는 상태이다. 그렇지만 테오만큼은 '건강을 위해, 그리고 사업적인 면을 위해' 결혼을 하는 게 좋겠다고 생각한다.

테오는 어머니를 뵙고 한숨 돌리자마자, 바로 요에게 편지를 쓴다. 그 편지는 그의 삶에 가장 큰 영향을 주는 한 존재에 관한 것이다.

73.

테오의 편지 :
'내게 매우 깊은 영향을 주는 것'

"조용한 틈이 생기자마자 내가 처음으로 하는 일은 바로 당신에게 편지를 쓰는 일입니다."

테오는 요가 있는 그대로 자신을 봐 주기 바란다.

"나를 있는 그대로 보여 주기 위해 난 내가 할 수 있는 모든 것을 다할 생각입니다. 왜냐하면 언젠가 당신이 나를 남으로 느끼지 않게 되는 날이 오면, 당신과 내가 삶에서 쉽게 마주치기 어려운 그런 관계를 맺을 수 있다는 희망을 아직 품고 있기 때문입니다."

테오는 그들이 새로운 삶을 시작하는 출발점에 나란히 서 있다고 굳게 믿는다. 그렇기 때문에 그는 무엇보다 먼저 '그에게 매우 깊은 영향을 미치는,' 그를 정의하는 한 존재에 대해 확실히 말해 두어야 한다고 느낀다.

"당신도 알다시피 나에게는 형이 하나 있습니다." 그는 이렇게 쓴다. "내가 갓 사회에 나왔을 때 그는(비록 그는 런던에 있고 나는 헤이그에 있었지만) 나를 보살펴 주었고, 내가 예술을 사랑하게 된 것도 모두 그의 덕입니다. 나는 상상할 수 있는 그 어떤 것보다 그를 존경하고 사랑하며, 수년 동안 우리들은 그 누구보다도 더욱 가깝게 지내왔습니다."

그는 빈센트가 걸어온 인생과 그로 인해 자신과 가족이 받은 영향에 대해 소상히 설명한다. "형이 사랑하는 사람들과 부모님마저 모두 형이 세상 문제를 경시하고 사회에 맞춰 가기를 거부한다며, 형의 좋은 면은 보려 하지도 않고 형을 비난했습니다. 어쩌면 당신은 이렇게 형 이야기를 꺼내는 게 우리와 무슨 관계가 있냐고, 특히 내 마음을 당신에게 보여 주는 것과는 전혀 관계없는 주제가 아니냐고 반문할지도 모르겠습니다. 그러나 이제까지 형과 이토록 많은 것을 함께 해 오고, 인생의 가치관을 깊이 나누어 온 나로서는 처음부터 당신에게 그와의 관계를 정확히 밝혀 두지 않는다면, 내가 당신에게 나의 중요한 부분을 숨기고 있는 것처럼 느껴질 것 같습니다."

빈센트가 없는 나는 있을 수가 없다, 그는 요에게 편지로 이렇게 밝히고 있다.

그러나 제발, 나를 받아 달라. 적어도 기회를 한 번 달라.

"당신에게서 짧은 답장이라도 받을 수 있다면, 내가 얼마나 기쁠지 말하지 않아도 알겠지요." 그는 쓴다.

그러나 테오가 네덜란드에 머무는 내내 요는 답장을 하지 않는다. 테오는 파리로 돌아간다.

74.
닫힌 문, 돈독한 사이

빈센트가 있는 집으로 돌아온 테오는 또다시 요에게 편지를 쓴다. 그녀의 아버지를 통해 현재 요가 부재중이라는 사실은 알고 있지만, 그녀가 아직 자신의 제안을 고려하고 있기를 그는 간절히 바란다.

"아직 당신이 마음을 정하지 못했다는 것은 알겠습니다. 그게 아니라면, 애가 타는 상태로 나를 이토록 오랫동안 내버려 두지 않았을 테니까요. 그렇지만 어떤 결정을 내리든, 당신이 그 결정을 서둘러 주었으면 하는 바람으로 이 편지를 씁니다."

그는 계속해서 써 내려간다. 처음부터 완벽한 화합을 이룬 상태에서 결혼해야 한다는 그녀의 생각은 '매우 아름다운 동시에 매우 젊은이다운 생각이지만, 그건 **사실이** 아니라고. 서로에게 맞는 완벽한 짝을 만날 수 있다고 **상상하는** 것은 분명 기쁜 일이지만, 그것은 꿈에 불과할 뿐이며, 결국은 그 꿈에서 깨어 불쾌한 현실을 마주할 수밖에 없을' 거라고.

그는 두 사람이 서로 관심을 갖고 알아가며 서로의 단점도 보게 되면서 '서로를 용서하고 서로가 가진 선하고 고귀한 것을 찾아 키워 나가도록 노력해야 한다'고 말한다.

'사랑의 열병은 찾아오는 속도보다 더 빠른 속도로 빠져 나가는 법'이라고 그는 주장한다.

그러면서도 스스로는 사랑의 열병에 빠져 그는 이렇게 편지를 끝맺는다. "단 한 시간도 내가 당신을 생각하지 않는 시간이 없으며, 당신의 소식을 애타게 기다리고 있음을 부디 알아주세요. 기다릴 때는 시간이 참 더디 가는군요."

얼마 후 이 기다림은 끝이 난다. 요는 그에게 최종적으로, 확실히, 거절의 뜻을 밝힌다.

이번엔 테오도 그녀의 뜻을 받아들이고, 더 이상 그녀를 귀찮게 하지 않는다.

그는 다시 일과 빈센트에게 주목한다.

두 형제의 사이는 그 어느 때보다도 돈독하다.

75.

훗날에 밝혀진, 테오의 초상

이 무렵 빈센트가 그린 초상화가 하나 있다. 오랜 세월 동안 사람들은 이 그림의 주인공이 빈센트이며, 그가 그린 서른여섯 점의 자화상 중 하나라고 믿었다. 우선 이 작품은 매우 파랗다. 파란 배경에, 파란 정장 상의, 하늘색 의 빳빳한 나비넥타이. 거기에 밀짚모자와 불그스름한 머리, 청록색 눈동자. 그 눈동자에는 슬픔이 서려 있다. 이 남자 주위엔 일종의 우울한 기운이 감 돈다.

전에 이 그림은 (다른 이들에 의해)「밀짚모자를 쓴 자화상」으로 불렸고, 이 시기에 그려진 다른 한 작품과도 많이 비슷하다. 두 형제는 여러 면에서 매 우 달랐지만, 동시에 역사를 속일 수 있을 만큼 닮기도 했다.

그러나 이 초상화의 남자는 단연코 테오이다. 머리색은 빈센트보다 덜 붉 고, 눈 모양은 더 동그랗다. 빈센트는 바로 이 시기, 1887년 파리에서 이 그 림을 그렸다. 그리고 이 그림과 짝을 이루는 자화상도 하나 그렸다. 둘 다 매 우 작은 사이즈의 그림이다. 이 두 그림을 나란히 옆에 놓고 보면, 두 형제가 모자를 바꿔 쓰고 있는 것처럼 보인다. 빈센트는 테오가 즐겨 쓰던 중절모를

「**자화상**(Self-Portrait)」(1887)　　　　　　　　「**테오 반 고흐의 초상화**(Portrait of Theo van Gogh)」(1887)

쓰고 있으며, 테오는 빈센트 스타일에 더 가까운 밀짚모자를 쓰고 있다. 둘은 아마도 재미로 모자를 서로 바꿔 썼을 것이다.

그러나 테오의 눈에 서려 있는 슬픔으로 보아, 필시 빈센트는 이 그림을 테오가 요에게서 거절당한 무렵에 그리지 않았을까 싶다.

100년이 족히 넘어가는 세월 동안, 사람들은 빈센트가 테오를 그림으로 남긴 적이 없다고 믿었다. 그러나 그가 동생을 그릴 생각을 한 적이 없다니, 아무래도 이상하지 않은가. 바로 그건 사실이 아니기 때문이다.

76.
두 사람을 그린 초상화

테오의 상사 중 한 명이 은퇴하면서, 테오는 더욱 자유롭게 화랑에 자기가 좋아하는 그림들을 전시할 수 있게 된다. 그는 자신의 권한 아래, 화랑을 지금 같은 살롱 출신 작가들의 그림뿐 아니라, 인상파 같은 현대 작가들의 그림, 더 나아가 후기인상파 작가들의 그림까지 전시할 수 있는 곳으로 찬찬히 변화시켜 나간다. 상사들의 뜻을 존중하기 위해 1층에는 좀 더 전통적인 그림들을 걸어 두고, 중이층에는 현대적인 그림들을 걸어 놓는다. 아직은 이 새로운 그림들이 화랑 안으로 확실히 들어오지 못하고 문지방에 걸쳐 있는 느낌이다. 미래로 내딛는 한 걸음처럼. 아직은 요의 일로 마음이 아프고 여전히 건강도 좋지 않지만, 테오의 인생에는 좋은 일들도 많다. 빈센트도 포함하여.

올해 가을과 겨울인 1887년의 11월과 12월, 평소 겨울이면 울적해지던 것과 달리 빈센트는 활기에 넘친다. 그는 좋아하는 화가들의 작품을 모아 그랑 부이용-레스토랑 뒤 샬레(Grand Bouillon-Restaurant du Chalet)에서 전시회를 열기로 한다. 그리고 자신의 작품뿐 아니라, 베르나르, 툴루즈-로트렉 같은 화가들의 작품도 내건다. 조르주 쇠라와 폴 고갱이 이 전시회를 보러 오다. 테오는 고갱의 작품 몇 점을 위탁판매하기로 결정한다. 그 다음엔 테오가 고갱과 카미유 피사로, 에드가 드가 등의 작품을 모아 전시회를 준비한다. 친구들과 서로의 존재에 힘입어, 올해 겨울 두 형제는 활력에 넘친다. 그들은 주로 몽마르트 인근 카페에서 조르주 쇠라, 아르망 기요맹(Armand Guillaumin), 카미유 피사로와 그의 아들 루시앙 등 다른 화가 친구들과 어울려 저녁 시간을 보낸다. 빈센트는 자신의 사교 생활에 테오를 불러들이고, 테오는 그로 인해 한층 더 행복한 생활을 누린다.

그러나 반대로 테오가 요즘 만나지 않게 된 한 친구가 있다. 안드리에 봉어이다. 요의 일로 사이가 어색해진 탓도 있지만, 안드리에는 테오의 자유분방한 예술가적 생활 방식을 못마땅하게 여기고 있으며, 결혼을 코앞에 앞두고 있는 터라 테오에게 거리를 두고 있다.

안드리에는 요에게 테오가 걱정된다고 말한다. 그는 테오가 '어린 화가들처럼 보헤미안' 식의 건강하지 못한 생활을 하는 것 같다고 걱정한다. 그런 생활 방식이 건강에 어떤 영향을 미칠 것인가? 밤 늦게까지 놀고 마시는 행동이 건강에 이로울 리가 없지 않은가! 요는 혹여나 자신의 거절이 테오를 그런 식으로 행동하도록 내몬 것은 아닌지 염려한다.

그러나 테오는 사실 일에 열중하고 있다. 화랑과 자기 자신을 위해 훌륭한 작품들을 부지런히 모으고 있는 중이다. 빈센트도 곁에서 도우며, 어떤 작품을 전시하고 어떤 작품을 구입해야 할지에 대한 조언을 아끼지 않는다. 테오는 이제 형의 모든 작품들뿐 아니라, 고갱과 툴루즈-로트렉, 쇠라의 작품들까지도 사적으로 소장하게 되었다.

테오의 소장품을 이루는 다른 작가들은 빈센트에 비해 훨씬 앞서 있으며, 그들의 작품은 이미 팔리고 있다. 그러나 두 형제가 한길을 가기 시작한 이래 처음으로, 둘은 한 마음이 되어 빈센트의 성공을 확신하고 있다.

테오는 여동생 빌에게 편지한다. "2년 전 형이 처음 이곳에 왔을 때는 우리 사이가 이토록 가까워질 수 있으리라고 전혀 상상도 하지 못했어." 이 당시의 친구들 중에서 함께 있는 두 형제의 모습을 초상화로 남긴 이가 한 명도 없다는 사실은 너무나 아쉽다. 서로의 곁에 나란히 선 두 형제의 모습을.

그러나 이 단란함은 오래가지 않는다. 빈센트는 파리 생활에 슬슬 질려가기 시작하고, 춥고 우중충한 날씨는 계속해서 이어진다. 그는 몸에 기력이 없고 아프다. 햇볕과 따뜻한 날씨가 너무도 그립다. 지금껏 파리가 그의 그림을 위해 베풀어 준 것은 많지만(색깔과 경험과 다른 화가들과의 교제), 그리고 앞으로도 많겠지만, 이제는 떠날 때가 온 것 같다. 건강을 생각해서라도. 물론, 테오 곁을 떠나고 싶지는 않다. 그러나 이 북쪽 지방의 날씨로부터는 멀리 떠나야 할 것 같다. 그는 자신의 건강이 그 여부에 달렸다고 믿는다.

빈센트는 남쪽 지방으로, 그가 존경해마지 않는 화가 몬티첼리가 살았던 마르세유로 가 보고 싶다. 그리고 가는 길에 따뜻한 기후와 아름다운 경치, 예쁜 여자들로 유명한 아를에 먼저 들를 생각이다.

길을 나서기 전에 빈센트는 집 안 곳곳을 일본 그림과 자기가 그린 그림들로 장식한다. 자신이 떠난 후에도 이 집에서 테오가 계속 그의 존재를 느낄 수 있기를 바라기 때문이다.

떠나는 당일, 두 형제는 함께 순례의 길을 나선다. 1888년 2월 19일, 그들은 먼저 조르주 쇠라의 최신작을 보러 그의 작업실에 들른다.

그로부터 몇 시간 후, 빈센트는 아를로 향하는 기차에 오른다.

집에 돌아온 테오는 사방의 벽을 바라본다. 빈센트의 그림들을 하나하나 바라본다.

그리고 깊은 공허함을 느낀다.

갤러리 열

열정

1888

77.
만강(滿腔)

"이곳으로 오는 동안, 눈에 보이는 새로운 경치만큼이나 네 생각을 더 하면 더 했지 덜 하지는 않았을 거야." 빈센트는 아를에 도착하는 대로 테오에게 편지를 쓴다. 파리에서 800km 정도 떨어져 있는 아를에 도착하는 데는 꼬박 하루 밤낮이 걸렸다.

햇볕을 찾아 남부까지 왔건만, 아를에 도착한 순간 처음 눈에 띄는 것은 땅에 60cm 가까이 쌓인 하얀 눈이다! 게다가 눈은 아직까지 내리고 있다. 그해는 아를에 25년 만의 강추위가 찾아온 해였다. 그러나 빈센트는 기차에서부터 그곳 풍경이 마음에 쏙 든다. 일본 화가들이 그린 겨울을 연상시키는 마을 풍경이다.

아를에 도착한 빈센트는 우선 지낼 곳을 찾아, 식당이 딸린 카렐 호텔(Hotel Carrel)에 작은 방을 빌린다. 그리고 마을 주변을 걸어 다니며 몬티첼리의 그림을 소장하고 있다고 들은 골동품상을 찾아간다. 몬티첼리가 그림을 그리며 살던 곳에 이토록 가까이 와 있다니! 남프랑스의 태양과 공기를 마음껏 들이마시며 그림을 그릴 수 있다니! 빈센트는 흥분되는 마음을 누를 수가 없다. 아를과 그 주변 경관은 그가 상상하던 일본과 닮아 있다. 이 유서 깊은 도시는 로마시대의 유물과 유적들로 가득 차 있지만, 이런 것들은 빈센트의 관심 밖이다. 그가 이곳에 온 이유는 단지 햇볕과 따뜻한 기후, 그리고 고전적인 아름다움과 밝은 색채의 옷차림으로 유명한 아를레지엔느(Arlésiennes), 즉 아를의 여인들 때문이다. 그는 마르세유로 가는 대신 이곳 아를에서 지내기로 결정한다.

아를의 인구는 2만 3천 명밖에 되지 않는다. 그가 막 떠나온 2백만 인구의 파리에 비하면 엄청난 차이라고 할 수 있다. 이곳 사람들 대부분은 남프랑스 출신이며 가톨릭 신자이다. 한편, 몇 백 명 정도로 이루어진 작은 이탈리아 공동체도 있다. 그러나 네덜란드 사람은 빈센트가 유일하다. 이곳의 음식과 습관, 남프랑스 사람들의 기질에 익숙해지기까지는 아마도 시간이 꽤 걸릴 것이다. 마찬가지로 이곳 사람들이 빈센트에 익숙해지기까지도 시간이 꽤 걸릴 것이다. 그러나 빈센트에게 가장 염려되는 부분은 따로 있다. 캔버스나 물감 같은 필요한 물건을 쉽게 구하지 못할 거라는 점이다. 그럼에도 그는 이곳이라면 터전을 잡고 집처럼 편하게 잘 지낼 수 있을 것 같은 예감이 든다. 그는 테오에게 편지를 쓴다. "걱정하지 마. 그리고 친구들에게 나 대신 따뜻한 악수를 전해 주렴."

파리에서 테오는 빈센트의 빈자리를 유독 크게 느끼고 있다. 사방에 빈센트의 그림이 붙어 있으니 집에 홀로 있으면 절로 형 생각이 난다. 그는 새 룸메이트를 구해야겠다고 생각하지만, '빈센트 형 같은 사람을 대신할 이를 찾는 것은 쉽지 않다'고 여동생 빌에게 말한다. 빈센트의 정신과 재능을 향한 테오의 존경심은 새로운 정점에 달했다. "형이 가진 광대한 지식과 세상을 보는 명확한 관점은 놀랍기 그지없어. 그렇기 때문에 난 형이 어느 정도 오래 살 수만 있다면, 세상에 이름을 드높일 수 있을 거라고 확신해." 테오는 빌에게 말한다.

여독이 풀리자마자 빈센트는 눈 내리는 광경을 포함한 세 점의 습작을 그린다. "내 안에서 다시금 피가 힘차게 돌 준비가 된 것 같아. 최근 파리에서는 그렇지 못했거든. 더는 그곳 생활을 견딜 수가 없었어." 빈센트는 테오에게 이렇게 쓴다. 이것은 사과의 편지이다. 테오를 두고 온 것은 슬프지만, 예술을 생각하면 떠나오게 되어 얼마나 다행인지 모른다. 그는 테오가 외로워한다는 사실을 잘 알고 있다. 그는 친구 화가인 아놀드 코닝(Anorld Koning)을 불러 함께 사는 게 어떻겠느냐고 조언한다.

테오는 여동생에게 이렇게 말한다. "형은 정말 마음이 넓은 사람이야. 늘 다른 사람들을 위해 무엇을 해 줄 수 있을까 하고 생각하거든." 그러나 안타깝게도 대부분의 사람들은 그의 그런 마음을 알아주거나 고마워하지 않는다. 사람들을 그를 이해하지 못한다.

그러나 테오만큼은 형을 이해한다. 그리고 빈센트도 테오를 이해한다. 테오는 빈센트의 조언을 받아들여 코닝을 집으로 불러들인다. "그는 빈센트 형의 재능에는 한참 못 미치지만, 그래도 나 혼자 지내는 것보다는 훨씬 나을 거라고 생각해."

78.

1888년 봄, 남과 북 : 활짝 핀 꽃, 거센 바람

파리와 아를 양쪽에서 매서운 겨울바람이 누그러지는 동안, 반 고흐 형제는 따로 **그리고** 함께 열심히 일을 해 나간다. 그리고 그들이 좋아하는 작가들의 작품을 파리 지사뿐 아니라 헤이그와 런던 지사에서도 전시할 수 있도록 힘을 합쳐 구필 화랑을 설득할 계획을 세운다.

이미 테오는 화랑에 폴 고갱이나 카미유 피사로, 오귀스트 로댕, 에드가 드가 등의 작품을 전시하고 있다. 빈센트는 될 수 있으면 새로운 작품들을 계속해서 더욱 많이 맡으라고 테오를 격려한다. 그중에는 파리를 떠나던 날 테오와 함께 보러 갔던 조르주 쇠라의 최근작도 포함되어 있다. 또한, 빈센트는 두 사람이 일했던 헤이그의 옛 지사에도 현대 작품을 들일 수 있도록 터스티그에게 편지를 써 보라고 테오를 부추긴다. 테오는 그렇게 하겠다고 답한다. 한편, 테오는 형을 위한 일에도 열성을 쏟고 있다. 그는 빈센트의 작품이 외부에 더욱 노출될 수 있도록 할 생각이다. 제4회 독립화가전에는 빈센트의 어떤 작품을 출품하면 좋을까? 독립화가전은 3월 말에 파리에서 열릴 예정이다.

빈센트는 테오에게 그 일은 알아서 하라고 답한다. 이미 지나간 일은 뒤로 하고, 그는 물감을 듬뿍 적신 붉은 손에 들고 앉으로 무엇을 더 할 수 있을까에 주목하고 있다. 그는 말한다. "올해의 작품엔 희망을 조금 더 걸어 봐도 좋을 것 같아."

그러나 빈센트의 그림은 이미 파리에 있던 시기에 괄목상대를 이루었다. 테오는 하루라도 빨리 그를 세상에 뽐내고 싶어 조바심이 난다. 그렇게 그는 전시회에 내놓을 풍부한 색채의 밝은 그림 세 점을 고른다. 그중 두 작품은 몽마르트에 있는 집 근처 풍경을 그린 그림이다. 하나는 풍차 너머로 울타리가 쳐진 정원과 멀리 언덕 밑으로 펼쳐진 도시의 정경을 그린 작품, 다른 하나는 몽마르트의 채소밭과 멀리 보이는 풍차 날개를 그린 작품이다. 세 번째 작품은 탁자에 쌓여 있는 책들(프랑스 소설책)의 그림이다. 책들 옆에는 분홍색 장미 두 송이가 유리병에 꽂혀 있다. 탁자 뒤 배경으로는 화려한 벽지가 보인다.

아를에 봄이 오자 빈센트는 이젤을 들고 야외에 나가 그림을 그린다. 그는 외광파* 스타일이 마음에 든다. 그는 새집의 주변 풍경에 적응해 나가는 한편, 예전에 쓰던 원근틀을 다시 꺼내 쓰기 시작한다.

"나는 원근틀의 사용이 매우 중요하다고 생각해." 그는 테오에게 말한다. 옛날 독일, 이탈리아, 벨기에 화가들이 그랬듯, 요즘 화가들도 더욱 적극적으로 원근틀을 사용해야 한다고 그는 믿는다. 빈센트는 '우리'라는 느낌을 무엇보다 소중히 여기는 사람이다. 테오에게도 수년이 지나도록 함께 화가가 되자고 조르지 않았던가. 그는 자신이 비로소 여러 나라 사람들로 구성된, 각양각색의 그림을 그리는 화가들이 이루는 커다란 공동체 안에 속해 있다고

*外光派, 19세기 중엽 프랑스에서 일어난 야외의 자연 빛과 대기를 중시하는 화풍.

느낀다. 미술 전통의 일부분을 이루게 된 것이다.

그는 언젠가 자신만의 화가 공동체를 만들어 보고 싶다. 다른 화가들과 더불어 그림을 그리며 생활할 수 있는 작업실을 가지고 싶다. 바로 이곳, 남프랑스에서 말이다. 그러나 그러기 위해선 우선 자신이 아를에서 확실히 자리를 잡아야 할 것이다.

날씨가 점점 따뜻해지고 아를 곳곳이 만개한 꽃나무들로 가득 채워지는 동안, 빈센트의 그림도 활짝 피어난다. 이미 그의 스타일은 여러 차례에 걸쳐 진화를 거듭해 왔다. 이제 그는 파리에 있었을 때 배운 것을 토대로 일본 그림에서 마음에 드는 점을 따와 접목시키고, 사용하는 색의 범위를 한층 넓혀 선과 색과 두터운 물감으로 실험을 시도한다. 정신없던 파리 분위기뿐 아니라 다른 영향으로부터도 일체 벗어나, 그는 수십 장에 달하는 꽃나무 그림을 그리고, 그런 과정 속에서 직접 눈으로 보고 마음에 와닿았던 모든 것을 종합한 자신만의 스타일을 발전시킨다. 후일에 빈센트는 폴 고갱이나 폴 세잔, 조르주 쇠라 같은 예술가들과 함께 후기인상파 화가로 불리게 될 것이다. 그러나 지금의 그는 그저 묵묵히 자신의 그림을 그려 나가는 한 명의 화가일 뿐이다.

그가 3월 말쯤에 그린 그림 가운데, 분홍색 복숭아나무 두 그루가 앞뒤로 겹쳐 있는 그림이 하나 있다. 그는 이 그림을 사촌인 예트 모베(Jet Mauve)에게 주기로 결정한다. 그녀의 남편이자 빈센트의 오랜 멘토이며 앙숙이기도 했던 안톤 모베가 2월 초에 세상을 떠났다. 사구 지대의 만남에서 모베가 매섭게 화를 내며 떠난 이후로(모베는 그때 "자네는 고약하고 악질적인 사람이야"라고 험담을 퍼부었다.) 두 사람이 서로 연락을 주고받은 적은 없었지만, 그의 죽음은 빈센트를 큰 슬픔에 빠뜨린다. 빈센트는 매일같이 그를 생각한다. 그러던 중 그는 테오에게 그 복숭아나무 그림을 홀로 된 사촌에게 보내 주고 싶다고 말하고, 그림에다 '모베를 기리며 빈세트와 테오'라는 서명을 저어 넣는다. 그러나 테오는 화가 대 화가로 경의를 표하는 의미에서 빈센트 혼자 선물을 주는 것으로 하는 게 옳다고 주장하고, 그 의견에 따라 빈센트는 서명에서 테오의 이름을 뺀다.

작업은 어느 때보다도 순조롭게 진행되고 있지만, 빈센트는 아를에서 필요한 미술 재료를 구하는 데 애를 먹는다. 그래서 그는 테오에게 물감을 보내 달라고 요청한다. 은색, 하얀색, 황연 황색, 주색(朱色), 제라늄 진홍색, 암적색, 감청색(프러시안 블루), 진사 녹색(크롬 그린), 오렌지 납(鉛)색, 진녹색 등등. 그는 요청을 두 갈래로 나누어서 보낸다. 한 갈래는 급하게 부탁하는 것들, 다른 한 갈래는 테오에게 돈 여유가 있을 때에 한정해 부탁하는 것들이다.

테오는 빈센트가 부탁한 물감을 한꺼번에 다 보내 준다. 모두 합하여 물감 100통에 이르는 양이다. 빈센트는 깊은 고마움을 느낀다.

북쪽에서도 최근 좋은 소식이 있다. 터스티그가 그들의 뜻을 받아들이기로 하여, 테오가 헤이그 지사에서 전시했으면 하는 작품들을 골라 보내게 된 것이다. 드가, 모네, 피사로, 기요맹, 고갱, 툴루즈-로트렉의 작품 각각 한 점씩, 몬티첼리의 작품 두 점, 그리고 빈센트의 작품 한 점. 네덜란드에 인상파 화가들의 그림이 걸리는 것은 이번이 사상 최초이다.

그리고 빈센트의 작품 한 점. 그의 첫 직장이었던 헤이그 화랑 바로 그곳에 그의 작품이 걸린다.

빈센트는 복숭아 과수원이나 배 과수원의 꽃 핀 과일나무들을 주로 그린다. 친구인 에밀 베르나르에게는 자신도 그처럼 상상만으로 그림을 그릴 수 있으면 좋겠다고 말하지만, 역시 빈센트에게는 자연에 나가 야외에서 그림을 그릴 때가 가장 마음이 편하다. 그는 언젠가 '노란 민들레꽃이 곳곳에 박힌 대낮의 푸른 초원을 그리듯이, 별이 빛나는 밤하늘을, 그러니까 예를 들어 그런 식의 그림'을 그려 보고 싶다. 그러나 그러기 위해선, 머릿속으로 형상을 떠올리는 기술을 더욱 연마해야 한다.

그는 자신이 물감을 너무 많이 쓰고 있는 것은 아닌지, 그래서 테오에게 너무 부담이 되는 건 아닌지가 걱정이다. 그래서 테오에게 혹여 한 달 혹은 보름이라도 돈이 궁한 때가 있으면 꼭 알려 달라고, 그러면 회화 대신에 드로잉 연습을 하겠다고 말한다. 살아온 어느 때보다도 지금, 빈센트는 테오가 그를 위해 베풀어 준 모든 것에 깊은 고마움을 느낀다. 그만큼 테오의 잔고 사정에 맞추어 자신의 작품 활동을 기꺼이 조정할 의사가 있다.

테오는 형이 그런 걱정을 하지 않길 바라지만, 마침 그때 자연이 나서서 일을 해결해 준다. 북쪽에서 불어오는 춥고 메마르고 강한 바람인 미스트랄이 아를에 거세게 불어 닥치기 시작해, 웬만하면 어떤 거친 자연환경에도 개의치 않는 빈센트가 이젤을 똑바로 세워 놓을 수 없는 지경에 이르게 된 것이다.

그래서 그는 실내로 들어와, 개인적으로 매우 좋아하는 일본 그림을 모델 삼아 드로잉을 그린다. 연필, 펜, 갈색과 검정색 잉크, 직접 제작한 갈대 펜을 적절히 섞어 가며, 음영을 넣지 않은 강한 선 처리를 하는 데 집중한다. 예술가의 길을 가기로 결심한 이래로, 빈센트는 지속적으로 드로잉과 회화를 오가며 서로 보완할 점을 배워 왔다. 그는 에너지로 넘친다.

그런 반면, 테오는 의기소침해 있다. 그가 잘 팔리지도 않는 인상파 그림에만 신경이 쏠려 있다며 상사들이 단단히 화가 난 데다, 헤이그에 보낸 작품들 중에서는 단 한 점의 몬티첼리 그림이 팔렸을 뿐 그 외에는 전혀 움직일 기미가 보이지 않는다.

그럼에도 꿋꿋하게, 테오는 상사들의 의견에 맞서 계속 자신이 좋아하는 화가들의 작품을 중점적으로 걸어 놓는다. 그러자 빈센트는 가급적이면 '그 신사 분들'과 사이가 틀어지지 않도록 주의하라고 조언한다. 그는 이렇게 말한다. 사람이 수년간 감옥에 갇혀 있다가 바깥세상으로 나오면 방향을 잃고 갈피를 못 잡는 것처럼, 테오도 막상 홀로 서게 되면 예상치 못한 충격을 받을 거라고. 그동안 그토록 테오에게 그만두라고 말해 오던 것과는 반대로, 이제는 비록 두 사람이 '그 신사 분들에게 속아 넘어갈' 수도 있음을 걱정하면서도, 섣불리 충분한 생각 없이 움직이지 말라고 주의를 주고 있다.

5월 1일, 우연히도 테오의 서른한 번째 생일날, 빈센트는 라마르틴 광장(Place Lamartine) 2번지에 위치한 노란 집 건물 동쪽 편에 세를 얻는다. 그 집에는 '방이 총 네 개, 아니 정확히 말하자면 방 두 개에 작은 방 두 개가 딸려 있다. 외벽은 노란색으로 페인트칠 되어 있고, 안쪽 벽엔 하얀 회반죽이 발라져 있으며, 해가 잘 드는' 집이다. 햇빛이 안팎으로 가득 들어오는 집.

빈센트는 그곳에 작업실을 꾸리면서, 언젠가 1층 방을 자신의 침실로 꾸미고 싶다고 바란다. 그러나 당장은 침대를 살 돈도 없고, 임대용 침대도 구하지 못한다. 작업실 바닥에 매트리스를 깔고 자는 방법도 있겠지만, 이젠 보리나주에서 살던 것처럼 살지 않을 작정이다. 옷을 보관할 곳도 있으면 좋겠고, 또 옷을 깨끗하게 빨고 수선해 입을 수도 있으면 좋겠다.

또한 그는 집을 멋지게 가꾸고 싶다. 함께 생활할 친구를 구하면 그것도 좋겠다. 파리에서 사귄 친구 폴 고갱을 부르면 어떨까. 두 사람이 함께 살면서 그림도 같이 그리고 밥도 같이 해 먹으면 어떨까.

아를에서 예술가들의 공동체를 구축하는 빈센트의 꿈은 시간이 갈수록 부풀어 오른다. 그는 북쪽에 살 때는 늘 치통과 복통을 달고 살았고, 툭하면 육체적 고통을 호소했다. 그러나 도시의 숯검정으로부터 벗어나 남부의 맑은 공기 속에서 사는 것은 확실히 예술뿐 아니라 건강을 위해서도 좋은 것 같다. 외출도 더 자주 하게 된다. 그는 투우 경기를 구경하러 가기도 하고, 사창가도 찾아간다. 그는 기분도 몸도 가벼운 느낌이다.

그러나 파리에서, 테오에겐 문제가 생겼다.

79.
극심한 무력감

테오는 탈진한 것처럼 몸에 기운이 없다. 그것만이 아니다. 빈센트는 테오에게 이렇게 쓴다. "내 가엾은 동생, 우리의 신경증은 물론 과도한 예술가적 생활 방식에서 오는 것도 있겠지만, 분명 치명적인 유전적 영향도 무시할 수 없다고 봐." 반 고흐 집안 사람들의 몸이 대를 내려오며 점점 허약해지고 있는 거라고, 빈센트는 주장한다. 보헤미안적 삶과는 전혀 거리가 **먼** 여동생 빌조차도, 최근 사진을 보면 꼭 '미친 여자' 같아 보이지 않는가! 빈센트는 테오에게 주치의의 충고를 따라 '잘 먹고, 잘 살고, 여자를 가급적 멀리 하는' 게 좋을 것 같다고 말한다. 그리고 이미 뇌가 병에 걸렸다고 가정하고 생활하라고도 말한다.

몇 주 후에 테오는 의사를 찾아간다. 그뤼비(Gruby) 의사는 심장에 문제가 있다는 진단을 내린다. 그로 인해 테오가 그토록 극심한 피로감을 느낀다는 것이다. 혹은 어쩌면, 그가 복용 중인 요오드화칼륨 때문에 피로감이 악화된 것인지도 모른다. 요오드화칼륨은 만성 기침에 처방되는 약으로, 테오는 최근 기침으로 고생해 오고 있었다. 이 약은 또한 대뇌로 전이된 매독 치료를 위해 처방되기도 한다.

"네가 단 1년만이라도 시골에 내려와 자연과 가까이 살 수 있다면 치료에 훨씬 도움이 될 텐데." 빈센트는 테오에게 말한다.

빈센트는 그뤼비 의사가 지금 엉뚱한 곳을 치료하는 게 아닌지도 걱정이다. 테오의 심장이 아니라 신경계에 더욱 초점을 맞춰야 하는 것이 아닌가 싶다.

몸이 좋지 않자, 테오는 운명에 굴복하고 싶은 충동을 자주 느끼게 된다. 안 돼, 빈센트는 강하게 말한다. 절대 포기해선 안 돼. 네 몸을 잘 돌보렴, 그는 동생에게 말한다.

테오가 자기 몸을 잘 돌보는 것보다 빈센트에게 지금 당장 더 중요한 문제는 없다. 상사들의 뜻에 따라 테오가 미국으로 가겠다면 그것도 상관없다. 테오가 구필 화랑을 완전히 그만두겠다고 해도 괜찮다. 테오의 회복이 제일 **우선이다.**

빈센트는 테오가 원한다면 미국으로 그를 따라갈 의향도 있다고 말한다. 아니면 자기가 아를에 온 후로 건강이 훨씬 좋아졌으니, 테오도 자기가 있는 남부로 내려오면 어떻겠느냐고 적극 권장한다. 비록 여전히 그에게도 '갑자기 속수무책인 기분이 들거나, 무감각하고 망연자실한 기분이 들 때가 있기는 하지만, 상태는 확실히 진정되고 있다.'

이런 와중에도 부정할 수 없는 좋은 소식이 하나 있다. 3주 전에 빈센트가 아를에서 보낸 첫 번째 화물, 그의 작품 두 점을 실은 상자가 드디어 파리에 도착한 것이다. 그중 적어도 반 이상은 꽃이 활짝 핀 나무들이다.

그 그림들은 너무도 아름답다.

80.
무한의 감각

그는 뛰어난 예술가인 동시에 사상가이기도 해요. 그의 작품 하나하나에는
탐구하는 이의 눈에 번뜩이는 신념과 견해가 담겨 있어요.
– 에밀 베르나르가 그의 부모님에게, 1888년 7월

그해 6월, 테오는 클로드 모네의 작품 여섯 점을 구매하여 몽마르트에 있는 그의 화랑 중이층에 전시한다. 이를 보고 한 비평가는 전시회뿐 아니라, 화랑의 나머지 공간과는 다르게 두꺼운 휘장이나 금박 처마장식 같은 소위 '고급 실내장식'을 생략하고 꾸민 중이층 공간에 대해서도 칭찬을 아끼지 않는다. 테오는 아픈 가운데서도 자신의 소신을 따라 계속해서 그리고 유능하게 일을 착착 진행해 나가고 있다.

빈센트는 이틀에 한 번 꼴로 그에게 편지를 써서, 걱정하는 마음으로 몸 상태가 어떤지 묻는다. 그리고 예술과 예술계에 대해, 또 인상파와 현대 작가들의 성공이라는 공통의 목적에 대해 쓴다. 빈센트는 무일푼이 된 폴 고갱을 도와주고 싶다는 의사를 표하며, 그가 아를에 와서 함께 살며 그림을 그릴 수 있으면 좋겠다고 말한다. 테오가 고갱에 대한 지원도 해 줄 수 있을지 모른다. 화가 두 사람이 한 곳에 같이 살면 경제적으로도 충분히 이점이 있다.

빈센트는 돈도 더욱 필요하고 재료도 더욱 필요하다. 테오는 두 가지 다

보내 준다. 빈센트는 폭풍처럼 그림을 그려 나간다. 아니 그라는 **존재 자체가** 폭풍이다. 임파스토 기법으로 두껍게, 질감을 살려, 또 다양한 색을 써 가며, 그는 6월과 7월 두 달간을 꼬박 풍경화를 그리는 데 쓴다. 그리고 여름이 끝나갈 무렵 그가 완성한 풍경화는 무려 서른다섯 점에 이른다. 밀밭, 과수원, 포도밭, 바다의 풍경, 길거리, 바닷가 마을 생트 마리 드 라 메(Sainte-Maries-de-la-Mer)에 여행을 가서 본 오두막집들, 들판의 일꾼들, 씨 뿌리는 사람, 꽃이 가득 핀 들판.

그는 자주 자기 작품의 복사품이나 스케치를 만들어 친구들에게 보낸다. 그리고 그럴 때는 받는 사람에 맞추어 본래 작품에서 조금씩 다르게 변형하여 그린다. 그는 자기가 그리는 그림의 존재 이유가 사람들이 보고 즐기기 위한 것임을 결코 잊지 않는다. 그렇기 때문에, 예를 들어 그림을 받아 볼 친구가 일본풍 버전을 좋아할 것 같다고 생각되면 일본풍으로 각색하여 보낸다.

그런 가운데서 또한 빈센트는 뚜렷한 그만의 스타일을 잃지 않는다.

선명한 색감.

두꺼운 물감.

특별한 질감이 느껴지는 벌판, 하늘, 꽃, 나무, 집들.

각양각색의 파랑, 주황, 노랑, 분홍, 하양, 초록, 빨강.

그는 특히 아연 백색을 즐겨 쓴다. 그래서 그 색 물감은 계속해서 바닥이 난다.

비록 눈앞에 보이는 장면을 빠르게 포착해 즉흥적으로 그린다고는 하지만, 그렇다고 해서 열에 들떠 되는 대로 그리는 것은 아니라고, 빈센트는 테오에게 강조한다. 어떤 한 작품을 그리고 있는 도중에도 머릿속으로는 이미 복잡한 계산을 해 가며 다음번 작품을 구상하고 있다.

머릿속 생각을 소리 내어 하듯 그는 동생에게 이렇게 말한다. "그리고 있지, 만약 누군가가 그림들이 너무 빠르게 그려진 거 아니냐고 묻는다면, 자신 있게 그 사람에게 당신이 그림을 너무 빠르게 본 거 아니냐고 반문할 수 있어야 해. 더구나 요즘엔 너한테 그림을 보내기 전에 전부 다 조금씩 손보고 있어." 다른 건 몰라도 그는 절대 건성으로 그림을 그리지는 않는다.

미스트랄이 다시 거세게 불기 시작하자, 그는 다시 실내로 들어와 펜과 잉크를 사용해 드로잉을 하거나 수채화를 그린다.

그에게 드로잉은 회화 작품을 그리기 위한 습작이자, 작품을 완성한 후의 습작이며, 그 자체를 위한 드로잉이기도 하다. 그렇게 그린 드로잉은 다른 화가 친구들과 교환하기도 한다. 그중 에밀 베르나르에게 보낸 회화 예비용 습작들로는, 건초 더미, 고기잡이배들, 나란히 늘어선 시골집들, 해가 지는 가운데 씨를 뿌리는 사람, 추수하는 광경, 다리가 보이는 운하에서 빨래하는 여인 등이 있다. 그중에는 프랑스 용병인 주아브 병사*를 그린 드로잉도 하나 있는데, 이 작품을 보고 베르나르는 경탄하며 그의 부모님에게 이렇게 말한다. "빈센트의 그림은 정말 좋아지고 있어요." 그러나 반면 빈센트 스스로는 이 작품뿐 아니라 다른 주아브 병사의 그림도 별로 탐탁스러워 하지 않는다.

그는 실력 향상에 끈덕질 정도로 힘쓰고 있으며, 인물화를 잘 그리려는 노력을 게을리하지 않는다. 7월 말에 그는 집배원인 조셉 룰랑(Joseph Roulin)과 만나게 된다. 두 사람은 친한 친구가 되고, 빈센트는 그를 여러 차례에 걸쳐 스케치와 그림으로 남긴다. 그는 사람을 잘 **포착해 내는 데** 열과 성의를 쏟고 있다.

고향에서 들려온 부고로 인해 그의 마음은 더욱더 급박해진다. 센트 큰아

---

*프랑스의 보병으로, 원래 알제리 사람이라 군에서도 아라비아 풍의 옷을 입는다.

버지가 돌아가셨다. 어린 시절부터 어른이 되어서까지 센트 큰아버지는 그들 형제와 많은 시간을 함께하고 큰 영향을 미쳤다. 슬하에 자식이 없던 그는 그들 형제를 실망시킨 적도 있었고, 빈센트를 향한 실망감을 감추지 않은 적도 많지만, 누가 뭐래도 그들 형제와 가장 가깝게 지냈던 친척 어른이었다.

테오는 장례식에 참석하고, 그 일은 그 후로도 몇 주간에 걸쳐 형제간의 지속적인 편지의 주제가 된다. 센트 큰아버지는 테오에게 유산으로 1,000길더(아버지의 예전 1년 연봉에 맞먹는 금액이다.)를 남긴다. 빈센트에게는 아무것도 남기지 않는다. 그는 같은 이름을 공유한 이 조카를 이미 오래전에 포기해 버렸다.

예전이었다면 유산 상속을 받지 못했다는 사실에 속이 상했겠지만, 지금의 빈센트는 그런 문제에 별로 신경 쓰지 않는다. 센트 큰아버지의 죽음은 그에게 언젠간 죽어야 하는 인간의 숙명에 대해, 그리고 불멸에 대해 더욱 깊은 생각을 하게 만든다. 사후세계는 있을지도, 혹은 없을지도 모른다. 그러나 그가 누군가를 그림으로 잘 그려서 남긴다면 그 사람은 영원히 살아남을 수 있게 될 것이다.

아를에서 총 444일을 살며, 빈센트는 전부 합해 200점의 회화 작품과 200점의 드로잉을 완성할 것이다. 화가로서 매우 방대한 양이다. 풍경, 정물, 밤의 카페의 정경, 가구, 방, 꽃을 피운 나무, 꽃들……. 그리고 곧 그가 가장 좋아하는 해바라기 그림도 재차 그리기 시작할 것이다. 그러나 역시, 그의 마음을 가장 깊이 울리는 주제는, 그에게 '무한의 감각'을 주는 사람들의 초상화를 그리는 일이다.

81.
고조된 감정, 거센 바람, 중대한 소식

작업은 순조롭게 계속되고 있지만, 빈센트의 기분은 큰 폭으로 요동치며 오르락내리락한다. 미스트랄의 거센 바람처럼 자신에 대한 가치 평가는 때에 따라 크게 달라 예측이 불가능하고, 어떤 때는 파괴적인 성향을 보이기도 한다. 올해 여름 그는 종종 그림을 그리며 격앙된 기분에 휩싸인다. 스스로 정신이 샛노래지는 기분이라고 말하는 이 증상은, 즉 조병이다. 그리고 나선 또 나락으로 떨어지듯 축 가라앉아, 자신의 미래와 작품의 미래에 대해 한없이 비관적이 된다.

8월, 빈센트는 테오에게 편지를 써서 이렇게 말한다. "넌 미술에 무척 해박하니까, 그런 만큼 내게 잠재된 독창성을 보고 이해할 수 있겠지. 반면에, 그런 만큼 또한 잘 알거야. 지금 내 작품을 오늘날의 대중에게 보이는 것이 얼마나 무의미한 일인지. 정교한 붓놀림에서는 나를 훨씬 앞서는 화가들이 많으니까."

빈센트는 바깥에 부는 바람을, 빈곤한 자신의 처지를, 그림을 늦게 시작한 것을 원망한다. 그렇다고 그림을 포기하고 싶은 것은 아니다. 또한, 포기하지 않아도 되게 해 준 테오에게 진정으로 감사하고 있다.

그는 월트 휘트먼(Walt Whitman)의 시를 읽으며, 자연과 미래와 그리고 영원에 대해 노래하는 신의 목소리를 듣는다. 그는 여동생 빌에게 편지를 써서, 휘트먼을 '미래를 보는 시인'이라고 칭하며, '심지어 현실에서도, 별이 빛나는 하늘에서 건강하고 너그러우며 솔직하고 속세적인 사랑 혹은 우정의 세계를 볼 수 있는 화가라고, 짧게 말해 그것은 신과 영원이라고밖에 부를 수 없는, 이 세상을 넘어서는 곳에 속하는 무엇'이라고 말한다. 빈센트는 드디어 자신의 마음속에 있는 두 갈래의 사랑을 하나로 합칠 수 있는 방법을 찾아냈다. 바로 예술을 통한 하나님이다.

그러나 그림을 통해 자연의 아름다움을 캔버스에 포착하고, 한때는 설교를 통해 세상에 베풀고자 했던 그것을 이제는 예술로 실현해 내려고 노력하는 동안에도, 마음 한 구석에서는 테오의 돈에 대한 걱정을 멈출 수 없다.

그래서 9월이 되자, 그는 재료가 곱게 갈리지 않아 질감이 거칠고 그만큼 저렴한 물감을 사용하기 시작한다. 또 그 점을 보완하기 위해 훨씬 더 두껍고 더 굵게, 더 두꺼운 임파스토 기법으로 붓을 놀리기 시작한다.

그리고 맹렬한 기세로 그림을 그린다.

그가 이토록 맹렬하게 그림을 그리는 데는 한 가지 이유가 더 있다. 머지 않아 폴 고갱이 내려와 함께 살기로 한 것이다. 빈센트는 그에게 좋은 인상을 주고 싶다. 고갱은 빈센트처럼 늦깎이 화가이면서도 경력에서는 빈센트를 한참 앞서 있다. 그에게 보여 주고 또 노란 집을 장식하기 위해 빈센트는 그림을 그려야 한다.

그림을 그리지 않을 때에는 집 안을 장식한다. 각 침실에 하나씩 놓을 두 개의 침대를 사고, 의자 열두 개와 부엌에 놓을 식탁도 산다. 그리고 아를에서는 모델을 구하기가 힘들기 때문에, 대신 자화상을 그릴 때 쓸 만한 거울도 하나 산다. 자화상으로 연습을 하면 그가 너무나 그리고 싶은, 세상에 무한의 감각을 보여 줄 수 있는 불멸의 초상화를 그리기 위한 좋은 초석이 될 것이다.

그는 집 안 구석구석에 고갱이 좋아할 만한 자신의 그림들을 골라 걸어 둔다.

10월 초, 테오에게서 중대한 소식이 날아온다. 빈센트의 습작 하나를 파리에서 활동하는 아타나즈 바그(Athanase Bague)라는 화상에게 팔았다는 소식이다. 빈센트는 바로 답장을 보낸다. "바그에 대한 소식은, 정말이지 반가운 소식이구나." 그리고 이 말에 밑줄을 세 번이나 긋는다.

테오가 드디어 빈센트의 그림을 파는 데 성공했다니! 다른 화가들과 교환한 그림은 지금까지도 많았다. 그리고 초상화를 그려 준 적 있는 파리의 화구상인 줄리앙 탕기(Julien Tanguy)에게는 하나 이상의 작품을 팔기도 했다. 그러나 드디어 테오를 통해 그림을 팔게 되다니, 느낌이 확실히 다르다.

빈센트는 테오에게 바그를 보게 되면 안부를 전해 달라며, 바그가 좋아할 만한 다른 작품 두 점을 추천해 준다. 포도밭 그림과 밤하늘 그림이다.

이 시기에 빈센트는 사진을 바탕으로 어머니의 초상화도 한 점 그린다. 초상화 속 그녀는 미소를 지으며 다정한 눈길로 먼 곳을 응시하고 있다. 브레다에서 빌과 함께 사는 어머니는 언젠가 이사를 하면서, 빈센트의 그림을 포함한 소지품 전부를 브레다에 사는 한 목수네 창고에 맡긴다. 그리고 그곳에 남겨진 그림들은 결국 살아남지 못한다. 어머니는 확실히 빈센트의 예술을 이해하지 못한다. 그러나 빈센트가 추구하는 예술은 더는 어머니를 위한 것도 아니고, 아버지를 기리기 위한 것도 아니다. 그 예술은 빈센트 자신과 이 세상을 위한 것이다. 물론 빈센트는 어머니를 사랑하고 아버지를 사랑했다. 그래도 그의 예술을 이해해 **주었던** 아버지. 빈센트는 집에 편지를 보내, 아버지의 초상화를 그릴 수 있도록 사진을 한 장 보내 달라고 부탁한다.

평소에 필요한 재료값도 모자라 이제는 집 단장에 들이는 돈까지, 빈센트는 계속 더 많은 돈이 필요하다. 그는 돈 걱정에 안절부절못한다. "그림 때문에 드는 비용이 너한테 얼마나 부담이 될지, 그 걱정이 머리에서 떠나질 않는구나." 빈센트는 테오에게 말한다. "내가 얼마나 염려하고 불안해하는지 넌 상상도 못할 거야." 그는 이번에 바그에게 그림을 판 것을 계기로 앞으로 물꼬가 트이길 간절히 바란다.

고갱이 도착할 날이 임박해 오면서 빈센트는 평소보다도 더욱 그림을 파는 일에 집착한다. 고갱은 야심찬 작가이다. 그는 테오에게 독점 대리권을 주기로 동의하면서 이미 스무 점이 넘는 작품을 보냈다. 빈센트는 그 작품들을 보고 싶어 한다. 그리고 테오가 고갱의 작품뿐만 아니라 자신의 작품을 파는 데도 성공을 거두기 바란다.

언제나처럼 빈센트는 손에서 붓을 놓지 않는다. 고갱이 도착하기 일주일 전, 빈센트는 언젠가 커다란 캔버스에 그려 보고 싶은 주제라며, 채색한 스케치 한 장을 테오에게 보낸다. "이번엔 단순한 내 방이야. 그러나 이 작품에서 가장 주된 역할을 맡는 것은 바로 색깔이지." 그는 이 그림을 보는 이들이 휴식과 수면을 떠올릴 수 있기를 바란다. 최종적으로 완성되는 그림에는 스케치와는 조금 다른 사물들이 들어가겠지만, 색깔은 이대로 갈 것이다. 연한 보라색 벽, 붉은 타일이 깔린 바닥. 침대와 의자는 '상쾌한 버터 노란색'일 것이며, 침대 시트는 '매우 밝은 레몬 초록색', 침대보는 '선홍빛 붉은색'일 것이다. 그는 테오에게 '이 그림은 상상을 불러일으키기보다는, 마음의 안식을 줄 수 있는 작품이 되길 바란다'고 쓴다.

빈센트에게는 휴식이 절실하다. 그러나 그는 쉬지 않고 오히려 더 열심히 일한다. 고갱이 도착할 날을 기다리며, 엄청난 피로감과 두려움과 죄책감 속에서도 빈센트는 끊임없이 스스로를 채찍질한다.

82.

엄청난 빚, 엄청난 걱정

형은 늘 나에게 많은 돈을 빚지고 있다고, 빨리 갚고 싶다고 말하지만,
난 형이 무슨 말을 하는지 전혀 모르겠는걸.
– 테오가 빈센트에게, 1888년 10월 27일

집 단장에 테오의 돈을 너무도 많이 써 버린 탓에, 빈센트는 앞으로 자신과 고갱이 아무리 열심히 그림을 그린다 해도 그 지출을 만회할 수 없을 거라고 지레 겁을 먹는다.

거기다 지난 8년간 테오가 자신을 위해 지출해 온 돈을 전부 생각해 보니, 그 규모가 너무 커서 도무지 어떻게 해야 할지 답이 안 나온다. 급기야 그는 걱정과 죄책감과 책임감에 짓눌려 미쳐 버릴 것만 같다. 결국 그는 손에서 모든 것을 놓고 며칠간이나마 휴식을 취하며 먹는 데에만 신경 쓰기로 한다. 그러고 나니 잠시 기분이 나아지지만, 또다시 테오에게 진 빚을 생각하면 머리가 돌아 버릴 것만 같다.

그림을 조금이라도 더 팔 수만 있다면! 그는 속상한 기분을 테오에게 전한다. 그러면서 할 수 있는 한 오래 최선을 다해 작업하겠다고 약속한다. 그러다 보면 미래의 언젠가는 테오에게 돈을 갚아 줄 수 있는 날이 오지 않을까.

그러나 지금 당장은, 테오야, 부디 돈과 물감을 좀 더 보내 줄 수 있겠니?

테오는 즉시 돈과 함께 염려하는 마음으로 가득 찬 편지를 보낸다. 그는 고갱을 맞을 준비를 한답시고 형이 자신의 건강을 소홀히 하는 것을 원치 않는다. 형은 늘 남에게 있는 것 없는 것 다 탈탈 털어 주더라, 테오가 말한다. 테오는 그런 형이 너무도 걱정이다. "난 형이 힘든 이 시기를 넘어 어느 정도 안정이 되기까지는 좀 더 이기적으로 행동했으면 좋겠어."

빈센트는 즉시 테오에게 감사 인사를 보낸다.

그럼에도 그는 동생에게 빚진 기분과 돈을 얼른 갚아야 한다는 강박감을 떨쳐 버릴 수가 없다. 그러기 위해서 그의 인생을 송두리째 그림 그리는 일에 쏟아부어야 한다고 해도 말이다. 우울의 나락에 떨어진 그는 급기야 테오에게 자신이 인생을 헛산 것 같다고까지 말해 버린다.

테오는 힘과 사랑을 가득 담은 간절함과 진실함이 어린 편지를 보낸다. "형 아직도 많이 아프구나. 그토록 많은 걱정을 짊어지고 있는 걸 보니." 그는 돈과 빈센트에 대해 매우 다른 의견을 갖고 있다. 형은 절대 헛살지 않았어. 그리고 "이 문제에 대해선 마지막으로 한 번만 더 확실히 말할게. 돈이나, 그림을 파는 일이나, 아무튼 전반적인 돈 문제는, 나에게는 마치 실체가 존재하지 않는 깃과도 같아. 아니 그보다는 마치 늘 달고 살아가는 지병 같은 것이라고 해야 할까."

테오는 다달이 자신이 버는 수입의 15퍼센트를 빈센트에게 보내고 있다. 부모님의 생활비를 위해 돈을 보내기도 했고, 빌과 코르에게도 돈을 보낸 적이 있으니, 물론 부담으로 느껴질 때도 분명히 있다. 그러나 그는 빈센트에게 더는 돈 걱정을 하지 말아 달라고 확실히 말한다.

빈센트가 지금까지 싸워 온 수많은 싸움들. '내가 만드는 작품은 모두 너의 소유이자 너의 재산이야'라고 외쳤던 빈센트의 수많은 선언들. 그동안 테오가 참고 견뎌야 했던 수많은 좌절들. 그 모든 것은 벌써 사라지고 없다. 테오에게 지금 중요한 것은 오로지 빈센트가 행복하게 그림을 그리면서 그의 가까이에 있어 주는 것뿐이다. 테오는 빈센트에게 형 **스스로를** 위해 열심히 일하고 싶은 거라면 기꺼이 그렇게 하라고, 그러나 나를 위해서 그러지는 말아 달라고 당부한다. 그는 고갱과 함께 사는 앞날이 부디 형에게 도움이 되길, 형이 어서 빨리 감정적으로나 육체적으로도 회복할 수 있길 바란다.

1888년 10월의 셋째 주, 고갱이 도착한다. 빈센트는 이렇게 쓴다. "그는 매우 흥미로운 사람이야. 그리고 그와 함께라면 많은 것을 이룰 수 있을 거라고 굳게 믿어. 여기에서 그는 많은 성과를 낼 수 있을 거야. 그리고 부디 나도 그럴 수 있기를 바라."

이 새로운 협력 관계의 출발선에서 빈센트와 고갱은 서로의 자화상을 교환하는데, 이때 빈센트의 자화상은 그가 자기 스스로에 대해 어떻게 느끼고 있는지를 잘 보여 준다. 자화상 속 그의 모습은 '이중적인 성격을 보여 주며, 수도승 같은 면과 화가의 면을 동시에 지니고 있다'. 그는 자신을 승려와 같은 스타일로, 다소 일본인처럼 보이도록 그린다. 테오와 고갱을 향해 그는 스스로를 '영원한 부처의 단순한 숭배자'로 비유한다.

한편, 고갱의 자화상에서 고갱은 교활한 불한당 같은 모습을 하고 있다.

이는 마치, 앞으로 펼쳐질 노란 집에서의 생활을 바라보는 두 사람의 서로 다른 시각을 보여 주는 듯하다.

83.
남과 북의 룸메이트

테오에게도 새 룸메이트가 생겼다. 메이어 데 한(Meijer de Haan)이라는 네덜란드 화가이다. 테오도 빈센트처럼 공동체를 만들어 보고자 한다. 그러나 아무래도 잘 되지 않는다. 그는 빈센트에게 형은 '계속 예전처럼 해 나가라고, 우리를 위해 예술가들과 친구들로 이루어진 사회를 형성하길 바란다고, 이것은 나로서는 절대 실현 불가능한 일이라고' 말한다.

그렇다고 테오가 데 한과 그의 작품을 좋아하지 않는다는 뜻은 아니다. 그는 네덜란드의 거장인 렘브란트(Rembrandt)를 연상시키는 실력 있는 화가이다. 그러나 그의 작품에서는 빈센트 같은 격정과 분노가 느껴지지 않는다. 그의 인품 역시 그렇다! 그래도 테오는 그와 보내는 시간을 즐기며, 그의 몇몇 친구들과도 사귄다. 빈센트는 데 한의 드로잉과 회화 작품을 보고, 괜찮은 사람 같다며 언젠가 그와 친구들을 만나 보고 싶다고 얘기한다.

그럼에도 테오는 여전히 무언가 부족한 느낌이 든다. 누구도 빈센트의 빈자리를 채워 줄 수는 없는 탓이다. 그리고 그는 아내를 얻어 가정을 꾸리는 꿈을 아직 포기하지 않았다. 15개월 전 청혼을 했다가 퇴짜를 맞은 후로, 그는 한 번도 요 봉어를 보거나 소식을 들은 적이 없다. 그리고 안드리에 봉어의 얼굴을 본 지도 거의 1년이 넘었다.

결혼한 안드리에는 좋게 말하자면 결혼 생활이 순탄치 않고 나쁘게 말하자면 재앙 수준이지만, 어쨌든 유부남의 삶을 살고 있다. 설사 오랜 친구인 테오를 보고 싶어 한들, 아마 엄두를 내지 못할 것이다. 그는 멀리서 걱정스러운 마음으로 안타깝게 테오를 지켜보고 있다. 그러나 테오는 결코 방종한 생활을 하고 있지 않다. 그런 쪽은 빈센트와 고갱이다. 그 둘은 아를에서 고갱의 주도로 보헤미안적 생활을 즐기고 있다.

폴 고갱은 파리에서 주식중개인으로 일하던 때 처음 그림을 그리기 시작했다. 서른네 살에 프랑스 주식시장이 붕괴되자 그는 큰 타격을 입었다. 그때 전직 화가로 전향하고 싶었지만, 아내와 다섯 아이가 있는 상황에서는 현실적으로 무리였다. 그의 아내는 절대 찬성하지 않았다. 그는 결국 경제적 압박에 못 이겨 자신의 생명보험을 팔고, 아내와 아이들을 데리고 덴마크로 이사했다. 거기서 방수포 판매 대리업에 종사했지만 그곳에서의 삶은 비참했다. 1885년, 그는 장남만을 데리고 다시 파리로 돌아왔다. 그리고 거기서 반 고흐 형제와 만나게 되었다. 그리고 빈센트가 아를로 내려오던 때, 고갱은 프랑스 북부 지방인 브리타니(Brittany)로 떠났다.

고갱은 재능 있는 화가이며, 아직까지는 빈센트보다 성공적인 길을 가고 있다. 그는 자기중심적이고 이기적이며 건방지고 자부심이 아주 강한 성격으로, 무난하게 지낼 수 있는 사람은 아니다. 게다가 술을 엄청 마시고, 사창가를 자주 찾아가는 등 방탕한 생활을 즐긴다. 빈센트보다 술은 세지만 성격이 급하고 다혈질적이다. 그리고 화가 나거나 감정적이 되면 시비조로 싸움을 건다. 게다가 그는 무기까지 지니고 다닌다. 펜싱을 하는 그는 아를에 올 때도 펜싱 검을 들고 내려왔다.

고갱이 아를에 온 순간부터 두 화가는 그림도 같이 그리고 서로를 통해 배우며, 미술에 대해 많은 대화를 나눈다. 그리고 이런 토론의 일부는 격한 언쟁으로 발전하기도 한다.

두 사람은 진정한 명작을 창조해 내고 싶다는 점에서는 동일한 목표를 지니고 있지만, 그림을 그리는 방식이나 어떤 작품을 높이 사고 본보기로 삼아야 할지에 대해서는 매우 상반된 견해를 보이고, 이 사실은 갈수록 더욱 선명해진다.

고갱은 그림과 생활 방식 두 방면 모두에서 빈센트의 무질서함에 경악한다.

빈센트는 술을 먹지 않은 맨 정신에도 끊임없이 말을 지껄여 대고, 그로 인해 고갱은 정신이 나갈 지경이다.

그런가 하면 고갱은 허풍쟁이이다. 매춘부들을 찾아가서는 자신의 정력이 얼마나 강한지 큰소리를 뻥뻥 쳐 댄다. 빈센트는 그 점에서 그리고 다른 점에서도 고갱에게 열등감을 느낀다. 그리고 고갱이 미술계에서 이룬 성공을 부러움과 존경 어린 눈으로 우러러본다.

고갱은 한번 술을 마시면 엄청나게 마셔 대고, 빈센트도 따라서 그렇게 마시게 된다. 술이 들어가면서 상황은 더욱더 악화된다.

둘 중 어느 누구도 함께 살기에 편한 사람은 아니다. 그러나 이 환경은 어디까지나 일을 위해 만들어진 것이고, 빈센트는 아직도 고갱이 자신의 실력 향상에 도움이 될 거라는 희망을 버리지 않았다.

고갱은 빈센트가 자기 방식을 따라야 한다고 우긴다. 그가 강하게 주장하는 것 한 가지는 빈센트처럼 사물을 직접 보고 그릴 것이 아니라, 머릿속으로 상상하는 것을 그릴 수 있어야 한다는 점이다. 빈센트는 고갱의 재능에 크게 찬탄하고 있지만, 이 점에 대해서만은 자신의 입장을 고수하며, 자신은 일상으로부터 그림을 그리는 것을 선호한다고 강력히 말한다. 모델이나 바깥의 자연 풍경, 그리고 어쩔 수 없을 때는 실내에서라도 탁자에 놓인 과일, 꽃, 책 같은 물체들을 보고 그리는 것. 빈센트는 자신이 구축한 고유의 스타일과 자신만의 작업 방식을 버리고 싶지 않다. 그러나 몇 주에 걸쳐 고갱과 말씨름을 벌인 끝에 그는 결국 항복을 선언한다. 11월에 테오에게 보낸 편지에서 그는 고갱이 '자신의 스타일에 변화를 줘 볼 때가 왔다고 설득하는 데 성공했다고, 그래서 기억으로부터 구상해 내는 시도를 시작했다고' 보고한다.

어차피 바깥에서 그림을 그리기에는 날씨도 나빠지고 있고, 이따금 사창가를 찾아가 스케치를 하고는 있지만 모델을 고용할 만큼 돈이 넉넉하지도 않다. 그래서 빈센트는 기억으로부터 그림을 그리는 일을 시도해 본다. 전반적으로 그의 그림은 순조롭게 잘 되어 가고 있다. 고갱도 그 점에는 동의한다. 그는 빈센트를 칭찬하고 격려하며, 특히 해바라기 그림이 마음에 든다고 말한다. 심지어 그는, 예전에 언젠가 클로드 모네가 그린 '커다란 일본풍 꽃병에 든 훌륭한 해바라기' 작품을 본 적이 있는데, 그 그림보다 빈센트의 해바라기가 더 뛰어난 것 같다고 치켜세운다. 인상파의 창시자인 바로 그 모네 말이다!

빈센트와 고갱 둘 다 왕성한 작품 활동을 하고 있으며, 테오는 고갱의 작품을 판매하는 데 성과를 거두고 있다. 머지않아, 테오가 자신의 작품도 팔 수 있을 거라고 빈센트는 굳게 믿는다.

두 형제의 노력이 점점 결실을 거두고 있다.

빈센트는 남쪽에서 그가 꿈꾸던 작업실을 현실로 만들고 있다.

비록 그도 고갱도 함께 지내기에 쉬운 상대는 아니지만, 그리고 둘 사이에 말싸움도 끊이지 않지만, 지금으로서는 정말로 모든 것이 순조롭게 보인다.

단, 지금으로서는.

84.
격정적 열정

1888년 12월의 아를, 추운 바깥 날씨 때문에 빈센트와 고갱은 실내에서 작업을 하고 있다. 전적으로 만족스럽거나 확신이 든다고 할 수는 없지만, 빈센트는 상상 속의 이미지를 그리는 일에 힘쓰고 있다. 그는 동시에 집배원 친구인 룰랑과 룰랑 가족의 초상화를 그리는 일도 병행하고 있다. 그는 테오에게 말한다. "그리고 내가 **이 가족 모두**의 초상화를 전보나 잘 그릴 수 있게 된다면, 내 취향과 개성에 맞는 작품을 적어도 하나는 완성하게 되는 거야."

노란 집에는 팽팽한 긴장감이 흐른다.

고갱 또한 초상화를 그리고 있는데, 그 대상은 다름 아닌 빈센트이다. 고갱이 그 그림을 완성시켜 가는 모습을 지켜보며, 빈센트는 꽤 나쁘지 않다고 생각한다. 작업이 모두 끝난 후에 고갱은 빈센트에게 완성품을 보여 준다.

빈센트는 이렇게 말한다. "확실히 나는 나야. 다만 미쳐 버린 나지."

이 초상화는 빈센트가 이젤 앞에서 해바라기를 그리고 있는 모습을 그린 것이다. 이때로부터 1년 뒤, 빈센트는 테오에게 이 초상화를 가리켜 다음과 같이 말할 것이다. "그건 정말이지 틀림없는 나였어. 극심한 피로에 젖어, 한

편으론 격렬한 열정에 휩싸여 있던 그 당시 내 모습 그대로의 나."

격렬한 열정에 휩싸인 빈센트, 그건 틀림없는 사실이다. 두 화가는 하루 종일 그림과 씨름을 하다가, 저녁이 되면 카페에서 술을 마시며 말싸움을 벌이고, 밤 늦게 잠자리에 드는 생활을 되풀이하고 있다.

12월 둘째 주, 고갱은 테오에게 편지를 쓴다. 그는 빈센트에게 진력이 난다. 이곳을 떠나 다시 파리로 돌아가고 싶다.

'빈센트와 나는 같이 살면 문제가 생길 수밖에 없는 사람들'이라고 고갱은 쓴다. 그들의 기질은 서로 전혀 맞지 않고, 두 사람 모두에게 '그림을 그리기 위해서는 평온'이 필요하다. 그는 빈센트가 '뛰어난 지성을 가지고 있고, 그 점에 대해서는 깊이 존경한다'고 말하면서도, 유감스럽지만 자신은 '절대적으로 이곳을 떠나야 한다'고 끝을 맺는다.

같은 봉투 안에 빈센트도 자신의 입장을 적은 편지를 넣는다. 이 편지에서 그는 고갱이 '아예 떠나 버리거나, 혹은 아예 눌러살 것' 같다고 테오에게 말한다. 그는 고갱의 마음이 '훌륭한 이 마을 아를에서도 떠났고, 그들이 일하는 작은 노란 집에서도 떠났지만, 그보다도 그의 마음이 가장 멀리 떠난 건 자기 자신에게서'라고 말한다. 그러나 빈센트는 고갱이 떠나기를 원치 않는다. 그 친구는 평온이 필요하다고 말하지만, 그걸 도대체 어디서 어떻게 찾을 수 있다고 생각하는 건지 모르겠다. "여기서 찾지 못하는 그것을 과연 다른 곳이라고 찾을 수 있을까?"

빈센트는 고갱에게 계속 있어 달라고 설득한다. 둘은 아를에서 80km쯤 떨어져 있는 몽펠리에(Montpellier)로 미술관 여행을 떠난다. 여행에서 돌아온 그들은, 그 둘을 이어 주는 유일한 주제인 미술에 대해 열띤 대화를 이어나간다. 그들은 들라크루아와 렘브란트에 관한 토론을 벌인다. "우리의 토론은 **지나칠 정도로 뜨거워**. 완전히 방전된 배터리처럼 우리의 마음도 완전히 지쳤다가 살아나기를 되풀이하고 있어." 빈센트는 테오에게 말한다.

빈센트에게 격렬한 열정이 늘 나쁜 것만은 아니다. 그리고 그는 솔직히 이런 공동생활이 참 좋다. 시도 때도 없이 싸우는 와중에도 그는 정신적으로 큰 힘을 얻는다. 그는 테오의 룸메이트인 데 한과 그의 친구들을 떠올리며, 그들도 좋은 공동체를 이루고 있기를 마음속으로 바란다. 언젠가는 직접 만날 수 있으면 좋겠지만, 지금으로서는 우선 격려의 말을 전해 주고 싶다. 빈센트는 그들에게 안부를 전해 달라고 말한다. 포기하지 말고 계속 전진해 주게! 좋은 작품, 좋은 공동체, 이는 바로 빈센트의 이상향이다.

빈센트가 테오에게 이 편지를 쓰고 있는 시점인 1888년 12월 18일, 그가 알고 있는 한, 파리의 상황은 예전과 아무런 변함이 없다. 그가 알고 있는 한, 동생 테오는 여전히 구필 화랑에서 근무하며, 화가 친구들과 교제를 나누고 데 한과 한집에서 살고 있다.

다만, 빈센트가 모르는 것이 하나 있다. 벌써 일주일이 넘게 테오가 제3의 누군가와 함께 시간을 보내고 있다는 사실이다.

파리에서도 열정은 흐르고 있다.

85.
또 다른 열정

1888년 12월 파리, 요한나 봉어에게 지난 1년은 정말로 힘든 시기였다. 테오가 그녀의 거절을 딛고 새로운 현실에 적응해 나가는 동안, 그녀는 다른 사람을 향한 짝사랑 때문에 힘든 고통을 겪어왔다. 그 남자의 마음을 얻기 위해 온갖 노력을 거듭했지만, 돌아온 것은 거절뿐이었다. 결국, 그녀는 위트레흐트(빈센트의 마고가 요양을 위해 갔던 바로 그곳이다.)에서 교사직을 구해 암스테르담을 떠나기로 결정했다.

그러나 그 일조차도 잘 풀리지 않았다. 그녀는 불안정과 상실감에 젖어 우울하고 심약해졌다. 간신히 그렇게 4개월을 버티다가, 그녀는 결국 '건강상의 이유로' 일을 그만두기로 했다.

암스테르담의 집으로 돌아온 그녀는 새로운 환경의 필요성을 절실히 느낀다. 그래서 오빠 안드리에에게 편지를 보내 파리에서 함께 지내게 해 줄 수 있느냐고 부탁한다. 그러나 그는 그대로 결혼 생활 첫해가 파국으로 치닫고 있는 형편이다. 그는 아내에게서 냉담함과 답답함을 느끼며 두 사람이 지적으로 전혀 통하지 않는다고 생각한다. 그는 요에게 말한다. "지금까지의 결혼 생활은 고문이나 마찬가지였어." 그러면서 그녀가 오지 않는 편이 좋겠다고 전한다.

그러나 자신이 사랑했던 남자가 자신을 절대 받아 주지 않을 거라는 사실을 깨닫고, 그 관계가 완전히 끝났음을 받아들인 요에게 오빠의 도움은 너무도 절실하다. 안드리에는 그녀에게 결국 파리로 오라고 말한다.

그렇게 그녀는 이제 파리에서 지내고 있다. 안드리에와 테오가 서로 얼굴을 보고 지내는 사이가 아니기에, 요에게도 테오를 만날 기회가 없다. 다만 오빠에게서 테오가 걱정이라는 말을 전해 들었다.

이미 마음이 약해질 대로 약해진 데다, 이제 그녀는 테오에 대해서도 너무 걱정이 된다. 한편으로는 죄책감도 느낀다. 자신의 거절로 테오가 파멸의 길로 들어선 것이 분명하다고 생각되기 때문이다. 그녀는 직접 그를 만나 안부를 살피기로 결심한다. 한편으로는 안드리에의 삶에 테오라는 친구를 다시 찾아 줄 수 있다면, 오빠에게도 좋은 일이 될 거라고 믿는다. 그리고 테오에게 기회를 주지 않은 자신의 결정에 조금은 후회하는 마음도 있다.

그렇게 12월 10일 즈음, 요는 테오의 동네인 몽마르트를 찾아가 테오와 우연히 마주치는 데 성공한다.

그 후로 테오는 어머니에게 이렇게 편지를 쓴다. "저번에 편지로 데 한을 만나게 된 얘기를 한 적 있잖아요. 하늘에서 보내 준 선물처럼 느껴졌다고 했던. 그런데 이번에는 그보다 더 좋은 일이 일어났어요. 훨씬 더 좋은 일이요. 이틀 전에 제가 우연히 누구를 마주쳤는지 아세요? 바로 요 봉어랍니다. 전 이제 어떻게 해야 하죠?"

거리에 선 채로 그들은 이런저런 잡담을 나눈다. 그런데 갑자기 요가 잠시 따로 얘기를 해도 되겠냐고 묻는다.

혹시 내 탓인가요, 그녀는 테오에게 묻는다. 안드리에 오빠와 멀어지게 된 것이? 그들의 대화는 점점 더 깊어지고, 이야기를 나누는 동안, 닫혀 있던 요의 마음이 테오를 향해 열리기 시작한다.

테오는 아직도 그녀에게 매우 우호적인 감정을 가지고 있다. 그는 두 사람이 친구가 될 수 있을 거라고 생각한다. 그러나 감히 그 이상을 바라지는 않는다. 안드리에와의 우정을 회복할 수 있을 거란 생각만으로도 그는 기쁘다.

세 사람은 바로 많은 시간을 함께 보내기 시작한다. 그리고 며칠 지나지 않아, 테오는 요와 친구 사이로만 지내는 것이 불가능할 것 같다고 느낀다. 그는 마음을 크게 먹고 그녀에게 사랑한다고 고백한다. 그리고 너무도 기쁜 대답을 듣는다. 그녀도 그를 사랑하고 있다!

그들의 감정은 진실하며 또 인생을 송두리째 바꿀 만한 것이다. 테오와 요는 서로에게 열정적으로 빠져든다. 예전에 처음 청혼을 거절당했을 때, 그는 처음부터 완전한 화합을 이룬 상태에서 결혼을 한다는 생각이 '매우 아름다운 동시에 매우 젊은이다운 생각이지만, 그건 **사실이** 아니라고' 써 보낸 적이 있다. 그런데, 지금, 이곳에서 바로 그런 일이 일어나고 있다. 둘은 완전한 화합을 이루고 있다. **이것이야말로** 두 사람의 진정한 시작이다.

둘은 서로에게 열정적으로 끌리고 있을 뿐 아니라, 함께 있음으로서 편안함과 즐거움, 마음의 안정을 얻는다. 그들은 바깥에서, 그리고 그들의 '그런 평안을 함께' 누릴 수 있는 테오의 방 한구석에 박혀 서로와의 시간을 즐긴다.

2주가 가기도 전에 그들은 결혼을 원하게 된다.

테오는 어머니에게 요를 가리켜 자신을 있는 그대로 받아들여 줄 사람이라고 말하며 약혼에 대한 소망을 밝힌다.

동화 같은 일이 아닌가! 테오가 전에 상상했던 그녀와의 삶이 현실로 이루어지려 하고 있다.

86.
아를의 열정

빈센트와 나는 전반적으로 맞는 부분이 거의 없어.
특히 그림에 대해서는 더더욱 그래.
– 폴 고갱이 에밀 베르나르에게, 1888년 12월

아를에서도 열정은 흐른다. 다만 사랑의 열정은 아니다. 그 열정은 창조력을 품은 환희의 감정에서 분노로, 좌절로, 영감으로, 열망과 포부로, 경쟁심으로, 또 격노로 흘러간다.

테오가 요와의 연애로 한참 바쁜 동안, 빈센트는 단 한 차례밖에 편지를 쓰지 않는다. 미술관 여행을 다녀와 예술에 대한 주제로 '격정적인' 토론을 벌였다는 내용의 편지 말이다. 그 이후로는 아무런 연락도 보내지 않았다.

테오는 너무 바쁜 나머지 형한테서 편지가 뜸하다는 사실도 눈치 채지 못한다. 그러나 만약 빈센트가 이때쯤 편지를 **했다면** 테오는 분명히 걱정했을 것이다.

아를에서의 상황은 갈수록 점점 더 요동치고 있다. 빈센트와 고갱은 최근 들어 술도 부쩍 더 많이 마시고, 그만큼 싸우는 일도 더욱 잦아졌다.

빈센트는 평소에도 입이 무거운 편이 아닌데, 더 많은 술이 들어갈수록 그는 더 슬퍼하고 분노하며 논쟁적으로 변한다.

고갱은 에밀 베르나르에게 편지를 써서, 둘은 각자 좋아하는 화가마저 너무 다르다고 성토한다. 빈센트가 좋아하는 화가들은 고갱이 못 견뎌하고, 고갱이 흠모하는 화가들은 빈센트가 질색한다. "순전히 평화를 위한 목적으로 난 이렇게 대답하고 말았어, '그래, 대장 나리, 네 말이 맞다고 치자.'"

그러나 고갱이 늘 이런 식으로 침착하고 냉정하게 대답했을 리는 없다.

"그는 내 그림들을 매우 좋아해. 그런데 막상 내가 그림을 그리고 있으면, 내가 잘못하고 있다며 옆에서 이것저것 늘 지적을 해대." 고갱은 말한다.

한동안은 고갱이 빈센트에게 자신의 방식을 받아들이도록 밀어붙여 본 적도 있지만, 결국 빈센트는 자신의 방식과 견해를 완강히 고수하고 있다. 그는 색으로 이런저런 실험을 하는 것을 좋아하며, 물감에 떨어진 달걀 껍데기나 커피 찌꺼기를 그대로 그림에 칠하기까지 한다. 고갱은 이런 식으로 '재료를 가지고 장난치는 행위'가 진저리나게 싫다고, 베르나르에게 말한다.

고갱과 한 탁자에 앉아 술을 마시던 빈센트가 걷잡을 수 없이 크게 화를 낸 것도 한두 번이 아니다. 마시던 술을 고갱의 얼굴에 끼얹은 적도 있다고 한다.

그러던 1888년 12월 23일, 테오와 요가 한참 결혼 계획을 세우고 있던 그때, 현실로 다가온 장밋빛 앞날을 꿈꾸며 테오가 어느 때보다도 더 큰 행복을 만끽하고 있던 그때, 빈센트는 완전히 다른 길로 발을 내딛는다. 그 길은 피와 눈물로 뒤덮인 길이다.

87.
소식을 전하다

크리스마스이브에 테오는 여동생 리스에게 그의 약혼 소식을 전하기 위해 편지를 쓴다. "넌 내 인생의 전환점이 될 이 굉장한 소식을 처음으로 듣게 되는 사람이야."

오랜 세월 테오는 소위 '부적절한' 여인들만을 만나왔다. 부모님이 전혀 허락하지 않을 만한 여인들. 그러던 그가 삼년 반 전에 처음 만난 그 여자, 그리고 1년 반 전에 매몰차게 거절당했던 그 여자, 바로 그 여자에게 인생을 함께하기로 할 약속을 받아냈다. 테오는 너무도 기뻐서 어찌할 바를 모르겠다.

테오와 요가 네덜란드로 가서 공식적으로 약혼을 발표할 계획을 세우느라 한창 바쁜 즈음, 고갱이 보낸 전보가 도착한다.

빈센트가 많이 다쳤다. 그것도 매우 심각한 상태이다.

88.
아를의 열정 2

1888년 12월 23일에서 24일, 프랑스 아를. 노란 집에 또 한 번의 폭풍 같은 밤이 휘몰아친다. 빈센트와 고갱이 술을 마시며 나누던 대화는 또다시 예술에 대한 불꽃 튀는 설전으로 변해 간다. 예술 양식, 작업 방식, 다른 화가들, 두 사람이 동시에 처해 있는 어려운 경제 상황, 그리고 빈센트의 꿈, 남프랑스의 작업실의 미래에 대한 열띤 대화.

훗날 유일한 목격자인 고갱의 말에 따르면, 이 일의 자초지종은 다음과 같다.

이야기 도중에 고갱이 불같이 화를 내며 집 밖으로 뛰쳐나가 '지저분하고 누추한' 아를의 거리로 나선다.

빈센트도 그를 뒤쫓아 뛰쳐나온다. "고갱!" 빈센트가 큰 소리로 외친다. "고갱!" 그는 면도날을 휘젓고 있다. 고갱의 귀에 자신의 이름을 부르는 소리와 익숙한 발소리가 들린다. 빈센트이다. 그는 뒤를 돌아보고 두 사람은 다시 마주본다. 둘 사이에 언성이 높아진다. 고갱은 면도날을 보고 그를 피해 황급히 달아난다.

같은 날 꽤 늦은 밤, 빈센트가 고갱과 함께 들르던 사창가의 문 앞에 불쑥 모습을 드러낸다, 그는 자신이 가장 좋아하는 여자인 레이첼(Rachel)을 불러 달라고 요청한다. 그녀가 문 앞으로 나오자, 그는 헝겊에 싼 뭔가를 그녀에게 건넨다. "이 물건을 잘 보관해 주었으면 해." 그는 이렇게 말하고 떠난다.

레이첼은 포장을 풀어 보자마자 얼굴이 하얗게 질려 바닥에 쓰러진다. 헝겊에 싸여 있던 물건은 다름 아닌 빈센트의 왼쪽 귀이다. 사람의 살, 하얀 연골, 흥건한 피.

빈센트는 집으로 가서 침대에 누워 기절하듯 쓰러진다.

고갱은 그날 밤 집에 돌아가지 않는다. 그리고 크리스마스이브인 다음 날 아침, 집에 돌아온 그는 정신이 오락가락하는 빈센트를 발견한다. 잘못하다가는 죽을지도 모를 것 같다. 경찰이 찾아오고, 고갱은 둘 사이에 무슨 일이 있었는지 그리고 헤어지고 나서 무슨 일이 일어났는지, 짐작 가는 바대로 그들에게 설명한다. 즉, 빈센트는 스스로 왼쪽 귀를 잘라 버렸다.

고갱이 유일한 증인이었던 만큼, 이 이야기는 보통 이렇게 알려져 있다. 다만 고갱이 펜싱을 했고, 아를에까지 펜싱 검을 가져왔다는 점을 생각하면……. 일부 역사가들은 고갱이 빈센트의 귀를 (어쩌다 실수로) 자른 후, 빈센트가 비밀을 지켜주기로 동의했을 거라고 주장한다. 아마도 아니겠지만, 가장 흔히 알려진 설과 함께 이 가설도 일단 적어 두기로 한다. 빈센트의 성격상, 친구를 위해 진실을 감추어 줄 만한 여지는 충분히 있으니까. 아마도 아니겠지만, 불가능한 이야기는 아니므로…….

누가 잘못했든지 간에, 빈센트는 거의 목숨을 잃을 위기에 처한다.

그는 병원으로 실려 간다.

그리고 고갱은 테오에게 전보를 보낸다.

89.
병원 침대에서, 두 형제

테오는 빈센트에게 즉시 가 봐야겠다고 생각한다. 요를 파리에 혼자 두고 싶지는 않지만, 그녀에게 보낸 첫 번째 편지에 썼듯이 그는 형을 위해 가야만 한다. "나에게는 형이 하나 있습니다." 빈센트 형이 없는 나는 있을 수 없습니다. 빈센트 형이 없는 나는 진정한 나라고 할 수 없습니다.

그는 일터에서 그녀에게 편지를 보낸다. "오늘 슬픈 소식이 날아왔어요. 빈센트 형이 심각한 중퇴에 빠져 있답니다. 뭐가 어떻게 잘못되었는지 아직은 잘 모르겠지만, 내가 꼭 필요하다고 하므로 직접 가 봐야 할 것 같습니다." 시간이 얼마나 걸릴지 모르겠다고 말하며, 그는 요에게 암스테르담에 있는 집에 가 있으라고 말한다. 어차피 둘은 빠른 시일 내에 함께 네덜란드를 방문할 계획이었고, 파리에 있으면 안드리에의 아내인 애니가 왜인지는 모르지만 그들의 관계를 별로 탐탁지 않게 여기고 있어 요가 편하지 않다. 그러니 아예 먼저 가 있는 편이 좋겠다.

요도 그 말엔 동의하지만 당장은 테오를 만나러 간다. 감기에 걸린 몸으로 차가운 겨울 밤공기도 아랑곳 않고, 그녀는 기차역으로 달려와 플랫폼에 서서 떠나는 테오를 배웅한다. 테오는 아를에서 무엇이 자신을 기다리고 있을지, 요를 언제 다시 볼 수 있을지 모르는 채로 그녀에게 작별 인사를 한다.

남쪽으로 내려가는 밤 기차를 탄 그는 다음 날인 크리스마스에 아를에 도착하고, 기차에서 내리는 즉시 병원으로 달려간다.

의사는 빈센트가 격앙된 상태를 보이다 말다 하고 있으며, '가장 무시무시한 질병인 정신착란의 증세를 보이고 있다고' 테오에게 보고한다.

테오는 병실로 그를 찾아간다. 빈센트는 훗날 그 병실을 그림으로 남기는데, 그 그림에 따르면 일렬로 늘어선 침대가 사생활 보호 커튼에 둘러져 나뉘어 있고, 주위로 하얀 벽과 갈색 바닥, 밤색 침대보가 눈에 띈다. 물론 의도된 것이겠지만 빈센트는 색깔 표현에 있어 늘 사실적으로 정확하진 않다. 그렇지만 이것이 그의 눈에 보이는 광경인 만큼, 우리도 그의 눈을 통해 보도록 하자.

테오는 형 옆에 나란히 누워 베개 위로 머리를 누인다. 빈센트에게 곁에 있는 동생의 존재가 느껴진다. 진이 빠지고 지칠 대로 지친 그는 네덜란드에서 보냈던 어린 시절로, 단순하고 순수하고 아름다운 기억으로 남아 있는 그 시절로, 두 형제가 한 방을 공유하고 삶과 미래를 공유했던 그 시절로 스르르 빠져들 듯이 돌아간다.

빈센트가 테오의 귀에 속삭여 말한다. "꼭 준데르트에 살던 때 같아."

그들은 한동안 그 상태로 대화를 나눈다. 테오는 요와 함께하는 행복에 대해 말한다. 테오는 빈센트가 망상을 겪는 모습을 직접 목격하고, 나중에 요에게 이렇게 쓴다. "내가 바로 옆에 있는데도 몇 분간은 온전히 멀쩡하더니, 갑자기 태도가 급변해서는 철학이니 신학이니 하는 자기만의 세계에 빠져 버렸어요. 그곳에 있던 시간은 정말 슬프다고밖에 할 수 없습니다. 이따금씩 형은 속 안에 쌓였던 슬픔이 벅차오르는지, 금방이라도 흐느껴 울 것 같다가도 결국 그러지 못하더군요. 힘겹게 싸우며 괴로워하는 모습이 너무도 처량하기 그지없었답니다. 지금으로는 형의 비통함을 덜어 줄 수 있는 게 아무것도 없는데, 그 고통은 너무 깊고도 괴로워 혼자서 감당하기는 힘들어 보입니다. 형에게 단 한 번만이라도 진심으로 마음을 터놓을 수 있는 누군가가 있었다면, 아마도 이 지경까지는 오지 않았을지 모를 텐데요."

형에게도 나처럼 누군가가 있었다면, 형에게도 당신과 같은 사람이 있었더라면.

테오는 빈센트 곁에 오래 머물지 않는다. 그는 도착한 그날 고갱을 데리고 아를을 떠나 파리로 돌아간다.

집에 돌아가도 요는 없을 것이다. 이미 네덜란드로 떠났기 때문이다. 그도 열흘 후면 그녀를 따라가 합류할 예정이다.

테오는 사랑하는 연인을 향해 이렇게 쓴다. "형이 계속 정신을 차리지 못하면 어떡하죠? 의사들 생각에는, 아직 확실히 말할 수 있는 단계는 아니지만 그럴 가능성도 배제할 수 없다고 합니다. 며칠간 안정을 취해 보고 나서야 분명하게 나타날 거라고 해요. 그때가 되어 보아야 형의 의식이 돌아올 수 있을지 어떨지 알 수 있겠지요."

갤러리 열하나

파잉

1888~1889

나는 계속해서 희망과 두려움 사이를 오가고 있습니다.

– 테오가 요에게, 1888년 12월 30일

90.
앞으로의 전망

파리의 집으로 돌아오자, 요가 보낸 편지가 테오를 기다리고 있다. "집으로 오는 그 지루하고 긴 시간 동안, 난 줄곧 당신에 대한 생각을 떨칠 수 없었답니다. 그런데 이제는 당신이 도착했을 때 형님의 상태가 어떠하셨을지, 지금 당신은 어떤 기분일지가 너무도 궁금하네요."

테오는 지금 어떤 기분일까?

상실감. 비록 요가 있어 감사하고 안심이 되지만, "내게 너무도 큰 의미를 지니고 있고 어느새 내 일부분이 되어 버린 형을 잃을지도 모른다고 생각하니, 만에 하나 그가 없어진다면 내가 얼마나 큰 공허함을 느끼게 될 것인지 절실히 깨닫게 되었습니다."

빈센트가 **살 수 있을지**는 아직 확실치 않다. 그는 엄청난 정신적 충격을 받았고, 그로 인해 심신이 매우 약해진 상태이다. 고열 때문에 제대로 말도 못하고 말을 해도 앞뒤가 안 맞을 때가 많다. 그래서 지금은 의사들이 그를 정신 병동에 입원시키는 방안을 고려하고 있다.

빈센트를 두고 파리로 떠나는 길에 테오는 빈센트의 주치의인 펠릭스 레이(Félix Rey)에게 형의 상태에 대해 계속해서 소식을 전해 달라고 당부해 두었다. 그런데 그 의사가 이미 편지를 보내와, 빈센트의 정신 상태가 악화되었다고 알렸다. 빈센트가 다른 환자의 침대로 가더니 그대로 거기 누워 의사가 아무리 간청해도 일어나지 않으려고 했다는 것이다. "잠옷을 입은 채로 당직 중인 수녀님 뒤를 쫓아다니지를 않나, 자기 침대 근처에 아무도 얼씬 못하게 막지를 않나, 어제는 또 잠에서 깨더니 석탄 통에 가서 씻으려고 했답니다." 의사는 결국 그를 독방으로 보내어 방문을 걸어 잠가야 했다.

12월 29일에 레이 의사는 이렇게 쓴다. "오늘은 일반 망상 증세로, 제 상관이 정신병원에서의 특별 치료를 요구하는 정신착란 진단서를 끊어 주었습니다."

테오는 편지로 많은 질문을 하지만, 레이 의사는 그 질문들에 전부 답해 주지는 못한다. 다만 그래도 아직은 희망을 버리지 않았다고 말한다. 그는 빈센트가 호전될 거라고, 벌써 조금은 나아졌다고 말한다. "내가 진단하기로는 빈센트가 빠른 시일 내에 회복할 수 있을 거라고 봅니다. 그리고 그의 인격의 근본을 형성하는 극도의 감수성도 잃지 않을 겁니다."

테오는 이 내용을 전부 요에게 전달하며, 그녀가 없이 혼자였다면 자신이 이 모든 상황을 이겨 낼 수 없었을 거라고 말한다. "무슨 일이 닥친다 해도 당신이 내 곁에 있을 거라는 굳은 믿음이 없었다면, 난 과연 어떻게 되었을까요?"

레이 의사가 예견한 대로, 빈센트는 정말 빠르게 회복하기 시작한다. 식사량도 늘어나고, 겉으로는 정신도 멀쩡해 보인다. 며칠 지나지 않아 병원에서는 상처 치료에만 집중할 수 있게 된다.

1월 3일에 테오는 요에게 편지를 써서, 이제 더는 형을 정신 병동에 입원시키자는 이야기가 나오지 않는다고 보고한다. 그리고 그는 곧 그녀를 만나기 위해 네덜란드로 떠날 예정이다. '수요일의 축하 연회!'를 위해, 그들의 약혼식을 위해.

그는 폴 고갱에게서 받은 선물에 대해서도 언급한다. 그것은 바로 해바라기를 그리고 있는 빈센트의 초상화이다.

1월 4일, 빈센트는 몇 시간이나마 병원 밖으로 외출을 나간다. 친구인 조셉 룰랭이 그를 마중하러 와 준다. "그는 자신의 그림들을 다시 볼 수 있다며 기뻐했습니다. 걱정 마세요. 그가 나쁜 생각을 하지 않도록 내가 가능한 한 최선을 다할 테니. 조만간 빈센트는 퇴원을 해서 그림을 그릴 수 있을 거예요. 그는 오로지 그 생각만 하고 있답니다. 새끼 양처럼 아주 온순해졌어요." 룰랭은 이렇게 테오에게 보고한다.

룰랭과 함께 있는 동안 빈센트는 두 통의 편지를 쓴다. 한 통은 테오에게, 한 통은 고갱에게. 테오에게 보내는 편지에서는, 그가 먼 길을 달려와야 했던 것에 대해 사과한다. "나의 친애하는 동생, 너에게 그 먼 길을 달려오게 하여 내가 얼마나 **미안한지** 모른다. 너에게 그런 수고를 들이게 하고 싶지는 않았는데. 또, 결과적으로는 나에게 잘못된 것이 없으니 구태여 너를 귀찮게 할 필요가 없었는데 말이야." 그는 또한 테오가 '봉어 가족들과 다시 친하게 지내며, 그 이상의 사이로 발전하게 되었다는' 소식을 듣고 얼마나 기쁜지도 말해 준다. 우리가 아는 한 빈센트는 이 편지에서, 아니 그 어떤 편지로도, 테오에게 아를에서의 그날 밤 무슨 일이 있었는지 단 한 번도 언급하지 않는다. 테오 또한 고갱의 설명에 이의를 제기한 적이 없다.

고갱에게 보내는 다른 한 통의 편지에서 빈센트는 입원해 있는 동안 자신이 고갱을 얼마나 많이 생각했는지에 대해 쓴다. 빈센트는 그에게 문병을 와 달라고 애원하는 전갈을 보냈는데도, 고갱은 끝내 한 번도 그를 보러 오지 않았다. "굳이 내 동생 테오를 여기까지 부를 필요가 있었나, 친구? 이제라도 제발 테오가 마음을 놓을 수 있도록 확실히 안심시켜 주게. 그리고 자네도 안심하길."

고갱은 답장을 보내어, 빈센트의 작품 중에 노란 배경에 해바라기를 그린 그림을 자신에게 달라고 부탁한다. 자신은 그 그림을 "빈센트' 스타일의 정수를 보여 주는 완벽한 작품이라고 여긴다'며.

빈센트가 나아지고 있다는 사실에 안도하며, 테오는 네덜란드를 향해 떠난다. 1월 6일이 되어 그와 요는 사람들에게 약혼식 초대장을 보낸다.

약혼합니다.

테오도루스 반 고흐 군
그리고
요한나 봉어 양

1889년 1월
파리 암스테르담

축하 연회 1월 9일 수요일
베테링스칸스 121번지

다음 날인 1월 7일, 빈센트는 룰랭의 도움을 받아 병원에서 퇴원한다. 자리가 잡히자마자 그는 또 편지 두 통을 쓴다. 하나는 테오에게 보내는 편지, 다른 하나는 어머니와 빌에게 보내는 편지이다. 그는 테오에게 입원은 매우 흥미로운 경험이었다고, 그 덕분에 아픈 사람들과 함께 생활하는 법을 배울 수 있었다고 말한다.

그는 자신이 경험한 것이 '예술가들이 겪을 만한 단순한 흥분 상태에 불과하길' 그리고 부상의 후유증으로 생긴 '심각한 열병일 뿐이기를 바란다.' 그는 테오에게 다음 날 당장 정물화 한 두 개로 시작하여 작업을 재개할 생각이라고 말한다.

그러면서 빈센트는 또 하나의 다른 용건, 예전에 테오가 그해 가을에 열릴 제5회 독립 화가전에 출품할 작품을 골라 달라고 물어보았던 일을 언급한다.

다시 한번 그는 그것이 테오의 전권이라고 말한다. 이에 테오는 론 강 위로 별이 빛나는 밤과 붓꽃을 그린 정물화 작품을 고른다.

어머니와 빌에게 보내는 편지에서, 빈센트는 건강 문제에 대해 훨씬 두루뭉술하게 서술한다. 네덜란드어로 쓴 편지에서(최근 2년간 테오에게는 프랑스어만을 사용해 편지를 써 왔다.) 그는 이렇게 쓴다. "최근 며칠간 연락이 닿지 않았던 이유에 대해 혹시라도 테오가 무슨 말이라도 했을까 싶어 이 편지를 보냅니다. (중략) 사실 알릴 정도로 중대한 일은 아니었답니다." 걱정하지 말라고, 자기는 괜찮다고, 그는 말한다. "조만간 집 소식을 담은 편지를 받아볼 수 있다면 정말 기쁠 것 같습니다. 요즘은 저도 모르게 어머니 생각이 부쩍 많이 난답니다."

아를의 병원 침대에 누워 있는 동안, 그는 옛날 준데르트 사택의 정경을 생생하게 떠올렸다. '각각의 오솔길, 정원에 있던 식물 하나하나, 주위 광경, 들판, 이웃 사람들, 묘지, 교회, 부엌 뒤편에 있던 마당, 묘지에 있던 커다란 아카시아 나무와 그 위에 지어졌던 까치집까지.'

테오는 이미 어머니와 여동생에게 말해 두었다. 빈센트에게 있었던 일과 그 후유증에 대해, 그리고 서로가 베갯머리를 맞대고 나눈 순간에 대해. 테오의 약혼으로 기쁘고 들뜬 가운데서도, 어머니의 마음은 빈센트에 대한 걱정으로 가득 차 있다.

"오, 테오야, 올해를 이런 변고로 끝맺어야 한다니. 너희 둘이 겪었을 고통, 그 아이가 지금 대체 어떤 기분일는지……. 너희 둘이 베게에 머리를 맞대고 준데르트를 생각하다니, 너무도 감동적인 이야기구나."

91.
희망의 초상, 절망의 초상

1889년 1월 13일, 암스테르담에 있는 친정집에서 요가 편지를 쓴다. "나의 가장 친애하는 테오, 내가 평소처럼 안락한 곳에서 조용히 앉아 있는 지금, 야속한 기차는 시시각각 당신을 내게서 점점 더 멀리 데려가고 있겠지요. 마음이 너무도 공허해요. 당신이 떠나고 고작 두어 시간밖에 지나지 않았는데 이러니, 몇 달이란 시간은 얼마나 길게 느껴질까요!"

약혼식을 마치고, 테오는 일 때문에 파리로 먼저 돌아가는 중이다. 요는 친정에서 부모님과 함께 좀 더 지내다 올 예정으로, 앞으로 두 달간 요는 테오와 다른 도시, 다른 나라에서 떨어져 지내게 될 것이다.

이 거리는 둘을 더욱 가깝게 만들어 준다. 이 기간 동안 둘은 총 78통의 편지를 주고받으며, 서로에 대한 은밀한 부분까지 알아 가게 될 것이다. 가장 깊숙한 속마음부터 앞으로 살 집과 가구에 이르기까지, 그들은 모든 것을 함께 나눌 것이다.

그러나 지금은 단지 그 시작 단계로, 요는 테오에게 편지를 쓰는 동안 그의 사진을 물끄러미 바라보면서, 헤어지기 전에 직접 말로 하지 못한 말들을 편지지 위에 털어놓는다. "당신이 내게 준 모든 기쁨, 당신이 보여 준 모든 사랑, 그 모든 것에 감사해요. 지금 난 너무도 행복하고 큰 복을 받은 기분이랍니다." 암스테르담에서 함께 보낸 일주일 동안, 그녀는 테오가 너무나 많은 것을 가르쳐 주었으며, 지금까지의 평범했던 자신에서 탈피하여 더욱 높은 것을 꿈꿀 수 있는 영감을 주었다고 말한다. "내가 앞으로도 늘 당신 곁에 있게 된다면, 당신도 나를 통해 **무언가라도** 이룰 수 있는 날이 분명 올 거라고 확신해요."

그건 그렇고, **빈센트의** 상태는 어떠한지? 그녀는 궁금해하고 있다. 그러면서 테오에게 자신 앞에서는 절대 슬픔을 숨기려고 하지 말아 달라고 당부한다. 아를에서 그들의 약혼 발표 소식을 들은 빈센트는 그녀에게 직접 축하 편지를 보냈다. 아직 빈센트를 직접 만나 본 적은 없지만, 요는 '꿈만 같던 지난 일주일 동안, 내가 너무 내 생각만 하고 그에게 무심하지 않았나' 하는 생각에 죄책감을 느낀다.

빈센트는 어떠냐고? 그는 고갱이 없는 노란 집에서 다시 자신의 삶과 예술로 돌아가기 위해 고군분투 중이다. 그는 테오와 다른 친구들에게 예술에 대한 편지를 쓰거나 그림을 그리며 지낸다. 귀에 붕대를 감은 자신의 모습을 담은 자화상 두 점도 그린다. 해바라기도 그린다. 해바라기 그림 중 하나는 고갱에 요청에 따라 그에게 주려고 한다. 그는 더 많은 돈이 필요하다.

예전과 다를 바 없는 빈센트의 생활.

그러나 속으로 그는 이웃과 화가 친구들이 이제 자신을 두려워하게 된 건 아닐까 하는 걱정을 안고 있다. 그리고 슬프게도, 그와 친하게 지내 왔던 좋은 친구 룰랭이 마르세이유로 전근을 가 버렸다.

그는 사실상 외톨이가 되어 버렸다.

파리에서 암스테르담으로 테오와 요는 거의 매일 편지를 주고받으며, 앞으로의 거주지를 어디로 정할지 등 미래에 대한 계획을 논의한다. 테오는 점심시간 동안도 집에 가서 요와 함께 시간을 보내고 싶은 마음에 시내에 집을 구하려고 한다. 그리고 직장에서 걸어서 20분도 안 되는 거리에 있는 피갈(Cite Pigalle) 8번지에 거처를 구한다. 이제 그들은 집에 놓을 가구에 대한 의견을 주고받는다. 테오는 지금 준비하고 있는 클로드 모네 전시회의 이야기를 포함해 화랑의 소식들도 그녀와 함께 나눈다.

테오가 요에게 편지를 쓰는 동안, 룸메이트로 같이 살고 있는 메이어 데한은 그의 모습을 스케치하여 그리고, 테오는 그 스케치를 요에게 보낸다.

"스케치를 받아 보고 정말 기뻤어요." 그녀는 답장을 보낸다. 그런데 편지를 쓰는 테오의 모습을 담은 그 스케치 안에, 테오의 셔츠 소맷동에 무엇인가 글씨가 쓰여 있다. "집 문제, 커피, 코크스*, 그런데 이것들 사이에 내 이름은 왜 끼어 있나요? 혹시 이것들은 당신 마음속에 있는 것들의 목록인가요?" 그렇다, 정답이다! 테오에게는 셔츠의 일회용 소맷동에 해야 할 일이나 잊지 말아야 할 일을 적어 두는 버릇이 있다. 그는 커피를 사야 하고, 연료로 쓸 코크스를 사야 하며, 요에게 편지를 써야 한다!

시간이 지나 더욱 가까운 사이로 발전해 나가며, 테오와 요는 마음속 걱정거리 또한 서로에게 털어놓는다. 상대방이 아니라 자기 스스로에 대한 걱정이다. 테오는 기분 변화가 심하다. 어떨 때는 모두가 좋고 사랑스럽게 느껴지는 반면, 또 어떨 때는 모든 것이 바보 같고 하찮으며 피상적으로 느껴진다. 그런 식으로 기분이 가라앉아 있던 어느 하루, 테오는 요에게 편지를 쓴다. "당신 무릎에 머리를 누이고 당신의 사랑에 취하고 싶습니다. 당신이 이곳에 있을 수만 있다면, 힘든 세상이라도 묵묵히 받아들이고 이겨 낼 수 있

---

*석탄으로 만든 연료.

을 것 같은데."

　요는 자신이 아직도 몇 년에 걸쳐 좋아했던 그 남자에게 입은 상처를 완전히 털어내지 못했다고 고백한다. 테오는 그녀에게 '사람의 마음은 육체의 건강 상태에도 영향을 끼치니' 잘 먹고 가급적 걱정을 피하라고 당부한다. 그러나 그녀는 걱정을 떨칠 수 없다. 과연 자신이 가사와 요리를 잘 해낼 수 있을지, 그리고 테오에게 좋은 아내가 되어 줄 수 있을지 걱정이 태산이다. 테오는 그녀를 안심시키며 그런 문제에 너무 신경 쓸 필요 없다고 답한다. "다른 건 몰라도 가사(집안일)에 대해서라면 내가 절대 까다롭지 않다는 거 잊지 말아요. 당신을 힘들게 하는 일은 없을 거예요." 그녀는 단지 행복하게 지내는 일에만 신경 쓰면 된다. 테오는 마음 상태에 몸이 반응한다는 산 증거가 바로 자신이라고 말한다. "지난 2년간 아침이면 늘 기침 때문에 고생했는데, 행복하다고 느끼기 시작한 후로는 기침이 완전히 멈췄지 뭡니까."

　그렇다고 해서 테오가 그녀의 상처와 모든 걱정거리가 단번에 사라질 수 있다고 믿는 건 아니다. 그러나 두 사람이 진정으로 함께 행복하다면, 그녀의 건강도 더 좋아질 것이다. 그가 그런 것처럼.

　빈센트에 대해서는……, 예전에는 테오가 그의 편지 일부를 요에게 보내주기도 했지만, 최근에는 보내지 않는다. 그 편지들을 보면, 빈센트의 마음이 다시금 요동치고 있는 것 같다. 테오는 걱정이 된다.

　2월 3일에 빈센트는 테오에게 편지를 보내, 주의를 환기시키는 데 그림 그리는 것만큼 효과적인 일이 없다고 말한다. 그는 고갱에게 줄 해바라기 그림과 전에 그렸던 「자장가(La Berceuse)」라는 부제를 단 룰랭 부인(오귀스틴-알릭스 펠리콧 룰랭(Augustine-Alix Pellicot Roulin))의 초상화를 다른 버전으로 시도해 보고 있다. 벌써 세 번째 버전이다.

그는 아를의 이웃들과 잘 지내보려 애쓰고 있다. 일부 사람들은 그를 좋아해 주는데, 그들은 (빈센트가 생각하기에) 직접 정신 질환을 경험해 봐서 아는 사람들이라 그를 이해해 준다. 반면에 일부 사람들은 대놓고 그를 싫어하며 이해해 보려는 시도조차 하지 않는다.

빈센트는 사창가도 방문하지만 평소와 같은 목적은 아니다. "어제는 내가 정신이 나갔을 때 찾아갔던 그 여자를 다시 보러 갔었어. 그녀는 그런 일이 이곳에서는 전혀 놀랄 일이 아니라고 내게 말해 주었어." 그는 자기가 귀를 헝겊에 싸 건네주었던 일로 레이첼이 지우지 못할 상처를 입은 건 아니어서 안심이라고 테오에게 말한다.

그러나 그가 아직 완치된 것은 아니다. 가끔씩 의식이 혼미해져 헛소리를 하는가 하면 악몽을 꾸기도 한다. 그는 앞으로도 계속 자신이 정신 질환을 달고 살 것 같다고 예견한다. "나처럼 아픈 이곳의 다른 사람들이 나에게 진실을 이야기해 주었어. 앞으로 얼마나 살게 될지는 아무도 모르는 일이지만, 정신을 잃는 순간만큼은 계속해서 늘 찾아올 거라고."

그 편지를 쓴 이튿날, 빈센트는 정말로 정신을 잃는다. 그는 심한 편집증을 보이며, 사람들이 그를 독살하려는 음모를 꾸미고 있다고 믿는다. 가정부가 나서서 그를 돌봐 주려 하지만 상태는 점점 악화되어만 간다. 그는 먹지도 않고, 결국은 말도 전혀 하지 않는다.

테오는 이 상황에 대해 아무것도 모르고 있다. 모네 전시회를 준비하는 일로, 요에게 편지를 쓰는 일로, 그녀의 편지를 읽는 일로, 편지로 연애하는 일로, 그는 하루하루가 바쁠 뿐이다. 2월 6일, 그는 요에게 화랑 마크가 찍힌 편지지에 편지를 써서 보낸다. "내가 얼마나 감사하는 마음인지 끝도 없이 말해서 당신을 지겹게 하는 일은 더 이상 않겠다고 약속할게요. 그러나 당신이 하루라도 빨리 돌아와 주었으면 좋겠어요. 이렇게 종이 앞에 앉아 있는 것은 우리 두 사람을 하나로 묶어 주는 최선의 방법이라고 할 수 없거든요."

2월 7일, 파리에서는 테오의 모네 전시회가 열린다.

2월 7일, 아를에서는 빈센트의 가정부가 결국 도움을 청한다. 더는 힘에 부쳐서 그를 혼자 돌볼 수가 없다. 빈센트는 병원에 실려 가 격리 수용된다.

테오는 여전히 아무것도 모르고 있다.

9E.
형제의 우애

우리, 희망을 버리지 않기로 해요.
– 테오가 요에게, 1889년 2월 12일

테오가 요에게 편지를 쓰지 못한 지 사흘이 지났다. 모네 전시회로 눈코 뜰 새 없이 바빴기 때문이다. 그는 사과의 말과 함께 하나의 소식을 전한다. "오늘 오후에 또 빈센트 형에 대한 안 좋은 소식을 들었답니다."

테오는 프레데릭 살르(Frédéric Salles)라는 목사로부터 계속 형에 대한 소식을 전해 듣고 있었다. 이번에 살르 목사는 빈센트가 '전혀 아무 말도 없는 침묵에 빠져, 이불 속에 들어가 이따금씩 숨죽여 흐느껴 운다'는 편지를 보내왔다. 살르 목사는 그를 정신 병동으로 보내야 한다고 생각한다. "선생님, 이런 괴로운 소식을 전해 드릴 수밖에 없어 정말 유감입니다." 그러나 한편으로는 자신이 빈센트를 잘 보살피고 있다고 테오를 안심시킨다. "오늘밤은 날씨가 매우 추울 것 같아, 그의 방에 불을 지피고 사람을 시켜 밤새 꺼지는 일이 없도록 조치해 두었습니다." 그는 날이 밝으면 빈센트를 더 좋은 방으로 옮겨 줄 생각이라고 한다.

테오는 빈센트를 위한 최선이 무엇일까 고민한다. 혹여 정말 정신 병동에 입원해야 한다면, 더 따뜻하고 햇볕도 풍부한 남부에 그대로 있는 것이 나을 것인가? 아니면 파리로 옮겨 오는 것이 두 사람을 위해 더 나을 것인가? 그는 빈센트가 푹 쉬고 나을 수 있길, 그래서 이런 결정을 내릴 필요가 없어지기를 바란다. 그러나 스스로를 속일 생각은 없다. 그는 이미 빈센트가 치유될 가망성이 적다는 사실을, 특히 완치될 확률은 없다는 사실을 잘 알고 있다.

빈센트의 정신 상태에 대해 테오는 요에게 이렇게 말한다. "너무도 오랫동안 형은 오늘날의 사회로서는 해결이 불가능한 일들에 몰두해 왔고, 가망이 없음에도 불구하고 선한 마음과 강인한 에너지로 지금까지 치열하게 싸워 왔습니다. 그의 노력은 헛된 것만은 아니었으나, 그 결실을 목격하는 일은 불가능할지도 모르겠습니다. 왜냐하면 형이 자신의 그림에서 나타내고자 하는 것을 사람들이 이해하게 될 시점에는 이미 너무 늦어 버릴 것이기 때문입니다."

그는 빈센트가 천재라는 사실을 알고 있다. 그의 모든 노력과 고생이 언젠가는 결실을 맺을 것임을 알고 있다. 그러나 그게 언제가 될까? 빈센트의 그림을 바라보며 그는 요에게 말한다. "그의 그림을 이해하려면, 먼저 기존의 틀에 박힌 모든 고정관념에서 벗어나야만 합니다. 그러나 언젠가는 사람들이 그를 이해하게 될 거예요. 언제냐고요? 바로 그게 문제입니다."

문제는 바로 그거다. 적어도 테오의 생각엔 그렇다. **가능하냐 아니냐**의 문제가 아니라, **언제** 가능하냐의 문제인 것이다. 그 자신도 예술 작품을 보는 눈이 늘 완벽한 것은 아니지만, 적어도 빈센트의 노력이 헛되지 않을 거라는 믿음만큼은 확고하다. 다만, 그 결실을 빈센트가 살아서 볼 수 있을 것인가? 테오는 살아서 볼 수 있을 것인가?

테오는 요에게 말한다. 그가 방금 형에게 편지를 보내, 앞으로 형에게 무슨 일이 생긴다 해도, 무슨 일이 일어난다 해도, 형은 '아무런 보상을 얻지 못하는 상황 속에서도 자신의 역량을 **최대한** 발휘한, 세상에 얼마 없는 위인이 니는 사실을 기억하고 보람을 느꼈으면 좋겠니'고 말해 두시니고. 그는 이 말 이 빈센트에게 힘을 줄 수 있길 바란다. 빈센트의 기운을 북돋워 줄 수 있는 것이 뭐라도 있다면, 바로 **이런** 말일 거라는 사실을 그는 잘 알고 있다.

풍차를 향해 함께 걸었던 기억, 서로 맺은 서약, 친밀한 유대감. 역경을 함 께 헤쳐 나가는 두 형제. 이 세상에 아름다운 뭔가를 베푸는 것.

테오는 화랑에서 열린 모네 전시회에 모네 외에 일부 다른 화가들의 작품 도 출품시켰는데, 이중에 오귀스트 로댕(Auguste Rodin)이 만든 조각품이 하 나 있었다. 쟁반에 담긴 사도 요한의 머리를 표현한 작품이다. 비록 로댕은 빈센트를 한 번도 만나 본 적이 없지만, 테오는 그 얼굴이 꼭 빈센트 형을 닮 았다고 생각한다. '금욕과 성찰의 삶을 무심코 드러내는 깊은 고랑이 진 뒤틀 린 눈썹, 그 고뇌의 표정이 꼭 형과 닮았다고' 그는 요에게 말한다. 빈센트의 이마가 좀 더 경사졌다는 차이는 있지만 '코의 생김새와 두상이 완전 동일하 다'고, 그는 말한다.

훗날 그 조각품을 직접 본 요는 그것이 딱 테오의 모습과 닮았다고 생각한 다.

그 후로도 몇 주간 계속 테오와 요는 편지를 주고받으며, 미래의 계획을 세우거나 장난을 치기도 하면서 서로를 더욱더 잘 알아간다. 그러나 테오 는 여전히 빈센트에 대한 걱정을 떨칠 수가 없다. 요는 그런 테오에게 위안 을 준다. 지난 오랜 세월동안 모든 짐을 홀로 지고 달려온 그에게 이제는 요 가 있다. "당신의 편지는 마침 딱 좋은 시기에 도착해서, 내가 이젠 더 이상 혼자가 아니며, 누군가 멀리서 나를 생각해 주는 사람이 있다는 사실을 뼛속 깊이 느끼게 해 주었답니다. 그건 내가 너무도 원했지만 전에는 얻지 못했던 소중한 것이랍니다."

아를로부터도 계속해서 소식을 전해 들으며, 테오의 마음은 암스테르담에 있는 요와 남쪽에 있는 빈센트 사이를 오간다. 형 생각을 하면 테오의 마음이 저려 온다.

2주에 가까운 시간이 지나고, 빈센트의 상태는 다시 나아져 퇴원할 수 있을 정도가 된다. 2월 18일에 그는 다시 노란 집으로 돌아간다. 빈센트가 다시금 그의 작품들과 그가 사랑하는 예술과 책이 있는 집으로 돌아가자, 테오도 마음을 한시름 놓는다.

93.
청원

그러나 노란 집의 상황은 그다지 좋다고 할 수 없다. 빈센트는 잘 먹지 않는다. 집을 나온 뒤로는 늘 그랬다. 그는 커피를 너무 많이 마시고, 담배를 너무 많이 피우며, 잠을 너무 조금밖에 자지 않는다. 고갱과 함께 살게 되면서는 술을, 특히 와인과 약쑥으로 만드는 초록색 술인 압생트를 과하게 마시는 습관도 생겼다.

그의 정신 건강에 이런 것들이 좋을 리가 없다. 집에 혼자 있게 되면서 그의 상태는 더욱더 악화된다. 환청과 환각에 시달리고 헛것을 듣거나 보기도 한다. 술을 많이 마신 경우에는 지나치게 흥분하거나 행동을 예측할 수 없게 되고, 따라서 이웃들에게 겁을 주는 말이나 행동을 한다. 2월 말에는 결국 이웃 사람들 서른 명이 모여 청원서를 내기에 이른다.

"친애하는 시장님께.

아래 서명을 한 우리들은 아를시의 라마르틴 광장에 사는 주민으로, 저희는 이 자리를 빌려 시장님께 이렇게 보고 드릴 수 있다는 사실을 영광스럽게 생각합니다. 네덜란드 국적의 풍경화가 부드(Vood, 빈센트)라는 한 남자가 광장 위쪽에 사는데, 그가 최근 정신을 제대로 차리지 못한 행동을 여러 차례에 걸쳐 지속적으로 보이고 있습니다."

그들은 빈센트가 예측 불가능하며, '이웃 주민들, 특히 여자나 어린 아이들을 두려움에 떨게 한다'고 주장한다. 거기다, 그에게는 '여자들을 못 살게 구는 경향'이 있는데, 한 여자는 그가 '자신의 허리를 감싸 안고 (중략) 꼼짝하지 못하게 자신을 들어 올렸다'는 증언을 올리기도 한다.

주민들은 빈센트를 정신 병동에 가두어 달라고 청원한다.

빈센트는 그 청원서로 인해 마치 '망치로 가슴을 세게 얻어맞은 것' 같은 충격을 받는다. 결코 그 누구에게도 해를 끼칠 의도는 없었다. 그는 억장이 무너질 것만 같다. 이웃 사람들이 한데 모여 그를 대적하다니. 자신은 단지 아픈 것뿐인데, 어떻게 이렇게까지 할 수가……?

빈센트는 정신 병동이 아닌 일반 병원으로 다시 실려 간다. 다만 전과 다른 것이 있다면, 이번은 경찰의 지시에 의한 강제 입원이라는 사실이다.

요는 브레다로 가서 처음으로 테오의 어머니와 여동생 빌을 만난다. 테오는 그쪽으로 편지를 보낸다. 요뿐만 아니라 어머니와 빌도 바로 답장을 한다. 빌과 요는 어쩌면 빈센트를 네덜란드 집으로 불러오는 편이 낫지 않을까 하고 생각한다. 빌은 그를 가족이 있는 집으로 데려와 곁에서 직접 돌봐 줄 수 있기를 바란다. "우리는 **아무것도** 안 하고 손을 놓고 있으면서, 생판 모르는 남들이 그를 간호하고 돌봐 주길 바라는 것은 이상하지 않나 싶어. 그런 생각을 하면 **견딜 수가 없어.**" 빌은 테오에게 이렇게 쓴다. 그들 가족의 기도는 이렇게, 오랜 세월 속에서도 목소리를 잃지 않고 여전히 기억된다.

그러나 어머니가 반대를 한다. 어머니는 빈센트를 집으로 데려오는 것이 좋은 계획이라고 생각하지 않는다.

그래서 빈센트는 그대로 아를에 머문다. 살르 목사는 계속 테오에게 소식을 전하며, 빈센트가 좋은 보살핌을 받고 있다고 안심시킨다. 한편, 빈센트 자신은 너무 아파서 편지를 쓸 수가 없다.

94.

형제를 위한 번민, 형제를 향한 사랑

테오는 결혼식과 파리에서의 살림 준비로 한창이다. 그는 3월 말에 네덜란드로 가서 결혼식 당일인 4월 18일까지 지내다 올 예정이다. 3월 중순이 되자, 그는 피갈 8번지 건물의 3층 왼쪽 집인 새 거처로 이삿짐을 옮기기 시작한다. 벌써 3주째 빈센트에게서는 아무런 소식이 없다. 그는 형을 걱정하며 매우 그리워한다. 그리고 걱정하는 와중에도 새집 벽에 빈센트의 그림들을 걸며 큰 기쁨을 느낀다. 그는 형에게 이렇게 쓴다. "새로 이사 갈 집을 정돈하면서 형의 그림들을 다시 살펴보고 있노라니 기분이 너무 좋아졌어. 그 그림들 덕분에 방이 너무도 환해졌어. 뿐만 아니라, 형의 그림에는 모두 진정한 시골의 풍경과 진실이 깃들여져 있어. 전에 형이 가끔 다른 화가들의 작품들을 보면서 했던 말 그대로 말이야. 마치 살아 있는 들판을 그대로 옮겨 담은 것 같다고 했던 말."

파릇파릇한 어린 밀이 가득한 검은 들판, 호밀밭, 옥수수밭, 야생화가 가득 피어 있는 초원. 준데르트.

빈센트가 과연 건강을 되찾을 수 있을지 테오는 알 도리가 없다. 그는 형을 향해 쓴다. "형은 나에게 너무도 많은 것을 베풀어 주었어. 그래서 내가 사랑하는 요나 임께 보낼 행복한 앞날을 생각하고 있는 동안, 형이 비녀 내야 할 힘든 나날을 생각하면 마음이 너무 아파."

요도 앞으로 형과 친하게 지낼 수 있길 바라고 있다고, 테오는 빈센트에게 말한다. 그녀는 '형이 테오에게 늘 그래 주었던 것처럼' 빈센트가 그녀 또한 좋은 형제로서 대해 주길 바라고 있다.

테오는 빈센트를 찾아가 보고 싶은 마음이 굴뚝같지만, 둘 사이의 거리는 너무도 멀다. "시간도 너무 부족하고, 내가 찾아가서 형에게 어떤 도움이 될 수 있을지 모르겠어."

그렇지만 부디 소식만은 늘 전해 주길 바라, 테오는 형에게 당부한다. 레이 의사와 살르 목사에게서 받는 편지 외에는, 그는 지금 '형에 대해 아무것도 모르고 있다.'

빈센트는 아픈 상태에서도 테오가 하는 말을 이해한다. 행간을 읽으면서 동생이 짊어진 슬픔의 무게를 느낀다. 빈센트는 답장을 보낸다. "너의 다정한 편지에서 네가 동생으로서 느끼는 번민과 고통이 고스란히 느껴졌어. 그런 만큼 내가 침묵을 깨는 것만이 의무라고 생각되는구나. 지금 나는 미친 남자가 아닌, 네가 아는 형으로서 온전한 정신으로 이 편지를 쓰는 거란다."

힘들고 아팠던 긴 시간을 딛고, 이 순간만큼 다시금 빈센트는, 동생의 마음을 헤아려 보살피려 하는 큰형이다.

95.
새로운 터전

형의 그림과 …… 형으로서 내게 준 사랑은 ……
내가 그 어떤 큰돈을 가질 수 있다 해도, 그보다 더욱 큰 가치가 있는걸.
– 테오가 빈센트에게, 1889년 4월 24일

빈센트는 테오가 자신을 필요로 한다는 사실을 깨닫고, 테오가 결혼식을 위해 네덜란드로 떠날 준비를 하는 동안 사나흘에 한 번꼴로 계속 편지를 보낸다. 그러면 테오는 꼬박꼬박 답장을 보내고, 둘은 빈센트가 퇴원을 하면 어디서 사는 게 좋을지에 대해 의논한다. 이미 노란 집으로 다시 들어가는 것은 아니라고, 아니 그 주변으로는 다시 돌아가지 않는 편이 좋겠다고 합의했다.

빈센트는 비록 병원 안에서지만 다시 붓을 잡을 수 있을 만큼 회복한다. 그는 테오에게 파리를 떠나기 전에 물감을 좀 더 보내 달라고 부탁한다. 아연 백색 세 통, 베로니즈 녹색 네 통, 그리고 짙은 청록색, 군청색, 오렌지 납 각각 한 통씩.

빈센트는 레이 의사의 말이 옳음을 알고 있다. 규칙적인 식사를 하지 않고 매일매일 커피와 술로 버렸던 생활은 확실히 몸에 큰 해를 끼쳤을 것이다. 그는 테오에게 '다시 올해 여름과 같은 최고조에 달하기 위해 스스로 무리한 감이 없지 않다'고 고백한다. "그러니까, 모름지기 예술가라면 열심히 작품을 만들어 내야만 하잖니." 그에게는 자기 자신을 돌보는 일보다 그런 예술가가 되는 일이 훨씬 중요하다. 테오는 이제 결혼을 하지만 자신은 늙어 가고 있다고, 빈센트는 말한다. 그림만 계속 그릴 수 있다면, 이제 자신에겐 무슨 일이 생겨도 상관없다(병원에 계속 있어야 한다고 해도 괜찮다). 이미 아내를 얻고 가정을 꾸리는 희망은 버렸다. 그의 삶은 예술이 전부이다. 가족들을 위해서가 아니다. 그 자신과 테오를 위해서이다. 늘 언제나, 테오를 위해. (비록 어머니도 그의 작품을 인정하고 알아봐 준다면 좋겠지만.)

4월 초순이 되자, 빈센트는 꽃이 핀 과수원 시리즈가 될 그림을 시작한다.

테오는 빈센트에게 부탁받은 물감과 빈센트가 좋아할 만한 새로 나온 잡지 몇 권을 보내고, 결혼식을 위해 네덜란드로 떠난다.

테오의 마음은 기쁘지만 한편으로는 무겁기 그지없다. 상황이 달랐다면, 빈센트도 테오의 결혼식을 보기 위해 함께 가고 있을 텐데.

네덜란드에 있는 어머니는 테오와 요가 교회에서 결혼식을 올리길 간절히 바라고 있다. 그러나 테오는 종교적 믿음을 잃어버린 지금의 그가 그렇게 한다면 위선적인 일이 될 거라고 생각한다. 리스는 그에게 다시 한번 생각해 보라고 애원하지만(어머니가 그 문제에 대해 매우 집착하고 있으므로!) 테오는 뜻을 굽히지 않는다. 그러자 어머니는 대신에 또 요의 친정집에서 결혼식을 올리는 방법을 제안한다. 그러나 테오와 요는 4월 18일에 암스테르담 시청에 가서 결혼을 한다. 그리고 결혼 피로연에 함께 참석한 후, 두 사람은 함께 브뤼셀에 들러 하루를 보내고 파리로 간다.

파리에 도착한 그들을 맞이하는 것은, 돌아가신 센트 큰아버지의 부인 코르넬리(Cornelie) 큰어머니가 신혼부부를 위해 화사하게 장식해 놓은 새집이다. 도처에 꽃들이 깔려 있고, 침대도 깔끔하게 정리되어 있다. 거기다 큰어머니는 요에게 피아노를 선물로 주겠다고 약속했다.

결혼을 하고 처음 며칠간 이 신혼부부는 더없이 행복하다. 비록 요는 언니 미엔에게 보내는 편지에 자조적인 어투로 '완전 웃음거리'라고 쓸 만큼, 집안 일을 어디서 어떻게 시작해야 할지 전혀 갈피도 못 잡고 있지만 말이다. 그 러나 모든 것은 순조롭게 진행되고 있고, 그녀는 그럭저럭 집을 깨끗하게 유 지해 나가고 있다.

다만, 그들이 사는 파리의 동네가 그녀에게는 벅차게 느껴진다. "온갖 사 람들에다 너무도 부산하고 복잡해서 정말 끔찍할 정도야." 그러나 그녀는 신 혼집에는 만족해하며, 문이 하도 많아서 하루 종일 집 안에서 숨바꼭질을 해 도 될 정도라고 언니에게 말한다. 그리고 그들 부부 사이에는 벌써 일과라고 할 만한 것이 생겨났다. 아침 8시가 되면 잠자리에서 일어나, 테오가 가스 불을 켜서 물을 끓이면 요가 차를 올리고, 그들이 옷을 입는 동안 찻물이 끓 는다. 우유와 빵은 문 앞까지 배달된다.

무엇보다도 그녀는 테오에게 흠뻑 빠져 있다. "지난날로 날아가서 내 자신 에게 말해 줄 수만 있다면 얼마나 좋을까. (중략) 내가 미래에서 얼마나 행복 해하고 있는지!" 테오는 그녀에게 너무나 다정하게 잘 대해 준다. 요는 언니 에게 이렇게 고백한다. "우리는 처음 만난 그 순간부터 서로 잘 맞았어. 억지 로 맞추려고 한 것도 없고 어색한 느낌도 없었어. 그는 단순하고 자연스러 운 사람이어서 만사가 너무도 편해. 그리고 그도 나와 똑같은 말을 해. 이렇 게 좋을 거라고는 생각도 하지 못했어."

프랑스 남부에 있는 빈센트도 거처를 옮길 생각을 하고 있다. '너와 네 아내 에게 많은 행복이 함께하길' 바란다고 테오에게 축하의 말을 전하면서, 그는 아를에서 그리 멀지 않은 생 레미 드 프로방스(Saint-Rémy-de-Provence)로 옮기고 싶다는 의사를 전한다. 그곳에는 살르 목사가 알아봐 준 요양원이 있다. 총 마흔다섯 명의 환자가 있다고 하는데, 꽤 괜찮은 곳인 것 같다.

테오는 그곳이 과연 빈센트에게 적합한 곳일지 알아보기 위해, 거기서 일하는 테오필르 페이롱(Théophile Peyron) 의사에게 편지를 쓴다. 그는 특정 조건 몇 가지를 제시한다. 빈센트가 그림을 그릴 수 있어야 할 것, 식사에 와인을 곁들일 수 있어야 할 것, 그리고 빈센트가 원할 때면 언제든 외출할 수 있어야 할 것(전에 아버지가 빈센트를 보내려 했던 벨기에 길시에 있는 병원이 그런 체제였다). 의사는 다른 조건은 들어줄 수 있지만, 원할 때 외출할 수 있다는 조건 하나만은 승인해 줄 수 없다고 답한다. 환자의 행동거지를 최대한 자세히 살펴야 하는 만큼, 아무 때나 나가는 것은 무리라는 것이다. 그러나 대신에 그는 가능한 한에서 최대한의 자유를 보장하기로 약속한다.

아를을 떠나기 전에 빈센트는 지금까지 그린 작품을 한데 모아 대형 화물 상자 두 개에 실어 파리로 보낸다. 그 짐이 파리에 도착할 즈음엔 빈센트는 아를를 이미 떠나고 없겠지만, 아를에서의 생활은 고스란히 그 그림들에 담겨 테오에게 배달될 것이다. 「밤의 카페(The Night Cafe)」, 「푸른 포도밭(The Green Vineyard)」, 「붉은 포도밭(The Red Vineyard)」, 「아를의 방(The Bedroom)」을 비롯해, 수많은 들판 그림과 다섯 점의 해바라기, 네 가지 버전의 룰랭 부인(「자장가」), 한 아기의 초상을 포함한 다른 초상화들, 꽃이 핀 많은 나무들.

1889년 5월 8일, 살르 목사의 도움과 테오의 경제적 지원에 힘입어, 빈센트는 생 레미 드 프로방스의 생 폴 드 모솔(Saint-Paul-de-Mausole) 병원에 자진 입원한다. 비어 있는 병실에 여유가 있는 덕분에, 그는 침실로 쓸 방과 그림 그리는 작업실로 쓸 방, 이렇게 두 방을 배정받는다.

빈센트에게 있어서도 이는 새로운 시작이다. 그는 자신이 빨리 회복할 수 있기를, 그리고 몇 달 후에는 병원에서 나갈 수 있기를 바란다.

96.
빈센트, 테오 그리고 요

빈센트가 생 레미 병원에 입원한 날, 요는 그에게 편지를 쓴다. "이제 새 가족이 되었으니 제가 아주버님을 찾아뵙고 말씀을 나눌 때가 되었네요." 우선은 테오와 정식으로 결혼하기를 기다려 왔지만, 이제는 빈센트가 자신에 대해 '좀 더 잘 알게 되길, 그리고 가능하다면 애정을 가지고 아껴주길' 바라며 요는 빈센트에게 편지를 쓴다.

요는 빈센트를 이미 잘 알고 있는 듯한 기분이 든다. 사방에 그의 그림이 있는 까닭이다. 매일 아침 테오와 함께 분홍색 침실에서 눈을 뜨면, 요가 빈센트에게 보내는 첫 번째 편지에 썼듯, '꽃 핀 복숭아나무를 그린 아주버님의 그 아름다운 그림이 바로' 눈앞에 보인다. 코르넬리 큰어머니에게서 선물받은 응접실의 피아노 위에도 요가 매우 좋아하는 커다란 풍경화가 걸려 있다. 빈센트가 아를에서 그린 노랑, 파랑, 초록색들로 가득한 추수기의 풍경이다. "식당도 그림으로 가득하답니다. 다만, 그이가 아직 그림들을 어디에 어떻게 걸지 만족할 만한 곳을 찾지 못해서, 일요일 오전마다 그림을 다시 걸고 정리하고 있어요."

요는 빈센트에게 말한다. "아주버님을 생각나게 하는 것들은 그밖에도 너무도 많답니다. 제가 집에서 어쩌다 예쁜 물병이나 꽃병 같은 걸 찾아낼 때면, 꼭 '그거 빈센트 형이 산 거야' 혹은 '그거 빈센트 형이 엄청 좋아했던 건데'라는 말이 돌아와요. 거의 하루도 아주버님에 대한 이야기를 하지 않고 지나가는 날이 없답니다."

바로 그 이튿날, 빈센트는 요와 테오에게 답장을 보낸다. 그는 새 환경에 잘 적응하고 있으며, 이 요양원에서라면 평온하게 지낼 수 있을 것 같고 작업도 잘 될 것 같다고. 비록 귀에서는 '사육장에 갇힌 동물들이 내는 듯한 끔찍한 울음소리와 고함 소리가 끊임없이 들려와' 고통스럽기 그지없지만, 그래도 여기 사람들은 아를에서보다 한결 예의 바르고 친절하다. 그가 정원에서 그림을 그릴 때면 다른 환자들이 따라 나와 구경하기도 한다.

요는 병자로서의 운명을 받아들이는 빈센트의 모습이 너무도 딱해 보인다고 생각한다. 한편, 테오는 아를에서 보낸 그림 상자가 막 도착했는데 그중 **비범한** 작품 몇 점이 눈에 띈다고 빈센트에게 기쁜 마음으로 보고한다.

빈센트가 지금 하고 있는 이 일이 언젠가는 꼭 인정을 받게 될 거라고 테오는 확신한다. 언제라고 꼭 집어서 말할 수는 없지만, 인정받을 거란 사실 하나만은 확실하다. 틈만 나면 그는 빈센트에게 이 말을 하고 또 한다.

5월과 6월 두 달 동안, 빈센트는 몸이 괜찮다고 생각될 때면 언제든 붓을 잡고 드로잉이나 회화 작품을 그린다. 그가 계속해 나갈 수 있도록 테오는 캔버스, 물감, 붓, 담배를 추가로 보내 준다. 그리고 오래 전 루스 부부의 하숙집에서 테오가 아네트와 다른 두 친구의 죽음으로 슬퍼하고 있었을 때 빈센트가 초콜릿을 보내 준 것처럼, 이젠 테오가 빈센트에게 초콜릿을 보내 준다.

테오는 빈센트의 정신 이상 증세에 대해 많은 생각을 한다. 아를에서 그린 그림들을 보고 있자면, 그 그림들을 그리는 동안 형에게 무슨 일이 일어난 걸까 궁금해진다. 그런 자신의 생각을 말끔히 정리해 풀어낼 수 있을 때까지 테오는 편지 쓰기를 미루고 있다가, 비록 아직 확신은 없지만 한번 시도해 보기로 한다. "형의 최근 그림들을 보면서, 형이 어떤 정신적인 상태에서 이 그림들을 그렸을까 하는 생각을 많이 했어." 그는 형을 향해 이렇게 쓴다. "그림 하나하나에 전에는 볼 수 없었던 색의 힘이 서려 있어. 그것만으로도 충분히 진귀한 가치가 있는데, 형은 거기에서도 한 발자국 더 앞으로 나아갔어." 그림을 보고 있으면, 빈센트가 자연과 사람에 대해 어떤 마음을 품고 있는지가 온전히 느껴진다. 그 두 가지 주제에 대해 그가 얼마나 강한 애착을 가지고 있는지. "그렇지만 이런 극한 경지에 올라 있으려면 분명 현기증을 느낄 수밖에 없을 것 같은데, 이 경지에 이르기까지 형이 마음을 얼마나 혹사시키고 형 자신을 위험에 빠뜨렸을지 도무지 가늠이 가질 않아."

테오는 빈센트 형이 지금도 열심히 작품을 그리는 중일거란 사실이 기쁘지만, 한편으로는 걱정이 된다. "이런 알 수 없는 미지의 세계에 자신을 너무 노출시키는 건 위험해." 테오는 경고를 보낸다.

테오는 자신에 대한 문제로도 걱정하고 있다. 요와 처음 만난 뒤 멈췄다고 생각했던 기침이 다시 시작된 것이다. 다리에도 심한 통증이 느껴진다. 그리고 요가 언니에게 쓴 말을 빌리자면, 그는 '밤만 되면 녹초가 되어 기진맥진한다.'

그러나 지금 그에겐 살아야 할 이유가 너무도 많다. 그 어느 때보다도.

97.
운명의 동반자

7월 5일, 요가 빈센트를 향해 펜을 든다. "올해 겨울, 아마도 2월이 될 예정입니다만, 우리에게 아이가 태어날 것을 예상하고 있어요. 작고 예쁜 아들이 나올 거예요. 아주버님이 그 아이의 대부가 되어 주시기로 허락하신다면, 아이의 이름을 빈센트라고 지을 생각입니다."

아기라니! 빈센트는 그 소식에 즉시 환호하며 테오와 요에게 답장을 쓴다. 그들이 자신들의 건강 상태에 대해 걱정하고 있다는 사실은 알지만, 이 아이는 그 어떤 건강한 부모에게 받는 사랑보다 더 넘치는 사랑을 받는 아기가될 거라고 말한다. 그러나 아이의 이름에 대해서는 이의를 제기한다. 아버지의 이름을 따서 지으면 어머니가 더욱 기뻐하시지 않을까? 그는 아이가 아들일 거라고 그토록 확신하는 그들이 참 웃기다고 생각한다. 딸일 수도 있지않은가. 두고 보면 알겠지! 슬픔의 나락으로 떨어져 가던 와중에, 아기에 대한 생각은 그의 마음에 계속해서 위로를 안겨준다.

생 레미에 있는 시기에 빈센트가 그린 한 그림에서는 그가 느낀 절망과 희망을 동시에 엿볼 수 있다. 그는 창문을 통해 요양원의 정원을 내다본다. 마치 감옥의 창살을 통해 바깥을 내다보는 것처럼, 나뭇가지 사이로 풍경이 보인다. 그는 여전히 세상 속에서 아름다움을, 그리고 생명력을 찾아낼 수 있다. 그러나 마치 요양원 창문이 자신의 원근틀이라도 되는 양, 그는 모든 것을 자신의 상처받은 마음의 감옥으로부터 바라본다.

테오의 몸도 감옥이긴 마찬가지다. 요의 배가 점점 불러 오는 동안, 테오의 건강은 점점 악화되어 간다. 기침은 더 심해지고 안색은 창백하며 몸은 비쩍 말라 간다. 요가 보기에는 식욕도 왕성하여 늑대처럼 연신 먹어대는 데도 말이다. 그는 매일 아침 날계란을 띄운 코냑과 초코 우유를 큰 컵으로 마시고, 점심때도 든든한 식사를 하며, 저녁에도 제대로 된 식사에 고기도 2인분이나 먹는다. 오후 4시가 되면 사무실에서 먹으라고 요가 매일 초콜릿도 하나씩 챙겨 준다. 그런데 아무것도 효과가 없다. 그는 갈수록 살이 점점 빠져 간다.

빈센트는 테오에 대한 걱정으로 속이 탄다.

테오는 빈센트에 대한 걱정으로 속이 탄다.

두 사람 다, 때로는 마지막이 가까이 왔다고 느낀다.

"서로에 대해 너무 많은 걱정은 하지 말기로 하자." 빈센트가 동생에게 말한다. 비록 둘 다 몸이 아프긴 하지만, 그들은 함께 같은 길을 가고 있다. 어렸을 적 풍차를 향해 함께 걸어가면서 꿈꾸었던 대로 서로의 꿈을 나누면서. 준데르트에서부터 지금에 이르기까지 모든 단맛과 쓴맛을 맛보며, 때로는 갈라지기도 하고 때로는 한데 모아지기도 하는 길을 따라, 그 모든 세월을, 형제로서 또 친구로서 함께 뭉쳐 여기까지 왔다. 단순한 형제를 넘어, 단순한 친구를 넘어, 빈센트는 이렇게 쓴다. 그 두 사람은 '운명의 동반자'이다.

테오에게서 한 달 가까이 아무 소식이 없자, 빈센트는 깊은 애정과 우려를 담아 편지를 보낸다. 테오는 연락이 없던 것을 사과하며 즉시 답장을 보낸다. 기운이 너무 없어 편지를 쓰지 못했다는 것이다.

이튿날 빈센트는 친구와 함께 아를을 찾아간다. 그곳에 아직 남아 있는 그의 작품들이 있다. 그는 그중 일부를 모아, 최근 요양원에서 그린 그림들과 한데 묶어 테오에게 보낸다.

소포가 도착하자마자 테오는 흥분하여 빈센트에게 바로 편지를 쓴다. 너무도 멋지고 아름다운 작품들이 아닌가! 그는 빈센트의 요즘 작품들이 얼마나 훌륭한지 격찬을 퍼붓는다. **지속적이고 일관적으로!** 빈센트가 건강하기만 했다면…… "모든 것이 형의 기호에 딱 맞는 환경에서, 형이 아끼고 함께 우정을 나눌 수 있는 사람들과 어울려 지낼 수만 있다면, 난 너무도 기쁠 것 같아. 형의 작품은 더 이상 나아질 수 없는 경지에 올랐거든."

그러나 빈센트는 답장을 보내지 않는다.

테오가 의사에게 받은 마지막 편지에서만 해도, 빈센트의 상태는 양호하다고 쓰여 있었다. 그러나 테오가 탈진했다는 소식을 담은 편지를 받고 며칠 뒤, 그리고 아를에 갔다 온 지 하루 혹은 이틀이 지난 뒤, 빈센트는 다시 심한 발작을 일으킨다. 이번에는 붓에 물감을 묻혀 먹었다고 한다. 스스로 음독을 시도한 것으로 보인다고 한다.

빈센트의 정신 상태는 전에 스스로도 예상했던 것처럼 예측이 불가능하고 불안정하다. 그가 온전한 정신을 지키기 위해 고군분투하는 가운데, 9월 파리에서는 제5회 독립화가전이 열리고, 전시장에는 당당히 빈센트의 그림 두 점, 붓꽃을 그린 정물화와 론 강 위로 별이 빛나는 밤 그림이 걸린다.

그 그림들은 사람들의 눈에 띈다. 한 비평가는 그를 색다른 색채파라고 칭한다. 마침내 빈센트는 색채파(色彩派) 화가로 불리게 되었다.

그리고 마침내 한 달간의 병고를 딛고, 빈센트는 다시 그림을 그릴 수 있을 만큼 회복한다. 그는 바깥으로 나가지 않고, 요양원 작업실에서 자화상을 그리거나 예전에 그린 그림들을 다듬는다. 건강 상태가 한결 더 좋아지자 그는 다시 야외로 나가 그림을 그린다. 요양원 정원의 풍경을 담아내거나, 더 나아가서 올리브 나무나 다른 풍경을 그리기도 한다. 그는 테오에게 물감과 캔버스를 더 보내 달라고 요청한다.

아픈 동안은 그림을 그릴 수 없다는 사실을 잘 알기에, 빈센트는 상태가 좋을 때 최대한 많이 그려 두려고 한다. 그리고 지금은 그의 상태가 좋다.

그러나 테오의 상태는 그렇지 못하다. 그의 건강 상태는 계속해서 나빠지고 있다. 테오도 요도 어디가 어떻게 잘못된 건지 종잡을 수가 없다. 다만, 건강 검진을 받은 후 보험 가입을 거절당한 만큼 몸이 많이 안 좋은 것만은 분명하다.

설상가상으로 이때 독감 전염병이 파리를 강타한다. 친구들은 요에게 테오의 상태가 염려된다고 말한다. 요는 걱정을 떨칠 수가 없다. 테오가 이번 독감에 걸리면, 그는 죽을지도 모른다.

그녀는 마음 같아선 테오를 줄곧 집 안에만 붙잡아 두고 싶지만 그건 불가능한 일이다. 1890년 1월 둘째 주에 요는 언니에게 편지를 써서 이렇게 말한다. "이건 마치 다모클레스의 검*이 우리 머리 위에 영원히 매달려 있는 기분이야. 단 한순간도 마음을 놓을 수가 없어."

사랑하는 사람이 해를 입지 않도록 자신이 할 수 있는 일엔 한계가 있는 법이다.

테오는 그 사실을 너무도 잘 알고 있다.

생 레미에서는 빈센트가 또다시 물감을 먹는다.

---

*신변에 닥칠 위험.

미래

1890

98.
요의 편지

1890년 1월 29일 수요일 밤, 막 자정이 된 찰나에 요가 펜을 집어 든다. 그리고 편지를 써 내려간다. "친애하는 빈센트 아주버님, 크리스마스 때부터 매일 편지를 쓰려고 마음먹고 있었는데 결국 그러지를 못했네요." 그녀는 신혼집 탁자에 앉아서 편지를 쓴다. "실제로 제 필통에는 아주버님에게 반쯤 쓰다 만 편지도 들어 있답니다."

같은 탁자에는 친정어머니와 남편, 올케인 빌이 함께 둘러앉아 있다. "그리고 지금 제가 서둘러 이 편지를 쓰지 않으면, 아주버님의 이름을 물려받은 아기가 세상에 태어났다는 소식을 먼저 듣게 되실지 몰라요. 그 전에 안부를 꼭 전해 드리고 싶었답니다."

양수가 터졌다. 진통도 이미 시작되었다. 의사도 벌써 집으로 찾아와 다른 방에서 눈을 붙이고 있다.

그림을 통해, 빌을 통해, 테오에게 수없이 들은 말과 노란 봉투에 담겨 하루가 멀다 하고 날아오는 편지를 통해, 요는 빈센트라는 사람을 너무도 잘 알고 있는 것 같은 느낌이 든다. 그러나 이 둘은 아직 한 번도 직접 만나 본 적이 없다. 그럼에도 지금 요는 진통을 겪으며, 남편과 어머니와 올케와 같이 탁자에 앉은 자리에서 빈센트에게 편지를 쓰고 있다. 그녀는 크림색 편지지에 검은 잉크를 찍어 네덜란드어로 편지를 쓴다. 빈센트가 생 레미의 요양원에서 지낸 지도 벌써 8개월이 지났다. 적어도 테오와 요가 아는 바에 따르면, 빈센트는 지난번에 물감으로 음독을 시도한 발작 이후로 안정을 되찾고 있다. 테오는 빈센트에게 당분간은 물감을 주위에 두지 말라고, 대신 드로잉을 그리라고 당부했다. 아를 주변에도 절대 얼씬하지 말아 달라고 당부했건만, 빈센트는 또 한 번 그곳에 다녀온 뒤 발작을 일으켰고, 테오와 요는 이것까지는 알지 못하고 있다.

"길게 쓰지는 못해요. 다만 잠시만이라도 아주버님을 향해 너무나 이야기하고 싶었답니다." 2년 반 전 요가 테오의 첫 번째 청혼을 거절했던 그때부터, 그럼에도 테오가 자신의 형을 향한 마음과 영혼을 담은 편지("나로서는 처음부터 당신에게 그와의 관계를 정확히 밝혀 두지 않는다면, 내가 당신에게 나의 중요한 부분을 숨기고 있는 것처럼 느껴질 것 같습니다.")를 보냈던 때부터, 빈센트는 늘 그들의 일부분이었다.

'어쩌면 당신은 이렇게 형 이야기를 꺼내는 게 우리와 무슨 관계가 있냐고 생각할지도 모르겠습니다'라고 테오는 그때 썼다. 그러나 이제 요는 알고 있다. 빈센트가 그들과 뗄레야 뗄 수 없는 관계에 있다는 걸.

그러니 요가 이 순간 어찌 빈센트 생각을 하지 않을 수 있겠는가? 지금 그녀는 테오의 아이이자 빈센트의 조카이며 빈센트의 이름을 물려받는 아기를 낳기 위해 목숨을 걸려 하고 있다. 아기가 곧 세상에 태어나려 하는 지금, 요의 마음엔 빈센트에게 꼭 전해 두고 싶은 말이 한 가지 있다. 그러나 먼저 그녀는 예술에 대한 희소식 하나를 전한다.

현재 브뤼셀에서 한 전시회가 열리고 있는데, 한 벨기에 신문 기사에서 사람들이 가장 궁금해하고 관심을 갖는 작가로 꼽은 화가가, 폴 세잔, 알프레드 시슬리(Alfred Sisley), 오귀스트 르느와르, 그리고 바로 빈센트 반 고흐라는 것이다! 그리고 그 전시회에 출품된 빈센트의 작품 여섯 점 중의 하나가 400프랑에 팔렸다고 한다. 400프랑이면 자그마치 빈센트가 미술 도구를 사기 위해 1년에 쓰는 돈의 절반 정도 되는 액수이다. 인생을 바꿀 정도로 큰돈은 아니지만 장족의 발전이 아닌가.

게다가 좋은 소식은 또 있다. "오늘 아침, 아범이 〈메르큐어(Mercure)〉에 난 기사를 가지고 왔는데, 저와 빌은 그 기사를 읽고 오랫동안 아주버님에 대한 얘기를 멈출 수 없었답니다."

〈메르큐어〉에 난 기사는 평론으로, 빈센트의 작품을 평가하는 사상 최초의, 그리고 매우 긍정적인 내용의 평론이다.

평론가 알베르 오리에(Albert Aurier)는 빈센트의 그림이 '생소하면서도 강렬하고 열정으로 가득 차 있다'고 평하며, 빈센트에게 17세기 네덜란드 거장의 뒤를 이을 자격이 있다고 썼다. 또한, '힘이 넘치며 고상하고 거침없는 동시에 강렬하다'는 면에서 빈센트의 기법과 기질이 맞아 떨어지며, 색감이 '믿을 수 없을 정도로 눈이 부시고 찬란하며', 붓의 사용은 '불같이 격렬하고 박력이 있어 팽팽한 긴장감을 불러일으킨다'고 평했다.

테오와 요는 이 기사를 보고 뛸듯이 기뻐한다.

오리에가 빈센트를 현대 미술계의 중요한 인물로 여기고 있다니! 그런데 한편, 이 평론가는 그들 모두가 두려워하고 있는 한 가지 사실, 즉 그의 작품이 '현대의 부르주아 정신에는 너무도 단순한 동시에 너무도 난해하기' 때문에, 반 고흐를 온전히 이해할 수 있는 사람이 결코 없을지도 모른다는 말로 애석함을 표하며 기사를 마무리한다.

그러나 그의 천재성만은 인정받은 것이 **분명하다.** 그 오랜 세월 동안 빈센트와 테오가 바라 오던 것이 아닌가.

테오는 기사 몇 부와 다른 곳에 발췌되어 있는 부분을 모아 빈센트에게 보내 준다. 그리고 어머니와 리스, 그가 아는 다른 한 예술 평론가에게도 복사본을 보낸다. 테오와 요는 그것이 빈센트를 기쁘게 해 줄 수 있길 바란다.

그러나 사실 이것은 요가 보내는 편지의 요점이 아니다. 진통이 점점 심해져 가는 이 와중에도 그녀가 꼭 이루려고 하는 목적은, 만에 하나 그녀가 죽게 될 경우에 테오에게 꼭 전하고 싶은 메시지를 빈센트에게 말해 두려는 것이다.

"우리의 결혼 생활에서 내가 그이의 행복을 위해 한 것이 뭐가 있을까, 참으로 오랫동안 생각했습니다. 그이가 제게 행복을 가져다준 것처럼 말이죠. 그이는 나에게 너무도 잘 해 주었습니다. 너무나도……. 그렇기 때문에 혹시라도 내게 무슨 일이 생긴다면, 내가 그의 곁을 떠나야 하는 일이 생긴다면, 아주버님께서 그이에게 부디 전해 주세요. 이 세상에서 아주버님만큼 그이가 사랑하는 다른 사람은 없으니까……."

통증이 한 차례 그녀를 휩쓸고 지나간다.

"부디, 우리가 결혼했다는 사실을 절대 후회하지 말아 달라고 전해 주세요. 왜냐하면 그이는 저를 너무도 행복하게 만들어 주었거든요."

테오는 매우 피곤해 잠자리에 들었기에 지금 이 자리에 없다. 그녀는 빈센트에게 사과한다. "이런 부탁을 하다니 너무 감상적으로 들릴지도 모르겠습니다. 그렇지만 차마 **제 입으로는** 말할 수가 없었거든요." 출산을 코앞에 두고 남편에게 이런 이야기를 한다는 것은 그녀에게 너무 힘든 일이었다. 그러나 누군가에게는 말해 두어야 했다. 그리고 이에 적격인 사람이 바로 빈센트이다.

하고 싶은 말은 더 있지만 진통이 너무 심해진 나머지, 그녀는 아무것도 생각할 수도 적을 수도 없어진다. "오, 내가 그이에게 건강하고 사랑스런 아들을 무사히 낳아 줄 수만 있다면 얼마나 좋을까요. 그러면 내가 그이를 행복하게 해 줄 수 있을까요?"

99.
분만

빈센트는 그가 즐겨 쓰는 자주색 잉크로 요에게 답장을 쓴다. "누구보다 가장 힘들었을 그 밤에 그토록 침착하고 담담한 어조로 저에게 편지를 써 주다니, 얼마나 감동했는지 모릅니다." 지난번 발작을 겪은 후 몸이 아직 완전히 회복하지 못한 탓에 그는 편지를 짧게 끝낸다. 그러나 부디 요가 '안전하게 순산하고, 아이도 무사하다는 소식을 들을 수 있기를' 간절히 바란다.

그녀와 아이 둘 다 무사히 회복한다면 테오가 매우 기뻐할 거라고 빈센트는 장담한다. "회복 중인 제수씨의 모습을 보면, 그에게는 새로운 태양이 떠오를 것입니다."

같은 날 테오는 페이롱 의사에게서 빈센트가 가장 최근에 일으킨 발작에 대한 이야기를 듣는다.

테오는 지극히 슬퍼하며 이번에도 지난번처럼 짧게 지나갈 수 있길 바란다고, 빈센트에게 편지를 보낸다. 그리고 그 편지에는 다른 기쁜 소식 하나가 함께 담겨 있다. 요가 '엄청나게 울어대지만 아주 건강해 보이는 사내아이를 무사히 세상에 내놓았다'는 소식이다.

1890년 1월 31일에 태어난 이 아기의 이름은 빈센트 빌렘이다.

또 한 명이 빈센트 빌렘 빈 고흐. 테오는 형에게 이렇게 쓴다. "부디 이 아이가 형처럼 굳은 심지의 소유자이길, 그리고 형처럼 용감할 수 있기를 바라."

지금껏 너무도 굳건하고 용감하게 살아온 빈센트 형, 보리나주에서 어둠을 뚫고 싸우며 처음으로 미술 연필을 집어 들었던 빈센트 형. 먹을 것 없이도 그림을 그리고, 그리고, 또 그리고, 지금은 병마와 싸우면서도 손에서 붓을 놓지 않는 빈센트 형.

빈센트는 또한 관대하고 따뜻한 마음의 소유자이기도 하다. 최근 겪은 발작 때문에 완전히 회복하지 못한 상태에서도 빈센트는 테오에게 편지를 쓴다. "오늘 막 네가 드디어 아버지가 되었으며, 요도 가장 힘든 고비를 넘겼고, 아이도 건강하다는 소식을 받았다." 이 아기의 탄생으로 그는 말로 표현할 수 없을 정도로 너무도 기쁘다고 테오에게 말한다.

빈센트는 또한 겸손하고 그럼에도 스스로에게 엄격하다. 오리에의 평론에 대하여 그는 '과한 칭찬에 몸 둘 바를 모르겠다'며, 오리에가 자신의 중요성과 기량을 과장하여 썼다고 생각한다.

그는 오리에에게 부치는 편지를 써서 보내며, 테오에게 먼저 읽어 보고 전달해 달라고 부탁한다. 빈센트는 이렇게 쓴다. "정말 감사합니다." 그 기사는 자신을 깜짝 놀라게 했을 뿐 아니라, '기사 글 자체가 예술 작품이나 진배없습니다. 평론가의 말로 색을 새롭게 창조해 낸 느낌입니다. 저 자신도 그 기사를 통해 제 그림을 다시 발견하게 되었는데, 그렇게 보니 원래 작품보다 오히려 더욱 풍부하고 더욱 뜻깊게 느껴지며 훌륭해 보입니다.'

그는 칭찬을 편하게 받아들이지 못한다. 마치 어렸을 적에 칭찬을 듣고 나서, 고양이를 그렸던 그림을 찢어 버리거나, 진흙으로 빚은 코끼리 상을 부셔 버렸던 때와도 같다. 그는 이 정도의 과찬은 자기가 아닌 다른 화가, 특히 몬티첼리에게 돌아가야 한다고 믿는다. 빈센트의 말에 의하면, 몬티첼리야말로 오리에가 빈센트에 대한 평론에서 언급한 '극도의 강렬함과 보석같이 빛나는 개성을 보여 주는 채색법'을 간파하고 사용한 화가였다.

그는 오리에에게 부디 테오의 집에 가서 몬티첼리의 꽃 그림을 봐 달라고 당부한다. 그는 자신이 몬티첼리에게, 그리고 '아를에서 몇 달간 함께 작업을 한' 고갱에게 많은 빚을 지고 있다고 말한다. 그러면서 자기 대신에 몬티첼리나 고갱에 대해서 쓰는 것이 나았을 거라고 말한다.

그러면서도 빈센트는 그 평론을 매우 황송하게 받아들이며, 오리에에게 사이프러스 나무를 그린 그림을 선물로 보낸다. 더불어 그 그림을 코팅하는 방법에 대한 자세한 설명을 덧붙인다. 그림은 1년이 지나야 완전히 마를 것이고, 마른 후에는 광택제로 코팅을 잘 입혀야 한다. 그리고 평평한 재질의 밝은 주황색 액자에 끼우는 것이 가장 좋을 것인데, 그렇게 해야 배경의 파란색과 나무의 짙은 녹색과도 잘 어울려 보일 것이기 때문이다. 주황색 액자가 아니면 윗부분이 차가운 느낌을 줄 수 있을 것 같다.

빈센트는 마무리 작업을 조금 더 보탠 뒤, 그 그림을 오리에에게 전해 달라고 부탁하며 테오에게 보낸다. 그리고 이제 다음은 새로 태어난 아기를 위한 그림을 그릴 차례다.

100.
빈센트 큰아버지의 작품들

네가 없는 게 나에게는 가장 불행한 일일 거야.
– 빈센트가 테오에게, 1890년 4월 29일

"친애하는 어머니, 며칠째 어머니 편지에 답장을 쓰려고 했습니다만, 요즘 아침부터 밤까지 계속 붙들고 있는 그림이 있다 보니 시간이 벌써 이렇게 지체되어 버렸습니다. 어머니도 저처럼 요와 테오 생각을 많이 하고 계시겠지요."

빈센트는 그들이 아버지의 이름을 따서 아기의 이름을 지었다면 더 좋았을 거라고, '요즘 부쩍 아버지 생각이 많이 난다'고 어머니에게 말한다.

그는 지금 자기가 새로 태어난 조카를 위해 그림을 그리고 있다고, 그 그림을 부부 침실에 걸어 주면 좋겠다고 쓴다. 파란 하늘을 배경으로 하얀 아몬드 꽃을 그린 그 작품에 빈센트는 자신이 좋아해마지않는 일본 스타일을 듬뿍 입힌다. 안팎으로 음울했던 겨울날들이 드디어 지나고 남프랑스에 봄이 찾아온 시기, 그는 바로 그 시기에 그 그림을 그린다. 바야흐로 도처에는 아몬드 나무가 꽃을 피우고 있다.

빈센트는 어머니에게, 오리에의 평론으로 놀랐던 마음이 어느 정도 진정되자, 이제는 그로 인해 많은 용기를 얻고 있다고 말한다. 또한, 브뤼셀에서 그의 작품 「붉은 포도밭」이 화가인 안나 보쉬(Anna Boch)에게 팔린 일에 대해서도 언급한다.

그는 그 그림을 팔아 생길 돈으로 테오를 찾아가 요와 아기를 만나 볼 수 있기를 바란다. 요양원을 나가면 그림을 그리는 일이 쉽지 않겠지만, 그래도 시도는 해 보고 싶다. 아예 거처를 앤트워프로 옮기는 것도 나쁘지 않을 것 같다. 그러면 어머니나 나머지 가족과도 더욱 가까이 지낼 수 있을 것이다.

가족 간의 유대, 어머니에게 자랑스러운 아들이 되고 싶은 소망을 그는 아직 버리지 않았다.

아기에게 줄 그림을 완성했을 때, 빈센트는 그 그림을 진정으로 마음에 들어 한다. 그런데 그런 뒤에 무모하게도 그는 다시 아를에 다녀오고, 또다시 발작을 일으킨다.

한 달이 지나서야 그는 테오에게 편지를 쓸 수 있는 상태가 된다. "그림은 잘 되어가고 있었어. 꽃이 핀 나뭇가지를 그린 가장 최근의 그림, 네가 그 그림을 보면 그게 아마도 내가 가장 끈기를 가지고 그린, 내가 만든 작품 중에 가장 뛰어난 작품이라는 것을 금방 알 수 있을 거야. 아주 침착하고 안정감 있는 붓놀림으로 조심조심 그렸거든. 그리고 이튿날 나는 완전히 탈진하여 짐승처럼 뻗어 버렸어."

며칠 후에는 파리에서 제6회 독립화가전이 열린다. 테오는 빈센트의 작품을 총 열 점 출점시킨다.

전시회에 걸린 작품들 중, 사람들의 입에 가장 많이 오르내리는 작품은 다름 아닌 빈센트 반 고흐의 작품이다.

클로드 모네마저도 테오에게 전시회 전체를 통틀어 빈센트가 최고라고 언급한다. 고갱은 고흐의 그림을 전시회의 열쇠라고 칭한다. 그는 빈센트에게 편지를 보내 이렇게 쓴다. "많은 화가들이 이 전시회에서 가장 뛰어난 화가로 자네를 꼽고 있다네. 자연을 그린 그림 중에서 **생각이 들어 있는 것은 자네의 작품이 유익해.**" 그러면서 비세트가 우째 이야기를 극복하고 치부했기를 바란다고 쓴다.

요도 빈센트에게 편지를 써서, 짧게나마 아기로부터 탈출해 전시회 개막식에 다녀왔다고 보고한다. 그녀는 공개된 장소에 걸려 있는 빈센트의 작품을 직접 보고 싶었다. "그림 앞에 바로 벤치가 놓여 있었어요. 그래서 테오가 온갖 사람들과 이야기를 나누는 동안, 저는 15분간 그 벤치에 앉아 덤불의 상쾌함과 신선함을 즐겼답니다." 그녀가 보고 있던 그림은 「요양원 정원의 아이비와 나무들(Trees with Ivy in the Garden of the Asylum)」이다. "그 그림을 보고 있자니 마치 제가 그 작은 장소를 알고 있는 듯한, 전에 여러 번 가본 듯한 느낌이 들었어요. 저는 그 그림이 너무나 좋아요." 한편, 집에 있는 아기는 자아를 가진 진짜 사람으로 하루가 다르게 무럭무럭 자라나고 있다. "아기는 늘 빈센트 큰아버지의 그림을 호기심 어린 눈으로 말똥말똥 바라본답니다."

그로부터 6주가 지나서야 빈센트는 비로소 편지를 쓴다. 그 편지에서 그는 테오의 생일을 축하하며 '지금까지 자신에게 베풀어 준 친절함에 대해' 깊은 감사를 표한다. 그는 건강이 별로 좋지 않다. 그렇기에 오리에에게 다시는 자신에 대해 쓰지 말라고 전해 달라며 테오에게 부탁한다. 세간의 주목을 받기에 자신은 너무 큰 비탄에 빠져 망가져 있다. 그럼에도 그는 쉬지 않고 꾸준히 그림을 그려 나간다. 거기다 예전에 그렸던 「감자 먹는 사람들」이나, 테오가 괜찮다고 한다면 누에넨의 오래된 교회 건물을 그린 「농민들의 교회 경내」 같은 그림들도 재차 그려 볼까 생각 중이다. 지금 다시 그리면 더 훌륭한 작품을 만들어 낼 수 있을 것 같다.

빈센트는 편지와 함께 새로운 그림들을 테오에게 보낸다. 그 안에 바로 오리에에게 줄 그림과 아기를 위한 그림이 있다.

아기 빈센트를 위한 선물은 그야말로 눈이 부시다. 활짝 핀 아몬드 나무. 전면의 가지는 마치 살아 있는 듯 너무나 생생하여 당장 캔버스 밖으로 뻗어 나와 테오와 요, 아기 빈센트에게 잡아 달라고 손을 내밀 것만 같다. 빈센트는 그 그림을 침실에 걸면 되겠다고 생각했지만, 그들은 아를에서 그린 추수기의 풍경 그림을 떼어 내고, 집에서 가장 눈에 띄는 응접실 피아노 위에 아기를 위한 선물인 그 아몬드 나무 그림을 걸었다.

101.
빈센트의 그림

파리 집에 있는 미술 작품 중에서 그리고 요가 살면서 접했던 모든 작품 중에서, 그녀가 가장 잘 이해하고 감탄을 금치 못하는 작품들은 늘 빈센트의 그림이다. 빌에게 보내는 편지에서 그녀는 그렇게 쓴다.

테오는 빈센트가 새로 보내온 그림들을 무척 마음에 들어 하며, 빈센트에게 물감과 캔버스를 보내는 김에 요와 아기의 사진도 한 장 같이 보낸다. 빈센트는 요즘 상태가 좋지 않아 야외로 나가지 못하기 때문에, 머릿속 기억을 살려, 특히 준데르트의 어린 시절 기억을 그림으로 그리고 있다. 그는 그것을 브라반트의 추억이라고 부른다. 그러나 전과 다르게 이제 그는 네덜란드 거장들의 색이 아니라 자기 고유의 색을 써서, 태양빛과 색으로 가득하고 그윽하며 생기가 넘치는, 두꺼운 물감 칠로 촉감이 느껴지는, 보는 사람들의 시선을 잡아끌고, 그들에게 빈센트의 고향에 대한 기억을 만져 보고 싶은 충동을 일게 하는, 그런 그림을 그린다.

요양원에서 지낸 그해 빈센트는 상태가 호전될 때마다 그림을 그리거나 드로잉을 하여, 거의 150점이 되는 작품을 완성한다. 그중 일부는 그가 화가의 길로 처음 들어섰을 때처럼, 그가 존경하는 밀레 같은 화가들의 그림을 모사한 것이다. 다음은 그가 생 레미에 있는 동안 완성한 작품들이다.

붓꽃,
붓꽃, 담음,
해 뜨는 붉이 밀밭,
계양귀비밭,
사이프러스 나무
두 여인과 사이프러스 나무

올리브 나무, 밝은 파란 하늘의 올리브 나무
수확하는 사람과 해가 있는 밀밭

아이비와 나무 기둥

아이비가 있는 덤불, 세 개의 자화상

생 폴 요양원의 수석간호사 트라뷔(Trabuc)의 초상

석양의 소나무

실 잣는 여인, 타작하는 사람, 생 레미 근처의 채석장 가는 길

생 폴 병원의 정원 시리즈

생 폴 병원 환자의 초상

정물화 : 분홍 장미가 있는 꽃병

주황 하늘 배경의 올리브 나무, 담청색 하늘의 올리브 나무

노란 하늘과 해와 올리브 나무,

밝은 파란 하늘과 올리브 나무 또 한 점, 이외 등등

해 뜰 무렵 밀밭에서 수확하는 사람

정물화 : 올리브 수확, 붓꽃이 있는 꽃병

정물화 : 노란 배경의 붓꽃이 있는 꽃병

그리고

별이 빛나는
밤

알피유(Alpilles) 산맥을 배경으로 한

올리브 나무들

비 오는 밀밭

102.
기쁜 두 얼굴

빈센트는 요양원을 떠날 준비가 되었다. 1890년 5월 중순이다. 병세도 호전되어 다시 야외로 나가 그림을 그리기도 한다. 이번엔 꽃병에 든 장미꽃을 그린 정물화 몇 점을 막 끝냈는데, 스스로도 꽤 마음에 든다. '이번 며칠간 그린 그림이 여비를 충당하는 데 보탬이 될 수 있기를 바란다'고 그는 테오에게 쓴다.

빈센트는 동생 곁에 더욱 가까이 있고 싶다.

"페이롱 박사와 마지막으로 의논한 끝에 짐을 싸도 된다는 허가를 받고, 이미 화물 기차로 한 차례 짐을 보냈어. 직접 들고 갈 수 있는 30kg 한도로는 액자 몇 개랑 이젤, 스케치용 틀 등을 가지고 가려고 해."

형제가 세운 계획은 이렇다. 빈센트는 파리에서 약 32km밖에 떨어져 있지 않은 오베르 쉬르 우아즈(Auvers-sur-Oise)라는 마을로 간다. 그곳엔 폴 페르디낭 가셰(Paul-Ferdinand Gachet)라는 이름의 의사가 사는데, 그는 아마추어 화가이기도 하며 다른 화가들과 어울려 지내기를 좋아한다. 그가 빈센트를 보살펴 줄 것이다. 빈센트와 테오도 서로를 자주 볼 수 있을 것이다.

오베르로 가는 길에 빈센트는 파리에 들러 며칠간 테오네 집에서 지낼 계획이다. 그는 요와 아기를 만나 보고 싶은 마음이 간절하다. 테오를 못 본 지도 벌써 1년 반이나 되었다. 마지막으로 본 것이 아를의 병원에서였으니.

빈센트가 테오에게 전보를 친다. 5월 16일에 생 레미를 떠나 이튿날 오전 10시에 파리에 도착한다는 내용이다. 테오는 누군가에게 부탁해 같이 오라고 신신당부하지만, 빈센트는 끝까지 혼자서도 갈 수 있다고 우긴다.

당일 밤 테오는 오는 길에 빈센트에게 무슨 나쁜 일이 생기기라도 하는 거 아닌가 하는 걱정에 쉬이 잠을 이룰 수가 없다.

마침내 테오가 빈센트를 역으로 마중 나갈 시간이 되자, 요와 테오는 그제야 안도의 한숨을 내쉰다.

기차역까지 갔다가 다시 피갈가에 있는 집으로 돌아오는 길은 거리가 꽤 된다. 요에게 이 기다림은 끝없는 영원처럼만 느껴진다.

시간이 흘러갈수록 그녀는 빈센트에게 무슨 일이 생긴 건 아닌지 걱정이 되어 가만히 있을 수가 없다. 창문 밖을 내다보며, 테오가 고용한 마차가 어서 보이기만을 눈이 빠지게 기다린다. 이윽고 요의 눈에 열린 4륜 마차와 '기뻐하는 두 얼굴'이 보인다. 빈센트와 테오가 밑에서 그녀를 향해 고개를 끄덕이며 손을 흔들고 곧장 계단을 올라온다.

요가 드디어 빈센트를 만나게 되는 순간이다.

집에 들어온 빈센트를 처음 본 요의 소감으로 말하자면, '그가 생각보다 건강해 보인다', '그것도 테오보다 훨씬 더 튼튼해 보인다'이다. 예상했던 허약한 병자가 아니라, '강인한 인상에 넓은 어깨, 건강한 안색에 미소를 띤 얼굴, 굳은 심지가 엿보이는' 남자가 그녀의 앞에 서 있다. 훗날 그의 자화상들을 돌아보며, 요는 실제로 만난 빈센트와 인상이 가장 비슷한 그림으로 이젤 앞의 자화상을 꼽는다. 짧게 정돈된 머리, 길지만 단정한 수염, 얼굴에 내비치는 결연한 표정.

잠시 후, 테오는 아기가 요람에서 자고 있는 방으로 빈센트를 데리고 간다. 나란히 서서 아기 빈센트를 바라보는 빈센트와 테오의 두 눈에 가만히 눈물이 고인다.

빈센트는 발랄하고 생기가 넘치며 활기에 차 있다. 그들 누구도 요양원에서 지낸 시간에 관해서는 입 밖으로 내지 않는다.

다음 날 아침, 그는 일찍 일어나 집 안 곳곳에 널려 있는 자신의 그림들을 둘러본다. 식당 벽난로 위 선반에 있는 「감자 먹는 사람들」, 침실에 걸린 「꽃이 핀 과수원(Orchard in Blossom)」, 응접실에 걸린 아를의 풍경과 론 강 위의 밤하늘 그림, 그리고 피아노 위에 있는 「꽃이 핀 아몬드 나무」.

그밖에도 집 안 도처에는 액자에 담지 않은 그림들이 산더미처럼 쌓여 있다(가엾은 가정부 같으니……). 침대 밑에도, 소파 밑에도, 작은 예비 침실의 벽장에도, 그의 그림이 없는 데가 없다. 빈센트는 그림들을 모두 꺼내어 하나씩 찬찬히 살펴본다. 테오도 그와 함께한다. 10년간의 업적, 빈센트의 업적, 그리고 테오의 업적.

옛 친구들 몇 명이 찾아오고 빈센트는 그들을 다시 만나게 되어 기쁘다. 그렇지만 가장 행복한 시간은 역시 테오와 요, 아기와 함께 보내는 시간이다.

그리고 사흘이 지나자, 그는 파리의 소음과 북적거림을 더는 견딜 수 없다. 떠나야 할 때가 왔다. 그는 테오와 요에게 머지않아 다시 와서 그들의 초상화를 그려 주겠다고 약속한다. 5월 20일, 빈센트는 오베르로 떠난다. 그는 다시 그림을 그릴 준비가 되었다.

103.
반가운 방문

오베르에서의 첫날 빈센트는 테오와 요 앞으로 편지를 쓴다. 그는 요를 만나고 나니 이제는 테오 앞으로만 편지를 쓰는 걸 상상할 수가 없다고, 다만 네덜란드어가 아닌 프랑스어로 쓰는 것을 양해해 달라고 말한다. 빈센트는 어느새 제2외국어로 자신을 표현하는 일이 더 편해진 모양이다. 그는 오베르가 무척 마음에 든다고 말한다. 오베르는 강을 끼고 있는 시골 마을이다. 초가지붕을 얹은 알록달록한 집들도 너무 예쁘고, 마을 중심가도 변두리도 '심히 아름답다'. '독특하고 그림같이 예쁜' 마을이다.

빈센트는 도착하는 즉시 새로운 환경에 적응하지만, 가셰 박사만큼은 친해지는 데 조금 시간이 걸린다. 처음 만났을 때 그는 가셰 박사에게서 괴짜같다는 인상을 받는다. 그러나 머지않아 그는 가셰 박사를 매우 좋아하게 되고 가깝게 느끼게 된다. 둘 다 빨간 머리에 하얀 피부를 가진 것이 서로 닮았다. 비록 나이는 가셰 박사가 훨씬 많지만 말이다. 가셰 박사가 추천하는 숙소는 따로 있지만, 빈센트는 방값이 더 싼 라부 여인숙을 택한다. 그는 계단 꼭대기에 있는 비좁은 방으로 들어간다. 천장이 비스듬하게 내려오는 다락방이다. 마치 준데르트의 어린 시절 그 방처럼.

빈센트는 곧바로 그림 그리는 일을 시작하고, 이튿날 벌써 '언덕을 배경으로 꽃이 핀 콩밭과 약간의 밀이 자라는 밀밭이 있는 낡은 초가지붕들'의 습작을 하나 끝낸다. 2년간 남쪽에서 살다 와서 그런지 북쪽 지방이 더욱 또렷하게 보인다고, 그는 테오에게 말한다.

그리고 빈센트는 계속 들판에서 그리고 가셰 박사의 집에서 그림을 그리며 하루하루를 보낸다. 가셰 박사의 초상화도 그리기 시작한다. 그는 초상화를 더욱 많이 그리고 싶다. 사람들을 포착하는 데 가장 큰 열정을 느끼기 때문이다. 그는 인체에 대한 공부를 좀 더 하고 싶다고 생각하며, 그림을 처음 시작했을 때처럼 누드 형상을 따라 그릴 수 있도록 책을 한 권 보내 달라고 테오에게 부탁한다.

빈센트는 어떻게 해서든 더욱 실력을 쌓고 예술가로서 성장하기를 원한다. 급기야 그는 옛날에 쓰던 원근틀까지도 다시 끄집어낸다.

그는 마음의 평온 또한 찾을 수 있기를 바란다. 그는 미래를 바라보고 있다.

그리고 그 미래가 테오와 요, 아기와 더욱 가까이 지낼 수 있는 미래가 되길 바란다. 그는 아기 빈센트가 시골에서라면 더욱 건강하게 자랄 수 있을 거라고 자신한다. 그는 가족 모두가 같이 놀러 오라고 유세를 펼치기 시작한다. 그는 요를 매우 좋아하게 되어, 어머니에게 쓰는 편지에서 그녀를 '분별 있고 따뜻한 마음씨를 지녔으며 복잡하지 않은 사람'으로 묘사한다.

빈센트는 어머니에게 자신이 잘 지내고 있다고 안심시키며, 가셰 박사가 자신을 잘 돌봐 주고 있다고 말한다. 그러나 같은 날 빌에게 보내는 편지에선, 어머니에게는 차마 하지 못한 한 가지 이야기를 털어놓는다. 테오의 건강 상태가 좋아 보이지 않는다는 것이다. 파리에서 함께 살던 때에 비해 기침이 부쩍 심해진 것 같다. 빈센트는 테오에 대한 걱정이 이만저만이 아니다.

테오 자신도 또한 아기의 건강만큼이나 스스로의 건강을 걱정하고 있다. '언제 어디서나 특히 어린 아들을 위해 병이 어디에서 오는지 알 수 있도록' 자기에게도 주위에 의사 친구가 있으면 좋겠다고 생각하고 있다.

6월 8일 일요일, 테오와 요는 아기 빈센트를 데리고 빈센트가 사는 오베르로 가는 기차에 오른다.

빈센트는 아기에게 줄 새집을 손에 들고, 기차역에서 그들을 만난다. 점심 초대를 받아 가셰 박사의 집으로 걸어가는 동안 빈센트는 자기가 아기를 안고 가겠다고 우긴다.

가셰 박사의 집에서 빈센트는 대자(代子)를 데리고 마당을 돌며, 고양이 여덟 마리와 강아지 세 마리, 암탉, 토끼, 오리, 비둘기들을 소개시켜 준다. 그때 별안간 조용한 시골의 아침 공기를 뚫고 수탉이 힘차게 울기 시작하여 아기 빈센트를 깜짝 놀라게 한다. 아기의 얼굴이 새빨갛게 변하는가 싶더니, 이내 으앙 하고 울음을 터뜨린다. 빈센트는 껄껄 웃으며 '닭은 꼬끼오 하고 운단다'라고 말하며 아기를 달랜다. 테오와 요와 아기가 파리로 돌아간 뒤에 빈센트는 어머니에게 편지를 써서, 조카에게 처음으로 살아 있는 '동물 왕국'을 접하게 해 줄 수 있어 매우 즐거웠다고 전한다. '지금으로서는 아기가 별로 많은 것을 이해하는 것 같지 않았지만' 말이다. 아직 채 5개월도 되지 않은 아기이다.

그는 어머니에게 쓴다. "작년에 언젠가, 책을 쓰는 일이나 그림을 그리는 일이 아이를 낳는 것과 같다는 글을 읽은 적이 있습니다. 그렇지만 저는 감히 그렇게 단정할 수 없을 것 같습니다. 저는 아이를 낳는 일이 늘 가장 자연에 가깝고 가장 대단한 일이라고 생각했거든요." 다시금 이렇게 아기를 품에 안을 수 있다니 기분이 너무도 좋다. 그것도 아무나가 아닌 테오의 아기를. 자신의 조카이자 이름을 물려받은 아기를.

2~3일 후 그는 또 편지를 쓴다. "친애하는 형제자매에게, 지난 일요일은 나에게 정말 즐거운 추억을 안겨 주었어. 이렇게 하고나니까, 정말이지, 난 우리가 멀리 떨어져 있는 것 같지 않다는 느낌이 들어. 앞으로도 자주 이렇게 볼 수 있기를 바라."

갤러리 열셋

끝을 향한 예감

1890

104.
고뇌하는 테오

최근 들어 난 되도록 많은 작품을 빠른 속도로 그려 내고 있어.
그렇게 해서 몹시 빠르게 변화하는 현대 생활을 표현하려 해.
– 빈센트가 빌에게, 1890년 6월 13일

오베르에서 빈센트는 요즘 여인숙 집 딸인 아들린 라부(Adeline Ravoux)나 피아노를 치는 가셰 박사의 딸 마르게리트(Marguerite) 등, 그들의 초상화를 그리는 데 대부분의 시간을 할애하고 있다.

파리에서 테오가 좋은 소식을 전해 온다. 벨기에 화가인 외젠 기욤 보쉬(Eugène-Guillaume Boch)가 빈센트의 그림을 구경하러 테오의 집에 왔었다는 것이다. 그는 그림들을 마음에 들어 하며 **또 이해할 수 있었는데**, 이는 테오에게 큰 의미를 주었다. 더 나아가 그들은 빈센트의 작품과 보쉬의 작품을 서로 한 점씩 교환하기로 약속했는데, 보쉬가 교환한 작품은 공교롭게도 보리나주에서 그린 그림이다.

한편, 테오와 요는 아기에 대한 걱정으로 속을 태운다. 최근 멈추지 않고 심하게 울어 대는 통에, 가엾은 아기 자신은 물론 부모도 괴롭기는 매한가지다. 그들은 이러다 잘못해서 아기가 죽기라도 할까 봐 겁이 나 어쩔 줄을 모른다. 테오는 괴로운 가운데에서도 큰형에게 편지를 쓰며, 그를 '몽 트레 셰 프레흐(mon très cher frère, 나의 매우 친애하는 형에게)'라고 칭한다. 그가 이

호칭을 쓰는 건 살면서 이번이 처음이자 마지막이다.

"요즘 사랑하는 우리 아기가 많이 아파. 그래서 엄청난 근심과 불안에 싸여 하루하루를 보내고 있어." 비록 빈센트에게 편지를 쓸 즈음에는 아기의 생명에는 지장이 없다는 사실이 거의 확실해졌지만, 그럼에도 그는 마음이 어지럽고 불안하다. 요도 마찬가지이다.

아기가 아팠던 이유는 요의 젖을 보충하고자 사용했던 젖소의 우유 때문이었던 것으로 보인다. "이곳 파리에서 구할 수 있는 가장 양질의 우유가 결국은 독이 되었다니. 이보다 더 고통스러울 수는 없을 거라고 생각될 정도로, 아기가 며칠 동안을 밤낮으로 쉬지 않고 애처롭게 울어 대는데, 우리는 당최 어떻게 해야 할지를 모르겠고 정말 너무도 괴로웠어." 테오는 쓴다.

그들은 가격이 거의 세 배나 더 되는 당나귀 우유를 아기에게 먹이기 시작했다. 그리고 우유를 바꾼 것이 효과가 있었는지 병세는 차도가 보이기 시작한다.

그러나 테오의 걱정은 여기에서 그치지 않는다. 지금 사는 집이 너무 좁게 느껴지기 때문이다. 그들은 2층에 있는 더욱 큰 집으로 이사를 갔으면 한다. 집 안에 상주하는 가정부도 둘 수 있으면 좋겠다. 그리고 어쩌면 안드리에와 아내 애니가 그들의 아래층으로 이사 올 수도 있을 것이다. 그러면 서로 가까이 있어 의지도 되고 요에게 도움이 될지도 모른다. 그런데 그러려면 집세가 더 많이 들 것이고, 그러면 테오의 월급도 올라야 한다. 그러나 빈센트가 테오의 상사를 일컫는 말인 '그 들쥐 같은 놈들'은 테오를 '지금 막 일을 시작한 애송이처럼 부리며 목줄에 묶어 두려고만' 한다. 테오는 다시금 직장을 그만두고 독립하여 화상을 차리는 방안을 고심하기 시작한다. "형은 내가 어떻게 했으면 좋겠어?" 그는 형에게 의견을 묻는 중에도, 즉시 다음과 같이 덧붙여 형을 안심시킨다. "나나 우리의 문제로 골머리를 썩이지는 말아 줘, 형.

나에게는 무엇보다 형이 잘 지내면서 일할 수 있을 때가 가장 기쁘거든. 그리고 형의 작품은 너무도 훌륭해."

그는 빈센트의 건강과 행복을 위태롭게 하는 일은 하고 싶지 않다.

그러나 정작 테오 자신의 건강은 늘 위태위태한 상태로, 더 이상 좋아지지 않고 있다. 그는 이렇게 쓴다. "있지, 형, 형의 건강을 위해서 할 수 있는 게 있다면 뭐든 해 줘. 나도 그럴 테니까." 그리고 빈센트가 그런 것처럼, 테오도 아프거나 기분이 가라앉을 때에는 옛날의 추억과 그들 형제의 끈끈한 유대를 떠올린다. 어린 시절을 거쳐 함께 보냈던 젊은 청춘, 그리고 그들이 찬양하는 자연을 생각한다. "데이지와 막 들추어진 신선한 흙더미, 꽃봉오리가 맺힌 초봄의 덤불 가지들, 겨울바람에 부르르 떠는 헐벗은 나뭇가지들, 푸르디푸른 맑고 고요한 하늘, 가을의 커다란 구름들, 겨울의 자욱한 잿빛 하늘, 숙모님들 집 정원 위로 떠오르던 태양, 스케브닝겐 바다를 향해 떨어지던 붉은 해, 여름 혹은 겨울의 어느 맑은 날 밤하늘에 떠오른 달과 별들. 우리가 아무리 많은 근심을 끌어안고 살아야 한다 해도 이 모든 것들을 과연 잊을 수 있을까. 아니야, 무슨 일이 있어도 이건 우리의 재산이야."

이튿날, 간만에 밤에 잠을 푹 잘 잔 테오는 또다시 편지를 써서, 전에 말한 더 큰 집을 빌리기로 결정했다고 말한다.

빈센트는 테오에 대해, 그리고 아기에 대해 걱정하고 있다. 그는 그들이 시골로 이사한다면 좋을 거라고 생각한다. 시골이라면 더욱 건강한 삶을 살 수 있고, 아기도 더욱 건강하게 클 수 있을 것이다. 그러면서 그는 파리로 그들을 보러 놀러가고 싶다고, 언제가 좋을지 알려 달라고 묻는다.

테오의 다음 편지는 전보다 훨씬 낙관적이다. 아기의 상태도 당나귀 우유를 먹고 나서부터 훨씬 더 좋아졌다. "그 당나귀 녀석이 문 앞까지 찾아오기 때문에 아기는 아침에 따뜻한 우유를 먹을 수 있어. 그리고 그것도 늘 같은 녀석이 와." 빈센트 형도 한번 놀러와 보면 좋겠다! "그러니까 일요일에 괜찮으면 형이 첫차를 타고 오는 게 어때?"

테오는 집에서 함께 점심을 먹을 계획을 세운다. "있고 싶은 만큼 얼마든지 있다 가. 그러는 김에 새집 정리하는 데 좋은 의견이 떠오르면 그것도 알려 주고."

다음 날 당장 빈센트는 기차에 오른다.

105.

빈센트의 근심

처음으로 테오와 요의 집을 방문했을 때 빈센트는 매우 즐거운 시간을 보냈다.

그들이 오베르로 놀러 왔을 때도 매우 좋았다.

그러나 7월 6일 이번 일요일, 그들의 집에 처음 도착한 순간부터 그는 기분이 언짢다.

빈센트의 눈에는 테오와 요가 아기에 대한 걱정으로 여전히 얼마나 지쳐 있는지가 확연히 보인다. 테오의 아픈 상태도 심각해 보인다.

그리고 큰 집으로 이사할 계획과 독립해서 화랑을 차리고 싶어 하는 고민 등, 테오와 요는 둘 다 정신이 한참 다른 데 팔려 있다.

그들은 경제적 상황, 즉 너무도 오랫동안 빈센트를 괴롭혀 온 그 주제에 대해 이야기를 나눈다. 그는 자신의 그림이 팔리기만을 절실히 바라고 있다. 요즘 조금이나마 팔릴 조짐이 보이지만, 지금껏 수년간 빈센트를 위해 부어 온 테오의 투자액을 전부 상환하려면 매우 많은 그림이 팔려야 할 것이다. 그러나 이것은 빈센트가 골몰해 있는 생각이지, 테오의 생각은 아니다. 테오는 자기가 준 돈을 두고 형이 염려하는 것을 원치 않는다. 그러나 테오가 사업을 시작하는 문제에 몰두해 있는 것만은 엄연한 사실이다.

이야기가 길어질수록 빈센트의 신경은 점점 더 곤두서고 있지만, 요와 테오는 미처 그것을 눈치 채지 못한다. 그러다가 빈센트의 그림 하나를 어디에 걸지에 대한 문제로 요와 빈센트 사이에 의견 충돌이 일어나고, 나중에 요는 자기가 빈센트에게 너무 조급하게 군 건 아니었나 하고 걱정한다. 빈센트는 넘쳐 나는 자신의 그림을 테오가 보관해 둔 장소에 대해서도 불만을 표시하고, 그들은 그 주제에 대해 한참을 논의한다.

그렇긴 해도 테오와 요는 그날이 그렇게 나쁘게 흐르고 있다고는 생각하지 않는다. 그들은 빈센트를 다시 볼 수 있어 기쁘고, 또 빈센트를 보러 들른 친구들을 맞이해 줄 수 있어 기쁘다. 빈센트의 작품에 대해 평론을 썼던 알베르 오리에도 집에 들른다. 빈센트는 그와 만난 자리에서, 자기가 그에게 준 그림을 테오가 자신의 뜻대로 오렌지색 액자에 잘 넣어 준 것을 알고 기뻐한다.

오리에가 와 있는 동안, 앙리 드 툴루즈-로트렉도 찾아온다.

오리에와 툴루즈-로트렉은 빈센트의 작품 전체를 함께 감상하며, 빈센트에게 칭찬을 아끼지 않는다.

총 10년의 세월이 지난 지금 이 순간, 테오의 집에서.

툴루즈-로트렉은 남아서 함께 점심을 먹고, 빈센트와 그들이 그날 일찍이 계단에서 본 장의사 조수 이야기를 하며 크게 웃는다.

그러나 그때, 안드리에 봉어가 언짢아 보이는 얼굴로 집에 들어온다. 단지 그 때문만은 아니겠지만, 그는 테오가 이사를 하면서 애니와 안드리에가 아래층으로 들어왔으면 좋겠다고 한 것에 모멸감을 느끼며 악감정을 품고 있다. 애니에게 요의 뒤치다꺼리를 하라는 건가, 그는 속으로 생각한다. 직접 대놓고 말로 불평을 하지는 않지만, 그의 신경은 계속 곤두서 있다. 그리고 이로 인해, 또 이사 문제로, 사업 시작 문제로, 경제 상황에 대한 문제로, 안 그래도 팽팽한 집안 분위기는 점점 더 고조되어 간다.

결국 그들은 어떤 언어로 대화를 나눌 것인가를 놓고도 언쟁을 벌인다. 빈센트는 프랑스어를 쓰고 싶은 반면, 요와 그녀의 오빠는 네덜란드어를 쓰는 것이 편하다.

원래 빈센트의 계획은 하룻밤을 묵고 다음 날 떠나는 것이었지만, 앉은 자리가 너무 불편한 나머지, 그는 결국 먼저 일어나 휙 떠나 버린다. 다른 화가 친구가 찾아오기로 한 것조차도 아랑곳 않고.

오베르로 돌아온 후에도 그의 걱정은 끊이지 않는다. 거의 일주일이 지나서도 풀리지 않은 기분으로 그는 테오와 요에게 편지를 써서, 그 '힘들고 고역 같은 시간'에 대해 언급한다. "이곳으로 돌아온 후에도 나는 슬픔을 떨쳐낼 방도가 없구나. 그리고 너희를 위협하고 있는 그 폭풍이 나 또한 계속 무겁게 짓누르고 있어."

테오와 요는 큰 충격을 받는다. 그들은 저번 방문이 그렇게까지 나빴다고는 생각하지 않았다. 그들은 자신들의 일로 빈센트가 부담을 느끼고 있다는 것을 깨닫고는 마음이 무겁다. 그건 테오가 무엇보다도 바라지 않는 것이다. 요는 곧장 답장을 보내 모든 것이 괜찮다며 빈센트를 애써 안심시킨다.

빈센트는 그렇다면 정말 다행이라고 답장한다. 요의 편지는 그를 구제해 주는 복음 말씀과도 같다.

그러나 그는 여전히 속이 상해 있다.

실은 그가 입 밖으로 꺼내지 않은, 요마저도 절대 안심시켜 줄 수 없을 걱정거리 한 가지가 있다. 결코 모른 척 그냥 넘어갈 수 없는 큰 문제인 그것은, 바로 위태로워 보이는 테오의 건강 상태이다. 그는 테오의 안색을 보고 오히려 테오가 자신보다 먼저 죽을 수도 있겠다고, 곧 죽을 것 같아 보인다고 생각한다. 만일 테오에게 무슨 일이 생기면 빈센트는 어떻게 해야 한단 말인가?

그는 요와 테오에게 지금 자신의 마음을 가장 잘 보여 줄 수 있을 만한 그림 세 점을 완성했다고 말한다. "요동치는 하늘 아래 끝없이 뻗은 밀밭, 난 이 그림을 통해 슬픔과 극심한 외로움을 나타내고 싶었어."

빈센트는 가능한 한 빨리 파리로 이 그림들을 가져가겠다고 약속한다. "왜냐하면 난 이 그림들이 내가 말로는 할 수 없는 것들, 즉 내가 느끼는 시골의 건강함과 시골이 힘을 주는 원천임을 나 대신 말해 줄 수 있다고 믿기 때문이야."

그는 아직도 테오와 요와 아기가 시골에 와서 살길 바란다. 여기서 살면 그들 모두가 더욱 건강해질 것이고, 그도 외롭지 않을 것이다. 그러나 그는 가장 큰 근심거리만큼은 입 밖으로 내지 않는다. 테오가 죽을 것만 같다는 걱정 말이다. 그렇기에 요와 테오는 어리둥절해 할 수밖에 없다.

빈센트에게 미래는 무섭도록 불안정한 것이다. 그리고 테오가 진즉 말해 주었다면, 빈센트가 마음의 걱정을 더는 데 도움이 되었을 만한 한 가지 사실이 있다. 전에 테오는 월급 인상을 요구하면서, 요구가 받아들여지지 않으면 회사를 나가겠다고 상사들에게 최후통첩을 날렸다. 빈센트는 이 일에 대해서는 들어서 알고 있다. 그러나 테오가 그에게 아직 말하지 않은 부분은, 비록 상사들이 그 요구를 들어주지는 않았지만 테오를 해고하지도 않았다는 사실이다. 그래서 결국 테오는 경제적 요구를 고려하여, 최후통첩을 철회하고 회사에 계속 남아 있기로 결정했다.

그러나 빈센트는 아직까지도 테오가 곧 직장을 잃을지도 모른다고만 알고 있다. 그렇게 되면 모두가 돈에 쪼들리게 될 것이다. 그리고 빈센트에게 무엇보다 괴로운 것은, 테오의 시민이 나빈 것처럼 보인다는 사실이다.

빈센트가 테오를 걱정하는 동안, 테오는 요와 아기를 걱정하고 있다. 그는 모자가 휴식을 취할 수 있도록 그들을 데리고 암스테르담에 있는 요의 친정으로 간다.

테오가 파리로 돌아왔을 때, 그는 빈센트로부터 또 한 통의 번뇌에 싸인 편지를 받는다. 빈센트는 검은 안개를 통해 세상을 바라보고 있다. 테오는 빈센트가 다시 한번 나락으로 떨어져 내리는 건 아닌지 심히 걱정된다.

그는 형에게 이렇게 쓴다. "나의 친애하는 빈센트 형, 형의 건강이 호전되기를 바라. 그런데 형이 그 편지를 힘들게 쓴다면서 그림에 대한 이야기는 일체 하지 않는 것으로 보아, 난 형에게 뭔가 신경 쓰이는 일이 있는 건지, 무슨 안 좋은 일이 있는 건지 조금 두려워. 그런 거라면 부디 가셰 박사를 찾아가 줘. 그 사람이라면 형이 다시 기운을 차릴 수 있도록 뭐라도 해 줄 거야. 그리고 가능한 한 빨리 형에 대한 소식도 전해 주길 바라."

7월 23일에 빈센트는 답장을 보내, 쓰려고만 하면 많은 것을 쓸 수 있겠지만 그래 봐야 아무런 소용없는 일이 될 것 같다고 말한다. 이번에도 그는 테오의 아픈 모습이 눈에 계속 아른거린다는 그의 진심을 말하지 않는다. 단지 자신의 일에 집중하겠다고, 그것이 그로서 할 수 있는 최선인 것 같다고만 말한다. 늘 그래왔듯이. 요즘 그는 같은 오베르에 사는 안톤 허쉬그(Anton Hirschig)라는 젊은 화가를 멘토로 봐주고 있다. 그로서 참 잘된 일이다.

그는 그림도 많이 그리고 있다. 오베르로 오고 나서 지난 9주간, 그는 총 70점의 회화와 30점의 드로잉을 완성했다. 그는 하루가 멀다 하고 매일 들판으로 나가, 작열하는 여름 태양 아래에서 그의 모든 것을 캔버스 위에 쏟아 내고 있다.

106.
홀로 남은 테오

1890년 7월 28일 월요일 아침, 테오는 혼자 침대에서 눈을 뜬다. 요와 아기는 네덜란드에 가 있다. 가족과 함께 그리고 더욱 상쾌한 공기 속에서(암스테르담조차도 파리보다는 공기 질이 좋다.) 지내는 시간은 그들에게 좋은 기분 전환이 된다. 테오는 자신도 그들과 함께 있을 수 있다면 얼마나 좋을까 하고 바란다. 그래도 오는 일요일에 그들을 보러 가기로 했으니, 이제 일주일도 채 안 남았다.

그는 요가 몹시도 그립다. 이틀 전인 7월 26일, 테오는 요에게 편지를 써 이렇게 말했다. "당신과 산책을 나갈 수 있으면 좋을 텐데. 내 사랑, 당신이 내게 얼마나 소중한 존재인지 말해 줄 수 있다면 좋을 텐데. (중략) 당신은 나에게 간만에 자유의 몸이 되어 좋지 않으냐고 물었지요. 나를 대체 어떻게 생각하기에! 난 지금 너무도 혼란스럽고 어디에도 속하지 못하는 기분이어서, 그만큼 당신의 빈자리가 너무도 크게만 느껴집니다. (중략) 우리만의 작은 집에서 우리가 다시 함께하는 날이 오면 난 너무도 행복할 거예요. 그러나 확실히, 나 자신도 일로부터 휴식이 좀 필요한 것 같습니다."

그가 나중에야 받아보게 될 답장에, 요는 이렇게 쓴다. "앞으로의 일이 어떻게 흘러갈지 누가 예상할 수 있겠어요? 디만 이번 일주일만은, 네덜란드로 여행을 오는 것 외에 다른 일은 일절 생각하지 않겠다고 약속해 줘요. 내 사랑, 이번 여행은 당신에게 간절히 필요해요. 그리고 일요일에 당신이 오기로 되어 있지 않다면, 나도 당신 없이 더 이상 버틸 수 없었을 거예요."

그러나 지금은 고작 월요일 오전, 아직도 테오는 꼬박 일주일을 직장에서 버텨야 한다. 그리고 그렇게 테오가 출근해 화랑에 있는 동안, 바로 그 편지가 도착한다.

한참 요에게 편지를 쓰고 있는 테오를 방해하는 사람이 있다. 일부러 그를 찾아 여기까지 온 누군가가 있다.

오베르에서 빈센트가 멘토를 맡고 있는 네덜란드 출신 화가 안톤 허쉬그이다.

그의 손에는 테오 앞으로 쓴 편지가 들려져 있다.

107.
봉투

편지는 오베르 쉬르 우아즈에서 폴 페르디낭 가셰가 보낸 것이다.

사람이 직접 들고 배달 왔기에 우표는 붙어 있지 않다. 봉투엔 테오의 성이 큰 글씨로, 특히 '반 고흐'의 'V'가 크게 적혀 있다. 주소 부분의 '파리'는 펜으로 급하게 흘려 썼는지 잉크가 얼룩져 있다.

시선은 가장 먼저 왼쪽 위로 향한다. '무슈(Monsieur)'의 일부분을 가리면서까지 굵고 짙은 검은 잉크로 대각선 방향에 두 줄로 밑줄까지 쳐서 써넣은 다급한 어조의 '**매우 중요**(très important)'. 그리고 왼쪽 구석 바닥에 역시 대각선으로 적힌 '**전송 요망**(faire suive)'. '전송 요망'이란 뜻은, 허쉬그가 몽마르트 19번지의 사무실에서 테오를 찾지 못하면, 테오가 어디에 있든지 반드시 찾아내 이 편지를 전해 주어야 한다는 말이다.

봉투 위의 한 지점에서 만나는 대각선으로 쓰인 두 개의 구절 '매우 중요'와 '전송 요망'. 그것은 꼭 화살촉 모양을 하고 있어서, 마치 추격, 목적, 긴급함 혹은 목전에 닥친 부상 같은 일이 생긴 듯한 인상을 남긴다.

테오는 봉투를 열고 편지를 읽자마자 황급히 사무실 밖으로 나간다.

108.
편지

친애하는 반 고흐 선생님,

선생님의 개인 시간을 방해하게 되어 유감스럽기 그지없습니다만, 즉시 연락을 드리는 것이 제 의무라고 생각하여 편지를 보냅니다. 일요일인 오늘 저녁 9시에, 저는 형님이신 빈센트로부터 당장 와 달라는 부름을 받아 가게 되었습니다. 제가 도착했을 때 그는 이미 매우 위독한 상황이었습니다. 스스로 몸에 해를 입혔더군요.

빈센트가 가르쳐 주지 않으려고 버티는 바람에 선생님의 주소를 알 길이 없어, 이 편지는 구필 화랑을 통해 받으실 수 있도록 조치하였습니다.

아직 모유 수유 중에 있는 부인께 이 소식을 전할 때에는 모쪼록 유의해 주시길 바랍니다.

저로서는 감히 선생님께 어떻게 하라고 말씀드리지는 못하오나, 혹시라도 복잡한 문제가 발생할 경우를 대비해 이곳으로 오시는 편이 좋을 것 같다고 사료됩니다.

언제나 당신의 벗인,

가셰로부터

오베르 쉬르 우와즈에서

90년 7월 27일 일요일

109.
속눈썹 사이로 보는 것처럼

"스스로 몸에 해를 입혔다."

테오가 밤 기차를 타고 아를로 달려가, 사경을 헤매며 생기 없이 병원 침대에 누워 있던 빈센트를 발견한 때로부터 꼭 1년 반이 지났다. 베개에 나란히 머리를 맞대고 누워 빈센트가 '꼭 준데르트에 살던 때 같아'라고 속삭였던 그때로부터.

이번에 보게 될 빈센트는 어떤 상태일까? 가셰 박사가 보낸 편지의 어조가 너무도 심각하여, 테오는 요에게 편지를 쓸 경황조차 없다. 그는 가능한 가장 빨리 탈 수 있는 기차에 오른다. 오베르로 가는 길은 아를처럼 오래 걸리지 않는다. 한 시간 이내의 여정이다.

그렇지만 이 길은 과연 충분히 빠를 것인가?

기차는 오크 나무가 가득 들어선 초록빛 숲과 농부들의 밀밭과 귀리밭을 지나 앞으로 나아간다. 또, 붉은 양귀비, 파랗고 노란 야생화들, 미나리아재비, 카네이션, 야생 장미, 그리고 빈센트가 가장 좋아하는 해바라기 꽃이 가득 핀 들판도 지난다. 빈센트는 적어도 열두 점의 해바라기 그림을 그렸다.

꽃병에 든 해바라기, 테이블에 놓인 해바라기, 해바라기 한 가지 꽃만, 혹은 다른 꽃들과 섞여 있는 해바라기, 활짝 핀 해바라기, 시들어 가는 해바라기. 그가 해바라기를 맨 처음 그리기 시작한 건 파리에서 두 형제가 함께 살던 때였다.

빈센트가 파리를 떠난 뒤에 테오의 마음은 텅 빈 것처럼 너무도 허전했다. 이제는 그의 곁에 요와 아기가 있지만, 6개월 전 요가 진통 속에서도 편지에 썼던 것처럼 '이 세상에서 테오가 누구보다 가장 사랑하는 사람'은 바로 빈센트 형이다.

기차는 돌집으로 이루어진 작고 예쁜 프랑스 마을들, 준데르트와 크게 다르지 않은 마을들 사이를 뚫고 지나간다. 아이들과 노인들, 하루 일을 덜어 주는 한낮의 점심식사, 교회들, 묘지들, 농작물을 파는 농민들, 사망 선고나 출생 기록을 보관한 시청 건물들로 이루어진 마을들.

7년 전, 이제는 까마득한 옛날처럼 느껴지는 그때, 헤이그에서 시엔과 살던 빈센트가 테오에게 편지를 보내 이렇게 말한 적이 있다. "반쯤 눈을 감고 속눈썹 사이로 자연을 바라보면 뭐랄까 신비로운 느낌이 들어. 사물의 형상들이 단순화되어 마치 색 조각들이 이어져 있는 것 같아 보이거든."

그때만 해도 빈센트는 아직 테오가 원하는 그림을 그리고 있지 않았다. 그래도 그 잠재력은 이미 그의 안에 숨 쉬고 있었을 테지만. 그는 그때 이렇게 말했다. "내가 색을 많이 쓰지 않는 화가라는 사실이 나 자신도 때로는 놀라워. 내 성격만 보면 다들 당연히 그럴 거라고 생각할 텐데."

그 당시 빈센트는 테오가 자신의 발전을 인정해 주길, 자신에 대한 신뢰를 보여 주길 간절히 바라고 있었다. "네가 와서 봐 주길 내가 얼마나 간절히 바라고 있는지 너도 상상할 수 있을 거야. 내 그림이 변하고 있음을 너도 보게 된다면, 우리가 옳은 방향으로 가고 있다는 사실에 내가 더는 의심을 품지 않아도 될 텐데."

그때의 테오는 빈센트의 작품을 만족스러워하지 않았지만, 최근 몇 년간의 빈센트는 아픈 가운데도 진정 눈이 부셨다. 빈센트의 그림은 아름답다. 그는 색에서 생명을 불러내 캔버스에 입혀 세상에 선물한다. 그는 태양을 포착해 내고, 이 세상에 축복을, 색의 축복을 선사했다. 그의 그림들은 위대한 색체의 임파스토이다. 크롬 황색, 프러시안 청색, 버밀리언 적색, 카민 암적색, 매우 옅은 진사 녹색, 에메랄드 녹색, 베로니즈 녹색, 오렌지, 레본 크롬 황색, 제랴늄 진홍색, 은백색, 아연 백색……

이 길의 끝에서 테오는 과연 무엇을 발견하게 될 것인가?

시골 풍경이, 파랑, 노랑, 빨강, 초록색의 들판이, 그리고 여름의 조각들과 소용돌이가 스쳐 지나간다. 반쯤 감은 속눈썹 사이로 보는 것처럼, 형형색색 색들이 향연이 펼쳐진다.

110.
또 하나의 다락방

가셰 박사의 편지를 받은 지 몇 시간 지나지 않아 테오는 이미 오베르에 와 있다. 두려움과 슬픔에 휩싸인 테오는 기차역부터 라부 여인숙까지의 짧은 거리를 부리나케 뛰어 간다.

여인숙 주인은 빈센트가 맨 꼭대기 층 계단 맞은편의 5번방에 있다고 알려준다.

테오는 뛰어 올라간다.

두 평밖에 되지 않는 이 비좁은 방에는 작은 침대와 의자, 작은 탁자, 붙박이식으로 된 구석 창고가 있다. 하루 일을 마치면 빈센트는 캔버스를 정리해 침대 밑에 쌓아두거나 창고에 넣어 두었을 것이다. 물감이 아직 마르지 않아 조심조심 주의하며 만져야 했을 것이다. 그토록 두꺼운 임파스토는 마르는 데 몇 주씩, 몇 달씩, 혹은 1년이 걸리는 경우도 있다.

준데르트의 옛날 방처럼 이 방도 천장이 경사져 있다. 방의 유일한 빛은 천장에 난 작은 채광창에서 비쳐 들어온다.

최악의 경우를 상상하고 온 테오에게 침대에 앉아 파이프를 물고 있는 빈센트가 보인다. 그저께인 일요일 가셰 박사가 진찰을 마치자마자, 빈센트는 그에게 담배를 피워도 되냐고 물어 승낙을 얻었다. 가셰 박사는 빈센트가 그림을 그릴 때 입는 파란색 배관공 셔츠의 주머니에서 파이프를 찾았다. 그 파이프에 담배를 가득 채워 그의 친구에게 건네 주고, 빈센트가 안정을 찾는 것 같아 보이자, 즉시 테오를 이곳으로 불러온 그 편지를 썼다.

테오는 빈센트가 자기 몸에 총을 쏘았다는 사실을 알게 된다. 그것이 바로 빈센트 자신이 가셰 박사에게, 그리고 경찰이 왔을 때 전달한 사건의 전말이다. 그는 자신이 밀밭에서 그림을 그리고 있다가 스스로 총을 쏘았다고 말했다.

그 총도, 그날 그림을 그릴 때 썼던 그림 도구도, 경찰은 전혀 찾지 못한다. 그 어느 것도 발견되지 않는다.

세월이 흐른 뒤 이 사건을 둘러싼 다른 하나의 가설이 떠돈다. 그를 조롱하고 놀리던 아이들 무리가 잘못하다가 사고로 그에게 총을 쏘았다는 설이다. 그리고 빈센트는 아이들을 위해 진실을 눈감아 주었을 것이다.

그가 고갱을 위해 귀 사건을 눈감아 주었다고 믿는 사람들이 있는 것처럼.

그도 그럴 것이, 빈센트가 지금 와서 왜 자살을 시도하겠는가? 그는 미래를 보며 나아가고 있었다. 마침내 예술가로서의 성공을 목전에 두고 있지 않은가! 그러나 사실, 그의 마음속에선 테오에 대한 근심으로 폭풍이 휘몰아치고 있었다. 자포자기한 심정으로 죽어가는 테오를 염려하고 있었다. 테오가 없는 미래는 생각만 해도 견딜 수가 없다.

그리고 광기에 사로잡혔을 때의 빈센트는 절대 이성적이지 않다. 전에도 두 번이나 물감을 삼키려 한 적이 있지 않은가.

그렇지만 다시, 정말 자살할 생각이었다면 왜 몸에 총을 쏘는가? 머리가 아니고?

해결되지 않는 의문점들은 여전히 남아 있다.

그러나 오베르의 이 여름날, 어떤 것도 테오에게는 중대한 문제가 아니다. 빈센트가 직접 자기가 스스로 총을 쏘았다고 말하지 않는가. 테오에게는 그의 말에 의심을 품을 만한 아무런 이유가 없다. 그가 신경 쓰는 것은 단지 형이 죽지 않는 것이다.

제발 빈센트 형을 살려 주세요.

테오는 죽 빈센트 곁에 앉아 있다가, 요에게 편지를 쓰려고 잠시 자리를 뜬다. 그가 어디에 있는지, 무슨 일이 일어났는지 그녀에게 보고해야 한다. 최소한 진실의 일부분만이라도.

"내 가장 친애하는 귀여운 아내에게, 지금은 우리에게 힘든 시기네요, 내 사랑. 예상치도 못한 일들이 연달아 일어나고 있어요." 그는 편지로 허쉬그가 사무실에 찾아왔던 일과 자신이 그 즉시 모든 일을 놓고 빈센트를 찾아온 경위를 요에게 설명한다.

빈센트 형은 '예상했던 것보다는 양호한 상태였다.'

그러나 테오는 아직은 위태로운 상황이라고 말한다. 가셰 박사뿐 아니라 다른 한 명의 마을 의사도 몸에서 총알을 제거할 수 없다는 진단을 내렸고, 빈센트를 편안하게 해 주는 것 이외에는 다른 방도가 없다. 경과를 두고 볼 수밖에.

그녀에게 큰 충격을 주지 말라는 가셰 박사의 충고를 따라, 테오는 요에게 모든 것을 말하지는 않는다. "너무 깊이 들어가지는 않을게요. 마음이 너무 심란하거든요. 그렇지만 당신에게 미리 주의를 주는 게 좋겠죠. 그의 생명이 위험할지도 몰라요." 그는 오늘밤에 빈센트의 상태가 나아지면, 다음 날 아침 일찍 파리로 돌아갈 생각이라고 말한다. 그렇지 않으면, 계속 남아 있어야 할 것이다.

테오는 빈센트 형을 위해서 자신이 무엇을 바라야 할지 잘 모르겠다고 느낀다. 그는 요에게 형이 '넘치는 행복은 누릴 운명을 타고나진 못했나보다'고 말한다. 그리고 형 스스로도 그 점에서는 일찌감치 포기한 듯하다.

그러나 빈센트는 테오만큼은 행복할 수 있길, 또 요와 아기가 행복하길 바란다. 지금도 막 다락방에서 대화를 나누면서 그런 말을 했다. 요는 운이 좋은 사람이라고, 빈센트는 테오에게 말했다. 그녀에게서는 '삶이 주는 슬픔의 흔적'이 전혀 느껴지지 않는다.

'앞으로 무슨 일이 벌어질지 모르지만' 테오는 자기가 이겨 낼 수 있을 거라고 요에게 말한다. "어찌 됐든 나에게는 당신이라는 살아갈 이유가 있습니다. 내게 당신과 어린 아들이 있는 한, 난 절대 혼자가 아니에요."

테오는 요에게 이 편지를 쓴 뒤 빈센트에게로 돌아간다.

빈센트는 침대에 누워 있고, 테오는 그 옆에 의자를 바짝 끌어다 놓고 앉는다. 두 형제는 도란도란 이야기를 나눈다. 테오는 빈센트의 곁을 한시도 뜨지 않는다.

두 형제, 함께한 산책, 서약, 약속, 함께 걸어온 길.

몇 시간이 지났지만, 빈센트는 엄청 심하게 아파 보이지는 않는다. 통증도 심하지 않다.

그는 강인하다. 어머니는 늘 그가 형제들 중에서 가장 강한 아이라고 말했다. 지금까지도 그의 몸은 매우 많은 것을 견뎌 왔다.

전에도 테오는 형에게 행여 무슨 일이 생길까 마음 졸인 적이 많았지만, 그때마다 빈센트의 끈질긴 생명력에 놀라곤 했다.

그러나 해가 서서히 지기 시작할 무렵, 빈센트의 상태가 급격히 악화된다. 심한 통증이 찾아와 숨을 쉬는 것도 힘들다. 벌써 열두 시간 동안 테오는 그의 곁에 앉아 있다.

하늘에 별이 보이기 시작한다. 그러나 형제는 위를 올려다보지 않는다. 둘의 시선은 서로를 향해 있다.

빈센트의 통증은 갈수록 심해진다.

밤이 깊어질수록 숨을 쉬는 것이 더욱더 힘들어진다.

테오는 침대 위로 옮겨 간다. 그리고 두 팔로 빈센트를 안는다.

"난 늘 이런 죽음을 꿈꿔 왔어." 빈센트가 테오에게 말한다. 지금 시각은 7월 29일 밤 12시 30분이다.

안 돼, 테오가 말한다. 형은 나을 수 있을 거야. "이 절망도 다 지나갈 거야."

"아니, 슬픔은 영원히 계속 될 거야." 빈센트가 말한다.

테오는 이해한다.

여기까지 오는 동안의 그 모든 투쟁, 그 모든 고생. 빈센트는 마침내 그 끝에 다다랐음을 깨닫는다. 그리고 그것은 빈센트에게 일종의 위안을 준다.

고통 속에서, 간신히 숨을 넘기며, 빈센트는 이제 모든 것을 내려놓을 준비가 되었다.

테오는 그를 꼭 안고 있는 것밖에는 아무것도 할 수 없다.

빈센트가 거칠게 숨을 헐떡이다가 눈을 감는다.

한밤중의 두 형제.

마치 준데르트의 바로 그 방처럼, 경사진 천장의 다락방.

빈센트는 테오의 품에서 숨을 거둔다.

111.
빈센트를 위한 노란 하루

그는 드디어 무한한 평화를 찾았어.
– 테오가 리스에게, 1890년 8월 5일

소식을 들은 가셰 박사는 여인숙으로 찾아와 테오의 곁을 지킨다.

빈센트는 1890년 7월 29일 이른 아침에 세상을 떠났다. 가셰 박사는 소식이 널리 퍼질 수 있도록 연락을 취하고, 소식을 들은 사람들은 이튿날 아침 여인숙으로 모여든다. 오베르에 있는 친구들, 이른 아침부터 북쪽으로 향하는 기차를 타고 찾아온 파리의 친구들, 안드리에, 에밀 베르나르, 루시앙 피사로 등. 몇몇 친구들은 소식을 너무 늦게 전해 듣는 바람에 장례식에 참석하지 못한다. 툴루즈–로트렉은 대신 테오에게 편지를 보내, 빈센트는 좋은 친구였으며 늘 '자신의 애정을 표현하는 데 (중략) 주저함이 없었다'고 말한다. 툴루즈–로트렉은 테오에게 자신이 관 옆에서 테오의 손을 꼭 붙들고 있다고 생각하길 바란다고 쓴다.

카미유 피사로는 아들 루시앙과 함께 오려고 했지만, 그만 기차를 놓쳐 장례식에 참석하지 못했다. 그는 대신 이렇게 써 보낸다. "저는 당신의 형을 진정으로 좋아했답니다. 내 친애하는 친구여, 당신을 생각하니 정말로 마음이 아픕니다."

가셰 박사는 눈부실 정도로 아름다운 해바라기 꽃다발을 들고 장례식에 도착한다. 이 꽃은 단지 시작일 뿐이다. 그날 하루가 지나갈 무렵 그곳은 '수많은 꽃다발과 화환으로 넘쳐 난다.'

에밀 베르나르의 지휘로 '그를 위해 일종의 후광을 드리어 줄' 빈센트의 최후의 작품들이 걸린다. 베르나르는 훗날 그곳에 함께하지 못한 평론가 알베르 오리에에게 이렇게 전한다. "그 작품들에서 뿜어져 나오던 찬란한 천재성으로 인해, 그곳에 있던 우리 예술가들은 이 죽음을 더더욱 비통하고 참담하게 받아들일 수밖에 없었습니다."

친구들은 하얀 천으로 관을 덮고, 그 주위를 달리아, 해바라기 등등의 수많은 꽃들로 장식한다. '사방이 노란 꽃들로' 가득하다. 베르나르는 오리에에게 노란색은 빈센트가 '가장 좋아하던 색'이자, 그가 '예술 작품 속에서만이 아닌 사람들의 마음속에도 존재하길 꿈꾸었던 빛의 상징'이었다고 말한다.

관 앞의 바닥에는 빈센트가 쓰던 접이식 의자, 이젤, 붓들이 놓인다.

마을 사람들도 그들 곁에서 10주밖에 살지 않았던 한 남자에게 작별을 고하기 위해 속속 여인숙으로 모여든다. 3시가 되자 친구들은 관을 영구차에 옮겨 싣는다.

그 마지막 순간을 버텨 내는 일이 테오에겐 믿을 수 없을 정도로 힘겹다. 베르나르는 이렇게 쓴다. "형을 위해 헌신하고, 또 예술을 통해 우뚝 서려고 고군분투하던 형을 늘 뒤에서 지지해 준 동생 테오는 장례식 내내 측은한 모습으로 흐느껴 울고 있었습니다."

7월 30일은 더운 여름날이다. 언덕 위의 영구차에서 묘지로 관을 메고 가는 사람들의 어깨를 뜨거운 태양이 무겁게 짓누른다. 친구들은 묘지를 향해 걸어가며 빈센트에 대한 이야기를 나눈다. 그가 다른 이들에게 얼마나 너그럽고 다정한 사람이었는지, 또 자신의 예술에 얼마나 헌신을 아끼지 않았던 사람이었는지.

묘지는 빈센트가 사랑했던, 추수를 기다리는 여문 밀밭 가운데 마련된다. 그가 그림으로 남긴 밀밭들. 해가 잘 드는 쾌적한 교회 묘지라고, 테오는 속으로 생각한다.

마침내 관이 땅속으로 들어가는 순간이 오자, 모두가 눈물을 참지 못하고 울음을 터뜨렸다고, 베르나르는 오리에게 전한다. "그날은 완벽히 그를 위해 이루어진 날이어서, 마치 그가 아직 살아서 그날을 함께 즐기고 있는 것만 같은 기분이 들었습니다."

빈센트를 위해 이루어진 하루.

가셰 박사가 빈센트에 대해, 빈센트의 인생의 두 가지 목표였던 인류애와 예술에 대해 연설한다. 친구들이 말하는 그는 정직하고 순수한 인간이자 위대한 예술가였다. 그의 이름은 영원히 살아남을 것이다. 그것만은 확실하다고, 가셰 박사는 힘주어 말한다.

아직도 충격에서 빠져나오지 못한 테오는 거의 아무 말도 하지 못한다. 그는 모두에게 와 주어서 고맙다는 인사를 하고, 사람들은 그 자리를 떠난다.

빈센트의 친구들은 여인숙으로 돌아가 그의 그림을 분류한다. 테오는 간신히 몸을 추슬러 어찌어찌 오베르를 떠나 파리로 돌아간다. 그러나 도저히 혼자서 집에 있을 엄두가 나지 않아 안드리에와 애니의 집으로 간다.

테오에겐, 사방 어디를 보아도 다 텅 빈 것만 같다.

112.
테오의 형

8월 1일에 어머니가 편지를 쓴다. "친애하는 테오에게! 어떻게 지내고 있니? 전에 오베르에서 빈센트가 아프지만 당장 생명에 지장은 없다는 소식을 들은 이후로, 너의 요가 아직 아무런 소식을 듣지 못하고 있어서 우리 모두 걱정하고 있단다."

테오는 아직 요나 어머니에게 소식을 전하지 못했다. 장남이 죽었다는 소식을 편지로 알리고 싶지는 않았기 때문이다. 그래서 그는 동생 안나의 남편을 시켜 직접 찾아가 소식을 전해 달라고 부탁해 두었다.

부탁 받은 대로 처남은 집으로 찾아가 어머니와 빌에게 소식을 전한다. 어머니가 확실히 소식을 들었을 거라고 생각되는 때가 오자, 테오는 비로소 펜을 든다.

"글로는 아무리 속마음을 털어놓아도 위안을 받을 수 없으며, 얼마나 슬픈 심정인지 표현할 길이 없네요. 곧 찾아가 뵈도 될까요?" 테오가 어머니에게 묻는다.

그는 어머니에게 빈센트가 어떻게 죽었는지 설명하며, 의사들이 최선을 다했지만 목숨을 살릴 수는 없었다고 말한다. 그 마지막은 빈센트가 원하던 그대로의 모습이었다고, 그는 소망은 이루었다고 말한다. "삶의 무게는 그에게 너무도 가혹했습니다. 그러나 공교롭게도 이제는 모든 사람이 그의 재능에 찬사를 보내고 있어요."

가족으로부터 들어 이미 알고 있을 거라 생각되지만, 그는 요에게도 따로 편지한다. 그는 누구보다 그녀와 아기 빈센트와 함께 있고픈 마음이 굴뚝같지만, 그럼에도 어머니를 먼저 뵈러 가야 할 것 같다고 말한다. 그는 어머니가 자세한 자초지종을 듣고 싶어 할 거라는 걸 안다. '어머니가 충격에서 헤어나지 못하고 계신다'고 그는 요에게 쓴다.

테오는 또한 자신에게 이 죽음은 '오래도록 떨쳐 내지 못할 슬픔이 될 거'라고 말한다. 그는 이 상실감을 '살아 있는 동안은 결코 생각 속에서 떨쳐내지 못할 것이다.'

테오는 어머니에게 편지를 쓰며, 어머니가 너무 상심하지 않도록 담대하게 용기를 낸다. "형은 드디어 그토록 염원하던 휴식을 찾았습니다."

그러나 문장 하나하나에는 그의 비통한 심정이 가득 담겨 있다.

"오, 어머니, 그는 너무도 사랑하던 나의 형이었어요."

113.

테오가 받은 편지들

요는 테오가 어머니를 먼저 찾아가야 하는 사정을 이해한다. 그러나 테오에게 자신이 필요하다는 사실도 안다. 따라서 그녀는 테오가 도착하는 때에 맞추어 아기와 함께 암스테르담을 떠나 시댁으로 간다.

테오가 어머니와 여동생 빌, 아내 요가 주는 위로와 사랑에 둘러싸여 있는 동안, 가족, 친지, 친구들, 동료들 등 생전에 빈센트를 알던 사람들, 그리고 몰랐던 사람들에게서도 편지가 쇄도한다.

65km 정도 떨어진 곳에 사는 여동생 리스는 테오와 요에게 편지를 보내, 그녀가 얼마나 충격을 받고 슬퍼하고 있는지 알린다. 빈센트의 삶이 '최근 들어서는 훨씬 좋아 보였다고' 그녀는 쓴다. 그러나 그의 인생 전체를 생각해 보면, '하나님이 몸소 오빠를 위로하고 달래신 후에 잠들게 하신 것'만 같이 느껴진다. 리스는 아직도 그가 어떻게 자살이라는 방법을 택했는지 믿겨지지가 않는다. 특히, 테오와 요와 아기와 그토록 가까운 거리에 있는데. '이런 따뜻하고 상쾌한 작은 햇살' 가까이에 있는데 말이다. 그녀는 빈센트가 '불꽃 튀는 전투 한가운데에서' 부상병으로 남는 대신 장렬하게 전사하기를 택했다

고 표현한다.

리스는 오래전 일이지만, 죽어가는 예전 이웃을 만나겠다며 그 먼 거리를 달려왔던 빈센트가 그 이후에 했던 말을 기억한다. "내가 죽을 때에도 그 사람처럼 잠들 수 있으면 좋겠어." 그 사람처럼 나도 가족들에게 둘러싸여 죽을 수 있다면 좋을 텐데. 그리고 아버지가 돌아가셨을 때, 그가 한 이웃에게 했던 말도 기억한다. "죽는 것은 힘들지만, 사는 것은 더 힘이 드네요."

그녀는 이렇게 쓴다. "오빠가 그린 그림들을 이번에 다시 찾아 꺼내보았는데(아마도 그 그림들을 벽에 걸어 놓을 생각을 하지 않았던 것이리라.) 그것들이 이제는 어느 때보다도 더욱 각별하게 느껴져."

가족 중에서 빈센트의 작품이 얼마나 훌륭한지를 깨닫고 있는 사람은 테오뿐이다. 최근 들어선 다른 가족들도 뭔가 있을지 모른다고 어렴풋이 눈치 채기 시작했지만, 그럼에도 리스를 비롯한 나머지 가족들은 빈센트의 그림에 대한 소유권을 전부 테오에게 일임한다. 그들은 테오가 갖는 것이 타당하다고, 그럴 자격이 있다고 생각한다. 어차피 그 그림들을 어떻게 해야 할지 아는 사람은, 세상에 빈센트의 천재성을 알릴 수 있는 사람은, 테오밖에 없지 않은가.

빈센트의 작품을 세상에 알리는 것은 그렇게 테오의 임무가 된다. '그가 위대한 예술가였다는 사실을 사람들은 반드시 알게 될 것'이라고 그는 리스에게 말한다. 그는 몇 달 후에 파리에서 빈센트의 작품을 모아 전시회를 열기로 한다. "형은 절대 그냥 잊히지 않을 거야."

편지는 계속해서 날아 들어온다. 다른 친척들에게서, 형제가 헤이그에 살 때 하숙했던 루스 가족에게서, 네덜란드 화가들에게서, 그리고 프랑스, 호주, 벨기에, 덴마크, 영국, 이탈리아 화가들에게서. 그렇게 수 주일 동안, 화가로서, 인간으로서, 그리고 친구로서의 빈센트의 미덕을 찬양하는 편지가 총 50통이나 도착한다.

이 편지들은 테오 앞으로, 어머니 앞으로, 혹은 테오와 요 부부 앞으로 온다.

테오의 친구이자 예전 룸메이트인 메이어 데 한('코크'나 '커피', '요' 같은 낱말을 테오의 소맷동에 써 넣은 초상화를 그렸던 화가)은 이렇게 써서 보낸다. "자네가 형을 얼마나 깊이 사랑했는지 잘 알기에, 자네가 겪고 있을 고통을 이해하네." 자네의 형은 '엄청나게 중요한 예술가'였어. 그는 이 말이 테오의 마음에 위안을 줄 수 있길 바란다. "그는 죽은 것이 아니라네. 그가 남긴 업적 속에서 자네를 위해, 우리를 위해, 그리고 모두를 위해 살아 있다네."

데 한은 현재 폴 고갱과 함께 브리타니에 살며 그림을 그리고 있다. 따라서 고갱도 데 한의 편지 뒷면에 이렇게 써서 보낸다. "남들이 다 쓰는 뻔한 위로의 말을 써서 보내고 싶지는 않네. 그가 나의 진실한 친구였다는 사실을 자네도 잘 알 거야. 그가 우리 시대에 보기 드문 진정한 **예술가**였다는 사실도. 자네는 그 친구의 작품을 통해 앞으로도 계속 그를 볼 수 있을 걸세. 빈센트가 예전에 '돌은 소멸될지라도 말은 살아남을 거라고' 즐겨 말하지 않았나. 나도 그의 작품을 통해 눈과 마음으로 계속해서 그를 볼 걸세."

빈센트의 예전 친구 반 라파드도 어머니 앞으로 조문을 보낸다. 그는 아직도 예전에 누에넨을 방문하여 함께 즐거운 시간을 보낸 일을 기억하고 있다. 라파드는 어머니에게 비록 그들 사이가 소원해지긴 했지만, 아직도 종종 빈센트를 생각하고 있다고 말한다. '지극히 열정적이고 감정 변화가 심하긴 했지만, 고귀한 정신과 예술적 자질만큼은 늘 경탄을 자아낼 만큼 뛰어났던' 빈센트. 그는 그들 사이에 생기게 된 오해 또한 안타깝게 여기고 있다.

오리에는 테오에게 편지를 보내, 이미 그토록 공개적으로 말했던 만큼 자신이 빈센트의 작품을 얼마나 높이 사고 있는지에 대해서는 더 말할 필요가 없을 테지만, 빈센트의 이름이 영원히 살아남을 거라는 말을 테오에게 꼭 전해 주고 싶었다고 쓴다. "그를 형제로서 깊이 사랑했던 당신에게서는 이런 말도 그리 큰 위안이 되지는 못할 겁니다." 그러나 사실, 테오에게 그 말은 위로를 준다. 빈센트의 작품을 대중에게 알리는 일에 성공할 수만 있다면⋯⋯.

조르주 샤를 레콩트(Georges Charles Lecomte) 같은 다른 예술 평론가들도 조문을 보낸다. "우리는 매우 용감한 예술가 한 명을 잃었습니다."

클로드 모네도 편지를 보내, 비록 자신이 빈센트 본인을 한 번도 만나 본 적이 없지만 테오를 잘 알고 있다고, 또한 가장 최근에 열린 독립화가전에서 자신은 빈센트의 그림들이 최고라고 생각했다고 말한다.

가셰 박사는 빈센트의 임종의 순간을 스케치로 그려 보내 준다. 테오는 그에게 편지를 보내, 그 스케치가 어머니에게 매우 큰 기쁨을 주었다고 말한다.

가셰 박사는 답장을 보내, 빈센트를 생각하면 할수록 그가 과연 '거인'이었다는 생각이 든다고 말한다.

이 모든 편지들 그리고 빈센트의 작품을 전시할 생각으로 테오는 힘을 얻는다. 이번에 파리에 돌아가면, 전시회에 자신의 온 힘을 쏟아부을 생각이다. 그럼에도 슬픔은 여전히 가시지 않는다. 그에게 아내와 아이가 있어 천만다행이라고, 한 친구가 편지로 말한다.

그것은 사실이다. 그에게는 요가 있고 아기 빈센트가 있다. 그러나 그에게 없는 것이 하나 있다. 바로 건강이다.

갤러리 열넷

남겨진 유산

1890~1891

114.
전시회

이미 오랜 세월 동안 테오는 지병을 앓아 왔다. 기침, 수차례의 마비 증세, 무기력증. 빈센트의 사망 후 며칠 몇 주가 지나는 동안 테오의 상태는 점점 더 악화된다. 어머니를 찾아뵌 다음, 테오는 요와 아기를 데리고 암스테르담에 있는 요의 친정을 방문한다. 테오의 건강이 얼마나 안 좋은지는 처갓집 식구들에게도 확연히 눈에 띈다. 그는 쓰러지기 일보 직전이다.

파리로 돌아오고 나서 테오의 건강은 조금 회복세를 보인다. 그는 빈센트의 작품을 전시하는 일에 총력을 기울이고, 이는 그에게 살아야 할 목적과 힘을 준다.

그러나 나아진 건강 상태는 오래 가지 않는다. 그는 심한 기침을 하기 시작한다. 동요하는 모습도 자주 보인다. 밤에는 약을 먹어야만 잠에 들 수 있다.

몸이 그토록 아픈 와중에도, 그들은 큰 집으로 이사하는 계획을 밀고 나가기로 결정한다. 이제는 빈센트에게 돈이 들어가지 않아 더 비싼 월세도 충분히 감당할 여력이 된다. 긍정적인 면이 뭐라도 있다고 해야 할까. 그러나 이사하는 일은 테오에게 신체적으로나 정신적으로 대단히 부담이 되는 일이다. 그리고 이삿짐을 위해 고용한 일꾼들은 그들의 물건을 아무렇게나 어질러 놓거나 엉망으로 만들어 버렸다.

직장에서의 스트레스도 여전하다. 설상가상으로, 빈센트의 전시회 장소를 찾는 문제도 잘 풀리지 않고 있다.

그러나 한편으론 다른 화가들이 빈센트의 작품을 찬양하는 소리가 계속해서 들려온다. 이는 그의 기운을 북돋워 주며, 앞으로 나아갈 수 있는 힘을 준다. 가셰 박사가 오베르에서 기차를 타고 그를 만나러 오기도 한다. 그러면 두 사람은 함께 점심을 먹으며 빈센트에 대한 이야기를 나눈다. 가셰 박사는 테오에게 자신이 얼마나 그의 형을 아끼고 좋아했는지, 그리고 그가 얼마나 위대한 화가였는지 열을 올리며 말한다.

테오가 빈센트의 짐을 나누어지고 뒷바라지해 온 무수한 나날들, 빈센트의 모든 노고, 모든 것이 그럴 가치가 있었다. 그러나 테오가 했던 한 가지 걱정, 빈센트가 스스로의 성공을 보지 못하고 먼저 세상을 떠나는 것, 그것은 비극적이게도 현실이 되었다. 그러나 적어도 테오 자신만큼은 살아서 보고 말 것이다. 그는 굳게 마음을 먹는다.

마음에 두고 있던 전시회장 섭외에 실패하자, 그는 결국 집에다 작품을 전시하기로 결정한다. 에밀 베르나르도 찾아와 손을 보태고, 그렇게 전시회 준비는 며칠 만에 끝난다. 베르나르는 응접실 유리창에 그림을 그려 넣어 중세 스테인드글라스 분위기가 나도록 꾸몄다. 테오는 너무도 기쁘다. 이 많은 빈센트의 작품을 한데 모아 놓고 볼 수 있다니. 너무도 신나고 멋진 일이다. 아, 어서 빨리 모두가 와서 볼 수 있으면 좋겠다!

그는 이 모든 것을 편지에 적어 여동생 빌에게 보낸다. 그러면서 이 이야기 외에 한 가지 고백을 한다. 요즘 정신 이상 증세를 느끼고 있다는 것이다. 그리고 그렇게 된 지도 꽤 되었다.

115.
악몽

테오는 악몽을 꾸고 환각에 시달린다. 그는 혹시 이게 잠들기 위해 먹는 약 때문인가 싶어 약을 끊어 본다. 그러나 며칠 뒤 요의 생일날인 10월 4일, 테오는 상사들과 큰 논쟁을 벌이고 이성을 잃는다. 그리고 그는 일을 당장 그만두겠다며 박차고 나오는데, 상사들의 눈에도 그가 얼마나 아픈 상태인지가 훤히 보이기 때문에, 그들은 사표를 수리하지 않는다.

그리고 얼마 안 되어, 그는 정신적으로도 신체적으로도 완전히 무너져 내린다.

요는 그를 옆에서 직접 돌보겠다는 굳은 의지로 집에서 보살핀다.

안드리에는 테오의 상태가 갈수록 악화되는 모습을 경악하며 바라본다.

그는 소변도 제대로 보지 못한다.

망상 증세도 보인다.

그러다가는 급기야 요와 아기를 죽여 버리겠다고 협박하는 지경에까지 이르고, 안드리에는 테오를 병원에 입원시키자고 주장한다.

요는 테오를 자신에게서 떼어 내겠다고 협박하는 안드리에 오빠에게 격분을 표한다. 그런 문제는 당연히 테오를 누구보다 잘 아는 아내인 자신이 결정할 문제라고 생각한다. 그러나 안드리에는 다른 방도가 없다며, 요의 반대를 무릅쓰고 테오를 병원에 입원시킨다.

이틀 후, 테오는 파리의 서쪽에 있는 파시(Passy)라는 마을의 사립 정신 요양원으로 실려 간다.

가세 박사가 문병을 온다. 오랜 기간 상사였던 터스티그도 찾아온다. 그러나 그들은 요양원 안으로 들어갈 허락을 받지 못해, 멀리 문 바깥쪽에서 테오를 지켜만 본다. 정원 안에서 걷고 있는 테오의 모습이 보인다.

요를 도와주기 위해 빌이 네덜란드에서 온다. 테오는 한동안 집에 오지 못할 것이다.

의사의 말에 의하면, 빈센트가 살았을 때보다 지금 테오의 정신 상태가 훨씬 더 심각하다고 한다. 치료될 가능성도 없다.

안드리에의 유일한 소망은 테오의 상태가 조금이라도 나아져서 그를 고국 네덜란드로 데려가는 것이다.

116.

밤 기차

2년 전에도 테오는 응급 상황으로 밤 기차를 탄 적이 있다. 파리에서 아를로, 빈센트가 머리에 붕대를 감고 누워 있는 병원을 찾아가던 길이었다. 사실, 테오에게 그날 하루는 살면서 그 어느 때보다 가장 행복하게 시작되었다. 요와의 미래와 사랑의 약속이 주는 행복감에 듬뿍 취해 있었으니까 말이다.

2년 후 오늘, 1890년 11월 17일, 그는 이 가을밤에 다시금 파리를 떠나 병원을 향해 밤 기차에 오른다. 단, 이번은 그 자신이 환자이다. 그는 파시의 요양원을 떠나 고국 네덜란드를 향해 간다. 위트레흐트에 있는 정신병원으로 가는 중이다. 사랑하는 요가 옆에서 아기 빈센트를 두 팔에 안고 있다. 테오는 아들을 안아 주고 싶어도 그럴 수가 없다. 그는 몸을 움직일 수 없도록 묶어 놓은 구속복(拘束服)을 입고 있다.

117.
병원 안 광경들

병원에 있는 테오, 크로키 #1

요의 아버지가 법원에 공식으로 요청하여 허가를 얻어 테오는 병원에 입원을 한다. 테오는 쾌활해 보이지만, 정신적으로는 완전히 혼란한 상태다. 자신이 지금 어디에 있는지, 시간이 몇 시인지도 전혀 알지 못한다. 뭐라고 말은 하지만 전혀 이치에 맞지 않는 헛소리만을 지껄인다. 질문에 맞는 대답도 제대로 못하고, 여러 언어를 뒤죽박죽 섞어 가며 쓴다. 맥박은 약하고 빠르게 뛴다. 그것으로도 모자라, 그는 파리에 있을 때 넘어져 잔뜩 부어오른 오른발 때문에 제대로 걷지도 못한다. 의료 기록에 따르면, 그는 '때때로 대소변을 가리지 못하고, 입은 옷을 훼손시키는 경향을 보인다.'

처방에 따라 목욕을 하고 다소 진정된 모습을 보이자, 테오는 독방에 옮겨져 침대 위에 눕혀진다. 그는 안절부절못하며 불안해하고 편하게 쉬지를 못한다. 결국은 안정제를 맞고서야 잠이 든다.

그날이 지나가기 전, 의사들은 가족들에게 진단 결과를 알린다. 파리의 의사들이 내렸던 진단과 일치하는, 매독에 감염된 결과 나타나는 치매와 일반 마비 현상이다. 그는 사실 요를 만나기 이전에 이 병에 감염되었는데, 다행히 수년 동안 아물지 않은 상처나 염증이 없었는지, 요는 전염되지 않았다.

이날로부터 며칠 후, 그는 입으로 먹지 못하고 관으로 대신 영양을 공급받기 시작한다.

병원에 있는 테오, 크로키 #2

11월 24일, 테오의 상태가 진정된 듯 하여 요가 병문안을 온다.

그러나 그녀가 도착했을 때, 테오는 극도로 요동치기 시작한다. 그는 탁자와 의자들을 마구 밀어서 넘어뜨린다.

병문안은 도중에 그렇게 끝나 버린다.

요는 그가 겉으론 멀쩡해 보인다고 생각하지만, 그가 보여 주는 정신 상태가 그녀의 마음을 어지럽게 한다. 병원 직원은 테오의 상태를 신체적, 정신적으로 전부 '처참한 지경'이라고 치부하며, '이를 꽤 공공연하게 밖으로 드러낸다.'

테오는 입고 있는 옷과 짚으로 만든 매트리스를 망가뜨린다.

어머니는 빌과 이 병문안 사건을 전해 듣고, 요에게 편지를 쓴다. "병문안 갔던 일로 인해 네가 많은 고통을 받았겠구나. 그래도 이제는 확실해졌구나. (중략) 그동안은 계속 두려움에만 떨어 왔는데 (중략) 어머니, 그 아이가 많이 아파하는 것 같았니? 그 애 스스로도 고통스러워하고 있는 건 아니겠지, 그렇지?"

병원에 있는 테오, 크로키 #3

춥고 흐리고 비가 오는 위트레흐트의 12월의 어느 날이다.

날씨가 어떻든, 병원 실내에서만 생활하는 테오에게는 전혀 다를 것이 없다. 그는 자신만의 세계에 굳게 갇혀 있다.

12월 첫째 주, 요와 빌이 함께 병문을 온다. 처음에 테오는 상당히 진정된 모습을 보인다. 그러나 매우 갑작스럽게 급변해 급기야는 요동을 치고 신경질을 부린다.

병원 직원의 보고에 따르면, 그 후로도 며칠간이나 그들의 방문으로 생긴 여파가 지속되었다고 한다. 웬일인지 요의 존재가 그에게 화를 불러일으키고 공격적으로 만든 것이다.

12월 9일 즈음, 병원 측에서는 테오의 예후에 대해 무시무시한 진단을 내린다. 그가 회복을 할 가망성은 희박하다. 그것도 약하게 돌려서 말할 때 그렇다고, 그들은 요에게 보고한다.

병원에 있는 테오, 크로키 #4

12월 말에 요가 병문안을 온다. 그녀는 테오에게 줄 꽃다발을 안고 있다. 테오의 반응을 먼저 살피기 위해, 간호사가 대신 그 꽃다발을 테오에게 가져다준다. 그는 꽃들을 무참하게 박살내 버린다.

요는 결국 남편을 면회할 허락을 받지 못한다.

118.
전시회 2

1890년 12월 28일, 파리.

테오와 요의 집에서, 빈센트의 전시회가 일반 대중을 향해 열린다.

그러나 요와 테오, 두 사람은 그곳에 없다.

119.

병원 안 광경들 (후속)

병원에 있는 테오, 크로키 #5

위트레흐트의 1월, 해가 나오는 시간은 고작 하루의 4분의 1 정도에 불과하다.

테오 반 고흐가 매독 말기로 투병 중인 병원 안에는 그마저도 해가 전혀 들지 않는다.

의사가 테오에게 네덜란드 신문 〈알허메인 한델스블라트(Algemeen Handelsbald)〉에 실린 기사를 하나 갖다 준다. 며칠 전인 1890년 12월 31일에 출간된 기사이다. 신문 제일 앞면에 실린 기사의 제목은 '빈센트 반 고흐'이다. 테오는 즉시 그 이름을 알아본다.

빈센트.

의사가 읽기 시작한다. "올해의 춥고 짧았던 크리스마스 오후, 큰 길에 늘어선 환하고 밝은 시장 가판대 주변으로 수많은 인파가 몰려들던 시간, 일부 네덜란드 사람들은 현재 아무도 살고 있지 않은 몽마르트의 한 어두컴컴한 집에 모여 그곳에 있는 수백 점의 그림을 감상했다."

이때 테오의 얼굴이 점점 읽을 수 없는 멍한 표정을 띠었다고, 의사는 의료 기록에 적는다. 그 기사를 어디까지 읽어 주었느냐는 기록이 있지 않다.

기사는 이렇게 계속된다.

"모인 사람들의 열의에는 슬픔이 감돌고 있었다. 이 을씨년스럽게 추운 방에 모여 있는 소중한 그림들은 너무도 일찍 세상을 떠난 한 화가의 유산으로, 그의 죽음으로 인한 상실감으로 현재 중병에 걸린 그의 남동생은 치료를 위해 고국으로 옮겨졌고, 그 바람에 그가 무엇보다도 아끼던 이 귀중한 유물들은 다른 사람들의 손에 맡겨질 수밖에 없었다. 그의 빠른 쾌유를 빈다. 그의 사랑이 허락하는 한만이라도, 빈센트 반 고흐의 작품을 지킬 수 있도록!"

병원에 있는 테오, 크로키 #6

1월 6일 요가 병문안을 오려고 하지만, 병원 측에서는 오지 않는 게 좋겠다는 권고를 준다. 테오는 오늘 유별나게 시끄럽고 흥분해 있다.

병원에 있는 테오, 크로키 #7

그로부터 일주일 후, 요와 빌은 테오를 방문할 허락을 얻는다. 언뜻 보기에 그는 침착해 보이지만, 그들이 전혀 눈앞에 보이지 않는 것처럼 행동한다. 의료 기록에 의하면, 그는 마치 '모든 것이 귀찮다는' 심드렁한 표정을 짓고 있다.

병원에 있는 테오, 크로키 #8

1891년 1월 셋째 주, 일주일 동안 테오는 진정제를 잔뜩 투여 받고 혼자 격리되어 밤낮을 침대에 누워 보낸다.

네덜란드 신문에 실린 그 기사를 쓴 기자는, 빈센트의 '미술에 대한 사랑은 종교이자 넘치는 경애(敬愛)의 표현이었으며, 또한 자기희생'이었다고 논평했다.

또한 그것은, 그 화가의 동생을 향한 넘치는 경애의 표현이기도 했다.

120.
빈센트의 동생, 1891년 1월 25일

빈센트는 테오의 품 안에서 세상을 떠났다.

테오는 홀로 세상을 떠난다.

lorsqu'on voit que la chose qu'on vend e
bonne. maintenant pourtant les gen
aiment les trucs/ cela leur est loisible
nous et puisqu'ils le demandent ban
en peut en avoir en magasin
mais cela ne suffit pas pour se senti
... : avec les bons tableaux pou
on peut se sentir sûr et être ferm
sur c'est pure erreur qu'il y en ai
tant qu'on veut. Peut être je m'y
mal mais j'y ai beaucoup pensé
ces jours ci et le calme m'est ven
pour l'affaire Gauguin
Tous ces Gauguin sont de bonn
pierres et soyons les marchan
des Gauguin hardiment.
Millet le dit bien le bonjour j'a
son portrait maintenant avec
le kepi rouge sur fond émeraude e
dans le fond les armes de son regim
le croissant et une étoile à 5 pointes
une poignée de main et à bientôt
et bien merci et j'espère que les douleu
ne dureront pas As tu revu un médecin
vigne tu car la douleur physique est si
... Vincent

나가며

121.
에필로그

1.

결혼 몇 달 전에 요 봉어는 테오 반 고흐에게 보내는 편지에 이렇게 써 보낸 적 있다. "내가 앞으로도 늘 당신 곁에 있게 된다면, 당신도 나를 통해 **무언가를** 이룰 수 있는 날이 분명 올 거라고 확신해요."

테오는 그녀에게 쓰는 첫 편지에서 "내게는 형이 하나 있습니다"라고 고백했다.

그리고 출산을 앞두고 진통 중일 때 요는 빈센트에게 편지를 써서, 이 세상에서 테오가 빈센트만큼 사랑하는 사람은 아무도 없다고 고백했다.

테오의 사후, 두 형제의 과업을 물려받은 사람은 요였다. 그녀는 기꺼이 그 짐을 지고, 빈센트 반 고흐를 유명하게 만들었다.

그녀에게 빈센트가 없는 테오는 있을 수 없었다. 테오가 없는 빈센트도 있을 수 없었다. 그리고 요가 없이는, 세상이 빈센트 반 고흐를 알지 못했을 것이다.

요는 아기를 데리고 네덜란드로 귀국하여 암스테르담 외곽의 한 마을에 정착했다. 그녀는 하숙집을 운영했다. 어떤 사람들은 빈센트의 그림을 처분해 버리는 게 좋지 않겠냐고 말했지만, 그녀는 그 그림들의 가치를 알고 있었다. 가능한 한 많은 그림을 한 곳에 모아두는 것이 중요하다는 사실 또한 깨닫고 있었다. 그녀는 그림들을 가지고 갔다.

요는 빈센트와 테오의 친구들 그리고 다른 이들로부터 예술계에 대하여 최대한 많은 것을 배울 수 있도록 노력했다. 그리고 빈센트의 작품을 네덜란드, 벨기에, 파리에서 전시할 수 있도록 도왔다.

1901년에 요한 코헨 코스할크(Johan Cohen Gosschalk)라는 이름의 네덜란드 화가와 재혼한 후에도, 그녀는 빈센트의 예술을 알리는 일을 계속 해 나갔다. 그녀는 전부터 늘 빈센트의 그림에서 유대감을 느꼈고, 그 유대감을 어떻게 하면 세상에도 알릴 수 있을지 배워 나갔다. 빈센트의 친구인 에밀 베르나르가 그 과정에서 많은 도움을 주었다. 그는 빈센트가 죽고 얼마 안 되어 그에 대한 짧은 회고록을 출판하기도 했으며, 빈센트가 자신에게 보낸 편지들을 모아 책으로 내기도 했다.

요는 빈센트의 그림뿐 아니라 빈센트가 테오와 나눈 편지들 또한 세상에 줄 수 있는 선물임을 알았다. 테오는 생전에 그 편지들을 전부 캐비닛 서랍에 차곡차곡 모아 보관해 두었다.

그녀는 그 편지들을 한데 모아 최대한 연대별로 정리한 뒤, 두 번째 남편이 사망하고 2년 뒤인 1914년에 네덜란드어로 테오에게 보낸 빈센트의 편지 모음집을 출판했다. 그리고 그 책 속에, 테오를 통해 알게 된 내용을 중심으로 빈센트의 회고록을 소개문 형식으로 직접 써 넣었다. 그 편지 모음집은 세상에 빈센트가 얼마나 아름다운 작가이자 사상가였는지를 보여 주었다. 그림에서 확연히 드러나는 그의 감정들은 편지에도 고스란히 담겨 있다.

2.

반 고흐 집안의 비극은 테오의 죽음으로 끝나지 않았다. 1900년에 막내아들인 코르는 남아프리카에서 군복무를 하던 중 스스로 목숨을 끊었다. 테오의 여동생 빌은 병원에서 간호사로 일했지만, 그녀 역시도 정신 질환으로 고통을 겪었다. 1902년에 그녀는 정신병원에 입원했고, 1941년에 그곳에서 세상을 떠났다. 요의 책이 나오기 수년 전에 리스는 자신의 관점에서 쓴 빈센트의 회고록을 출판했다. 그렇지만 그 책은 사실 관계의 오류들로 인해 그다지 좋은 평을 받지 못했다. 어머니는 장수하여 1907년에 사망했다. 어머니는 비록 살면서 빈센트와 테오, 코르, 빌의 비극적 죽음을 목격해야 했지만, 한편으로는 살아서 빈센트가 어느 정도 명성을 얻는 과정을 지켜볼 수 있었다. 안나와 리스 둘 다 1930년대까지 생존했다.

3.

테오와 요의 아들인 빈센트는 큰아버지의 그림에 둘러싸여 성장했다. 집안의 벽이란 벽은 모두 그의 그림으로 덮여 있었다 해도 과언이 아니었다. 그는 어머니가 빈센트 큰아버지의 이름과 그의 그림을 유명하게 만드는 과정을 옆에서 계속 지켜보았다. 그는 예술을 존경하기는 하지만, 자신에게 그림이란 마법과 같은 일로 여겨져 맞지 않는다고 언급한 적 있다. 그는 커서 엔지니어가 되었고, 결혼하여 슬하에 네 자녀를 두었다.

그는 암스테르담에 반 고흐 미술관을 설립하는 일을 도왔다. 레이크스 미술관과 요의 고향집 바로 근처에 있는 그 미술관은 1973년에 문을 열었다.

그리고 세계 전역에서 수천만 명의 사람들이 박물관이나 미술관에 가 빈센트의 그림을 관람한다. 경호원들은 관람객들이 그림을 만지는 일이 없도록 사방에서 엄중히 지켜본다. 사람들은 그의 그림을 보고 빠져들 듯이 이끌려 든다. 그 색깔에, 그 질감에, 그리고 그 생생한 감정에.

4.

테오가 죽은 직후 요는 그를 위트레흐트에서 장사 지냈다. 그러나 1914년에 그녀는 테오의 유해를 오베르로 옮겨, 빈센트의 바로 옆 자리에 뉘어 주었다.

머리를 맞대고 나란히 누운 두 형제.

꼭 준데르트에 살던 때처럼.

나오는 사람들

직계 가족

테오도루스(도루스) 반 고흐 아버지

안나 반 고흐-바르벤투스* 어머니

빈센트 반 고흐 첫째 아들

안나 반 고흐 둘째 딸

테오도루스(테오) 반 고흐 셋째 아들

엘리자베스(리스) 반 고흐 넷째 딸

빌레미엔(빌) 반 고흐 다섯째 딸

코르넬리스(코르) 반 고흐 여섯째 아들

가까운 가족

빈센트 반 고흐(센트 큰아버지) 도루스의 형

코르넬리아 반 고흐-카르벤투스(코르넬리 큰어머니) 안나의 언니, 센트 큰아버지의 아내

코르넬리스 반 고흐(코르 작은아버지) 도루스의 남동생

헨드리크 반 고흐 도루스의 남동생

얀 반 고흐 도루스의 남동생

요한나(요) 봉어 안드리에의 여동생, 테오의 아내

빈센트 빌렘 반 고흐 테오와 요의 아들

친구 · 연인 · 룸메이트 · 동료(알파벳 순)

알베르 오리에 빈센트의 작품의 평론을 썼던 비평가

아타나즈 바그 테오가 빈센트의 작품 한 점을 팔았던 미술상

마고 베게만 누에넨 시절 빈센트의 연인

---

*남편의 성 뒤에 결혼 전의 성이 붙는 것이 네덜란드의 관습이다.

에밀 베르나르 빈센트의 친구이자 화가

안드리에 봉어 테오의 친구이자 요의 오빠

헨드릭 크리스티안 봉어와 헤르미네 루이스 베이스만-봉어 요와 안드리에의 부모

미엔 봉어 요와 안드리에의 자매

마르게리트 가셰 가셰 박사의 딸

폴-페르디낭 가셰 오베르 쉬르 우아즈에 살던 의사이자 화가

폴 고갱 아를에서 빈센트와 한집에 살기도 했던 화가

파울루스 코엔라드 괴를리츠 빈센트의 룸메이트

메이어 데 한 테오의 룸메이트이자 화가

아네트 하네비크 테오의 첫사랑

카롤린 하네비크 빈센트의 첫사랑

안톤 허쉬그 오베르 쉬르 우아즈에서 빈센트가 멘토로 있던 화가

혼쿱 가족 준데르트에 살던 이웃

클라시나 마리아 (크리스티엔 혹은 시엔) 후어니크 헤이그 시절 빈센트의 애인

마리아와 빌렘 후어니크 시엔의 아이들

빌렘 로렌스 키엘 테오의 친구이자 하숙집 동료

아놀드 코닝 테오의 룸메이트이자 화가

우르슬라 로이어와 유지니 로이어 빈센트의 런던 시절 하숙집 주인과 그 딸

마리 (성은 불명) 테오의 파리 시절 애인

안톤 모베 화가이자 사촌의 남편(예트 모베와 결혼)

클로드 모네 화가이자 인상파의 창시자

테오필르 페이롱 생 레미의 의사

아브라함 반 더 바에엔 피에세르스젠 복음전도위원회의 일원이자 화가

카미유 피사로 빈센트와 테오의 친구이자 화가

루시앙 피사로 빈센트와 테오의 친구이자 화가(카미유의 아들)

알퐁스 포티에 파리의 미술상

얀 프로빌리 빈센트가 다녔던 기숙 학교의 교장

레이첼 (성 불명) 아를의 매춘부

482

안톤 반 라파드 빈센트의 친구이자 화가

아들린 라부 오베르 쉬르 우아즈의 여인숙 집 딸

펠릭스 레이 아를 시절 빈센트의 의사

오귀스트 로댕 조각가

빌렘 바리누스 루스와 디나 마르그리에타 반 루스-반 알스트 헤이그에서 빈센트와 테
         오가 하숙했던 집의 주인 부부

오귀스틴-알릭스 펠리콧 룰랭 조셉 룰랭의 부인이자 빈센트의 작품 「자장가」의 모델

조셉 룰랭 아를 시절 빈센트의 친구이자 집배원

S 파리에서 테오의 여자 친구

프레데릭 살르 아를의 목사

아고스티나 세가토리 빈센트가 파리에서 만나던 여자

조르주 쇠라 화가

토마스 슬레이드-존스 빈센트가 일하던 학교의 교장이자 목사

윌리엄 포트 스톡스 램스게이트의 학교 교장

줄리앙 탕기 빈센트가 초기작들을 팔기도 했던 미술상

헤르마누스 하이스베르투스 (H. G) 터스티그 헤이그 시절 빈센트와 테오의 상사

앙리 드 툴루즈-로트렉 빈센트와 테오의 친구이자 화가

코르넬리아(키) 아드리아나 스트릭커-보스 빈센트의 짝사랑 대상이자 사촌

요하네스 빌헬무스 비하우젠 테오의 하숙집 동료이자 친구

빈센트와 테오의 여정

1853년 3월 30일 빈센트, 세상에 태어나다.

1857년 5월 1일 테오, 세상에 태어나다.

1864년 10월 1일 빈센트, 프로빌리 학교에 들어가기 위해 생애 최초로 집을 떠난다.

1866년 9월 3일~1868년 3월 19일 빈센트, 틸부르크에 있는 빌렘 2세 국립중학교에 다닌다.

1869년 7월 30일 빈센트, 헤이그의 구필 & 씨(이하 '구필 화랑'으로 표기함.) 지사에 취
    직하여, 루스 가족의 집에서 하숙하기 시작한다.

1871년 1월 테오, 오이스터바이크(Oisterwijk)시에 있는 고등학교에 다닌다.

1872년 9월 빈센트와 테오, 함께 헤이그 근교에 있는 풍차로 산책을 하고 서로를 향한
    서약을 맺는다.

1872년 9월 29일 빈센트, 테오에게 감사의 편지를 보내고, 이로 인해 일생 동안 이어진
    서신 교환이 시작된다.

1873년 1월 6일 테오, 구필 화랑의 브뤼셀 지사에 출근하기 시작한다.

1873년 4월 30일 카롤린 하네비크가 결혼식을 올린다.

1873년 5월 빈센트, 구필 화랑 런던 지사의 물품 창고로 발령을 받는다.

1873년 8월 빈센트, 런던 브릭스톤에 있는 우르슬라와 유지니 로이어의 집에서 하숙을
    시작한다.

1873년 11월 12일 테오, 구필 화랑의 헤이그 지사로 발령을 받아, 그곳으로 거처를
    옮기고, 루스 가족 집에서 하숙을 시작한다.

1874년 7월 중순~8월 말 여동생 안나가 런던으로 와서 빈센트와 함께 지낸다.

1874년 10월 26일 빈센트, 구필 화랑의 파리 지사로 임시 발령을 받는다.

1875년 1월 빈센트, 런던으로 돌아와 구필 화랑의 새 런던 지사로 출근한다.

1875년 5월 빈센트, 파리의 구필 화랑 본부로 발령받는다.

1875년 3월 4일 테오의 친구인 요하네스 빌헬무스 비하우젠이 사망한다.

1875년 6월 14일 아네트 하네비크가 사망한다.

1875년 9월 22일 테오의 다른 친구인 빌렘 로렌스 키엘이 사망한다.

1876년 1월 빈센트, 구필 화랑에서 4월 1일부로 해고당한다.

1876년 4월 빈센트, 영국 램스게이트에 있는 윌리엄 스톡스가 운영하는 학교에 취직한다.

1876년 6월 12~17일 빈센트, 도보로 램스게이트에서 런던까지 간다.

1876년 10월 테오, 중병에 걸린다.

1876년 10월 29일 빈센트, 런던 외곽의 리치몬드에서 최초로 설교를 한다.

1876년 11월 19일 빈센트, 슬레이드-존스 학교에서 일자리를 얻는다.

1877년 1월 9일 빈센트, 네덜란드 도르드레흐트에 있는 블루쎄 & 반 브람에 취직한다.

1877년 1~4월 테오, 부모님이 반대하는 여자와 연애를 한다.

1877년 5월 빈센트, 암스테르담으로 거처를 옮겨 얀 작은아버지와 살며 신학교에 다닌다.

1878년 5월 1일 테오, 21세가 되던 해에 헤이그를 떠나 파리의 만국박람회 업무를 맡는다.

1878년 7월 빈센트, 신학교를 중퇴하고 집으로 돌아간다.

1878년 8월 22일 여동생 안나가 결혼한다.

1878년 8월 26일 빈센트, 수습생 신분으로 브뤼셀의 전도사 훈련 학교에 다니기 시작한다.

1878월 11월 테오, 파리에서 헤이그로 돌아가는 길에 브뤼셀에 있는 빈센트에게 들른다.

1878년 11월 25일 빈센트, 전도사 훈련 학교 수습 기간이 끝나지만, 입학 허가를 받지
   못한다.

1878년 12월 빈센트, 일자리 없이 보리나주로 이주한다.

1879년 2월 1일 빈센트, 보리나주에서 전도사로서 6개월의 수습 기간을 시작한다.

1879년 2월 아버지가 빈센트를 찾아가, 지내고 있던 오두막에서 나갈 것을 설득한다.

1879년 7월 빈센트의 수습 기간이 끝나지만 정식 임명을 받지 못한다.

1879년 8월 1~3일 빈센트, 걸어서 피에세르스젠(Pieterszen) 목사를 찾아가 조언을
   구한다.

1879년 8월 초순 빈센트, 보리나주에 계속 거주하며(집은 옮김.) 드로잉 연습에 집중한다.

1879년 8월 10일 테오, 빈센트를 방문하여 다툼을 벌이고, 그 후로 두 사람은 거의 1년
   동안 연락하지 않는다.

1879년 8월 15~18일 빈센트, 에텐에 있는 부모님을 방문하고 보리나주로 돌아온다.

1879년 11월 1일경 테오, 구필 화랑의 파리 지사에 정규 발령을 받는다.

1880년 3월 테오, 빈센트를 위해 아버지에게 돈을 보낸다. 빈센트, 쿠리에의 중간까지
   걸어갔다가, 보리나주로 걸어서 돌아온다.

1880년 6월 빈센트, 테오에게 편지를 보내고, 둘 사이의 서신 교환이 재개된다.

1880년 8월 빈센트, 화가가 되기로 결심한다.

1880년 10월 빈센트, 보리나주를 떠나 브뤼셀로 이주한다.

1881년 2월 테오, 파리 몽마르트 19번가에 있는 구필 화랑 지사의 섬상으로 승진하고, 빈센트를 위해 부모님에게 정규적으로 돈을 보내기 시작한다.

1881년 4월 말 빈센트, 에텐으로 이주하여 부모님과 함께 생활한다. 테오에게 무엇을 그릴지 조언을 구하는 한편, 자신의 그림을 평가해 줄 것을 부탁한다.

1881년 여름 빈센트, 사촌인 키 보스와 사랑에 빠진다.

1881년 11월 빈센트, 키 보스의 가족을 찾아가 그녀의 마음을 얻으려 시도한다.

1881년 11월 말~12월 21일경 빈센트, 헤이그에서 화가이자 친척인 안톤 모베와 지내며, 그에게서 수채화와 유화에 대한 레슨을 받는다.

1881년 12월 24~25일 빈센트, 아버지와 큰 싸움을 벌이고 헤이그로 완전히 옮겨간다.

1881년 12월 하순 테오, 빈센트를 직접적으로 지원하기 시작한다.

1882년 1월 빈센트, 헤이그에 작업실을 빌린다. 빈센트와 테오는 심한 언쟁을 벌인다.

1882년 1월 말 빈센트, 시엔 후어니크를 모델로 고용한다. 그녀는 빈센트의 연인이 된다.

1882년 2월 중순 빈센트, H. G. 터스티그에게 드로잉 작품을 판다.

1882년 3월 코르 작은아버지, 빈센트에게 헤이그의 풍경화 열두 점을 주문한다.

1882년 4월 초순 코르 작은아버지, 도시 풍경화 두 번째 세트를 주문한다.

1882년 4월 10일 빈센트, 테오에게 드로잉 작품 「슬픔」을 보낸다.

1882년 5월 모베, 빈센트와 절연 선언을 한다.

1882년 6월 7일~7월 1일 빈센트, 임질로 병원에 입원하여 치료를 받는다.

1882년 7월 2일 시엔 후어니크, 빌렘이라는 이름의 아들을 낳는다.

1882년 7월 15일 시엔, 그녀의 아이들과 빈센트가 구해둔 더 큰 집으로 이사를 한다.

1882년 7월 18일 터스티그, 빈센트의 작업실을 찾아와 테오의 지원을 받는 것을 비난한다.

1882년 7월 하순 빈센트, 「헤이그 근교의 라크몰렌 (풍차)」 그림을 그린다.

1882년 11월 빈센트, 석판 인쇄술을 익히며 제도가가 되기를 희망한다.

1883년 1월 테오, 마리라는 이름의 여자와 사귀기 시작하고, 부모님은 반대한다.

1883년 7월 테오, 경제적으로 부담을 느끼고, 빈센트에게 지원을 계속해 줄 수 있을지 모르겠다고 말한다. (그러나 지원을 멈추지는 않는다.)

1883년 8월 테오, 헤이그로 빈센트를 방문하여 시엔을 떠나라고 설득한다.

1883년 9월 초순 빈센트, 시엔과 헤어진다.

1883년 9월 11일 빈센트, 그림을 그리기 위해 드렌테로 간다.

1883년 11월 5일 빈센트, 드렌테에서 외롭고 우울하게 지내다가 누에넨에 있는 본가로 들어간다. 부모님은 세탁실을 작업실로 개조하여 준다.

1883년 12월 빈센트, 테오에게 역정을 내고, 시엔을 찾아가봄으로써 상황은 더욱 악화된다.

1884년 1월 17일 어머니, 기차에서 내리다가 허벅지 뼈가 부러지는 부상을 입는다.

1884년 여름 빈센트와 마고 베게만, 서로 사랑에 빠진다.

1884년 9월 마고, 자살을 시도한다.

1884년 12월 빈센트, 테오에게 노여움을 표하며, 서로 완전히 갈라서자고 말한다.

1884년 말~1885년 초 테오, 'S'라는 여자와 교제를 시작한다.

1885년 3월 26일 아버지가 세상을 떠난다.

1885년 3월 30일 아버지의 장례식이자 빈센트의 서른두 번째 생일, 빈센트와 테오는 화해한다. 테오는 빈센트의 작품을 마음에 들어 하며, 몇몇 작품을 파리로 가지고 간다.

1885년 봄 테오, 안드리에 봉어와 친하게 지낸다.

1885년 5월 6일 빈센트, 「감자 먹는 사람들」 그림을 테오에게 보내고, 여동생 안나와 싸운 이후로 집을 나와 작업실에서 생활하기 시작한다.

1885년 여름 빈센트의 친구 안톤 반 라파드가 「감자 먹는 사람들」을 혹평하고, 둘 사이의 우정이 깨진다.

1885년 8월 7일 테오, 요한나 봉어를 처음 본 후 한 눈에 반한다. 그녀는 이 사실을 전혀 알지 못한다.

1885년 10월 빈센트, 치음으로 레이크스 미술관을 방문하고 색에 대해 새로운 영감을 얻는다. 테오와 색 이론에 대한 내용의 편지를 주고받기 시작한다. 테오는 빈센트에게 밝고 환한 색을 쓰라고 독려한다.

1885년 11월 빈센트, 벨기에의 앤트워프로 이주한다. 이후로 다시는 네덜란드로 돌아오지 않는다.

1886년 2월 빈센트, 다수의 이를 발치한다.

1886년 2월 28일 빈센트, 집세 등을 치르지 않고 앤트워프를 떠닌다. 그리고 테오에게 알리지 않은 채 파리로 간다. 테오의 집에서 살기 시작한다.

1886년 3~6월 빈센트, 페르낭 코르몽의 작업실에서 그림을 그린다. 그곳에서 에밀 베르나르와 앙리 드 툴루즈-로트렉 등의 화가들을 만난다.

1886년 6월 테오, 르픽가 54번지에 더 큰 집을 구해 빈센트와 이사한다.

1886년 8월 테오, 네덜란드의 센트 큰아버지와 코트 작은아버지를 찾아가, 독립하여 화랑을 차리기 위한 경제적 지원을 요청하지만, 거절당한다.

1886년 9월 빈센트, 여러 화랑과 가게 등지에서 자신의 작품을 전시한다. 그중에는 줄리앙 탕기의 가게가 있고, 적어도 하나의 그림을 탕기에게 판매한다.

1886년 12월 말 테오, 발작 증세가 나타나 며칠간이나 움직이지 못한다.

1887년 1월~4월 중순 형제 사이가 삐걱거려, 거의 회복 불능한 상태까지 이른다. 테오는 빈센트에게 집을 나가라고 말하고 싶지만, 결국 말하지는 않는다.

1887년 4월 하순 빈센트와 테오는 서로 화해하고, 좋은 마음으로 함께 살기로 합의한다.

1887년 5월 빈센트, 오랜 시간 야외에서 그림을 그린다. 그의 실력은 꾸준히 향상되고 있다. 테오는 빈센트의 그림을 보고 매우 만족스러워 한다.

1887년 7월 빈센트, 사귀던 여인인 아고스티나 세가토리와 헤어진다.

1887년 7월 22일 테오, 암스테르담으로 요한나 봉어를 찾아가 청혼한다. 그녀는 깜짝 놀라며, 청혼을 거절한다.

1887년 7월 26일 테오, 서로를 더 잘 알 수 있기를 바라며 요에게 편지를 쓴다. 그에게 깊은 영향을 주는 존재인 빈센트에 대해 고백한다.

1887년 여름 빈센트, 테오의 초상화(오랫동안 자화상으로 여겨졌던 작품)를 그린다.

1887년 가을~겨울 빈센트와 테오의 사이가 그 어느 때보다 더 가까워진다. 둘은 카미유 피사로와 아들 루시앙 피사로, 폴 고갱, 조르주 쇠라, 앙리 드 툴루즈-로트락 등의 화가 친구들과 어울려 지낸다. 테오는 화랑의 중이층에서, 빈센트는 식당에서, 둘은 각각 그들이 좋아하는 그림들을 모아 전시회를 연다.

1888년 2월 5일 안톤 모베가 사망한다.

1888년 2월 19일 빈센트, 테오와 함께 조르주 쇠라의 작업실을 방문한 후, 파리를 떠나 프랑스 남부로 간다.

1888년 2월 20일 빈센트, 아를에 도착하여, 원래 계획이었던 마르세이유로 가는 대신 그곳에 정착하기로 결정한다.

1888년 2월 말 아놀드 코닝이 테오의 집에서 함께 살기로 한다.

1888년 3월 빈센트, 안톤 모베를 기리는 의미로 예트 모베에게 줄 그림을 그린다.

1888년 3월 22일~5월 3일경 파리에서 열린 제4회 독립화가전에 빈센트의 작품 세 점이 걸린다.

1888년 5월 1일 빈센트, 아를의 라마르틴 광장 2번지에 있는 노란 집의 동쪽구역을 빌린다.

1888년 5월 테오, 매우 피곤하고 아픈 몸을 이끌고 그루비 의사를 찾아가고, 의사는 심장의 문제라고 진단한다. 빈센트는 심장이 아닌 신경계 치료가 먼저라고 생각한다.

1888년 7월 28일 센트 큰아버지가 세상을 떠난다.

1888년 여름~가을 빈센트, 격성석으로 그림을 그린다. 미스트랄 바람이 너무 거세게 부는 날은 실내에서 그림을 그린다.

1888년 9월 17일 빈센트, 노란 집으로 이사한다.

1888년 10월 초순 테오, 빈센트의 그림 한 점을 파리의 화상인 아타나즈 바그에게 판다.

1888년 10월 빈센트, 이제까지 테오가 그를 뒷바라지하는 동안 빚진 돈에 대해 걱정한다. 테오는 빈센트를 안심시킨다.

1888년 10월 23일 폴 고갱이 아를에 도착하여, 노란 집에 들어와 빈센트와 살기 시작한다.

1888년 10월 28일 테오, 메이어 데 한과 같이 살기 시작한다.

1888년 12월 10일경 테오, 몽마르트의 거리에서 요한나 봉어와 우연히 마주친다.

1888년 12월 11일 고갱, 테오에게 편지를 써서 빈센트와 도저히 함께 살 수가 없어 아를을 떠나야겠다고 말한다. 빈센트는 그에게 떠나지 말아 달라고 설득한다.

1888년 12월 21일 테오, 어머니에게 편지를 써서 요와 사랑에 빠졌다고 고백한다.

1888년 12월 23일 빈센트, 고갱과 싸움을 하고, 왼쪽 귀를 자른다.

1888년 12월 24일 테오, 여동생 리스에게 편지로 요 봉어와 약혼했다는 소식을 전한다. 같은 날, 빈센트가 중태에 빠졌다는 내용의 고갱이 보낸 전보를 받는다. 테오는 곧장 아를로 향하는 밤 기차에 올라탄다.

1888년 12월 25일 테오, 아를 병원에 있는 빈센트를 찾아갔다가, 고갱을 데리고 파리로 돌아온다.

1889년 1월 3일 고갱, 빈센트가 해바라기를 그리는 모습의 초상화를 테오에게 준다.

1889년 1월 5~13일 테오, 요와 함께 네덜란드에서 지낸다. 1월 9일에 피로연이 열린다.

1889년 1월 7일 빈센트, 병원에서 퇴원한다.

1889년 1월 13일~3월 30일 요와 테오, 서로 떨어져 편지로 연락을 주고받는다.

1889년 2월 7일 테오의 화랑에서 그가 기획한 모네의 전시회가 열린다. 빈센트는 다시 병원으로 실려가 독방에 수용된다.

1889년 2월 18일 빈센트, 병원에서 퇴원하여 노란 집으로 들어간다.

1889년 2월 26일 빈센트의 이웃들이 청원서를 작성해 그를 정신병원에 입원시킬 것을 요청한다. 경찰은 대신 그를 전에 있던 병원으로 데리고 간다.

1889년 2월 28일 빌이 빈센트를 네덜란드로 데리고 와서 보살피고 싶다는 의사를 밝힌다. 이는 어머니의 반대로 이루어지지 않고, 빈센트는 계속 병원에서 지낸다.

1889년 4월 18일 테오, 네덜란드에서 요와 결혼식을 올리고, 그들은 며칠 후 테오가 구해 놓은 집으로 이사 들어간다.

1889년 5월 빈센트, 아를에서 완성한 작품들을 모아 테오에게 보낸다. 그 그림들이 파리에 도착하자, 테오는 그중에 정말 비범한 그림들이 있다고 말한다. 그 작품들이 인정받을 때가 반드시 올 거라는 확신을 빈센트에게 전한다.

1889년 5월 8일 빈센트, 생 레미 드 프로방스에 있는 생 폴 드 모솔 요양원에 자진하여 입원한다. 그는 침실과 작업실, 방 두 개를 배정받는다.

1889년 7월 5일 요, 빈센트에게 자신이 임신했다는 소식을 알린다. 아이 성별을 아들이라고 확신하며, 빈센트를 따라 이름 짓겠다고 말한다. 테오의 건강이 계속 악화된다.

1889년 7월 16일경 빈센트, 발작을 일으키고 물감을 먹는다.

1889년 9월 제5회 독립화가전이 열리고 빈센트의 작품 두 점이 걸린다. 대중이 그의 작품을 알아보기 시작하고, 한 비평가는 그를 색채화가라고 부른다.

1890년 1월 독감 전염병이 파리를 강타하고, 요는 테오의 건강을 염려한다. 알베르 오리에는 빈센트의 작품에 대해 최초의 평론 감정을 내리고, 그를 네덜란드 거장의 뒤를 이을 귀중한 화가로 평가한다.

1890년 1월 20~21일 빈센트, 또다시 발작을 일으키고 물감을 먹는다. 보름간 병을 앓는다.

1890년 1월 29일 요, 진통 중에 빈센트에게 편지를 쓴다.

1890년 1월 31일 빈센트 빌렘 반 고흐가 세상에 태어난다.

1890년 1~2월 브뤼셀에서 열린 한 전시회에 빈센트의 작품 여섯 점이 걸리고, 그중 하나인 「붉은 포도밭」이 화가인 안나 보쉬에게 팔린다.

1890년 3월 20일~4월 27일 파리에서 열린 제6회 독립화가전에 빈센트의 작품 열 점이 걸리고, 그의 이름은 방문객들 사이에 가장 큰 화재를 불러일으킨다.

1890년 4월 빈센트, 아기를 위해 그린 꽃이 핀 아몬드 나무 그림을 포함해 다수의 작품을 테오에게 보낸다. 테오와 요는 그 아몬드 나무 그림을 응접실 피아노 위에 건다. 테오는 직장에서 상사와 불화를 일으킨다.

1890년 5월 16일 빈센트, 생 레미의 요양원을 나온다.

1890년 5월 17~19일 빈센트, 파리로 테오와 요를 방문한다. 요를 (그리고 아기를) 만나는 것은 이번이 처음이다.

1890년 5월 20일 빈센트, 오베르 쉬르 우아즈로 이주하여, 폴 페르디낭 가셰 박사를 만나고, 라부 여인숙에서 살기 시작한다.

1890년 6월 8일 테오, 요와 아기를 데리고 오베르로 빈센트를 방문한다.

1890년 6월 30일~7월 1일 테오, 편지로 빈센트에게 아기가 매우 아프다고 전한다. 또한 직장 문제와 지금 사는 집이 너무 작아 근심이다. 그는 마음이 심란하다.

1890년 7월 6일 빈센트, 파리로 테오와 요를 방문한다. 아기는 회복되었으나, 빈센트는 그 방문 이후 심기가 심히 불편하다.

1890년 7월 15~18일 테오, 요와 아기 빈센트를 네덜란드로 데리고 가서 두고 온다.

1890년 7월 23일 빈센트, 테오에게 보내는 마지막 편지를 쓴다.

1890년 7월 27일 빈센트, 스스로 몸에 총을 쏜다.

1890년 7월 28일 안톤 허쉬그가 가셰 박사의 편지를 테오에게 배달한다. 빈센트가 위중하다. 테오는 즉시 오베르로 향하는 기차에 오른다.

1890년 7월 29일 빈센트가 세상을 떠난다.

1890년 7월 30일 빈센트의 장례를 위해 친구들이 오베르로 모여든다. 테오는 상실한 마음을 안고 파리로 돌아간다.

1890년 8월 3일 테오, 어머니와 빌을 보러 네덜란드로 간다. 요와 아기도 그곳으로 온다.

1890년 8월 애도의 편지가 테오 앞으로 쇄도한다. 테오는 빈센트의 작품을 모아 전시회를 열기로 결심한다.

1890년 9월 16일경 테오와 요는 같은 건물의 큰 집으로 이사한다. 테오의 건강이 악화된다.

1890년 9월 22~24일 에밀 베르나르가 테오와 요의 새집에서 빈센트의 작품전시회를 열 수 있도록 옆에서 도와준다.

1890년 9월 27일 테오, 빌에게 편지로 벌써 얼마간 정신이상 증세를 겪어왔다고 고백한다.

1890년 10월 테오, 정신적 신체적으로 무너져 내린다.

1890년 10월 12일 안드리에, 요의 반대에도 아랑곳 않고 테오를 입원시킨다.

1890년 10월 14일 테오, 파리 서쪽의 파시에 있는 정신병원에 옮겨져 수용된다.

1890년 10월 17일 요와 안드리에, 테오를 밤 기차에 태워 네덜란드로 데리고 가서 위트레흐트에 있는 병원에 입원시킨다.

1890년 12월 28일 테오와 요의 파리 집에서 빈센트의 작품들이 대중들에게 공개된다.

1891년 1월 25일 테오가 세상을 떠난다.

1891년 5월 요, 네덜란드 뷔쉼(Bussum)으로 이사하여 하숙집을 운영한다.

1892~1893년 요, 빈센트의 작품을 전시할 수 있도록 여러모로 돕는다.

1901년 8월 21일 요, 요한 코헨 코스할크와 재혼한다.

1905년 요, 암스테르담에서 빈센트의 전시회를 개최하고 성공을 거둔다. 그녀의 남편은 그 전시회의 카탈로그에 빈센트에 대한 글을 기재한다.

1907년 4월 29일 어머니가 세상을 떠난다.

1912년 5월 18일 코스할크가 사망한다.

1914년 요, 빈센트가 테오에게 쓴 편지들을 한데 모아 공들여 정리한 모음집을 출판한다.

1914년 4월 요, 테오의 유해를 오베르로 옮겨 빈센트의 옆에 나란히 묻는다.

1925년 9월 2일 요가 세상을 떠난다.

1973년 6월 암스테르담에 반 고흐 미술관이 문을 연다.

나는 늘 빈센트 반 고흐를 매우 좋아했다. 「별이 빛나는 밤에」, 「해바라기」, 그의 자화상들, 너무나 많은 그의 그림이 내 10대 시절의 배경이 되어 주었다. 내가 열세 살이었을 때 돈 맥클린(Don Mclean)의 노래 〈빈센트(별이 빛나는 밤)〉가 나왔고, 그 당시 난 이미 어빙 스톤(Irving Stone)이 쓴 『빈센트, 빈센트, 빈센트 반 고흐(원제 : Lust for Life)』라는 책을 읽었다. 난 그때 내가 빈센트에 대해 가장 중요한 것들을 다 알고 있다고 생각했다. 나중에야 그렇지 못했다는 것을 깨달았지만.

2011년 6월에 나는 남편과 함께 암스테르담에 있는 반 고흐 미술관을 관람했다. 그 안을 걸어 다니던 나는 무수한 빈센트의 작품과 한 자리에 있다는 사실 자체에 압도되어 입을 다물 수 없었다. 그러던 중, 한 작품 옆에 적힌 테오에 대한 글을 우연히 보았다. 그때만 해도 난 빈센트에게 동생이 있었다는 사실을 떠올리지 못했다. 그 글에는 테오가 빈센트를 뒷바라지했다는 내용이 적혀 있었다. 정말 금시초문이었다. 유레카의 순간이기도 했다. 숨이 턱 막히는 기분이었다. 그 이상은 아는 게 하나도 없었지만, 난 즉시 이 형제들에 대한 책을 써야 한다는 사실을 깨달았다.

그날 당장 나는 몇 가지 메모를 했다. 그 내용은 이렇다. "모두가 기억하고 있는 그에 대한 사실은 무엇일까? 귀 사건, 자살, 그리고 물론 몇몇 작품들. 그러나 이 세상에 그토록 멋진 기념품을 남겨 주기까지 그가 화가가 되기로 결심한

동기나 그의 종교에 대해선 어떠한지?" 그런 다음에 난 이렇게 써 넣었다. "형제에 대한 (그리고 제수씨에 대한) 이야기."

난 비슷한 또래의 형제자매가 없이 자랐기에 그것을 늘 동경해 왔다. 그래서 내 아들들이 3년 차를 두고 태어났을 때, 나는 그들이 자라면서 나눌 아름다운 우애를 생각하며 무척 설레고 기뻤다. 그 둘은 서로 성격부터 매우 달랐지만, 다른 점들뿐 아니라 친밀함을 통해 서로 늘 많은 것을 얻을 수 있었다. 그런 나에게 빈센트와 테오에 대한 이야기를 쓰는 일은 운명처럼 느껴졌다.

늘 그렇듯이 나는 가장 먼저 원천적인 자료를 검토하기 시작했다. 빈센트와 테오가 서로에게 쓴 편지를 읽는 것이 그것이었다. 이 편지들이 단순한 우애에 대한 것이 아님을 나는 금방 알 수 있었다. 그들의 관계는 분노와 희생과 사랑과 상처, 그리고 더한 희생과 더욱 위대한 사랑으로 가득 차 있었다. 그다음으로 나는 테오와 요가 서로에게 쓴 편지를 읽었다. 그것들도 기대 이상으로 좋았다.

편지를 읽어 나가는 동안 나는 또한 그림을 그렸다. 비록 화가는 아니지만, 몇몇 친구들에게 수채 물감을 얻어 몇 달간 물감을 가지고 이런저런 실험을 해 보며 색에 대한 감각을 익혔다. 화가가 된다는 것이 어떤 것인지 조금씩 감이 잡히기 시작했다.

빈센트와 테오, 요를 그들의 언어로 먼저 만나 본 후에야, 나는 2차적인 자료들로 눈을 돌렸다. 그때가 바로 내가 난관에 봉착한 때였다. 모두가 빈센트 반 고흐에 대해 너무나 다양한 다른 의견들을 가지고 있었고, 나름의 의도를 지니고 있었다. 감당하기 벅찰 지경이었다. 그러나 이때 나는 아주 현명한 두 가지의 지혜에서 도움을 얻었다. 나의 편집자는 이렇게 말했다. "우리가 원하는 건 다른 누구도 아닌, 작가님 본인이 들려주는 빈센트의 이야기입니다. 내 친구들이 뉴욕에 놀러 왔다고 했을 때, 그들을 데리고 모든 곳을 구경시켜 주는 것은 불가능하잖아요. 그래서 난 내가 뉴욕에서 가장 좋아하는 장소들만 골라서 데려간답니다."

그리고 나서 한번은, 한 박물관 카페에서 점심을 같이 먹으면서 화가 친구가 이런 말을 했다. 벽에 걸린 미술 작품은 정답이 없는 문제와 같다고.

나는 이 두 가지 생각을 마음에 담고 미술관들을 방문하여 빈센트의 그림을 감상해 보았다. 다른 화가들의 그림들도 감상했다. 그리고 곧 나는 우리가 미술 작품을 볼 때, 우리가 서 있는 바로 그곳에서, 즉 우리기 누구인지, 우리가 어디를 가 보았고, 어떤 것들을 보았고, 또 어떤 감정을 느끼는지와 같은, 각자의 시점을 통해 작품을 본다는 사실을 깨달았다. 미술 작품이란 정답이 없는 문제이다. 보는 사람을 안으로 불러들이는 그런 문제이다.

누군가의 인생 또한 정답이 없는 문제이다.

죽은 사람이든 산 사람이든 누군가를 볼 때, 우리는 각자의 관점이나 시각에서 그들을 바라본다. 우리 각자의 개성을 예술에 대입하거나, 사람의 생애에 대입한다.

어떤 면에서는 이미 죽은 사람에 대해 아는 것이 더 쉽다. 그 사람이 살면서 했던 특정 행동들과 잘못한 행동들, 일과 관계들, 사랑과 증오를 현재로부터 돌아볼 수 있기 때문이다. 반면, 묻고 싶은 질문을 직접 할 수 없다는 아쉬운 점도 있다. 그때 당신은 왜 떠난 건가요? 가장 사랑한 사람은 누구였나요? 어떤 것들이 당신을 슬프게, 혹은 화나게, 혹은 기쁘게 했나요? 당신은 정말 어떤 사람이었나요?

유명인의 경우에는 알기가 더 쉬울 수도, 혹은 더 어려울 수도 있다. 그들의 발자취를 보여 주는 편지나 일기, 글, 인터뷰, 책, 기사들이 워낙 많기에 쉬울 수도 있지만, 반면에 다른 이들에 의해, 오역에 의해, 심지어 허위 사실에 의해 잘

못된 결론에 도달할 수도 있다.

　수년간의 조심스러운 조사와 생각 끝에, 난 내가 가장 중요하다고 생각하는 빈센트 반 고흐의 일대기와 삶에서 그가 맺었던 관계에 대한 내 견해를 독자들에게 전달하려고 한다. 독자들은 이 책을 읽는 동안 가장 마음에 와닿는 부분을 택할 것이다. 그리고 어쩌면 더 많은 것이 알고 싶어져 스스로 더 알아보려 할지도 모르겠다. 부디 그러길 바란다.

　이 책을 쓰는 동안 겪은 또 하나의 순간에 대해서도 이야기하고 싶다. 바로 내가 빈센트의 작품 중에 「헤이그 근교의 라크몰렌(풍차)」을 발견한 날이었다. 그 일은 두 형제가 함께 풍차를 향해 산책하며 서로에게 서약을 맺은 일에 대한 정보를 찾는 중에 일어났다. 나는 그 풍차를 찍은 옛날 사진을 몇 장 찾을 수 있었고, 또 빈센트가 그 풍차 그림을 그린 적이 있다는 사실을 알고 깜짝 놀랐다. 전에는 한 번도 본 적이 없는 그림이었다. 나는 이 그림에 대해 쓴 사람이 거의 아무도 없다는 사실이 놀라웠다. 적어도 내가 아는 한, 그 누구도 이 그림이 빈센트와 테오의 관계의 중심에 있다는 설을 제기한 적이 없었다. 내 자신이 뭔가 유일하고 중요한 무언가를 발견했다는 결론을 내린 것은 그로부터 몇 시간이 흐른 뒤였다. 그때 난 사무실 바닥에 벌렁 드러누워 천장을 바라보며 '이럴 수가, 이럴 수가'를 수도 없이 중얼거렸다. 다행히도 나와 같이 살고 있는 사람 역시 글 쓰는 사람이어서, 바닥에 그렇게 누워 있는 내 모습을 보고도 그다지 염려하는 것 같지 않았다. 내가 (바닥에 누운 채로) 조나단에게 내가 발견한 것을 들려주자, 그는 이렇게 말했다. "지금이 바로 그 순간이야. 당신이 자신만의 책을 찾는 순간. 난 이 순간을 늘 기억할 거야." 그의 말이 맞았다. 그제야 난 내 자신만의 책을 찾은 것이었다. 그 당시에는 비록 나조차도 깨닫지 못했었지만, 그때가 바로 내가 초고를 마치고 교정을 하고 있을 때 찾아온 또 하나의 순간이었다. 난 큰 소리로 외쳤다(쓰고 보니 난 글을 쓰면서 혼잣말을 참 많이 하는 것 같다). '이 형제들은 바로 내 거야!'라고.

내 글을 통해 독자들은 마치 그들의 생애를 모아 놓은 미술관 전시회를 관람해 나가듯, 회화와 드로잉, 스케치 작품들을 모아 놓은 전시실들을 들르듯, 그렇게 빈센트와 테오를 만나게 될 것이다. 빈센트 반 고흐, 그가 회화 작품만큼이나 수많은 드로잉을 그렸고, 또 세월이 흐르면서 그의 스타일도 함께 크게 진화하고 변화해 간 것처럼, 나는 빈센트의 생애의 시간에 맞추어, 혹은 우리에게 주어진 지식의 양에 따라, 주제에 따라, 글의 스타일을 여러 갈래로 변화해 가며 쓰려고 했다. 따라서 이 안에는 전통적 스타일의 글도 있고, 스케치나 감상, 거대한 감정으로 가득 찬 장면들, 감정이 백지처럼 하얗게 지워지거나 세세하게 기술된 부분, 혹은 모든 것이 검은색 줄로 그어진 부분이나 색과 빛으로 정렬이 가득한 부분도 있다.

빈센트 반 고흐는 자신의 작품 다수를 가리켜 완성작이 아니라 미완의 '습작'이라고 칭했다. 심지어는 그의 가장 유명하다고 여겨지는 작품들마저도, 전 세계 사람들이 미술관에서 감상을 하며 사진을 찍어 가는, 방문객들이 그림에 너무 가까이 가지 않도록 경비들이 삼엄한 눈으로 감시하는(그러나 어떻게 그러지 않을 수 있단 말인가!) 그런 그림들도 말이다. 빈센트의 그림에는 그 자신이 스스로 완성작이라고 여겼든 그렇지 않든, 보는 사람을 절로 끌어들이는 마력이 있다.

마찬가지로, 빈센트의 삶은 죽음과 함께 끝나지 않았다. 그의 삶 자체가 또한 예술 작품이었다. 테오의 삶도 그렇다. 그리고 그 두 사람의 관계는 위대한 명작이었다.

lorsqu'on voit que la chose qu'on vend e
bonne. maintenant si pourtant les gens
aiment le ?tras? cela leur est louable
nous et puisqu'ils le demandent bon
en peut en avoir au magasin
mais cela ne suffit pas pour se senti
sûr : avec les bons tableaux puis
on peut se sentir sûr et être ferm
car c'est pure erreur qu'il y en au
tant qu'on veut. Peut être je m'y
mal mais j'y ai beaucoup pensé
ces jours-ci et le calme m'est ven
pour l'affaire Gauguin
Tous ces Gauguin sont de bonn
pierres et soyons marchan
des Gauguin hardiment.
Millet le dit bien le bonjour j'a
son portrait maintenant avec
le Kepi rouge sur fond émeraude e
dans le fond les armes de son régim
le croissant et une étoile à 5 pointes
une poig avec de main et à bientôt
et bien merci et j'espère que les douleur
ne dureront pas As tu revu un médecin
soigne toi car la douleur physique est si
yguante
t à t Vincent

빈센트 반 고흐 *(Vincent Van Gogh)*

37년의 생애.

10년간의 작품 활동.

800점이 넘는 유화와 1,000점이 넘는 드로잉.

800통 넘게 보낸 편지들 중, 테오에게 보낸

650통 이상의 편지.

숫자로 본 빈센트의 삶이다. 1853년 3월 30일에 태어난 그는 열한 살에 학교 진학을 위해 집을 나와, 열여섯 살에 구필 화랑에 취직하여 일을 시작했고, 오랜 시간 화상과 종교의 길 사이에서 방황을 거듭하다가, 스물일곱 살에 화가가 되기로 결심했으며, 그로부터 1890년 7월 29일 서른일곱의 나이로 비극적 죽음을 맞이하기까지 자신의 모든 것을 예술에 쏟아부었다.

화가로 지낸 시간은 고작 10년이었지만, 그가 세상에 남기고 간 작품의 수는 훨씬 더 긴 세월을 살며 작품 활동을 한 어느 화가에게도 뒤지지 않는다(다작으로 유명한 인상파 화가 클로드 모네는 86년을 살며 2,500여 점의 작품을 남겼다). 아무도 그를 게으르다고 말할 순 없을 것이다. 또한 그는 틈날 때마다 여러 방면의 책을 탐독하던 독서광이었고, 모국어인 네덜란드어에 영어와 프랑스어, 독일어까지 구사하던 지식인이었다.

그런데 어찌된 일인지, 현대에 전해지는 반 고흐의 인상은 조금 다른 듯하다. 자기 귀를 베어 버린 반미치광이, 압생트라는 독주를 즐겨 마시던 주정뱅이, 길거리 여자들과 어울리며 자유분방하게 생활하던 예술가, 정신이상 속에 충동적으로 자살해 버린 화가. 세상에 일반적으로 알려진 그의 모습은 이 정도가 아닐까.

역자인 나에게도 역시 그림책이나 인쇄물에서만 그의 그림을 접했던 당시 그는 그저 유명한 한 명의 화가에 불과했다. 유명하다고 하니 유명한가 보다 하는, 신인상파의 선두 주자이자 강렬한 색채의 그림을 그린 화가 정도…….

그런 내 인식을 바꾼 계기는 그의 그림을 실제로 본 경험에서 비롯되었다. 그림을 실제로 보고 감상하는 일이 얼마나 즐거운 일인지 알게 된 후부터 난 미술관을 즐겨 찾기 시작했는데, 나름대로 여러 작품을 접했지만, 아직도 고흐의 작품을 처음 본 순간만은 잊을 수가 없다. 어떤 인쇄물로도 정확히 포착해 낼 수 없을 것만 같던 생생한 색감, 화가의 감정을 고스란히 전달해 주는 것 같던 붓의 질감. 마치 나 자신이 그림이 그려지던 그 시간 그 장소로 들어가, 그의 마음속에서 그의 눈을 통해 보고 있는 느낌이었다.

그 후로는 호기심이 생겨 틈틈이 그에 대한 책이나 자료를 찾아 읽었고, 그의 작품을 볼 기회가 생기면 되도록 가 보았다. 알면 알수록 그는 참으로 흥미로운 사람이었고, 예술에 관한 한 천재였으며, 그 어떤 화가보다 독보적인 위치를 구축한 예술가였다. 동시에 누구보다 인간적이며 예민한 감성과 불타는 열정의 소유자였고, 그로 인해 깊이 고뇌하고 번민한 한 인간이었다.

따라서 이 책의 번역을 맡게 되었을 때, 더욱 깊이 고흐에 대해 알고 또 알릴 수 있는 기회라고 생각되어 무척 기뻤다. 그리고 함께 했던 여정 동안, 예술가이기 이전에 너무도 여리고 인간적이며 한결같았던 빈센트라는 사람과 함께할 수 있어 너무도 감사했다.

'반 고흐'를 네덜란드어로 발음하는 것은 매우 어렵다고 한다(목에서 공기를 내쉬며 내는 무성연구개 마찰음 때문인데, 우리말로는 '판 호흐[fan ɣɔx]' 정도로 들린다고 한다). 따라서 그는 사람들이 자신을 그냥 '빈센트'로 불러 주길 원했고, 작품에도 '반 고흐'가 아닌 '빈센트'라고 서명해 넣었다. 이 '빈센트'는 엄격한 신교 집안에서 태어나, 죽은 동명의 형이 남긴 그림자 속에서 자랐고, 세간의 이목에 부합하게 살도록 교육받았다. 그리고 그런 만큼, 정형화된 사회에 순응하지 못하고 겉도는 자신의 모습에 더더욱 고민하고 갈등했다. 이런 갈등이 그의 신경쇠약과 조울증에도 어느 정도 영향을 끼치진 않았을까? 그를 이해하고 인정해 주는 사람이 주위에 조금만 더 있었더라면, 그는 어쩌면 더욱 평범한 삶을 살았을지 모른다.

그러나 그의 삶에서 그를 있는 그대로 받아들여 준 사람은 단 한 사람, 동생 테오뿐이었다. 그리고 이 책에서 가장 중점적으로 다루는 것이 바로 그와 테오의 관계, 두 형제의 우애와 사랑, 그리고 예술이다.

그들의 관계는 두 사람이 주고받은 편지로 세상에 알려졌다. 빈센트에게서 받은 편지를 테오가 거의 버리지 않고 차곡차곡 모아 두었기 때문이다(테오가 모아 둔 편지들은 650통이 넘는 데 반해, 테오가 빈센트에게 보낸 편지는 고작 39통밖에 남아 있지 않다고 한다). 테오의 사후 아내인 요가 그 편지들을 정리해 책으로 펴냈고, 그로 인해 우리는 빈센트라는 사람과 그의 형제에 대해 알 수 있게 되었다.

빈센트의 그림이 훌륭한 것은 두말 할 것도 없지만, 그를 더욱 유명하게 만든 건 바로 그 편지들에 기록된 그의 삶이었다. 짧은 시간 모든 것을 불태웠던, 비극적이며 아름다운 예술가의 삶. 빈센트가 어떤 사람이었고 어떤 생각을 하며 어떻게 생활했는지, 이 모든 배경 없이 단지 그림만 살아남았더라면, 아마도 그가 세상 사람들의 마음을 이토록 깊이 울리지는 못했을 것이다.

그리고 이 모든 것을 가능하게 한 사람은 테오였다. 테오가 없었다면, 빈센트의 찬란한 작품들은 빛을 발하지 못하고 사라져 버렸을 것이다. 아니, 애초에 만들어질 수조차 없었을 것이다. 형의 진정한 가치를 알아보고 지지해 준 테오, 그는 빈센트의 편이 되어 준 평생의 단 한 사람이었지만, 지금의 그를 있게 하는데는 그 한 사람으로 충분했다.

빈센트는 외로움을 많이 타는 성격이었고, 외로움 속에서 끊임없이 사랑을 갈구하며 살았다. 그는 다른 이들이 자신을 진정으로 이해하지 못한다고 생각했다. 단, 그 유일한 예외가 테오였다. 그것이 생전의 빈센트에게는 만족스럽지 못했을는지 모르겠다. 그러나 지금은 그 유일한 테오 덕에 세상 수많은 사람들의 넘치는 사랑과 인정을 받게 되었다.

테오는 어떠한가. 비록 형의 임종을 지킨 후에 자신도 곧 황망하게 세상을 떠났지만, 그의 과업은 훌륭히 살아남았다. 아이러니하게도, 빈센트에게 테오가 있었듯 테오에게도 자신을 있는 그대로 봐 준 유일한 사람인 아내 요가 있었기 때문이다. 그리고 그렇게, 그의 이름도 오래도록 빈센트와 함께 기억되게 되었다.

빈센트 그리고 테오. 영혼을 담아 아름다운 예술을 창조해 낸 빈센트, 그 진가를 알고 이해해 준 테오. 서로에겐 단 둘뿐이었지만, 둘은 함께 했기에 서로를 빛내고 서로의 존재를 완성시킬 수 있었다. 그렇다면 혹시…… 우리 주위에도 빈센트가, 혹은 테오가 있지 않을까? 우리가 주위에 있는 누군가를 알아보고 진심 어린 응원과 지지를 보내 준다면, 어쩌면 우리도 또 한 명의 빈센트를 탄생시킬 수 있을지 모른다. 혹은 반대로, 우리의 재능과 본모습을 알아봐 줄 수 있는 누군가가 한 명이라도 있다면, 누가 아는가, 우리도 다음 세대의 빈센트가 될 수 있을지 모른다.

단, 가만히 앉아 기다려선 그런 행운은 좀처럼 찾아오지 않는다. 대신에 우리가 먼저 손을 내밀어 누군가의 테오가 되어 주면 어떨까? 당장 세계적인 위대한 예술가를 탄생시키기에는 부족할지 몰라도, 적어도 서로의 삶을 더욱 충실하고 뜻깊이 만들어 주기에는 모자람이 없을 것이다. 그런 가운데 우리의 삶도 빈센트와 테오 형제처럼 찬란한 빛을 발할 것이다.

빈센트 그리고 테오 –반 고흐 형제 이야기

초판 발행 2019년 3월 30일
지은이 데보라 하일리그먼 | **옮긴이** 전하림
펴낸이 신형건 | **펴낸곳** (주)푸른책들 · 임프린트 에프 | **등록** 제321-2008-00155호
주소 서울특별시 서초구 양재천로7길 16 푸르니빌딩 (우)06754
전화 02-581-0334~5 | **팩스** 02-582-0648
이메일 prooni@prooni.com | **홈페이지** www.prooni.com
카페 cafe.naver.com/prbm | **블로그** blog.naver.com/proonibook
ISBN 978-89-6170-703-9 03840

VINCENT AND THEO: THE VAN GOGH BROTHERS by Deborah Heiligman
Copyright © 2017 by Deborah Heiligman
All rights reserved.

This Korean edition was published by Prooni Books, Inc. in 2019 by arrangement with Deborah Heiligman c/o Writers
House LLC, New York, NY through KCC(Korea Copyright Center Inc.), Seoul.
이 책은 (주)한국저작권센터(KCC)를 통한 저작권자와의 독점계약으로 ㈜푸른책들에서 출간되었습니다.
저작권법에 의해 한국 내에서 보호를 받는 저작물이므로 무단전재와 복제를 금합니다.

＊잘못된 책은 구입한 곳에서 바꾸어 드립니다.

이 도서의 국립중앙도서관 출판시도서목록(CIP)은 서지정보유통지원시스템 홈페이지
(http://seoji.nl.go.kr)와 국가자료공동목록시스템(http://www.nl.go.kr/kolisnet)에서 이용하실 수
있습니다.(CIP제어번호: CIP2019003479)

 Fall in book, Fan of literature. 에프는 종이책의 새로운 가치를 생각하는 푸른책들의 임프린트입니다.
  에프 블로그 blog.naver.com/f_books